DIE SUCHE NACH LEXIE

Die SEALs von Hawaii, Buch2

SUSAN STOKER

Besuchen Sie Susan im Netz!
www.stokeraces.com
facebook.com/authorsusanstoker
twitter.com/Susan_Stoker
bookbub.com/authors/susan-stoker
instagram.com/authorsusanstoker
Email: Susan@StokerAces.com

Pierce »Midas« Cagle kroch durch die öde Wüste und konzentrierte sich voll und ganz auf sein Ziel. Er und sein SEAL-Team waren ungefähr fünf Kilometer von ihrem Standpunkt entfernt von einem Hubschrauber abgesetzt worden. Weit weg von dem Ort, an dem zwei Geiseln festgehalten wurden. Ihr Ziel war es, eine amerikanische und eine dänische Geisel zu befreien und ihre Entführer zu töten oder gefangen zu nehmen.

Es war eine ziemlich routinemäßige Mission für Midas und sein Team, abgesehen von einer Sache.

Er kannte eine der Geiseln.

Midas war mit Lexie Greene zur Highschool gegangen. Er hatte sie fast fünfzehn Jahre lang nicht gesehen und nicht mit ihr gesprochen, aber das bedeutete nicht, dass er sich beim Lesen ihres Namens nicht sofort an sie erinnert hatte.

Lexie hatte in ihrem Abschlussjahr auf seine Schule gewechselt. Midas hatte wahrscheinlich nicht mehr als zwei Worte mit ihr gewechselt, abgesehen von dem einen Mal, wo sie im Englischunterricht gemeinsam an einer Aufgabe arbeiten mussten. Sie war lustig, freundlich und klug gewesen. Es hatte Midas überrascht, da sie sonst für sich allein geblieben war und nur selten jemandem in die Augen gesehen hatte.

Im Gegensatz dazu war Midas kontaktfreudig und beliebt gewesen. Er war der Kapitän des Schwimmteams gewesen und hatte sogar die Meisterschaft in seinem Bundesstaat gewonnen. Dementsprechend war er sehr beliebt bei den Mädchen gewesen und hatte sich nie wirklich anstrengen müssen, um eine Verabredung zu finden.

Nach seinem Abschluss war Midas seine eigenen Wege gegangen. Er war der Navy beigetreten und schließlich ein SEAL geworden. Seitdem hatte er nicht mehr an das schüchterne Mädchen gedacht, das er einmal gekannt hatte – bis er den Bericht über die Geiseln in der Somali-Wüste gelesen hatte.

Seit Midas festgestellt hatte, dass es sich bei der Frau um Lexie handelte, hatte er sich die Geiselvideos von ihr und Dagmar Brander, einem Gutachter, der genau wie sie für Food For All tätig war, fast wie besessen immer wieder angesehen.

Sie und Dagmar waren gerade aus dem Gebäude von Food For All in Galkayo, einer Stadt nahe der Grenze zwischen Somalia und Äthiopien, gekommen, als sie auf die Ladefläche eines Lastwagens geworfen und in die Wüste verschleppt worden waren.

Das war jetzt drei Monate her. Die Entführer forderten zehn Millionen Dollar für die Freilassung von Dagmar und Lexie. Zuerst waren es fünf gewesen, aber nachdem Dagmars Bruder das Geld aufgetrieben hatte, hatten die Entführer beschlossen, dass es fünf Millionen für jede der Geiseln sein sollten.

Lexie und Dagmar litten seit Monaten in der Wüste, während die Verhandlungen andauerten.

Schließlich war bekannt geworden, dass es Dagmar nicht gut ging. Er hatte Herzprobleme und im letzten Video hatte Lexie um die Zahlung des Geldes gefleht, weil sie glaubte, dass er einen Schlaganfall erlitten hatte.

Nachdem die Vereinigten Staaten und Dänemark davon erfahren hatten, waren sie sich einig gewesen, dass es an der

Zeit war zu handeln. Die SEALs arbeiteten bei dieser Mission mit einem Team des dänischen Jaegerkorpsets, einem von Dänemarks Spezialeinheiten, zusammen. Ihre Unterstützung war mehr als willkommen.

Laut Geheimdienstinformationen wurden die Geiseln von zehn bis fünfzehn Männern bewacht. Auf Satellitenfotos hatten Midas und die anderen Männer einen Überblick über den Aufbau des provisorisch errichteten Lagers erhalten. Es gab ein paar karge Bäume, unter denen Lexie und Dagmar die meiste Zeit verbrachten. Sie schienen nicht gefesselt oder auf andere Weise eingesperrt zu sein ... aber wohin sollten sie auch gehen? Bis zum nächsten Außenposten waren es mindestens fünfzehn Kilometer, und noch weiter bis nach Galkayo.

Midas sah zu Mustang hinüber, der signalisierte, dass er und Aleck nach rechts gehen würden. Midas nickte zustimmend und zeigte nach links und dann auf Pid. Mustang deutete auf Jag und Slate und wirbelte mit dem Finger durch die Luft.

Der Befehl lautete, sich aufzuteilen und das Lager zu umzingeln. Die dänische Spezialeinheit würde mit etwas Abstand hinter ihnen dasselbe tun und dafür sorgen, dass keiner der Entführer es schaffte, den SEALs zu entkommen.

Zum ersten Mal seit Ewigkeiten ... vielleicht zum ersten Mal überhaupt ... war Midas auf einer Mission nervös. Er wusste, dass es an seiner persönlichen Verbindung zu der Geisel lag.

Er war auch neugierig auf Lexie, nachdem er ihre Akte studiert hatte. Sie hatte während der letzten vierzehn Jahre für Food For All gearbeitet. Sie war um die ganze Welt gereist, hatte in einem Dutzend verschiedener Länder gelebt ... und doch hatte sie in den Videos immer noch irgendwie so unschuldig ausgesehen. Was sie in den ärmsten Regionen der Welt gesehen haben musste, hatte sie anscheinend weder verhärtet noch abgestumpft. Zumindest nicht so, wie es bei Midas geschehen war.

Es war lächerlich zu glauben, dass sie noch dasselbe

Mädchen war, das er in der Highschool kennengelernt hatte, aber nachdem Midas sie auf dem Foto in dem Bericht und in den Geiselvideos gesehen hatte, hatte er nicht das Gefühl, dass sie sich viel verändert hatte. Der Gedanke daran, dass sie in den nächsten zwanzig Minuten vielleicht verletzt oder getötet werden könnte, war entsetzlich.

Er fragte sich, ob sie sich an ihn erinnern würde.

Es war unwahrscheinlich.

Meistens handelte es sich bei den Menschen, die sie retteten, um Fremde, Namen auf einem Blatt Papier. Männer und Frauen, die Pech gehabt und in eine gefährliche Situation verwickelt worden waren, oft ohne eigenes Verschulden. Eines der Entführungsopfer persönlich zu kennen war neu für ihn. Er war darin geschult worden, sich auf die Mission zu konzentrieren und alles andere auszublenden. Aber er konnte einfach nicht aufhören, an die Lexie zu denken, die er vor Jahren gekannt hatte.

Daran, wie sie schüchtern rot geworden war, als er ihr ein Kompliment über ihre guten Ideen für ihr Projekt gemacht hatte.

Oder wie sie die Nase gekräuselt hatte, wenn sie besonders intensiv nachgedacht hatte.

Wie sie einem Jungen geholfen hatte, seine Sachen aufzuheben, die ihm eines Morgens auf dem Flur heruntergefallen waren.

Und wie Lexie das Mittagessen für ein Mädchen bezahlt hatte, das nicht genügend Geld hatte, obwohl sie ihr eigenes Sandwich dafür zurückgeben musste.

Die Tatsache, dass Lexie für eine internationale Hilfsorganisation arbeitete, war der Beweis dafür, dass aus dem freundlichen Mädchen, das er gekannt hatte, eine umsichtige und hilfsbereite Frau geworden war. Und Midas wollte dafür sorgen, dass ein solcher Mensch einen weiteren Tag erlebte.

Entschlossen wandte er die Aufmerksamkeit wieder der

anstehenden Aufgabe zu. Lexie und Dagmar hatten lange genug gelitten. Es war Zeit, sie aus der Wüste zu holen und in Sicherheit zu bringen.

***

Elizabeth Lexie Greene lag auf dem Rücken unter dem, was sie als »ihren« Baum bezeichnete, und starrte zu den Sternen hinauf. Es war erstaunlich, wie hell sie waren ohne die Lichtverschmutzung durch große Städte. Wenn der Mond nicht gerade schien, so wie heute, war es in der Wüste stockdunkel. Ihre Entführer hatten Laternen und Taschenlampen, aber es war schon spät und die meisten der Wachleute schliefen.

Zwischen zwei Lastwagen brannte ein Feuer, aber es war bereits fast bis auf die Glut heruntergebrannt. Dagmar schnarchte leise ein paar Meter von ihr entfernt. Lexie drehte sich um und sah in seine Richtung. Sie konnte nicht mehr als einen vagen Umriss seines Körpers auf dem Boden erkennen, aber sie war beruhigt, ihn atmen zu hören.

Sie hatte mehr als einmal befürchtet, dass er sterben könnte. Er hatte definitiv irgendwann einen Schlaganfall erlitten. Seine Aussprache war seitdem undeutlich und seine linke Seite war schwächer als zuvor. Vor ihrer Entführung hatte sie den Mann nicht sehr gut gekannt. Sie war schon fast sechs Monate in Galkayo gewesen, bevor Dagmar gekommen war, um zu überprüfen, ob das örtliche Vorgehen den Standards von Food For All entsprach.

Sie war an solche Inspektionen gewöhnt. Nach jahrelanger Arbeit für die Organisation wusste Lexie, dass der Vorstand regelmäßig Prüfer entsandte, um die verschiedenen Niederlassungen auf der ganzen Welt zu kontrollieren. Dagmar war gerade erst eine Woche da gewesen, als sie auf dem Weg zu einem der Gärten der Organisation auf offener Straße entführt worden waren.

Es war das Schrecklichste, was Lexie jemals erlebt hatte. In einem Moment hatte sie Dagmar noch begeistert von allem erzählt, was sie erreicht hatten, um den Einheimischen zu helfen, und wie gut der Garten funktionierte, und im nächsten Augenblick wurde sie auf die Ladefläche eines Lastwagens geworfen und schaute in den Lauf eines Gewehres.

Die ersten Wochen waren die schlimmsten gewesen. Sie hatte versuchen müssen, sich daran zu gewöhnen, in der Wüste unter offenem Himmel zu leben, nichts Falsches zu sagen, um zu verhindern, geschlagen zu werden, und entgegen jeder Vernunft die Hoffnung nicht aufzugeben, freigelassen zu werden.

Aber nachdem Lexie gehört hatte, wie viel Lösegeld die Entführer verlangten, hatte sie begonnen, sich damit abzufinden, dass es unwahrscheinlich war, dass sie es lebend aus dieser Wüste herausschaffen würde. Dagmar könnte ihre Entführer vielleicht davon überzeugen, ihn gehen zu lassen. Er hatte Geld, viel Geld. Und sein Zwillingsbruder hatte alles dafür getan, um die Lösegeldsumme aufzutreiben.

Aber Lexie war entbehrlich. Sie war nur eine unter Tausenden von Food For All Mitarbeiterinnen und sie hatte keine Familie, die sich für sie einsetzen würde. Niemand würde fünf Millionen Dollar für sie bezahlen, auf keinen Fall.

Sie war überrascht gewesen, als Dagmars Bruder den ursprünglichen Lösegeldbetrag innerhalb weniger Tage aufgebracht hatte. Aber anstatt sie gehen zu lassen, waren die Entführer gierig geworden. Sie hatten die Bedingungen geändert und für jeden von ihnen fünf Millionen gefordert. Keiner von beiden würde freigelassen werden, bis die gesamten zehn Millionen Dollar übergeben worden waren. Offensichtlich waren sie zuversichtlich, dass es einfach sein würde, weitere fünf Millionen aufzutreiben, wenn sich die ersten fünf Millionen so schnell organisieren ließen.

Sie hatten falschgelegen.

Lexie fühlte sich verdammt schuldig, dass sie und Dagmar beide noch in der Wüste waren, nachdem sein Bruder die ursprüngliche Summe bereitgestellt hatte, besonders in Anbetracht seines Gesundheitszustands. Er brauchte einen Arzt. Er musste ins Krankenhaus. Stattdessen lagen sie weiter auf dem harten, sandigen Boden mit nichts weiter als einem kahlen Baum über ihren Köpfen, der sie vor den Elementen schützen sollte. Sie betete, dass endlich etwas passieren würde und ihre Entführer sie laufen ließen.

Ein Geräusch in der Ferne erregte Lexies Aufmerksamkeit.

Normalerweise hätte sie sich nichts bei einem Geräusch gedacht, aber sie war jetzt lange genug in der Wüste, um zu wissen, wenn etwas ungewöhnlich klang. Sie hob den Kopf und starrte in die Richtung, aus der sie glaubte, das Geräusch gehört zu haben. Wegen der Dunkelheit konnte sie aber nicht viel sehen.

Dann brach plötzlich die Hölle aus.

Was aussah wie ein Dutzend Männer, begann auf einmal zu schreien. Sie riefen, dass sich alle auf den Boden knien und die Hände in die Luft strecken sollten.

Sie hörte sogar, wie jemand ihren und Dagmars Namen rief und ihnen sagte, sie sollten bleiben, wo sie waren.

»Oh mein Gott«, hauchte sie.

Es war schwer zu glauben, was geschah. Sie hatte fast jede Nacht seit ihrer Entführung davon geträumt, gerettet zu werden, aber sie hätte nie geglaubt, dass es wirklich passieren würde. Da Dagmar in seinem Land etwas einflussreicher war, hatte sie gehofft, dass die dänische Regierung jemanden zu ihrer Hilfe schicken könnte.

Aber die Stimmen, die sie hörte, sprachen definitiv Englisch.

»Was ist los?«, fragte Dagmar, nachdem er von dem Aufruhr um sie herum erschrocken aufgewacht war.

»Unten bleiben«, flüsterte Lexie und kroch näher an ihn

heran. »Ich glaube, wir werden gerettet«, erklärte sie ihm aufgeregt.

»Oh bitte, lieber Gott, lass es wahr sein«, flüsterte Dagmar.

Während er letzten drei Monate war Dagmar immer depressiver geworden. Er war solche rauen Umstände nicht gewohnt und seine Erkrankung hatte es noch schlimmer gemacht. Zuerst war er noch optimistisch gewesen, dass sie innerhalb weniger Tage freigelassen werden würden, aber mit jeder Woche, die verging, hatte sich seine Einstellung verschlechtert. Lexie konnte ihm keinen Vorwurf machen, verzweifelt zu sein. Sie hatte selbst einige schlechte Tage gehabt. Es war außerdem nicht seine Schuld, als Kind in einer reichen Familie aufgewachsen zu sein und dass er in seinem Leben nie um etwas hatte kämpfen müssen.

Als die Entführer aufgrund des Gebrülls aufwachten, taten sie natürlich nicht, was ihnen befohlen worden war. Anstatt die Hände hochzunehmen und sich zu ergeben, griffen sie sofort nach ihren automatischen Gewehren, die sie Tag und Nacht bei sich hatten. Sie feuerten wahllos in die Dunkelheit.

Lexie erstickte einen Schrei, vergrub den Kopf unter ihren Armen und versuchte, sich so klein wie möglich zu machen. In der sonst ruhigen Wüste war der Lärm von Schüssen unfassbar laut und sie konnte nur noch daran denken, wie weh es tun würde, erschossen zu werden. Sie wollte sich zu einer Kugel zusammenrollen, nahm aber an, dass es besser wäre, sich flach hinzulegen.

Das Geräusch von Schüssen hallte durch die Wüste und durchbrach die Stille der Nacht. Die Entführer schrien und versuchten herauszufinden, wer von wo auf sie schoss. Lexies Herz raste. Sie hatte Angst, dass einer der Entführer sie oder Dagmar jeden Moment hochziehen und als menschliche Schutzschilde benutzen könnte, um zu entkommen.

Sie konnte keinen Unterschied zwischen den Schüssen der Bösen und der Guten ausmachen. Sie hatte keine Ahnung, ob sie und Dagmar gerettet werden würden oder ob ihre

Entführer den Kampf gewannen. Wenn das passierte, wären sie wahrscheinlich nicht sehr begeistert über diesen Überfall und würden Dagmar und sie vielleicht sogar töten.

Sie wusste, dass sie zu schnell atmete, konnte sich aber nicht beruhigen. Sie kniff die Augen zusammen, als die Schüsse langsam nachließen. Sie konnte Männer auf Englisch brüllen hören und betete, dass das ein gutes Zeichen war.

»Lexie?«, rief eine Stimme.

Lexie hob langsam den Kopf. Sie zuckte zusammen, als ein Lichtstrahl sie blendete. Sie kniff erneut die Augen zusammen.

»Entschuldige«, sagte eine tiefe Stimme jetzt aus der Nähe. »Geht es dir gut?«

Lexie hob noch einmal den Kopf, machte aber keine Anstalten aufzustehen. Sie war so daran gewöhnt, auf die Erlaubnis zu warten, bevor sie etwas tat, dass sie nicht einmal daran dachte, sich hinzusetzen oder aufzustehen. Auch wenn die Person, die mit ihr sprach, weder schrie noch wütend klang.

Sie konnte die Gesichtszüge des Mannes, der über ihr stand, nicht erkennen, aber sie konnte erkennen, dass er eine Tarnuniform trug. Er trug auch eine Weste mit allen möglichen Geräten. Lexie schmerzte der Nacken vom Hochsehen, aber sie würde sich nicht bewegen, bis er ihr die Erlaubnis gab.

»Lexie, wurdest du getroffen?«

Richtig, er hatte ihr eine Frage gestellt. »Nein, ich glaube nicht«, sagte sie leise.

»Kannst du dich hinsetzen?«, fragte der Mann.

Lexie nickte, obwohl sie sich nicht sicher war, ob sie es konnte. Sie hatte in ihrem Leben noch nie so viel Angst gehabt wie in den letzten Minuten. Aber Lexie scheute nie davor zurück, etwas Schwieriges zu tun. Sie tat ihr Bestes, sich aufzurichten, bis sie vor ihm kniete.

»Wie geht es ihnen?«, fragte ein anderer Mann, als er zu ihnen kam.

»Lex ist in Ordnung. Bei Dagmar bin ich mir nicht sicher.«

Dagmar!

Lexie drehte sich schnell zu ihm um und sah, dass er sich mühsam auf den Rücken rollte und schnell blinzelte. Mit der rechten Hand massierte er seine Brust, was kein gutes Zeichen war.

»Scheiße!«, fluchte der andere Mann, drehte dann den Kopf herum und pfiff. Bevor sie wusste, was los war, hatten sich drei weitere Männer ihrem kleinen Baum genähert und hockten neben Dagmar. Sie konnte hören, wie sie auf Dänisch mit ihm sprachen ... aber er antwortete nicht.

»Komm schon, Lex, wir bringen dich hier raus«, sagte der Mann, der sich ihr als Erstes genähert hatte. Er griff nach unten und legte eine Hand unter ihren Ellbogen. Sie ließ sich von ihm beim Aufstehen helfen und stützte sich auf ihm ab, während er sie von der Stelle wegführte, an der sie bis vor Kurzem noch friedlich die Sterne beobachtet hatte.

»Geht es dir wirklich gut?«, fragte der Mann.

Lexie blickte auf und bemerkte zum ersten Mal, wie groß der Mann war. Sie hatte sich noch nie so klein gefühlt. Mit ihren ein Meter siebzig war sie für eine Frau durchschnittlich groß, aber dieser Mann überragte sie bei Weitem. »Du bist wirklich groß«, platzte sie heraus und rieb sich sofort die Nase bei ihrer verrückten Äußerung.

Aber der Soldat lachte nur leise. »Ja, das bin ich, ein Meter dreiundneunzig. Es ist ziemlich schwierig, sich an jemanden anzuschleichen, wenn man so groß ist. Ich kann schlecht unentdeckt bleiben.«

Lexie wünschte, dass sie besser sehen könnte. Der Mann hatte irgendetwas an sich ... etwas Vertrautes. Aber das war verrückt. Sie waren mitten in der afrikanischen Wüste. Auf keinen Fall kannte sie diesen Kerl. »Ich weiß nicht«, sagte sie. »Im Lager hat dich niemand bemerkt, bis ihr gebrüllt habt.«

»Stimmt. Es ist schön, dich wiederzusehen.«

Lexie runzelte die Stirn. »Entschuldige, aber kennen wir uns?«

»Oh, tut mir leid. Ja, wir haben uns früher einmal gekannt. Ich bin Pierce Cagle. Wir haben in unserem letzten Jahr dieselbe Schule besucht.«

Lexie blinzelte überrascht. Das konnte man mal eine Überraschung aus der Vergangenheit nennen.

Sie glaubte nicht, dass sie ihn erkannt hätte, selbst wenn es nicht dunkel gewesen wäre und sie sich nicht mitten in der Wüste aufgehalten hätten. Das hier war nicht der Flur ihrer alten Highschool und er war der letzte Mensch, den sie jemals hier, am anderen Ende der Welt, erwartet hätte.

»Midas!«, rief einer der anderen Männer. »Der Hubschrauber ist in fünf Minuten hier.«

Der Mann vor ihr nickte seinem Teamkameraden zu und sah dann wieder auf sie hinunter.

»Du hörst immer noch auf diesen Spitznamen?«, fragte sie. Es gab so viele Dinge, die sie hätte fragen sollen, aber das war die Frage, die ihr als Erstes in den Sinn kam. Sie erinnerte sich, dass er in der Schule von den anderen Kindern Midas genannt worden war, weil er im Schwimmteam so viele Goldmedaillen gewonnen hatte.

Er lachte in sich hinein und sah tatsächlich ein wenig verlegen aus. »Ja, meine Mutter hat einen Spaß gemacht und mir während der Grundausbildung ein Paket geschickt, das an meinen Spitznamen adressiert war. Seitdem bin ich ihn nicht mehr losgeworden.«

»Schade, dass es hier keine Gewässer gibt, wo du deine Schwimmfähigkeiten unter Beweis stellen könntest«, überlegte Lexie leise und bereute es dann sofort. Sie war so eine Idiotin. Das war sie schon immer gewesen.

Aber erstaunlicherweise grinste Midas nur. »Davon habe ich genug in Hawaii, wo ich stationiert bin.«

»Du bist in Hawaii stationiert? Wirklich? Ich wollte schon immer dort leben«, sagte Lexie.

Midas griff wieder nach ihrem Ellbogen und zog sie den drei Männern aus dem Weg, die Dagmar trugen.

»Ich kann gehen«, beschwerte dieser sich schwach.

»Ja, Sir«, sagte jemand mit dänischem Akzent. »Aber warum gehen, wenn wir Sie genauso leicht tragen können?«

»Wohin gehen wir?«, fragte Dagmar.

»Die beste Option wäre, sich direkt auf das Schiff zu begeben, das vor der Küste Somalias wartet«, sagte einer der Soldaten. »Aber Ihr Bruder hat einen Arzt nach Galkayo einfliegen lassen. Er ist seit einem Monat dort und wartet darauf, dass Sie freigelassen werden. Ihr Bruder hat darauf bestanden, dass Sie nach Ihrer Rettung dort ins Krankenhaus gehen, um untersucht zu werden. Besonders nachdem er gehört hatte, dass es Ihnen nicht gut geht.«

»Perfekt«, sagte Dagmar. »Ja, das ist besser. Ich möchte meinen eigenen Arzt sehen, keinen fremden, der meine Krankengeschichte nicht kennt. Ich bin sicher, Magnus hat gespürt, dass es mir schlecht geht – Verbindung zwischen Zwillingen und so ...«, erklärte er.

Lexie wusste alles über die Verbindung zwischen Magnus und Dagmar. Er hatte in den letzten Monaten mehrmals darüber gesprochen. Sie hätte es vorgezogen, direkt auf das Schiff gebracht zu werden, aber wenn sie so krank wäre wie Dagmar und jemand extra einen Arzt für sie eingeflogen hätte, würde sie ihn wahrscheinlich auch sehen wollen.

»Kannst du gehen?«, fragte Midas sie.

Lexie nickte. »Ja.«

Er starrte sie einen langen Moment an.

»Was?«, fragte sie.

Er zuckte mit den Schultern. »Du bist nur ... sehr ruhig.«

»Nicht wirklich«, konterte sie. »Innerlich bin ich ein Wrack. Meine Beine fühlen sich an wie Gelee und es fällt mir schwer zu glauben, dass das hier wirklich passiert. Ich habe davon geträumt, weißt du? Davon, dass wir gerettet werden. Aber jedes Mal, wenn ich aufgewacht bin, lag ich immer noch unter diesem Baum, damit ich nicht in der Sonne verbrenne.«

»Es passiert wirklich«, sagte er.

Aus der Ferne war das Geräusch eines Hubschraubers zu hören. Lexie drehte sich in die Richtung um, obwohl es dunkel war und sie nicht viel sehen konnte. Sie warf einen Blick zurück auf Midas. »Sind sie alle tot?«

Er tat nicht so, als wüsste er nicht, wovon sie sprach. »Ja, wir hatten gehofft, mindestens einen von ihnen zum Verhör gefangen zu nehmen, aber das ist uns nicht gelungen.«

Lexie schluckte schwer. Als sie und Dagmar entführt wurden, hatte sie versucht, ihre Entführer nicht zu hassen. Sie erinnerte sich daran, wie einer über seine Familie und seine neugeborene Tochter gesprochen hatte. Ein anderer davon, dass er die einzige Unterstützung für seine alten Eltern war. Ihre Entführer waren auch Menschen. Oft ließen unglückliche Umstände Menschen die falschen Dinge tun. An den Orten, die sie im Laufe der letzten Jahre gesehen hatte, waren Armut, Hunger und Hoffnungslosigkeit allgegenwärtig.

Aber je mehr Zeit verging und besonders nachdem sie den Lösegeldbetrag verdoppelt hatten, war ihre Empathie für die Männer verschwunden. Verzweifelt oder nicht, nichts gab ihnen das Recht, sie und Dagmar gegen ihren Willen festzuhalten und sie monatelang zu terrorisieren.

»Es bedrückt dich, nicht wahr?«, fragte Midas.

Lexie zuckte die Achseln und ließ sich von Midas von dem Ort in der Wüste wegführen, den sie in den letzten Monaten ihr Zuhause geschimpft hatte. »Sie waren nicht gerade nett, aber sie haben mich nicht verletzt oder vergewaltigt.«

»Sie haben dich aber gegen deinen Willen festgehalten, dich herabgesetzt und dir das Gefühl gegeben, wertlos zu sein.«

Lexie stolperte, aber Midas hielt sie fest, damit sie nicht fiel. »Woher weißt du das?«, fragte sie leise.

»Ich kenne solche Typen«, sagte Midas trocken. »Sie hätten euch beide nach den ersten fünf Millionen gehen lassen können. Stattdessen wurden sie gierig. Wahrscheinlich haben sie euch eingeredet, dass es eure eigene Schuld sei, dass ihr noch nicht frei seid. Wenn ihr bessere Mitarbeiter gewesen wärt, oder wichtiger, dann wären die anderen fünf Millionen längst bezahlt worden. Wahrscheinlich haben sie es sogar so gedreht, dass es eure Schuld war, dass sie so gierige Arschlöcher waren, die noch mehr Geld wollten.«

Lexie hielt den Blick auf den Boden gerichtet, während sie durch den Sand in die Richtung gingen, wo vermutlich der Hubschrauber landen würde, um sie auszufliegen.

Midas hatte nicht unrecht. Sie war begeistert gewesen, als das Lösegeld so schnell aufgetrieben worden war. Sie hatte gedacht, dass sie freigelassen werden. Als sie informiert wurden, dass der Preis für ihre Köpfe gestiegen war, war Dagmar wütend geworden. Er hatte zum ersten Mal seine Gelassenheit verloren und verlangt, dass sie zumindest ihn gehen ließen, da es seine Familie war, die die fünf Millionen aufgetrieben hatte.

Ihre Entführer hatten ihn nur ausgelacht.

Und Lexie hatte sich schrecklich gefühlt, weil er recht gehabt hatte. Es war ihre Schuld, dass er immer noch in der Wüste feststeckte.

»Tu das nicht«, sagte Midas.

»Tu was nicht?«

»Lass nicht zu, dass sie in deinen Kopf kommen. Es war egal, woher das Geld kam und wie viel es war. Sobald sie gemerkt haben, dass ihre Forderungen erfüllt werden, wollten sie nur noch mehr.«

Lexie nahm an, dass es stimmte, aber sie fühlte sich trotzdem schuldig.

»Wenn der Hubschrauber kommt, schließ die Augen, damit du keinen Sand hineinbekommst«, sagte Midas eindringlich.

»Wie soll ich sehen, wo ich hingehe, wenn ich die Augen zuhabe?«, fragte Lexie.

»Ich kümmere mich um dich.«

Die Sehnsucht nach diesen Worten traf sie unmittelbar und intensiv ... und überraschend.

Sie war immer eine Einzelgängerin gewesen. Glücklich, allein von Ort zu Ort, von Land zu Land zu ziehen. Sie hatte weder enge Freunde noch Familie. Seit Jahren hatte sie keine ernsthafte Beziehung mehr gehabt. Sie war gern Single und mochte es, die Welt bereisen zu können.

Aber nach dem, was sie während der letzten drei Monate durchgemacht hatte, realisierte Lexie, wie allein sie auf der Welt war. Ihr Vater war nicht der beste Vater gewesen und er war nicht mehr da. Als sie aufwuchs, waren sie zu oft umgezogen, um enge Freundschaften aufzubauen. Sie war nicht aufs College gegangen und die Leute, die sie bei Food For All kennengelernt hatte, waren zwar großartig, aber sie waren genauso damit beschäftigt, durch die Welt zu ziehen und anderen zu helfen, wie sie. Und das war in Ordnung.

Daher hatte sie im Laufe der Jahre vergessen, wie es sich anfühlte, sich auf jemanden verlassen zu können.

Vielleicht hatte sie das Gefühl auch nie gekannt.

Aber Midas' Worte weckten die Sehnsucht danach in ihr.

»Lex?«, fragte er.

»Entschuldige, ja, ich habe dich gehört«, sagte sie schnell und versuchte, ihre Melancholie abzuschütteln. Sobald sie geduscht und ein Dutzend Gläser kaltes Wasser getrunken hatte, würde sie sich wieder wie sie selbst fühlen. »Aber wenn ich stolpere, werde ich sauer auf dich werden.«

Midas lachte. »Ich glaube, mich daran zu erinnern, dass du nur sehr schwer aus der Fassung zu bringen bist. Warst du jemals in deinem Leben wirklich sauer auf jemanden?«

Lexie war erstaunt, dass dieser Mann sich an irgendetwas über sie erinnerte. Er hatte sie damals an der Highschool beeindruckt. Er war beliebt gewesen, aber kein Arschloch. Er hatte nie auf andere Kinder herabgesehen und sich sogar für sie eingesetzt, wenn sie gemobbt wurden. Er war freundlich gewesen ... und hatte sogar größtenteils seine Enttäuschung verborgen, als er für ein Projekt mit ihr zusammenarbeiten musste.

Sie zuckte die Schultern. »Wütend zu sein hilft meistens nicht wirklich.«

»Das stimmt.«

Wie aus dem Nichts tauchte plötzlich der Hubschrauber auf und wirbelte mit den Rotorblättern den Sand auf. In einer Sekunde standen sie noch in der dunklen Wüste und plauderten über nichts Besonderes, und in der nächsten war es, als ständen sie in einem Windkanal.

Lexie schloss sofort die Augen und konnte nicht anders, als sich an Midas zu lehnen. Sie spürte, wie er seinen Arm um ihren Rücken legte, als sie sich an ihn drängte, um nicht von den aufgewirbelten Sandkörnern getroffen zu werden. Sie hatte keine Ahnung, wie er etwas sehen konnte, aber als sie merkte, wie er sich langsam in Bewegung setzte, zögerte sie nicht, ihm zu folgen.

»Halte deine Hand hoch«, sagte Midas nach ungefähr einer Minute laut in ihr Ohr.

Lexie hielt die Augen geschlossen und tat, was er verlangte. Sofort spürte sie, wie ihre Hand von jemandem gepackt wurde, und bevor sie realisieren konnte, was geschah, flog sie durch die Luft und der Sandsturm verstummte.

Sie öffnete die Augen einen Spalt und sah, dass sie sich im Hubschrauber befand. Midas kletterte gerade hinter ihr an Bord.

Ein Mann, der genau wie Midas gekleidet war, deutete auf die andere Seite des Laderaums und Lexie ging sofort hinüber. Sie setzte sich auf den Boden und sah, wie Dagmar an Bord gebracht wurde, begleitet von sechs weiteren Soldaten.

Jemand gab ihr ein Headset und sie setzte es auf. Erleichtert seufzte sie über die sofortige Stille.

Midas kam herüber, um sich neben sie zu setzen, und bog das Mikrofon etwas näher an ihren Mund. »Kannst du mich hören?«

Lexie nickte.

Er lächelte sie an. »Gut.«

Sie wollte fragen, wohin sie flogen und was als Nächstes passieren würde, aber plötzlich war sie unglaublich erschöpft. Das Adrenalin, das zu Beginn der Schießerei durch ihre Adern geschossen war, ließ nach und sie hatte Schwierigkeiten, die Augen offen zu halten.

Als Midas seinen Arm um ihre Schulter legte und sie näher an sich zog, legte sie bereitwillig ihren Kopf auf seine Schulter und seufzte. Sie hörte, wie die Soldaten über die Kopfhörer miteinander redeten. Sie waren besorgt über Dagmars Zustand und diskutierten über ihren Zwischenstopp in Galkayo.

Aber Lexie hörte nur mit halbem Ohr zu. Als die Tür des Hubschraubers geschlossen wurde und sie spürte, wie die riesige Maschine abhob, war es, als schalteten ihr Körper und ihr Geist vollständig ab.

Sie war in Sicherheit. Ihre Entführer waren tot. Das war alles, was im Moment zählte.

Abshir Farah beobachtete frustriert aus seinem Versteck in etwa einem Kilometer Entfernung, wie die beiden Hubschrauber in den Nachthimmel stiegen. Er hatte das Lager gerade im richtigen Moment verlassen, um auf die Jagd zu gehen. Er wusste zweifellos, dass seine Freunde und Kameraden tot waren. Er hatte die Schüsse gehört und war sofort zurückgelaufen, um zu helfen. Als er sich dem Lager genähert hatte, war es aber offensichtlich, dass die Soldaten bereits alle getötet hatten.

Sie hatten zu lange gezögert, ihre Geiseln loszuwerden. Sie hätten die fünf Millionen Dollar nehmen und sie freilassen sollen. Stattdessen hatten seine Kameraden darauf bestanden, mehr Geld zu erpressen.

Wut erfüllte ihn. Er brauchte das Geld, seine Familie hungerte. Sie lebten im Dreck. Er hatte fest mit seinem Anteil gerechnet, um sie aus dem Armenviertel in ein richtiges

Zuhause bringen zu können. Seine Frau war schwanger mit ihrem sechsten Kind und ohne das Geld würde er eine weitere Person im Haushalt nicht ernähren können.

Aber vielleicht gab es noch eine Chance, ihre Geiseln zurückzubekommen ...

Die Hubschrauber waren in Richtung Galkayo unterwegs. Wenn er Glück hatte – und offensichtlich hatte er das, denn er war noch am Leben und lag nicht leblos neben seinen Kameraden im Sand –, würden sie dorthin zurückkehren, wo alles begonnen hatte.

Er hatte Gerüchte gehört, dass die Familie des dänischen Mannes seinen Leibarzt eingeflogen hatte. Es gab nur ein Krankenhaus in der Stadt. Wenn sie ihn dorthin brachten, könnte Abshir ihn mithilfe einiger anderer vielleicht noch einmal entführen. Diesmal würden sie die fünf Millionen Dollar nehmen.

Es war einen Versuch wert.

Abshir wusste, dass die Zeit nicht auf seiner Seite war. Er musste ins Lager und herausfinden, ob einer der Lastwagen noch funktionierte. Er hatte keine Ahnung, ob die Soldaten die Fahrzeuge vielleicht fahruntauglich gemacht hatten. Wenn möglich, würde er in die Stadt zurückfahren und den anderen erzählen, was passiert war. Sie würden sich für ihre Freunde rächen wollen. Die Familien seiner toten Kameraden waren mit Sicherheit nicht glücklich darüber, dass Ausländer in ihr Land gekommen waren und ihre Lieben getötet hatten.

Mit etwas Glück würden sie sowohl den Mann als auch die Frau wieder in ihre Hände bekommen und diesmal in Bezug auf ihre Forderungen klüger handeln. Und klüger in Bezug auf ihr Versteck. Vielleicht könnten sie die Frau ein bisschen misshandeln und damit versuchen, die amerikanische Regierung dazu zu bewegen, etwas Geld für sie aufzutreiben, und zwar zusätzlich zu den fünf Millionen für den Mann.

Sie hatten noch eine zweite Chance, diese Operation zum

Erfolg zu führen, aber Abshir musste schnell handeln und die Neuigkeiten über das, was passiert war, verbreiten.

Tief in seinem Inneren wusste er, dass es falsch war, was er tat. Aber in seiner Welt kämpfte jeder für sich. Abshir brauchte Geld, um seine Familie zu ernähren. Ohne diese fünf Millionen wäre er wirklich in Schwierigkeiten.

KAPITEL ZWEI

Midas war nicht glücklich. Er und sein Team hatten erwartet, nach dem Einsatz direkt zu einem im Golf stationierten Schiff der US Navy zu fliegen. Zu Beginn der Mission hatten sie aber erfahren, dass die dänische Spezialeinheit angewiesen worden war, Dagmar nach Galkayo ins Krankenhaus zu bringen.

Anscheinend hatte Magnus Brander genügend Geld, um die Regierung so weit zu beeinflussen, dass sie zugestimmt hatte, seinen Bruder in die Stadt zurückzubringen, aus der er entführt worden war, um seinen persönlichen Arzt sehen zu können. Erst danach würde er zustimmen, Dagmar woanders hinzufliegen ... natürlich mit seinem Arzt im Schlepptau.

Im Hubschrauber hatten sie kurz diskutiert, Lexie zu dem US-Schiff zu bringen und Dagmar der Obhut seiner Landsleute zu überlassen, aber Lexie war zum ersten Mal sichtlich verärgert gewesen, als sie von diesem Plan gehört hatte. In Anbetracht dessen, was sie durchgemacht hatte, und weil sie sich neben ihrem körperlichen auch Sorgen um ihren psychischen Zustand machten, hatte Mustang schließlich zugestimmt, die dänischen Soldaten zu begleiten.

Dagmars Arzt würde ihn kurz untersuchen dürfen, während Lexie gleichzeitig von einem anderen Arzt durchgecheckt werden könnte. Danach würden sie so schnell wie möglich verschwinden. Es würde Lexie schwerfallen, sich von dem Mann zu verabschieden, mit dem sie monatelang gefangen gehalten worden war. Nachdem sie etwas Zeit gehabt hatte, die Geschehnisse zu verarbeiten, würde sie aber hoffentlich etwas ruhiger sein.

Die Situation war nicht ideal, aber das SEAL-Team war es gewohnt, in letzter Minute Planänderungen vorzunehmen. Außerdem brauchte Dagmar sofort medizinische Hilfe.

Nachdem die Entscheidung getroffen war, war Lexie an seiner Schulter eingeschlafen. Egal wie laut die anderen über ihre Headsets sprachen, sie schien es nicht zu bemerken.

Er wunderte sich, dass sie noch genauso aussah wie in der Highschool. Nun, nicht ganz genauso. Sie war natürlich reifer geworden, aber ihr Haar war immer noch lockig und braun und schien einen eigenen Willen zu haben. Sogar nach Monaten in der dreckigen Wüste schienen ihre Haarsträhnen lebendig zu sein und rollten sich um einige der Geräte, die an seiner Weste hingen. Sie hatte ihre schulterlangen Locken mit einem Stück Schnur zusammengebunden, das sie wahrscheinlich in der Wüste gefunden hatte, aber es reichte nicht aus, um ihre Mähne zu bändigen.

Midas erinnerte sich daran, wie fasziniert er in der Highschool von ihrem Haar gewesen war, als sie an ihrem Englischprojekt gearbeitet hatten. Sie steckte es ständig hinter ihre Ohren zurück, aber es fiel jedes Mal unweigerlich wieder nach vorn und nervte sie. Damals hatte sie nach Pfirsich gerochen. Er hatte keine Ahnung, ob es ihr Shampoo oder eine Creme war, aber die süße Frucht hatte ihn noch monatelang an sie erinnert, nachdem er sie das letzte Mal gesehen hatte. Jetzt roch sie natürlich nicht nach Pfirsich, aber er erinnerte sich noch sehr gut an den Duft.

Ihre haselnussbraunen Augen sahen noch genauso aus wie in seiner Erinnerung. Auf eine unheimliche Art und Weise schien sie ihn damit immer durchschaut zu haben. Er war einmal verärgert über irgendetwas gewesen, woran er sich nicht mehr erinnerte, und sie hatte ihn gefragt, wie es ihm ginge. Er hatte gelogen und behauptet, dass alles in Ordnung sei. Sie hatte ihn schweigend angesehen und dann sanft darauf gedrängt, dass er sich ihr anvertraute.

Abgesehen von seinen Eltern war sie in seiner Jugend möglicherweise der einzige Mensch gewesen, der sich jemals die Mühe gemacht hatte, hinter die stets frohe Fassade zu blicken, die er versucht hatte aufrechtzuerhalten.

Sie war ungefähr fünfzehn Zentimeter kleiner als er und obwohl Midas es nur ungern zugab, war ihm nicht entgangen, wie sich ihr Körperbau seit der Highschool entwickelt hatte. Selbst nach Monaten in der Wüste war sie immer noch an den richtigen Stellen kurvig. Er hatte den Blick nicht von ihrem Hintern abwenden können, als sie in den Hubschrauber geklettert war. Er fühlte sich wie ein Arschloch, sie mitten in einer Mission auf diese Weise angesehen zu haben, aber es minderte seine Meinung über sie nicht im Geringsten.

Viel mehr als von ihren Haaren und ihrem Aussehen war Midas von ihrer Stärke beeindruckt. Im Laufe der Jahre hatte er viele verschiedene Reaktionen bei Menschen beobachtet, wenn sie gerettet wurden. Manche hatten Todesangst, andere waren hysterisch und konnten sich nicht beruhigen, und wieder andere wurden sauer, weil sie nicht schneller gerettet worden waren. Lexie fiel in eine eigene Kategorie. Sie war ruhig geblieben. Offensichtlich war sie verängstigt, aber sie hatte sich nicht davon lähmen lassen. Sie machte sich Sorgen um Dagmar und war klug genug, die SEALs ihren Job machen zu lassen.

Man konnte mit Sicherheit sagen, dass Midas fasziniert von ihr war. Lexie Greene war zu einer erstaunlichen Frau geworden.

Sie bewegte sich neben ihm und Midas verstärkte den Griff um ihre Schulter, als der Hubschrauber langsamer wurde. Sie würden etwas außerhalb der Stadt landen. Aleck und Pid würden sich zusammen mit zwei der dänischen Soldaten um ein sicheres Transportmittel kümmern, während die anderen beim Hubschrauber und den befreiten Geiseln blieben.

Die Situation war, gelinde ausgedrückt, nicht ideal. Die Sonne ging auf, und das bedeutete, dass die Einheimischen aufwachen würden. Obwohl dieser Teil des Landes gegenüber westlichen Soldaten nicht feindlich eingestellt war, wollten sie ihr Glück nicht auf die Probe stellen. Daher rührten auch die Bedenken, in die Stadt zurückzukehren.

»Hat jemand meinen Arzt informiert, dass ich hier bin?«, fragte Dagmar, als der Hubschrauber zur Landung ansetzte.

Midas runzelte leicht die Stirn. Der Mann war während des gesamten Fluges wach geblieben und hatte darüber gesprochen, was er in der Wüste hatte ertragen müssen. Er hatte nicht ein einziges Mal nach Lexie gefragt oder ob jemand bei der Mission verletzt worden war.

Er hatte bis jetzt keinen sonderlich positiven Eindruck von Dagmar, krank hin oder her.

»Das machen wir, sobald wir gelandet sind«, beruhigte Slate ihn kurz und knapp.

Es schien, als teilten Midas' Kameraden seine Meinung über den Mann.

»Ist sie okay?«, fragte Jag und deutete mit dem Kopf in Richtung Lexie. Sie lehnte sich mit ihrem ganzen Gewicht gegen ihn, was Midas nicht im Geringsten störte. Er fragte sich, wann sie das letzte Mal gut geschlafen hatte. Sehr wahrscheinlich bevor sie entführt worden war.

Midas nickte nur und wollte über die Kopfhörer nicht viel sagen, während alle mithörten.

Erst als der Hubschrauber mit einem Ruck aufsetzte, rührte Lexie sich. Sie hob den Kopf und sah sich verwirrt um. Midas half ihr, die Kopfhörer abzunehmen, nachdem er und alle anderen dasselbe getan hatten.

Er gab ihr Zeit, sich daran zu erinnern, wo sie war und was passiert war. Sie drehte sich um und begegnete seinem Blick.

Sie rümpfte entschuldigend die Nase. »Tut mir leid, dass ich neben dir eingeschlafen bin«, sagte sie leise mit heiserer Stimme.

Eine ihrer Haarsträhnen hatte sich in seiner Weste verheddert. Midas und Lexie griffen gleichzeitig danach, um sie zu befreien. Ihre Finger berührten sich ... und was sich wie ein Stromschlag anfühlte, schoss Midas bis in den Arm.

Offensichtlich hatte sie etwas Ähnliches empfunden, denn ihre Augen weiteten sich und sie nahm sofort ihre Hand herunter. »Entschuldige«, sagte sie erneut.

»Nichts, wofür du dich entschuldigen müsstest«, erwiderte er. »Ich erinnere mich noch, dass deine Haare in der Schule auch ihren eigenen Willen hatten.«

Sie lachte laut auf. »Ich habe ernsthaft ein- oder zweimal darüber nachgedacht, sie abschneiden zu lassen. Es ist wirklich nervig.«

Midas sah sie entsetzt an.

Sie verdrehte die Augen bei seiner Reaktion. »Es sind nur Haare. Sie wachsen wieder nach. Im Moment sind sie außerdem eklig. Wenn ich die Chance dazu gehabt hätte, hätte ich sie in der Wüste abgeschnitten.«

Midas wusste, dass sie sich dadurch körperlich und vielleicht auch geistig besser gefühlt hätte, aber er war erleichtert, dass sie es nicht getan hatte.

»Bleibt wachsam«, mahnte Aleck die anderen, als er und Pid aus dem Hubschrauber sprangen. »Wir hatten keine Chance, die Stimmungslage in der Stadt zu prüfen. Wir werden so schnell wie möglich zurück sein.«

»Die Stimmungslage prüfen?«, fragte Lexie und sah Midas an.

»Herausfinden, wie die Einwohner über westliche Truppen denken«, antwortete Jag.

Lexie sah sich um und nickte. »Wie an vielen anderen Orten gibt es Menschen, die alles hassen, was amerikanisch oder westlich ist, aber ich habe festgestellt, dass die Leute hier größtenteils freundlich eingestellt sind.«

Midas und seine Kameraden lächelten. Sie waren vielleicht freundlich zu jemandem wie ihr, die gekommen war, um zu helfen, aber es war eine ganz andere Sache, wenn es um Soldaten ging.

»Hoffen wir, dass das stimmt«, murmelte Mustang.

»Du glaubst mir nicht«, antwortete Lexie und richtete sich auf.

»Es ist nicht so, dass wir dir nicht glauben«, sagte Mustang. »Aber du wurdest hier entführt. Durch deine rosarote Brille sind dir die Menschen, die über die Anwesenheit von westlichen Truppen in ihrer Stadt nicht erfreut sind, vielleicht entgangen.«

»Ich bin keine Idiotin«, sagte Lexie in kontrolliertem Ton, der trotzdem ihre Verärgerung zum Ausdruck brachte. »Es gibt überall Arschlöcher. Man muss nur die Nachrichten einschalten, um das zu sehen. In den USA töten sich die Leute auch gegenseitig. Kinder werden missbraucht. Leute werden für Lösegeld entführt. Somalia und Afrika im Allgemeinen sind nicht gefährlicher als einige der Viertel, in denen ich aufgewachsen bin.«

Midas musste ihr zuzustimmen. Das war ein sehr gutes Argument.

Mustang nickte. »Richtig.«

»Im Ernst«, beharrte sie, »ich habe hier einige sehr großzügige Leute getroffen. Familien, die nichts haben, aber dennoch anbieten, die Dose Bohnen in ihrer Speisekammer mit dir zu teilen. Sie sind ein stolzes Volk. Ich denke, sie wollen einfach nur mit Respekt behandelt werden und ein angenehmes Leben führen können. Nichts Extravagantes, aber ein Leben, ohne sich ständig Sorgen machen zu müssen, woher die nächste Mahlzeit kommen soll.«

Midas erinnerte sich, dass Lexie früher etwas unterwürfig war. Sie war immer still gewesen und hatte nie wirklich viel gesagt. Aber als er hörte, wie sie die Menschen verteidigte, die sie in Galkayo getroffen hatte, sah er sie in einem anderen Licht. Sie war leidenschaftlich und trat für das ein, was sie für richtig hielt. Sie hatte in ihrer Arbeit hier definitiv etwas gefunden, das sie gern tat.

Sie erinnerte ihn an eine Bärenmutter, die ihre Jungen verteidigt. Es war beeindruckend.

»Entschuldige, ich wollte weder dich noch das somalische Volk beleidigen«, sagte Mustang mit einem Lächeln.

Midas spürte, wie sie sich entspannte. »Nein, mir tut es leid«, sagte sie und rümpfte erneut auf entzückende Weise ihre Nase. »Ich setze mich für die Menschen ein, mit denen ich arbeite. Nur weil jemand nicht viel Geld hat, ist er nicht weniger wert oder sofort eine Bedrohung.«

»Wir sind darauf trainiert, jeden als Bedrohung zu sehen«, kommentierte Jag.

Lexie sah ihn an. »Das ist irgendwie traurig«, sagte sie leise.

Das war es, aber es sorgte dafür, dass sie am Leben blieben, also machte es Midas nichts aus. Er wusste, dass er etwas erschöpft war. Außer den Männern in seinem Team vertraute er nicht so einfach jemandem. Er neigte dazu, an jeder Ecke Ärger zu riechen. Lexie war das ganze Gegenteil davon. Sie schien Leuten zuerst zu vertrauen und fand dann wahrscheinlich auf die harte Tour heraus, wenn jemand nicht so ehrlich war, wie es den Anschein gemacht hatte.

Es regte das Verlangen in ihm an, sie vor allen Arschlöchern auf der Welt beschützen zu wollen.

Was lächerlich war, da sie nur Teil einer Mission war, nichts weiter.

Sicher, bei Mustang und Elodie hatte es funktioniert. Sie hatten sich auf einer Mission kennengelernt und ineinander verliebt. Aber das war ein Zufall gewesen – oder ein Wunder. Sobald Dagmar seinen Arzt gesehen und sie es sicher auf das Schiff der US-Navy geschafft hatten, würde er Lexie nie wiedersehen. Sie faszinierte ihn, aber in ein paar Stunden würde sie wieder nur eine Erinnerung für ihn sein.

Aleck, Pid und die Mitglieder des Jaegerkorpsets schienen eine Ewigkeit zu brauchen. Als sie endlich zurückkamen, stand die Sonne hoch am Himmel und der Innenraum des Hubschraubers hatte sich unangenehm aufgeheizt.

Lexie schien endlich die Tatsache zu realisieren, dass sie gerettet worden war. Sie stand nicht mehr so stark unter Schock wie zuvor. Und ihre Besorgnis darüber, von Dagmar getrennt zu werden, schien sich in Luft aufgelöst zu haben. Obwohl sie Dagmar, dem es offensichtlich nicht gut ging, weiterhin mit einem besorgten Gesichtsausdruck beobachtete.

Der Lärm zweier sich nähernder Lastwagen war eine willkommene Abwechslung und Midas half, Dagmar für den Transport vorzubereiten. Lexie hielt sich zurück und half, wo sie konnte, ohne im Weg zu sein.

Nachdem sie Dagmar auf die Ladefläche des Lastwagens gelegt hatten, gab Midas Lexie ein Zeichen.

Sie ging sofort auf ihn zu.

»Setz dich dorthin«, sagte er zu ihr und deutete auf eine Stelle am Ende der Ladefläche weit genug weg von der Heckklappe.

Ohne ein Wort kletterte sie hinauf und rutschte auf der Sitzbank bis in die hinterste Ecke. Midas nickte zufrieden und wandte sich Mustang zu, der ihn angrinste.

»Was?«, fragte er leise, bevor er Lexie folgte.

»Nichts, ich habe nur bemerkt, dass du den Rundumschutz für sie übernommen hast, oder?«

»Rede keinen Quatsch«, grummelte Midas.

»Was denn?«, lachte Mustang nicht sehr unschuldig.

Midas beschloss, den dummen Kommentar seines Freundes zu ignorieren, sprang auf die Ladefläche des Lastwagens und setzte sich neben Lexie. Es machte Sinn, dass sie am Ende der Ladefläche saß. Er und Mustang würden zwischen ihr und der Heckklappe sitzen ... und sie vor jedem beschützen, der eine Gefahr darstellen könnte.

Als sie durch die Stadt fuhren, war er in höchster Alarmbereitschaft. Keiner von ihnen würde jemals vergessen, was in Mogadischu passiert war. Obwohl Galkayo nicht annähernd so groß war wie die Hauptstadt, würde er es sich niemals verzeihen, wenn Lexie nur kurz nach ihrer Rettung getötet werden würde. Noch dazu in der Stadt, die sie zu lieben schien.

Midas hielt die Augen offen, während die Lastwagen in Richtung Krankenhaus polterten. Es war ein zweistöckiges Betongebäude mitten in Galkayo. Es gab keine Notaufnahme, nur einen großen offenen Bereich, der bereits mit Menschen überfüllt war. Slate und Jag trugen Dagmar auf einer Trage hinein und wurden sofort den Flur hinunter in einen separaten Raum geführt.

Midas bedeutete Lexie, ihm zu folgen, aber sie schüttelte den Kopf und ging stattdessen zum Anmeldeschalter.

»Was tust du?«, fragte er und trat hinter sie.

»Ich werde hier nicht reinspazieren und mich einfach vordrängeln«, protestierte sie.

»Lexie, du wurdest entführt«, sagte Midas verärgert. »Du bist dehydriert, schmutzig und musst sofort untersucht werden, nicht erst in einigen Stunden.«

Sie straffte ihre Schultern und rümpfte wieder die Nase, bevor sie sprach. »Alle anderen warten auch wer weiß wie lange. Mir geht es gut, Midas. Ja, ich habe Durst und für eine Dusche würde ich töten, aber das bedeutet nicht, dass meine Bedürfnisse wichtiger sind als die aller anderen.«

»Wir werden von hier verschwinden, sobald Dagmar untersucht wurde und du die Gelegenheit hattest, dich zu verabschieden«, sagte Midas. »Und da wir schon einmal hier sind, wirst du dich auch zumindest flüchtig untersuchen lassen, bevor wir aufbrechen.«

»Ich denke, wir wissen beide, dass es Dagmar nicht gut geht. Es könnte sogar sein, dass er operiert werden muss. Ich weiß nicht, ob das hier möglich ist, aber er wird nicht innerhalb der nächsten Stunde fertig sein«, beharrte Lexie. »Wir haben Zeit.«

Midas seufzte. Sie hatte recht, aber das bedeutete nicht, dass es ihm gefiel. »Warst du schon immer so stur?«, fragte er.

Sie lächelte und es ließ ihr Gesicht förmlich aufleuchten. »Nein, ich glaube, du machst das mit mir.«

Midas lachte leise. Sie log ihm frech ins Gesicht und sie beide wussten es. »Also gut. Trag deinen Namen in die Liste ein. Aber ich bleibe an deiner Seite, bis wir gehen.«

Ihr Lächeln verzog sich zu einem Stirnrunzeln. »Warum?«

»Warum was?«

»Mir wir es hier gut gehen«, sagte sie. »Schau dir an, wie viele Leute hier sind. Es wird niemand hereinkommen, mich packen und wegschleppen.«

»Du hast recht, das wird nicht passieren«, sagte Midas. »Weil ich die ganze Zeit bei dir sein werde, um dafür zu sorgen.«

Lexie starrte ihn einen Moment lang an, bevor sie schließlich nickte. »Okay.«

»Okay«, wiederholte Midas.

Sie trug sich in die Liste ein und erklärte, warum sie da war. Wie erwartet sagte die Dame am Empfang ihr, dass die Wartezeit aufgrund der vielen Leute vor ihr sehr lang sein würde. Aber Lexie nickte nur.

Sie gingen in eine Ecke mit zwei leeren Stühlen und sie setzte sich kommentarlos auf den unbequemen Stuhl. Die Frau neben ihr war mit einem kleinen Kind gekommen. Lexie wandte sich sofort an den kleinen Jungen und begann, ihn in ein Gespräch zu verwickeln.

Midas beobachtete sie mit einer Mischung aus Überraschung und Ehrfurcht. Die Frau war gerade von einer verdammten Geiselnahme gerettet worden und jetzt saß sie hier in einem überfüllten Wartezimmer und spielte mit einem Kind. Sie war der aufrichtigste Mensch, den er jemals getroffen hatte. Noch nie zuvor hatte eine Frau ihn so zur Verzweiflung getrieben. Sie sollte nach etwas zu essen und zu trinken verlangen und darauf bestehen, untersucht zu werden, damit sie sich umziehen und duschen konnte. Stattdessen schien es für sie vollkommen in Ordnung zu sein, allen anderen den Vortritt zu lassen.

Ihre Naivität war etwas besorgniserregend. Es war vielleicht charmant, aber es war auch gefährlich für ihre Sicherheit.

Eine Stunde später hatte Midas genug.

Er konnte sehen, dass Lexie immer schwächer wurde, obwohl sie ihr Bestes gab, es zu verbergen. Als Pid auf einer seiner Kontrollgänge durch den Warteraum kam, bedeutete Midas ihm, dafür zu sorgen, dass Lexie jetzt untersucht wird. Es war ihm egal, wenn sie sich dadurch vordrängelte.

Zwanzig Minuten später wurde Lexie aufgerufen und Midas half ihr aufzustehen. Sie war etwas wackelig auf den Beinen und er runzelte die Stirn.

»Mir geht es gut«, sagte sie. »Ich bin nur zu schnell aufgestanden.«

Er machte sich nicht die Mühe zu antworten. Beide wussten, dass das nicht der Grund war. Sie war am Ende ihrer Kräfte und er war fertig damit, so zu tun, als wäre alles in Ordnung.

Er hielt sie am Arm fest und führte sie durch den Warteraum in den Flur, in dem Dagmar vor einiger Zeit verschwunden war. Midas hatte über den Zustand des Mannes noch nichts gehört, aber er wusste, dass seine Teamkameraden die Situation unter Kontrolle hatten. Mustang und einer der Soldaten des Jaegerkorpsets behielten ihn im Auge, während die anderen Männer das Krankenhaus patrouillierten.

Eine Krankenschwester führte sie zu einem Treppenhaus und Midas hörte, wie Lexie leise stöhnte. Er wollte sie am liebsten hochheben und tragen, hatte aber das Gefühl, dass es sie in Verlegenheit bringen würde. Also legte er nur seinen Arm um ihre Taille und versuchte, sie so gut wie möglich zu stützen, während sie die Treppe in den ersten Stock hinaufging. Die Krankenschwester führte sie in einen kleinen Raum auf halber Höhe des Flurs.

Die Frau tat ihr Bestes, Lexies Hygienezustand zu ignorieren, aber ihre Meinung dazu war eindeutig zu hören, als sie sagte: »Da ist eine kleine Dusche im Badezimmer, wenn Sie sich säubern möchten. Es gibt auch eine Zahnbürste und Zahnpasta.«

Lexie war nicht beleidigt. Tatsächlich schien sie sich ein bisschen zu erholen. »Oh mein Gott, die Zähne zu putzen klingt einfach großartig! Und ich würde sehr gern duschen. Aber ich habe nichts anderes anzuziehen dabei.«

Die Krankenschwester sah Lexie von oben bis unten an und sagte: »Ich werde OP-Bekleidung für Sie holen.«

»Vielen Dank.«

Die Krankenschwester verließ den Raum und Lexie wandte sich mit einem breiten Lächeln Midas zu. »Oh mein Gott, ich bin so aufgeregt.«

Midas konnte sehen, dass sie es wirklich war. Es brauchte scheinbar nicht viel, um diese Frau glücklich zu machen.

Die Krankenschwester kehrte mit Wechselsachen und einer Kochsalzinfusion zurück. Offensichtlich eilte sie den Anweisungen des Arztes voraus. Sie gab Lexie die Kleidung und legte die Infusionsflüssigkeit auf den Tisch. »Nehmen Sie sich Zeit«, sagte sie. »Es könnte eine Weile dauern, bis der Arzt Sie sehen kann.« Dann drehte sie sich um und ging.

Midas wollte darauf drängen, dass der Arzt Lexie sofort sah, aber er wusste, dass sie verärgert sein würde, wenn er sich einmischte. Zumindest hatte sie jetzt ein Zimmer. Das war besser.

Lexie schenkte ihm ein kleines Lächeln und deutete auf das Badezimmer. »Ich gehe jetzt ... du weißt schon. Du musst hier nicht auf mich warten. Ich bin mir sicher, du hast ...«, sie gestikulierte mit ihrem Arm, »... Supersoldatensachen zu tun.«

Midas lachte. »Supersoldatensachen?«

Lexie zuckte mit den Schultern. »Ja.«

»Ich habe dir bereits gesagt, dass ich dir nicht von der Seite weichen werde, bis wir sicher auf diesem Schiff sind.«

»Niemand wird hier reinkommen und mich entführen«, protestierte sie.

»Da hast du recht. Denn wie ich dir schon sagte, werde ich hierbleiben und dafür sorgen.«

»Also gut. Aber wenn ich unter der Dusche schief singe, möchte ich keinen Kommentar darüber hören.« Dann wirbelte sie herum und ging in das winzige Badezimmer. Midas hatte beim Betreten des Raumes einen Blick darauf geworfen. Die Dusche war nicht viel mehr als ein Rohr, das aus der Wand ragte. Es gab keine Duschkabine, nicht einmal einen Vorhang. Aber er nahm an, dass es Lexie egal sein würde. Eine Dusche war eine Dusche.

Während sie damit beschäftigt war, sich zu waschen, meldete Midas sich bei seinem Team. Aleck berichtete ihm, dass sie immer noch auf Dagmars Testergebnisse warteten und die Lage im Krankenhaus normal schien.

Erleichtert ging Midas durch den Raum und versuchte, seine Nervosität abzubauen. Die Operation in der Wüste war reibungslos verlaufen. Sie hatten die Geiseln befreit und abgesehen von dem ungeplanten Zwischenstopp in der Stadt lief alles nach Plan.

Er wusste nicht, warum er dieses unbehagliche Gefühl nicht loswerden konnte.

Zwanzig Minuten später, und damit zehn Minuten eher, als er gedacht hatte, öffnete Lexie die Badezimmertür. Ihr Haar war noch nass, aber immer noch genauso lockig wie in trockenem Zustand. Die OP-Klamotten waren ihr ein bisschen zu groß, aber sie sah trotzdem hundertmal besser aus, jetzt, wo sie sauber war.

»Das war nötig«, gab sie zu.

»Es ist erstaunlich, was eine lange heiße Dusche für das Wohlbefinden ausrichten kann«, sagte Midas und tat sein

Bestes, die Gedanken daran zu verdrängen, wie Lexie nackt unter der Dusche gestanden hatte. Es war falsch und völlig unangemessen. Er war auf einer Mission, das durfte er nicht vergessen.

»Heiß?«, wiederholte sie und kratzte sich die Nase.

Midas zuckte zusammen. »Kalt, was?«

»Ja, aber ehrlich gesagt, es war mir egal. Ich war noch nie in meinem Leben so glücklich, Zahnpasta und Seife zu sehen. Ich brauche richtiges Shampoo, um mein Haar zu bändigen, aber im Moment bin ich zufrieden mit dem, was ich habe.«

»Komm schon, setz dich«, sagte Midas.

Lexie setzte sich auf die Untersuchungsliege in der Mitte des Raumes und seufzte erleichtert.

»Leg dich hin«, verlangte Midas.

Lexie protestierte nicht, was ein Beweis für ihre Müdigkeit war. Sie tat, wonach er verlangte, und legte sich auf die gepolsterte Liege. Es gab kein Kissen, aber das schien sie nicht zu stören.

Midas sah sich um und traf in Sekundenschnelle eine Entscheidung, für die er in Schwierigkeiten geraten könnte, aber es war ihm egal. Lexie hatte lange genug gewartet. Er kramte in einigen Schubladen, bis er fand, wonach er suchte.

Er riss ein Päckchen mit einem Alkoholtuch auf und griff nach Lexies Arm.

»Was machst du?«, fragte sie, zog ihren Arm zurück und presste ihn auf ihren Bauch.

»Einen Zugang für die Infusion legen«, sagte Midas, ohne zu zögern.

»Aber ... du bist kein Arzt«, protestierte Lexie.

Midas konnte nicht verhindern, dass ihm ein Lachen entwich. »Ich bin ein SEAL«, konterte er. »Ich kann ohne Probleme eine Infusion verabreichen.«

»Ich möchte nicht, dass du in Schwierigkeiten gerätst.«

Midas schüttelte nur den Kopf. Er wollte das erledigen,

aber er brauchte ihre Zustimmung. Er sah ihr in die Augen und fragte: »Vertraust du mir?«

Als sie, ohne zu zögern, Ja sagte, erwachte etwas in ihm zum Leben.

»Du bist dehydriert, Lex. Du brauchst Flüssigkeit. Die eine Flasche Wasser, die du im Warteraum getrunken hast, ist nicht genug. Mit einer Infusion geht es schneller und du wirst dich in kürzester Zeit besser fühlen. Hoffentlich ist Dagmars Arzt bald fertig und wir können euch beide wieder zum Hubschrauber und dann auf das Schiff bringen. Aber wir haben keine Ahnung, was die nächsten Stunden bringen werden, solange wir nicht wissen, wie es Dagmar geht. Lass mich dir helfen.«

Sie biss sich einen Moment auf die Unterlippe, bevor sie nickte. »Okay.«

Midas musterte sie. »Es fällt dir schwer, Hilfe anzunehmen«, stellte er sachlich fest.

»Ich mag es, der Helfer zu sein, nicht die Person, der geholfen werden muss«, entgegnete sie mit einem Achselzucken. »Außerdem habe ich mich von dir aus der Wüste retten lassen, oder nicht?«

Midas lachte. »Das stimmt. Komm schon, streck deinen Arm aus.«

Sie tat es und er bemerkte vage, dass Lexie nicht wegschaute, als er ihren Arm für die Nadel vorbereitete.

»Du bist nicht zimperlich, oder?«, fragte er.

»Nein, ich habe schon oft genug groteske Dinge gesehen.«

»Zum Beispiel?«, fragte Midas und wollte, dass sie weiterredete. Er war sich nicht sicher, wie schwierig es sein würde, in ihrem dehydrierten Zustand eine Vene zu finden.

»Verletzte Kinder mit Maden in den Wunden. Babys mit vor Hunger aufgeblähten Bäuchen, die aussahen, als hätten sie gerade eine Melone verschluckt. Frauen mit zugeschwollenen Augen, die von ihren Ehemännern verprügelt worden waren. Männer mit Blasen, Blut und Eiter an den Füßen, die trotzdem jeden Tag aufs Neue schlecht sitzende Schuhe tragen und damit fünfzehn Kilometer zur Arbeit gehen, um Geld für ihre Familie zu verdienen.«

Sie klang emotionslos und abgeklärt, aber Midas hatte das Gefühl, dass es eine Art Schutzmechanismus war.

Zum Glück hatte er keine Schwierigkeiten, den Zugang zu setzen, und nachdem er die Kochsalzlösung angeschlossen und an eine Stange neben dem Bett gehängt hatte, setzte er sich auf die Bettkante neben ihre Hüfte.

Lexie sah auf ihren Arm hinunter, dann auf den Beutel mit der Kochsalzlösung und dann in seine Augen. »Wow, das war beeindruckend.«

»Ich habe dir ja gesagt, dass ich weiß, wie man eine Infusion setzt«, entgegnete er ein wenig selbstgefällig.

»Das hast du.«

»Immer noch so ruhig«, sagte er kopfschüttelnd.

Lexie zuckte mit den Schultern, und Midas stützte sich mit einer Hand auf der anderen Bettseite auf und beugte sich über sie. Sie schaute ihm weiter in die Augen.

»Ich kann mir keinen Reim aus dir machen«, sagte er leise. »Ich habe so viele Fragen. Ich möchte alles über dich erfahren und wissen, was hinter diesen wunderschönen haselnussbraunen Augen vor sich geht.«

KAPITEL DREI

Lexie starrte Midas an und blinzelte. Er würde nicht wirklich wissen wollen, worüber sie in diesem Augenblick nachdachte. Er wäre wahrscheinlich entsetzt oder zumindest geschockt zu erfahren, dass sie sich fragte, ob seine Lippen so gut schmeckten, wie sie aussahen.

Es war unglaublich unangemessen. Aber Lexie hatte gerade drei Monate Albtraum in Geiselhaft überstanden. Sie durfte ein paar unpassende Gedanken haben.

Pierce Cagle hatte schon immer gut ausgesehen. Breite Schultern, schlank, lustig, ein tolles Lächeln und insgesamt eine ansprechende Persönlichkeit. Als sie ihn an der Highschool kennengelernt hatte, war es offensichtlich gewesen, dass sie nicht in seiner Liga spielte. Sie war das neue Mädchen, das in der Menge unterging. Er war Midas, der Star des Schwimmteams und beliebt bei allen Schülern. Sie hatte nie jemanden etwas Schlechtes über ihn sagen hören. Sogar mit seinen wenigen Ex-Freundinnen war er noch befreundet.

Als sie für ein Englischprojekt mit ihm zusammenarbeiten musste, hatte sie Todesangst gehabt. Aber am Ende hatten diese paar Wochen ausgereicht, um sich in ihn zu vergucken.

Natürlich hatte sie nichts in dieser Richtung unternommen. Er hätte sie keines zweiten Blickes gewürdigt. Aber selbst nach ihrem Abschluss und nachdem sie ihren ersten Auftrag bei Food For All angenommen hatte, hatte sie ab und zu an ihn gedacht. Sie hatte sich gefragt, wo er war und was er mit seinem Leben angefangen hatte.

Jetzt war er aus heiterem Himmel zurück.

Es war seltsam, von einem Mann gerettet zu werden, in den man einmal verknallt gewesen war ... nur um herauszufinden, dass er immer noch genauso unglaublich war wie vor fünfzehn Jahren.

Und er wollte mehr über sie erfahren? Was genau wollte er wissen?

Sie konnte nicht anders, als auf seine linke Hand hinunterzuschauen, die auf seinem Oberschenkel ruhte. Da war kein Ring. Aber das musste nichts bedeuten. Selbst wenn er verheiratet war, würde er während einer Mission vermutlich keinen Ring tragen.

»Was?«, fragte er.

Verdammt, er war zu aufmerksam. Sie konnte sich auch daran noch erinnern.

»Nichts.«

»Lex ... was ist los?«, bestand er auf einer Antwort und beugte sich noch näher zu ihr vor.

»Ich habe mich nur gefragt, ob du verheiratet bist.«

Die Frage schien ihn zu überraschen. »Nein, bin ich nicht.«

»Oh.« Lexie wusste nicht, was sie sonst sagen sollte. Der Mann, der sich über sie beugte, hatte sich seit der Highschool körperlich definitiv verändert. Er war muskulöser und nicht mehr so schlank. Durch seine Uniform und all die Ausrüstung vor seiner Brust war es schwer zu erkennen, aber es sah so aus, als hätte er immer noch die gleichen breiten Schultern wie damals, obwohl seine Schenkel und sein Hintern wesentlich praller waren.

Ja, das hatte sie bemerkt. Wie hätte ihr das entgehen sollen? Sie war nicht tot und Midas war ein verdammt gut aussehender Mann.

Als er leise lachte, ließ sie den Blick zurück zu seinem wandern.

Scheiße, hatte sie auf seine Beine gestarrt? Oder schlimmer noch, zwischen seine Beine?

Lexie wusste, dass sie wahrscheinlich knallrot wurde, und tat ihr Bestes, um ihre Verlegenheit zu verbergen. »Richtig, okay ... ich habe mich nur ... ähm ... gefragt, ob sich wegen dieses Umwegs zu Hause schon jemand fragt, wo du bleibst oder so.«

Lexie hatte keine Ahnung, was sie da vor sich hin stammelte, aber sie musste zumindest versuchen zu erklären, warum sie ihn gefragt hatte, ob er verheiratet war.

»Wenn wir auf Mission gehen, dürfen wir niemandem sagen, wohin wir gehen oder wie lange wir weg sein werden«, sagte Midas. »Nationale Sicherheit und so.«

»Das macht Sinn. Wobei ich mir vorstellen kann, dass das schwer für dich wäre.«

»Schwer für mich?«, fragte Midas mit hochgezogenen Augenbrauen. »Oder meinst du schwer für meine nicht existierende Frau?«

»Nun, ich meine, es wäre scheiße, nicht zu wissen, wo du warst und was du gemacht hast, aber ich kann mir vorstellen, dass es für dich genauso stressig wäre, dich zu fragen, was deine Frau getan hat, ob es ihr gut ging, ob die Toilette vielleicht verstopft war, ob der Rasen gemäht wurde ... du weißt schon, so was eben ...« Sie verstummte und kam sich plötzlich dumm vor. »Schon gut, offensichtlich bin ich wahnsinnig.«

Midas schüttelte den Kopf. Hatte er sich ihr gerade noch weiter genähert?

Ja, das hatte er. Heilige Scheiße, sie musste sich zusammenreißen, nicht nach oben zu greifen und seinen Kopf zu ihrem herunterzuziehen. Sie war normalerweise keine Frau, die sich so schnell hinreißen ließ, aber jetzt, wo sie sauber und in Sicherheit war, konnte sie ihre verrückten Gedanken nicht mehr abstellen.

»Mustang ist verheiratet«, sagte er leise.

»Tatsächlich?«

»Ja, er hat Elodie auf einer Mission kennengelernt. Das war nicht sehr weit entfernt von hier. Sie befand sich auf einem Containerschiff, das von Piraten überfallen wurde.«

»Oh nein!«, rief Lexie aus. »Ist sie okay?«

»Ja. Es hat sie schließlich nach Hawaii verschlagen und sie sind miteinander ausgegangen. Es ist eine Menge Scheiße passiert, aber jetzt geht es ihnen gut und sie haben geheiratet. Natürlich hast du recht und Mustang macht sich Sorgen um sie. Ich denke, das ist einfach ein Teil von uns. Wir lösen Probleme. Wir haben zu viel Mist erlebt. Zu wissen, dass er nicht da sein kann, sollte irgendetwas passieren, beschäftigt ihn. Elodie kann auf sich selbst aufpassen und sie hat Freunde, die auf sie aufpassen, wenn wir nicht da sind, aber das ist nicht dasselbe.«

»Elodie ist ein ungewöhnlicher Name.«

Midas nickte, aber Lexie sah, wie er den Blick zu ihren Lippen wandern ließ, und sie konnte nicht anders, als sich darüber zu lecken.

Er beugte sich noch weiter vor und in dem Moment, in dem Lexie sich sicher war, dass er sie gleich küssen würde, öffnete sich die Tür und ein dunkelhäutiger Mann in einem langen weißen Kittel betrat den kleinen Untersuchungsraum.

Midas stand auf und wich von der Liege zurück, ohne sich zu weit zu entfernen. Er blieb in der Nähe am Fußende, bereit, sie zu beschützen, sollte der Arzt etwas tun, das ihm nicht gefiel. Lexie wollte protestieren und ihm sagen, dass es lächerlich war, aber nachdem sie ihr ganzes Leben lang allein gewesen war, konnte sie nicht leugnen, dass es ihr gefiel, ihn in ihrer Nähe zu haben.

»Es ist schön, Sie zu sehen, Lexie Greene«, sagte der Arzt

mit einem Lächeln. »Hier im Krankenhaus haben wir uns alle Sorgen um Sie gemacht.«

»Danke«, sagte Lexie überwältigt.

»Als Sie entführt wurden, hatten wir große Angst um Sie«, fuhr der Arzt fort. »Wir waren uns nicht sicher, ob Sie jemals wieder zurückkehren würden.«

Lexie kräuselte die Nase und nickte. »Ich mir auch nicht.«

Der Arzt warf Midas einen Blick zu und sah sie dann wieder an. »Somalis sind gute Leute. Nicht alle von uns haben etwas gegen die westlichen Mächte.«

»Ich weiß«, bestätigte sie. »Ich bin schon lange genug hier, um das selbst einschätzen zu können.«

Der Arzt nickte und sagte dann: »Sie sehen gut aus. Besser als Ihr Freund.«

»Wie geht es ihm? Ich hatte die Befürchtung, dass er einen Schlaganfall hatte. Er fing an, undeutlich zu reden, und seine linke Seite schien schwächer geworden zu sein«, sagte Lexie.

Der Arzt nickte, erwiderte aber: »Es tut mir leid, ich kann Ihnen leider keine Details über den Zustand eines anderen Patienten geben.«

»Ich verstehe«, entgegnete Lexie sofort.

Der Arzt warf Midas noch einmal einen Blick zu. »Ich muss die Patientin jetzt untersuchen«, sagte er.

Midas verschränkte die Arme vor der Brust. »Ich werde nicht gehen. Meine Mission ist es, Miss Greene gesund und munter zurückzubringen, und ich werde sie nicht aus den Augen lassen, bis ich diese Mission abgeschlossen habe.«

Es versetzte Lexie einen kleinen Stich ins Herz, dass sie nur eine »Mission« für ihn war. Es war aber gut, daran erinnert zu werden, dass Midas eine Aufgabe zu erfüllen hatte. Er war nicht von sich aus ihretwegen nach Afrika gekommen, sondern weil er hierher zu einem Einsatz geschickt worden war.

Sie war plötzlich sehr froh, dass sie ihn nicht geküsst und sich damit gänzlich in Verlegenheit gebracht hatte. Gott, das wäre beschämend gewesen.

»Lexie?«, fragte der Arzt. »Sind Sie damit einverstanden, dass er hierbleibt?«

Sie nickte. »Ja.«

»Ich gehe davon aus, dass dies Ihr Werk ist«, sagte der Arzt und hob Lexies Arm an, um den Zugang für die Infusion zu begutachten, den Midas gelegt hatte.

»Ja.«

Der Arzt untersuchte die Nadel und nickte. »Das sieht gut aus.« Dann setzte er seine Untersuchung fort und fragte, was während ihrer Gefangenschaft geschehen war und wie es ihr jetzt ginge.

Es war Lexie nicht peinlich, die Fragen zu beantworten. Sie hatte nichts falsch gemacht und obwohl ihre Geiselnahme kein Spaziergang gewesen war, wusste sie, dass es hätte viel schlimmer kommen können.

Nach zwanzig Minuten Frage- und Antwortspiel trat der Arzt zurück. »Sie sind dehydriert, haben einen Sonnenbrand und Bisse von Sandflöhen am ganzen Körper, aber ich vermute, dass ich Ihnen damit nichts Neues erzähle. Ich kann nichts feststellen, das unmittelbar lebensbedrohlich wäre, aber ich empfehle Ihnen trotzdem, nach Ihrer Rückkehr in die USA einen Arzt aufzusuchen und ein komplettes Blutbild machen zu lassen. Obwohl Sie auf den ersten Blick unversehrt aussehen und viel Glück hatten, könnte es dennoch Probleme geben, die nicht unmittelbar erkennbar sind. Sind Sie sicher, dass es keine sexuellen Übergriffe gab?«

Lexie schüttelte den Kopf. »Ja.«

Sie sah, wie der Arzt den Blick noch einmal zu Midas wandern ließ, bevor er ihr wieder in die Augen sah. »Sie können mit einer Krankenschwester darüber sprechen, wenn es Ihnen lieber ist.«

»Sie haben mich nicht auf diese Weise berührt, ich schwöre.«

Der Arzt sah immer noch skeptisch aus, nickte aber. »In Ordnung.«

»Wie lange wird Dagmar Brander noch hierbleiben müssen?«, fragte Midas.

»Ich bin mir nicht sicher. Sein Arzt bestand auf einer Blutuntersuchung und unser Labor arbeitet derzeit daran. Er ... er ist ein sehr kranker Mann.«

Midas nickte. »Kann Lexie hierbleiben, bis er entlassen wird?«

»Natürlich«, sagte der Arzt. »Sie braucht Flüssigkeit. Ich werde einen weiteren Beutel Kochsalzlösung bringen lassen, sobald dieser leer ist.«

Lexie nahm an, dass sie irritiert sein sollte, dass der Arzt mit Midas über sie sprach anstatt direkt mit ihr, aber sie war so erschöpft, dass sie ihre Augen kaum noch offen halten konnte. Die Liege war das Bequemste, auf dem sie seit Monaten gelegen hatte, und die Klimaanlage im Gebäude fühlte sich einfach himmlisch an.

Sie zuckte zusammen, als sie eine Hand auf ihrer Schulter spürte, und riss die Augen auf.

»Entschuldigung, ich wollte Sie nicht erschrecken«, sagte der Arzt. »Ruhen Sie sich aus, das ist das Beste, was Sie jetzt tun können. Ich hoffe, dass dieser Vorfall Sie nicht für immer aus unserem Land jagt.«

»Nein«, antwortete Lexie, »ich möchte auf jeden Fall eines Tages wiederkommen.«

Der ältere Mann lächelte sie an, schüttelte Midas die Hand, drehte sich dann um und verließ den kleinen Raum.

Lexie hatte erwartet, sich unbehaglich zu fühlen, wieder mit Midas allein zu sein, nachdem sie dem Arzt all diese Fragen beantwortet hatte, aber sie war einfach zu müde, um die Energie aufzubringen, sich zu schämen.

»Schließ die Augen«, sagte Midas sanft.

»Das wäre unhöflich«, sagte Lexie, aber sie tat trotzdem, wie geheißen.

Er lachte leise. »So ist es gut. Ich werde mich kurz mit meinem Team treffen, aber ich bin bald wieder da.«

»Ich dachte, du würdest mir nicht von der Seite weichen«, murmelte Lexie.

Sie hörte, wie Midas lachte. »Ich werde nicht länger als ein paar Minuten weg sein und ich werde eine der Krankenschwestern bitten, während meiner Abwesenheit bei dir zu bleiben. Außerdem wirst du in dreißig Sekunden eingeschlafen sein.«

»Werde ich nicht«, protestierte sie schwach. Sie war sich nicht einmal sicher, warum sie ihm widersprach.

Sie glaubte zu spüren, wie eine Hand über ihr Haar strich, entschied aber, dass sie sich das einbilden musste. Warum sollte Midas sie so sanft berühren? Sie war eine Fremde für ihn ... auch wenn sie sich früher einmal gekannt hatten.

»Schlaf jetzt, Lex. Sobald Dagmar transportfähig ist, werden wir einen weiteren lauten und unbequemen Hubschrauberflug machen müssen, um zum Schiff der Navy zu gelangen.«

Lexie nickte und war kurz davor einzuschlafen, als sie noch einmal die Augen öffnete.

Sie war überrascht, Midas sehr nahe an der Bettkante stehen zu sehen, während er sie anstarrte. Sie dachte, er wäre schon weg oder zumindest auf halbem Weg zur Tür. »Midas?«

»Ja, Lex?«

»Wenn die Dinge später chaotisch werden und ich es vergessen sollte ... danke, dass du mich gefunden hast. Ich meine, ich weiß, es ist deine Mission und so, aber trotzdem. Vielen Dank.«

»Diese Mission war für mich eine der aufschlussreichsten, an denen ich seit langer Zeit teilgenommen habe«, antwortete er rätselhaft. »Ich werde bald zurück sein. Du wirst dich besser fühlen, wenn die Infusion ihre Wirkung zeigt.«

Lexie nickte. Sie wollte ihn fragen, inwiefern die Rettung von Geiseln aufschlussreich sein konnte. Sie war davon ausgegangen, dass er als SEAL ständig so etwas tat.

Sie war aber zu müde, um weiter darüber nachzudenken, also schloss sie die Augen und schlief ein.

KAPITEL VIER

Midas zwang sich, Lexies Zimmer zu verlassen und den Flur hinunterzugehen. Aus für ihn bis jetzt unerfindlichen Gründen fesselte diese Frau ihn. Sie war schüchtern, großzügig, lustig und so verdammt vertrauensvoll, dass es fast beängstigend war. Er hatte keine Ahnung, wie sie es schaffte, nicht erschöpft und desillusioniert zu sein, nachdem sie in einigen der ärmsten Gegenden der Welt gearbeitet hatte.

Bei ihrem Gespräch mit dem Arzt wurde ihm klar, dass sie ihren Entführern nicht einmal die Schuld dafür gab, sie als Geisel genommen zu haben. Sie glaubte ehrlich, dass es einfach verzweifelte Männer waren, die alles taten, um an Geld zu kommen.

Midas schüttelte ungläubig den Kopf. Lexie empfand so gut wie keine Wut auf die Männer, die sie ohne Gewissensbisse getötet hätten, wären er und sein Team und die Soldaten der dänischen Spezialeinheit ihnen nicht zuvorgekommen.

Aber er konnte nicht abstreiten, dass ihre Gutmütigkeit ihn auf eine Weise berührte, wie er es noch nie erlebt hatte. Er wusste so gut wie nichts über die Frau, zu der Lexie geworden war. Verdammt, er wusste nicht einmal viel über den Teenager, der sie vor all den Jahren gewesen war. Aber das schien keine

Rolle zu spielen. Sie faszinierte ihn und er wollte sie beschützen.

Im Flur des Erdgeschosses traf Midas auf Slate, der ihm die Neuigkeiten über Dagmar erzählte. Wie Lexies Arzt bereits erwähnt hatte, ging es ihm nicht gut. Er hielt durch, aber anstatt sich zu erholen, schien er immer schwächer zu werden, jetzt, wo er endlich medizinische Hilfe bekam.

»Wir sollten uns nicht zu lange hier aufhalten«, warf Midas ein.

»Ich weiß. Wenn es nach mir ginge, wären wir längst weg«, stimmte Slate zu. »Mustang sieht es auch so. Er hat die Ärzte gefragt, wann er transportfähig sein wird. Er braucht eine spezielle Herz-Kreislauf-Behandlung, die er hier nicht bekommen kann. Je länger wir hierbleiben, desto mehr Schaden könnte sein Herz nehmen.«

»Worauf warten wir dann noch?«

»Sein Bruder arbeitet daran, ein Privatflugzeug zu chartern, um ihn direkt nach Dänemark zurückzufliegen. Anscheinend ist damit aber viel Bürokratie verbunden. Ganz zu schweigen von der Frage, ob Dagmar überhaupt stark genug ist, einen Flug zu überleben.«

»Das ist doch aber gut, oder?«, fragte Midas. »Der Bruder hat offensichtlich genügend Geld, um Dagmar so schnell wie möglich nach Hause zu bringen.«

Slate zuckte mit den Schultern. »Ich denke schon, aber die Ärzte haben seiner Entlassung bisher nicht zugestimmt. Außerdem wurden wir gebeten, den Männern des Jaegerkorpsets bei der sicheren Überführung zum Flughafen zu helfen. Es würde ihm nicht gut bekommen, gleich wieder entführt zu werden, wenn er hier rauskommt. Bis die Ärzte, Dagmars Bruder und die dänische Regierung die nächsten Schritte beschließen, sitzen wir hier fest. Und du weißt, wie sehr ich so eine Situation hasse. Wie geht es Lexie?«

Midas war nicht begeistert davon, länger als nötig warten zu müssen, aber er war froh, dass Lexie die dringend benötigte medizinische Hilfe bekam. »Soweit gut, sie ist dehydriert, aber insgesamt hatte sie Glück. Sie schläft oben auf ihrem Zimmer, während wir auf die nächsten Anweisungen warten.«

»Bist du okay?«, fragte Slate.

»Ja, warum?«

»Du scheinst … außerordentlich besorgt in Bezug auf Lexie zu sein.«

»Ich kenne sie«, gab er zu.

»Was?«

»Ich kenne sie. Wir sind zusammen zur Highschool gegangen.«

»Warum hast du das nicht schon früher gesagt?«, fragte Slate verblüfft.

»Es hätte nichts geändert. Ich meine, ich habe sie seit unserem Abschluss nicht mehr gesehen. Es ist nicht so, als wären wir beste Freunde gewesen oder so.« Midas versuchte, lässig zu klingen. Aber er hätte wissen müssen, dass sein Teamkamerad seine Gefühle bemerken würde.

»Aber da ist noch mehr, oder? Deshalb hast du darauf bestanden, bei ihr zu bleiben, während wir hier sind«, bohrte Slate nach.

»Es ist nur … sie ist mir unter die Haut gegangen«, sagte Midas schließlich. »Ich weiß nicht warum.«

»Ich bin wahrscheinlich nicht der richtige Mensch, mit dem du dieses Gespräch führen möchtest, da meine letzte ernsthafte Beziehung … oh, Moment … ich hatte niemals eine. Aber ich habe gesehen, was zwischen Mustang und Elodie passiert ist. Ich weiß noch, wie gestresst er war, als er nichts von ihr gehört hatte, nachdem wir das Frachtschiff verlassen hatten. Ich kann dir nur den Rat geben, dir ihre Kontaktinformationen geben zu lassen. Und gib ihr deine.«

»Ich bin nicht Mustang«, erwiderte Midas.

»Das bist du nicht. Und Lexie ist nicht Elodie. Aber ich kenne dich, Midas. Wenn sie dir unter die Haut gefahren ist, dann musst du herausfinden warum. Und das geht nicht, wenn du keinen Kontakt zu ihr hast.«

»Ich bin sicher, dass es nur an der Situation und der Tatsache liegt, dass ich sie kenne«, argumentierte Midas und glaubte seinen eigenen Worten nicht. »Sobald wir auf diesem Navy-Schiff sind, gehen wir getrennte Wege und es hat sich erledigt. Es ist weder der richtige Zeitpunkt noch der passende Ort, um sich kennenzulernen. Noch ein paar Stunden, und sie wird nur ein Teil einer weiteren Mission für mich sein.«

»Ich weiß nicht, warum du dich so sehr dagegen wehrst. Niemand wird dich zwingen, sie besser kennenzulernen, wenn du bereits beschlossen hast, dass du das nicht willst. Aber du weißt genauso gut wie ich, dass solche Dinge aus einem bestimmten Grund passieren. Wir haben zu viel Mist durchgemacht und zu viele verdammte Wunder gesehen, um so eine Sache als Zufall abzutun.«

Midas presste die Lippen zusammen. Slate hatte recht. Sie hatten schon mehr als einmal darüber gesprochen – Zufälle. Wie hoch war die Wahrscheinlichkeit, dass er auf eine Mission geschickt wurde, um jemanden zu retten, den er kannte? Gering bis null.

»Was kann es schaden, sie nach ihrer E-Mail-Adresse zu fragen?«, fragte Slate. »Ich weiß nicht, ob sie ein Telefon hat, aber wenn ja, dann tauscht eure Nummern aus.«

»Sie arbeitet für eine internationale Hilfsorganisation«, protestierte Midas. »Es ist schon schlimm genug, dass ich für unsere Missionen um den ganzen Erdball geschickt werde, es ist nicht so, dass ich nach Afrika ziehen könnte, wenn es zwischen uns klicken sollte«, argumentierte er und versuchte verzweifelt, Gründe zu finden, um sich diese faszinierende Frau aus dem Kopf zu schlagen.

»Ausreden«, sagte Slate unbeeindruckt. »Wenn sie die Richtige für dich ist, dann ist sie die Richtige und du wirst einen Weg finden.«

»Verdammt, du nervst«, sagte Midas zu seinem Freund. »Ich

kann es kaum erwarten, bis du eine Frau triffst und dir alle möglichen Ausreden einfallen lässt, warum du nicht mit ihr zusammen sein kannst.«

»Das ist höchst unwahrscheinlich. Ich bin ein Miesepeter, der in jedem Menschen nur das Schlimmste sieht. Und im Gegensatz zu dir halte ich die Dinge mit Frauen lieber locker und oberflächlich. Ich bin nicht auf der Suche nach einer tiefen Verbindung, und ich möchte auch nicht sofort mit einer Frau zusammenziehen und heiraten.«

»Wenn du die richtige Frau triffst, könnte das deine Meinung ändern«, erwiderte Midas.

»Mach dir da keine Hoffnungen«, widersprach Slate.

»Hey Leute«, sagte Jag, als er auf sie zukam. »Ich versuche schon seit ein paar Minuten, euch über Funk zu erreichen.«

»Zum Teufel noch mal! Diese Dinger sind der letzte Mist«, sagte Slate kopfschüttelnd und tippte auf den Hörer in seinem Ohr. »Wir hätten die Funkgeräte mit größerer Reichweite mitnehmen sollen.«

»Dafür ist es jetzt zu spät«, sagte Jag.

»Was ist los?«, fragte Midas.

»Es sieht so aus, als könnten wir in ungefähr einer Stunde aufbrechen«, sagte Jag. »Dagmars Arzt hat endlich grünes Licht gegeben, dass er transportiert werden kann.«

»Zum Schiff oder zum Flugplatz?«, fragte Midas.

»Flugplatz«, sagte Jag. »Magnus Brander hat sich durchgesetzt und eine Menge Geld bezahlt, um seinen Bruder hier rauszuholen. Der Helikopter wird uns anschließend von dort abholen und auf das Schiff bringen. Kurz darauf werden wir auf dem Weg nach Hause sein. Wie geht es Lexie?«

»Sie ist in Ordnung. Sie schläft oben in einem der Untersuchungsräume. Ich werde sie in ungefähr fünfundvierzig Minuten wecken und mich hier unten mit euch treffen, damit wir uns auf den Weg machen können. Gibt es irgendwelche Probleme mit den Einheimischen?«

»Bis jetzt nicht«, antwortete Jag. »Pid und Aleck behalten

die Umgebung im Auge. Ich denke, nicht viele Leute haben bemerkt, dass wir Dagmar und Lexie ins Krankenhaus gebracht haben.«

»Ich gehe davon aus, dass nicht alle Entführer im Lager waren«, warf Slate ein. »Die Berichte besagten, dass ungefähr achtzehn Personen an der Geiselnahme beteiligt waren. Wir haben aber nur ungefähr ein Dutzend ausgeschaltet. Wir müssen auf der Hut bleiben, bis der Hubschrauber abhebt.«

Midas und Jag nickten.

»Ja, deshalb sind Aleck und Pid auf Patrouille«, sagte Jag.

Midas begann, sich unwohl zu fühlen, weil Lexie schon so lange allein war, und sagte: »Ich gehe zurück nach oben. Lasst es mich wissen, wenn es eine Verschiebung des Zeitplans geben sollte. Je früher wir hier rauskommen, desto besser werde ich mich fühlen.«

»Geht mir genauso«, bestätigte Slate.

Midas machte nicht einmal einen Kommentar über die legendäre Ungeduld seines Freundes. Im Moment war er hundertprozentig einer Meinung mit Slate. Er nickte seinen Kammeraden zu und ging zur Treppe.

Leise betrat er Lexies Zimmer und bedankte sich bei der Krankenschwester, als sie ging. Er war erleichtert, Lexie genau dort vorzufinden, wo er sie verlassen hatte. Sie hatte sich auf die Seite gedreht und der Arm mit der Infusion hing über der Tischkante. Ihr Haar war jetzt größtenteils getrocknet und noch unbändiger als zu dem Zeitpunkt, an dem er sie in der Wüste gefunden hatte.

Midas lächelte. Er hatte keine Ahnung, warum er ihr Haar so faszinierend fand. Vielleicht weil es im Gegensatz zu ihrer Persönlichkeit wild und verrückt war. Es war ein seltsamer Widerspruch.

Er zog einen Stuhl ans Bett, setzte sich zwischen Lexie und die Tür und starrte die schlafende Frau auf der Liege vor ihm an.

Was hatte sie an sich, das ihn so unerwartet zu ihr hinzog?

Es ergab keinen Sinn. Er kannte sie nicht einmal wirklich. Aber was er über sie erfahren hatte, seit er sie in der Wüste auf einer Palette hatte liegen sehen, war genug für ihn, um mehr über sie wissen zu wollen.

Er dachte darüber nach, wie er sie besser kennenlernen könnte, aber ihm fiel nicht wirklich etwas Gutes ein. Er hatte keine Ahnung, was sie vorhatte, sobald sie das Schiff der US Navy erreichen würden. Er nahm an, dass sie zurück in die USA fliegen würde, bis Food For All ihr eine neue Position zuwies. Midas wusste nicht viel über die Organisation. Er hatte keine Ahnung, an wie vielen Orten auf der Welt sie im Einsatz war. Würde Lexie wieder nach Afrika zurückkehren oder nach Südamerika gehen oder vielleicht in die Karibik? Es gab so viele Menschen, die Hilfe brauchten, dass sie buchstäblich überall hingeschickt werden könnte.

Er würde nach Hawaii zurückkehren, wo er stationiert war, ins Paradies. Natürlich gab es dort auch Menschen, die in Not waren, aber er glaubte nicht, dass Hawaii auf der Liste von Einsatzzielen von Food For All stand.

Seufzend schüttelte Midas den Kopf. Er konnte sich nicht vorstellen, wie in aller Welt er und Lexie jemals eine Beziehung haben könnten ... nicht dass er davon ausging, dass sie überhaupt interessiert wäre.

Obwohl er bemerkt hatte, wie sie ihn vorhin angesehen hatte.

Er konnte es immer noch nicht glauben, dass er sie fast geküsst hätte. Das wäre so unangemessen gewesen.

Nein, es wäre nicht klug, mit Lexie in Kontakt zu bleiben, nachdem sie hier raus waren. Es war zu kompliziert. Er hatte noch einige Jahre in der Navy vor sich und er konnte sich nicht vorstellen, dass Lexie sich nach ihren jahrelangen Weltreisen plötzlich an einem Ort niederlassen wollte. Spätestens nach einer Woche würde sie sich langweilen.

Midas war deprimiert über das Ende einer Beziehung, bevor sie überhaupt begonnen hatte. Er schloss die Augen, lehnte sich auf dem Stuhl zurück und legte den Kopf auf die Rückenlehne. Er streckte die Beine aus, schlug sie übereinander und versuchte, seine Gedanken abzuschalten.

Fünfzehn Minuten später wurde Midas von einem lauten Knall aus seinem leichten Schlaf gerissen.

Er sprang auf und sah sich um, um herauszufinden, was ihn geweckt hatte.

Als ein zweiter Knall ertönte, sprang Midas sofort an Lexies Seite.

»Lex, wach auf!«, sagte er in leisem, eindringlichem Ton.

Sie öffnete die Augen und starrte ihn an. »Was ist los?«

Midas wollte sie gerade hochziehen, als er bemerkte, dass die Infusionsnadel noch in ihrem Arm steckte. Er fluchte. »Halte eine Sekunde still«, befahl er.

Lexie nickte sofort. Einen Moment lang war er dankbar, dass sie ihm nicht eine Million Fragen stellte, als er nach der Infusion griff, die er vor nicht allzu langer Zeit gesetzt hatte. Sie hatte nicht so viel von der Kochsalzlösung in ihren Körper bekommen, wie es ihm lieb gewesen wäre, aber er konnte es nicht ändern. Schnell zog er die Nadel aus ihrem Arm und drückte mit seinem Daumen fest auf den Einstich, während er sie in eine sitzende Position zog.

Er konnte jetzt Schreie hören. Sie waren gedämpft, aber sie kamen aus dem Krankenhaus. Er wusste nicht, wie viel Zeit sie hatten, aber er vermutete, dass sie sich beeilen mussten.

»Wir müssen hier raus«, sagte er zu Lexie.

Sie nickte. »Okay.«

Midas war verdammt beeindruckt. Sie geriet nicht in Panik. Er konnte sehen, dass sie Angst hatte – ihre Pupillen waren geweitet und sie atmete etwas zu schnell –, aber sie riss sich zusammen.

Er nahm ihre Hand und drückte sie auf die kleine Wunde auf ihrem Arm. »Es wird gleich aufhören zu bluten, aber du musst noch einen Moment draufdrücken.«

Lexie nickte, als er ihre freie Hand nahm und zur Tür ging.

Er lauschte einen Moment und öffnete sie dann einen Spalt. Als er Männer aus Richtung Treppenhaus schreien hörte, schloss er sie sofort wieder. Ohne ein weiteres Wort zog er Lexie zum Fenster.

»Midas?«

»Irgendetwas stimmt nicht«, sagte er und sprach aus, was offensichtlich war. »Ich habe noch nichts von meinem Team gehört, aber ich vermute, die übrigen Geiselnehmer, die nicht im Camp waren, haben herausgefunden, wohin wir Dagmar und dich gebracht haben. Sie sind offenbar nicht sehr glücklich über die Geschehnisse.«

»Glaubst du, es geht ihnen gut?«, fragte sie.

»Den Geiselnehmern?«, fragte Midas verwirrt, als er sich darauf konzentrierte, das Fenster zu öffnen und einen Fluchtplan zu entwerfen.

»Nein, deinen Kameraden und Dagmar.«

»Es geht ihnen gut«, sagte Midas. Er hatte natürlich keine Ahnung, was unten im Krankenhaus vor sich ging. Er bekam keine Informationen über sein Funkgerät, aber er hatte jetzt keine Zeit, sich darüber Sorgen zu machen. Er musste Lexie aus dem Krankenhaus wegbringen, das gerade überfallen wurde. Er nahm an, dass sie ungefähr drei Minuten Zeit hatten, bevor die Männer aus dem Treppenhaus die Tür des Untersuchungszimmers öffnen würden, um nach ihren vermissten Geiseln zu suchen.

Midas schaute hinaus und war erleichtert, als er direkt neben dem Fenster eine Regenrinne sah. Er wandte sich an Lexie. »Ich gehe zuerst. Du folgst mir. Steig auf den kleinen Vorsprung vor dem Fenster, greif nach der Regenrinne und rutsch daran herunter, okay?«

Lexie blickte aus dem Fenster und sah ihn dann mit weit aufgerissenen Augen an. »Bist du verrückt?«, fragte sie.

»Nein, ich bin unten und fange dich auf, um dich abzubremsen, bevor du den Boden berührst.«

»Midas, das ist keine Feuerwehrstange oder so. Es ist eine

verdammte Regenrinne. Da ist nichts, woran man sich fest-halten kann.«

Midas nahm ihren Kopf zwischen seine Hände und sah ihr in die Augen. »Du schaffst das, Lex. Wir haben keine andere Wahl. Ich weiß nicht, wer diese Männer sind, die da draußen brüllen, aber aus der Explosion, die ich gehört habe, schließe ich, dass sie nicht hier sind, um Lutscher und gute Laune zu verteilen. Ja, ich habe ein Gewehr, aber nicht unbegrenzte Munition. Wir müssen hier raus. Ich werde nicht zulassen, dass sie dich wieder in die Finger bekommen, verstanden?«

Sie schluckte schwer, holte tief Luft und nickte dann.

»Okay?«, fragte er und versuchte, nicht ungeduldig zu wirken, obwohl er wusste, dass jede Sekunde zählte. Sie mussten hier verschwunden sein, bevor die Männer in den Raum kamen.

»Okay. Ich wollte schon immer mal Poledance ausprobieren. Das ist ja fast genauso.«

Das war es nicht, aber er widersprach ihr nicht, lachte aber auch nicht über ihren Witz. »Schau mir zu und mach es mir nach. Wir bekommen das hin.«

Sie nickte und Midas verschwendete keine weitere Zeit. Er hasste es, sie im Zimmer zurückzulassen, aber sie konnten nicht gleichzeitig aus dem Fenster steigen. Es war ärgerlich, dass sie im ersten Obergeschoss waren, aber wenigstens würde es sie nicht umbringen, sollte einer von ihnen herunterfallen.

Midas stieg auf die Fensterbank und kletterte hinaus. Der Vorsprung war nur etwa zehn Zentimeter tief, aber es war genug, um sich kurz abzustützen und schnell nach der Regenrinne zu greifen.

»Jetzt du, Lex. Komm schon«, drängte er und tat sein Bestes, sich mit seinen Stiefeln an dem rutschigen Metall festzuklammern.

Er wartete, bis Lexie auf der Fensterbank stand, bevor er sich von der Schwerkraft nach unten ziehen ließ. Etwas unkontrolliert rutschte er schnell nach unten, bis seine Füße den Boden berührten.

Sofort schaute er nach oben und sah, wie Lexie versuchte, sich an der Regenrinne festzuhalten. Er fluchte innerlich, als er ihre nackten Füße sah. Scheiße, sie hatte nur ein Paar Flipflops angehabt, als er sie aus der Wüste gerettet hatte, aber selbst die wären im Moment besser als nichts gewesen. Er hatte nicht einmal daran gedacht, sie mitzunehmen. Er war zu besorgt gewesen, sie aus dem Zimmer zu holen.

Er konnte es jetzt nicht mehr ändern. Er müsste später etwas für ihre Füße organisieren. Das Wichtigste zuerst.

»Jetzt«, hauchte er im Flüsterton. Midas standen die Nackenhaare zu Berge und er fühlte sich wie in der Falle. Er stand in einer Gasse neben dem Gebäude, die im Moment noch leer war. Er wusste aber, dass das nicht mehr lange so bleiben würde. Sie mussten verdammt noch mal von hier weg und sich verstecken.

Überraschenderweise stellte sich heraus, dass Lexies nackte Füße ihr dabei halfen, sich besser an der Regenrinne festklammern zu können, was sie beim Herunterrutschen verlangsamte. Sobald sie in Reichweite war, griff Midas nach ihr und hob sie herunter. Er wollte sie tragen. Er hasste den Gedanken, ihre sauberen nackten Füße auf den Dreck in der Gasse zu setzen. Aber er musste beide Hände frei haben, um sie auf ihrer Flucht zu beschützen.

»Alles okay?«, fragte er.

Lexie nickte.

Ohne ein weiteres Wort hakte Midas ihre Finger an seinem Hosenbund ein und ging die Gasse entlang in Richtung Gebäuderückseite. Er erwartete, jeden Moment Schreie aus dem Fenster im ersten Stock zu hören, aber auf wundersame Weise schafften sie es unentdeckt bis ans Ende der Gasse.

Aber sie gingen nicht gerade in der Menge unter. Zwei Weiße in einem überwiegend schwarzen Viertel fielen auf. Die Tatsache, dass er eine Uniform trug und ein Gewehr über der

Schulter hatte, war auch nicht gerade hilfreich. Jeder, der sie sah, würde sich leicht an sie erinnern und Auskunft geben können, in welche Richtung sie gegangen waren.

»Hier ist Nummer zwei, hört mich jemand?«, sagte Midas in das Mikrofon des Funkgerätes, während er und Lexie sich vom Krankenhaus entfernten.

Keine Antwort. Scheiße.

Sie hatten vor Verlassen der USA gewusst, dass diese Funkgeräte nicht erstklassig waren, aber niemand hatte erwartet, dass sie mitten in der Operation so tief in der Scheiße stecken würden. Midas machte sich keine allzu großen Sorgen. Seine Kameraden würden nicht ohne ihn und Lexie verschwinden und sie hatten oft genug über die Notfallpläne gesprochen, um zu wissen, was zu tun war. Er hasste es aber, von seinen Freunden abgeschnitten zu sein.

Midas achtete auf Lexie und darauf, wohin sie gingen. Die Straßen und schmalen Gassen, durch die sie sich schlängelten, waren mit Schmutz bedeckt, aber das bedeutete nicht, dass es keine Scherben oder andere Dinge gab, an denen sie sich die Füße verletzen könnte. Es gefiel ihm auch nicht, dass sie nicht so viel von der Infusion wie erhofft in ihren Körper bekommen hatte. Verdammt, die Frau war monatelang als Geisel gehalten worden und jetzt waren sie auf der Flucht vor wer weiß wem.

Aber Midas war sich sicher, dass sie beide wahrscheinlich tot wären, wenn sie in diesem Zimmer im Krankenhaus geblieben wären. Der Lärm, den er gehört hatte, war auf Explosionen zurückzuführen. Nachdem er die Regenrinne heruntergerutscht war, hatte er auch Rauch von der Vorderseite des Gebäudes aufsteigen sehen.

Er betete, dass es seinen Teamkameraden gut ging, aber seine Mission war Lexie. Ihre Rettung war von Anfang an das Ziel gewesen, und daran hatte sich nichts geändert.

Midas blieb am Ende der nächsten Gasse stehen und schaute vorsichtig um die Ecke. Er fluchte leise, drehte sich um und ging den Weg zurück, den sie gekommen waren.

»Was hast du gesehen?«, fragte Lexie, als sie ihm folgte.

»Nichts Gutes«, antwortete er grimmig.

Er hatte ein halbes Dutzend Männer gesehen, das die Straße entlang in ihre Richtung kam. Alle sechs hatten halbautomatische Gewehre in den Händen und sahen nicht glücklich aus. Sie hörten auch immer mehr Schreie von überall um sie herum. Es klang so, als würden die Männer die Anwohner verärgern. Es war unmöglich zu wissen, ob es sich um Freunde oder Feinde handelte, aber Midas hatte keine Lust, sich einer Gruppe bewaffneter Männer zu stellen.

Er runzelte die Stirn und überlegte, wohin sie gehen sollten, aber die Schreie um sie herum schienen von Minute zu Minute zuzunehmen.

Das war nicht gut, überhaupt nicht gut. Sie durften sich auf keinen Fall in die Enge treiben lassen. Midas musste wieder an Mogadischu denken. Die Erinnerung daran, was die wütende Menge den dort gefangenen Männern der Spezialeinheit und den Piloten angetan hatte, ging ihm durch den Kopf.

Als er und Lexie durch eine weitere enge Gasse eilten, öffnete sich plötzlich eine Tür und Midas blieb abrupt stehen. Lexie stieß gegen seinen Rücken, er behielt aber das Gleichgewicht und starrte die dunkelhäutige Frau an, die die Tür geöffnet hatte.

Für eine scheinbare Ewigkeit starrten sie sich gegenseitig an, bevor Lexie hinter ihm hervorkam. »Astur?«

»Lexie?«, fragte die Frau.

Bevor Midas sie aufhalten konnte, war Lexie um ihn herumgelaufen und umarmte die Frau. »Oh mein Gott, es ist so schön, dich zu sehen.«

Die Frau schaute zurück zu Midas und dann die Gasse hinunter, als sie mehrere Männer schreien hörten.

Ohne ein weiteres Wort packte Astur Lexie am Arm und zog sie durch die Tür hinein ins Haus.

Midas wollte die Frauen nicht aus den Augen lassen und folgte dicht dahinter. Es kam ihm gerade gelegen hineinzugehen. So könnten sie sich vor der wachsenden Menschenmenge auf den Straßen verstecken – einschließlich der bewaffneten Männer, von denen er vermutete, dass sie hinter Lexie her waren. Er hatte allerdings keine Ahnung, ob sie aus dem Regen in die Traufe geraten würden.

Die Tür fiel hinter ihnen ins Schloss und Midas bemerkte, dass sie sich im Hinterzimmer eines Ladens befanden.

»Du stecken in Schwierigkeiten«, sagte Astur zu Lexie.

Sie rümpfte die Nase und nickte.

»Verstecken. Hier!«, sagte Astur.

»Wir wollen dich nicht in Schwierigkeiten bringen«, sagte Lexie sofort. »Wenn wir uns durch deinen Laden schleichen und durch die Vordertür wieder verschwinden können, ist das schon genug.«

»Nicht genug«, sagte Astur kopfschüttelnd. »Mehr Männer kommen. Suchen nach Amerikanern. Ich habe gehört.«

»Scheiße«, fluchte Lexie. Sie sah zu Midas auf. »Was sollen wir jetzt machen? Vielleicht solltest du einfach gehen. Sie suchen nach mir, nicht nach dir. Du kannst zu deinem Team zurückkehren und ...« Sie verstummte.

Es war egal, was sie sagen würde. Er würde sie nicht verlassen. Auf keinen Fall, verdammt noch mal. »Ich werde nicht gehen«, sagte er streng.

»Verstecken. Hier!«, wiederholte Astur. »Ich arbeite in Laden. Niemand denkt, du hier.«

Midas musterte die Frau. Er hatte keine Ahnung, wer sie war, aber er sah keine Arglist in ihren Augen. Wenn überhaupt, dann sah er Besorgnis. Nicht über ihn, aber über Lexie. Das überraschte ihn nicht.

Sie schob Lexie zur Seite und hockte sich neben die Tür, durch die sie gerade den Raum betreten hatten. Sie zog an ein paar Brettern des Fußbodens und ein kleiner Raum kam zum Vorschein. Es handelte sich wahrscheinlich um eine Art Stauraum. Midas konnte ein paar Dosen und einige zusammengefaltete Pappkartons im Dreck liegen sehen.

»Du versteckst hier«, sagte Astur, stand auf und zeigte auf das Loch.

Lexie sah wieder zu Midas auf und die Unsicherheit in ihrem Gesichtsausdruck gefiel ihm nicht. Er war sich auch nicht so sicher. Er kannte diese Astur-Frau nicht. Es könnte gut sein, dass sie mit den Männern zusammenarbeitete, die hinter ihnen her waren, und sobald sie in dem Loch waren, könnte sie nach draußen gehen und sie direkt zu ihnen führen.

Aus der Gasse vor dem Laden waren weitere Schreie zu hören und Lexie riss die Augen auf. »Ich glaube nicht, dass wir beide da reinpassen«, flüsterte sie.

»Wir werden reinpassen«, sagte Midas und traf eine Entscheidung. Es würde eng werden, das war sicher. Er war nicht gerade klein. Als der größte Mann in ihrem Team war die Situation alles andere als ideal für ihn. Aber er würde alles tun, was nötig war, um Lexie in Sicherheit zu bringen.

Er trat in das Loch, das nur etwa neunzig Zentimeter tief war. Er setzte sich in den Dreck und schob sein Gewehr auf die rechte Seite. Er rutschte, so weit er konnte, nach außen und bedeutete Lexie, sich ihm anzuschließen.

Sie sah noch skeptischer aus, jetzt, wo er sich in dem Loch befand.

»Es sieht aus wie ein Sarg«, sagte sie mit einem Stirnrunzeln.

»Lexie, es ist nur für kurze Zeit«, beruhigte Midas sie, als die Stimmen näher kamen.

»Scheiße«, murmelte sie. Dann drehte sie sich zu der Frau um, die sie in den Laden geführt hatte, und umarmte sie erneut. »Danke Astur.«

»Du geholfen Astur und Kindern. Wir helfen dir«, sagte sie, als sie Lexies Umarmung erwiderte. Dann schob sie Lexie sanft von sich weg und deutete ungeduldig auf das Loch.

Lexie holte tief Luft, trat vorsichtig in das Loch und legte sich neben Midas. Sie rutschte hin und her und versuchte, es sich bequem zu machen. Noch bevor sie aufgehört hatte, sich zu bewegen, hatte Astur die Bretter zurückgeschoben und Staub rieselte auf sie nieder. Das Licht aus dem Hinterzimmer schien durch die Spalten im Boden und es war gerade hell genug, damit sie sich sehen konnten.

Astur hatte gerade das letzte Brett über ihrem Versteck fallen lassen, als die Tür zur Gasse krachend aufflog.

Midas spannte sich an und legte seinen Finger auf den Abzug seines Gewehrs. Jetzt kam es drauf an. Astur könnte sie jetzt und hier verraten. Und wenn die Männer klug genug wären, dann würden sie zuerst schießen und dann Fragen stellen.

Aber es wurde nicht geschossen. Es hörte sich an, als hätten mehrere Männer den Laden betreten und sprachen auf Somali. Midas hatte keine Ahnung, was gesagt wurde, aber Astur schien keine Angst zu haben, ihnen die Meinung zu sagen. Sie erhoben die Stimmen und irgendwann stampfte Astur mit dem Fuß auf. Zumindest dachte er, dass sie das tat. War es vor Empörung, vor Wut oder Frustration? Midas wusste es nicht, aber er war so angespannt wie nie zuvor. Er konnte jeden von Lexies Atemzügen spüren, während sie buchstäblich an ihm klebte.

Ihr Kopf ruhte auf seiner Schulter. Den einen Arm hatte sie angelegt und den anderen über seinen Bauch gelegt. Er konnte fühlen, wie sie sich an seiner Weste festklammerte und ihre Beine gegen seine presste.

Sie wussten nicht, wie lange es gedauert hatte, aber nach einer sehr angespannten Wartezeit und weiteren Fußtritten und Schreien über ihren Köpfen verließen die Männer schließlich den kleinen Raum und gingen zurück in die Gasse, aus der sie gekommen waren.

Eine herrliche Stille kehrte ein. Auch Astur verließ das Hinterzimmer und ging vermutlich in den Ladenbereich.

»Heilige Scheiße«, flüsterte Lexie.

»Schhh«, mahnte Midas kaum hörbar.

Er spürte, wie sie nickte und ihre Muskeln sich nacheinander entspannten.

Dann lagen sie weitere Stunden in diesem engen Loch unter dem Fußboden.

Es wurde immer heißer und Midas' Beine begannen, sich zu verkrampfen. Trotzdem bewegte sich keiner von ihnen. Er war darauf trainiert worden, stundenlang in einer Position zu verharren, aber Lexie hatte keine Übung darin. Nach ihrer Tortur war sie auch immer noch nicht hundertprozentig wieder fit. Midas war schon vorher von ihr beeindruckt gewesen, aber mit jeder Minute, die verging, stieg seine Bewunderung für sie.

Die Hintertür wurde noch zweimal geöffnet und jedes Mal stellte Astur sich den Leuten entgegen, die eingetreten waren, bis sie wieder verschwanden. Midas war sich bewusst, dass sie nur ein Husten oder Niesen davon entfernt waren, entdeckt zu werden, und betete, dass der Staub, der durch die Risse fiel, keinen von ihnen dazu bringen würde.

Es dauerte noch eine Weile, bis die Rufe und Schreie aus der Gasse verstummten und nur noch Stille ihr Versteck und das Hinterzimmer des kleinen Ladens erfüllte. Als Midas zuversichtlich war, dass es sicher wäre, in gedämpften Tönen zu sprechen, flüsterte er: »Geht es dir gut?«

»Ja. Und dir?«

»Fantastisch. So müssen sich Sardinen in einer Dose fühlen.«

Er spürte, wie Lexie an seiner Schulter ein Lachen unterdrückte. Dann sagte sie: »Wie kannst du mich in dieser Situation nur zum Lachen bringen? Es ist kein bisschen komisch.«

»Scheiße passiert, finde dich damit ab«, sagte Midas.

»Wie bitte?«

»Scheiße passiert, finde dich damit ab«, wiederholte er. »Das haben wir bereits im SEAL-Training gelernt. Es bedeutet, dass die Situation beschissen sein kann, aber man muss damit umgehen können. Man muss akzeptieren, wie beschissen, aber unvermeidlich die Situation ist, um weitermachen zu können.«

»Ich bin mir nicht sicher, ob das sehr inspirierend ist«, sagte Lexie. »Was hast du sonst noch anzubieten?«

»Der einzige einfache Tag war gestern?«, scherzte er.

Überraschenderweise genoss Midas es. Wahrscheinlich weil Lexie nicht ausgeflippt oder hysterisch war. Diese Art von Gespräch würde er in einer ähnlichen Situation auch mit seinen Teamkameraden führen.

»Nein, absolut nicht. Denn gestern war nicht einfach«, sagte Lexie bestimmt. »Versuch es noch einmal.«

Midas lachte leise. »Wie wäre es mit: Du bist unglaublich und es gibt niemanden, mit dem ich lieber in dieser Situation wäre als mit dir.«

»Ja, sicher«, entgegnete sie mit einem kleinen Kopfschütteln. »Und ich würde dir gern ein Haus mit Meerblick in Kansas verkaufen.«

»Im Ernst, glaubst du, ich würde lieber Mustang so hier bei mir haben?«

Jetzt war es Lexie, die leise lachte. »Ähm ... das könnte etwas unangenehm werden. Ich meine, es kann auch nicht gerade Spaß machen, mich hier bei dir zu haben. Wir passen nicht wirklich hier rein.«

»Ich würde sagen, wir passen perfekt«, sagte Midas, bevor er über seine Worte nachdachte.

»Ich nehme an, es ist gut, dass ich die Gelegenheit hatte zu duschen. Du würdest dich nicht so freuen, mich so nahe bei dir zu haben, wenn ich noch so riechen würde wie vorhin. Drei Monate sind eine lange Zeit ohne Seife.«

Midas tat etwas, das er schon tun wollte, seit sie auf der Liege im Krankenhaus gelegen hatte. Er drehte den Kopf herum und vergrub seine Nase in ihren Haaren. Es roch nicht gerade nach Sonnenschein und Rosen, aber ihre Strähnen fühlten sich weich auf seinem Gesicht an.

»Riechst du an mir?«, fragte sie verwirrt.

»Ich atme nur«, erwiderte er. »Und deine Haare sind mir dabei im Weg.«

»Du bist merkwürdig«, sagte sie zu ihm.

Midas lächelte. Das war er wirklich. Aber im Moment war es ihm egal. Zum ersten Mal entspannte er seinen Griff um das Gewehr, streckte die Hand aus und fuhr damit über ihr Haar.

Es war weder die richtige Zeit noch der richtige Ort, um darüber nachzudenken, wie sehr er das Gefühl von Lexie in seinen Armen genoss. Er schätzte die Lage im Moment als relativ sicher ein, aber er wollte nicht vor Einbruch der Dunkelheit aus ihrem Versteck kommen. Hoffentlich hätten die Männer, die nach ihnen suchten, bis dahin aufgegeben. Bis dahin waren es noch ein paar Stunden.

Er erinnerte sich an sein Gespräch mit Slate darüber, dass es keine Zufälle gab. Midas hatte sich damit abgefunden, dass er keine Zeit haben würde, Lexie kennenzulernen, bevor sie getrennte Wege gehen würden. Offensichtlich hatte das Universum andere Pläne und ihm förmlich ins Gesicht gelacht und gesagt: »Du willst Zeit? Ich werde dir Zeit geben.«

Er wollte alles über sie erfahren.

»Erzähl mir von Astur«, bat er und fragte nach dem Ersten, das ihm in den Sinn kam. »Woher weißt du, dass du ihr vertrauen kannst?«

KAPITEL FÜNF

Lexie fühlte sich wie ein schrecklicher Mensch. Sie versteckte sich hier aus Angst um ihr Leben und genoss dabei, so eng neben Midas zu liegen. Wenn ihr jemand gesagt hätte, dass sie sich jemals in so einer Situation befinden würde, hätte sie demjenigen ins Gesicht gelacht.

Aber sie konnte nicht leugnen, dass sie das Gefühl seines harten Körpers unter ihrem nicht unangenehm fand. Sie war amüsiert darüber, dass er an ihren Haaren gerochen hatte. Und sie hatte das zarte Gefühl seiner Hand auf ihrem Kopf gemocht, als er ihr über die Haare gestrichen hatte. Es war angenehm, dass es nicht stockdunkel in ihrem Versteck war. Astur hatte das Licht in dem kleinen Hinterzimmer des Ladens angelassen. Die Lichtstrahlen, die durch die Spalten zwischen den Brettern hindurchschienen, waren gerade genug, sodass Lexie nicht das Gefühl hatte, lebendig begraben zu sein.

Sie war immer noch verängstigt und fühlte sich nicht sehr gut. Sie war hungrig und durstig, aber sie wollte es nicht riskieren, aus dem Versteck zu kommen. Die Männer, die auf der Suche nach ihr waren, wollten ihr bestimmt keine Abschiedsfeier geben. Sie schienen sauer zu sein, dass sie entkommen war.

Sie wollte sich selbst dafür in den Hintern treten, dass sie Midas oder einen seiner Kameraden nicht gefragt hatte, wie viele Menschen sie in der Wüste getötet hatten. Sie erkannte nun, dass mindestens eine Person entkommen sein musste, die gesehen hatte, was passiert war, und die Nachricht darüber verbreitet hatte.

Sie wusste besser als die meisten Menschen, was das Lösegeld für die Entführer bedeutete. Sie war nicht einverstanden mit der Art und Weise, wie sie versuchten, an Geld zum Überleben zu kommen, aber in gewisser Weise verstand sie es. Verzweifelte Menschen taten verzweifelte Dinge, besonders wenn sie eine Familie zu ernähren hatten.

Über die Jahre, die sie für Food For All gearbeitet hatte, hatte sie einige sehr verzweifelte Menschen getroffen, besonders hier in Somalia. Die Maslowsche Bedürfnishierarchie existiert wirklich. Die meisten Menschen dachten nicht viel über ihre Grundbedürfnisse nach, weil sie sehr leicht zu erfüllen waren. Aber im Laufe der Jahre hatte Lexie viele Menschen kennengelernt, denen es selbst an Grundbedürfnissen wie Nahrung, Wasser, Obdach, Schlaf und Kleidung mangelte. Darüber hinaus war alles andere zweitrangig.

»Lex?«, fragte Midas.

Mit einem Ruck stellte sie fest, dass er ihr eine Frage gestellt hatte. »Entschuldige. Ich habe Astur vor ungefähr sechs Monaten kennengelernt, als ich hier ankam. Food For All stellt für seine Mitarbeiter Wohnraum, aber alle Räume im Hauptgebäude waren besetzt. Also bekam ich ein kleines Haus zwei Straßen weiter zugeteilt. Ich war irgendwie froh darüber. Ich lebe gern unter den Einheimischen. Ungefähr eine Woche nach meiner Ankunft kam ich gerade aus der Speisekammer und bin auf Astur und ihre drei Kinder gestoßen. Ihre Tochter Hodan ist ungefähr fünf Jahre alt. Cumar, ihr mittlerer Sohn, ist neun. Und Shermake, ihr ältester Sohn, ist sechzehn. Sie waren in ziemlich schlechtem Zustand. Sie waren schmutzig, ihre Kleidung abgetragen, und Hodan war die Einzige, die

Schuhe trug. Astur konnte nicht viel Englisch, aber ich habe verstanden, dass sie um Nahrung für ihre Kinder bat.«

Lexie hasste es, wieder daran denken zu müssen, aber sie wusste, dass Asturs Familie nur eine unter vielen war, die auf der Welt hungerte und obdachlos war. »Ich habe mich umgedreht und wollte ihnen etwas zu essen holen, aber mein damaliger Vorgesetzter verriegelte gerade das Gebäude und sagte mir, dass wir für den Tag geschlossen hätten und es gegen die Vorschriften verstieße, außerhalb der Öffnungszeiten Nahrungsmittel oder Kleidung herauszugeben. Das hat mich wütend gemacht. Ich meine, die Mission von Food For All ist es, Nahrung für alle bereitzustellen. Ich hatte auch vor meiner Ankunft hier schon schlechte Dinge über meinen Vorgesetzten gehört, es aber als Klatsch abgetan.

Wie auch immer, Astur war ebenfalls verärgert, aber sie nahm Hodan und Cumar bei der Hand und ging davon. Obwohl ich nicht glücklich darüber war, wollte ich meinen Chef in der ersten Woche auch nicht verärgern, also habe ich nichts gesagt. Ich bin nach Hause gegangen und in meiner Straße habe ich Astur und ihre Kinder wiedergesehen. Sie hatten sich unter einer Ladenmarkise gegenüber meinem kleinen Haus niedergelassen. Also ... habe ich sie zu mir eingeladen.«

»Jesus, Lex«, sagte Midas kopfschüttelnd.

»Ich weiß, ich weiß ... aber du hättest sie sehen sollen, Midas. Sie brauchten jemanden, der sich um sie kümmert. Und in diesem Moment war ich die Einzige, die da war. Also habe ich sie überzeugt, ins Haus zu kommen, und eine einfache, schnelle Mahlzeit für alle zubereitet. Als ich anfing, die Möbel zur Seite zu schieben, um eine Palette auf den Boden zu legen, fing Astur an zu weinen. Ich brauchte eine Weile, um sie zum Bleiben zu bewegen, aber schließlich haben sie die Nacht in meinem Wohnzimmer verbracht. Am Morgen servierte ich ihnen noch ein kleines Frühstück, bevor sie gingen. Aber am Abend habe ich sie wieder auf der Straße gesehen und sie ein zweites Mal eingeladen. So ging es weiter für ungefähr einen Monat. Shermake, ihr ältester Sohn, konnte am besten Englisch und wir haben jeden Abend geübt. Sie waren alle sehr ruhig und respektvoll und sind jeden Morgen gegangen, um den Tag woanders zu verbringen. Irgendwann fing ich an, ihre Gesellschaft zu genießen, und freute mich schon, wenn sie in der Nähe meines Hauses warteten, wenn ich von der Arbeit nach Hause kam.«

»Du hast ihnen kostenlose Unterkunft und Nahrung gegeben, wer würde da nicht immer wiederkommen?«, bemerkte Midas trocken.

»Aber sie gaben mir genauso viel«, beharrte Lexie. »Ich war in einem neuen Land und habe versucht, alle Bräuche und Sitten zu erlernen, und Shermake war eine große Hilfe. Astur hat mich am Wochenende zu einem Bauernmarkt mitgenommen und es war faszinierend, die Interaktion zwischen ihr und den Verkäufern zu beobachten. Sie war so geschickt im Feilschen, das habe ich noch nie gesehen. Und ja, ich habe für das Essen bezahlt, aber wenn sie mich wirklich nur verarscht hätte, hätte sie sich nicht so sehr bemüht, den besten Preis zu verhandeln.«

»Es sieht so aus, als würde sie jetzt auf eigenen Beinen stehen, da sie hier in diesem Geschäft arbeitet«, bemerkte Midas.

»Shermake hat mir erzählt, dass ihr Vater nach Äthiopien gegangen ist, um Geld für die Familie zu verdienen. Er war länger weg als geplant und Astur war das Geld ausgegangen. Sie verlor ihre kleine Hütte und hatte keine andere Wahl, als mit den Kindern auf der Straße zu leben. Yuusuf kam schließlich zurück. Er hatte großes Glück gehabt und genügend Geld verdient, um eine neue Bleibe für sie zu mieten. Astur entschied schließlich, dass sie etwas zum Unterhalt für die Familie beitragen wollte, damit sie nie wieder obdachlos werden würden.«

Midas sagte eine Weile nichts und Lexie legte den Kopf

zurück, um seinen Gesichtsausdruck zu sehen. Sie hatte nicht genügend Platz zum Manövrieren, aber sie konnte die Umrisse seines Gesichts sehen. Sein Kiefer war angespannt und sie glaubte sogar, einen Muskel zucken zu sehen.

»Was ist los?«, flüsterte sie.

Er senkte den Kopf und ihre Blicke trafen sich. »Du warst schon immer besorgt um andere«, sagte er.

Lexie zuckte die Achseln. Früher war es ihr peinlich gewesen, sich um andere Menschen kümmern zu wollen, aber nachdem sie es zu ihrem Beruf gemacht hatte, hatte sie aufgehört, sich darum zu kümmern, was andere darüber dachten. »So vielen Menschen geht es schlechter, als es mir jemals ging. Es fühlt sich gut an zu helfen.«

Es gab einen Moment der Stille, bevor Midas fragte: »Dir ist es schlecht ergangen?«

Lexie antwortete nicht. Sie wusste nicht, was sie sagen sollte. Sie wollte nicht, dass dieser Mann sie bemitleidete. Ihr ging es gut. Sie hatte überlebt und war zufrieden mit ihrem Leben.

»Als ich zur Navy kam, war ich sehr naiv«, sagte Midas. »Ich bin mit liebevollen Eltern und zwei großartigen Geschwistern aufgewachsen. Karen war eine Nervensäge, aber ich hätte jeden umgebracht, der es gewagt hätte, ihr wehzutun. Ich denke, das tun alle älteren Brüder für ihre kleinen Schwestern. Max hat immer versucht, so wie ich zu sein. Er ist sogar dem Schwimmteam beigetreten und der kleine Scheißer hat einen meiner Rekorde gebrochen.«

Lexie lächelte. Sie wusste nicht viel über Midas. Sie waren in der Schule nie wirklich befreundet gewesen. Also nahm sie jede noch so kleine Information, die sie über ihn bekommen konnte, dankbar an.

»Meine Eltern waren glücklich und haben uns Kinder so behandelt, als wären wir das Wichtigste in ihrem Leben. Wir hatten immer tolle Weihnachten mit vielen Geschenken. Wenn ich um irgendwelche Markenklamotten gebeten habe, haben sie sie meistens für mich gekauft. Ich hatte viele Freunde und musste in der Schule nicht wirklich hart arbeiten, um gute Noten zu bekommen. Ich war verwöhnt, das weiß ich jetzt. Obwohl meine Eltern dafür gesorgt haben, dass wir wussten, wie gut wir es hatten. Aber als ich zur Navy kam … war ich plötzlich nichts mehr. Nur ein weiterer Rekrut, der in seiner Heimatstadt ein großer Fisch in einem kleinen Teich gewesen war und nun eine winzige Elritze in einem riesigen Ozean. Es war definitiv ein Schock für mich.«

»Ich bin mir sicher, dass du nicht lange ein kleiner Fisch geblieben bist«, kommentierte Lexie.

Er lachte leise und sie spürte das Rumpeln in seiner Brust, weil sie so eng beieinander lagen. Wenn sie mit jemand anderem in diesem Loch gelegen hätte, wäre es Lexie äußerst unangenehm gewesen, aber in Midas' Gegenwart konnte sie sich entspannen.

»Ich habe sehr schnell gelernt, dass es egal war, woher wir kamen. Wenn wir es durch die Grundausbildung und das SEAL-Training schaffen wollten, mussten wir alle zusammenarbeiten.«

»Scheiße passiert, finde dich damit ab«, zitierte Lexie seine frühere Aussage mit einem Lächeln.

»Genau! Im Laufe der Jahre habe ich viel Scheiße gesehen. Menschen, die sich wie Arschlöcher verhalten, Respektlosigkeit gegenüber ihren Kindern, ihren Frauen, ihren Nachbarn, Streit um Dinge, die sie wahrscheinlich nicht einmal selbst verstanden haben. Hast du den Film *World War Z* gesehen?«

Lexie blinzelte bei dem Themenwechsel.

»Es gibt da eine interessante Szene«, sagte Midas.

»Das ist der Film mit Brad Pitt und den Zombies, oder?«, fragte sie.

Midas nickte. »Ja, wie auch immer, in dem Teil des Films fliehen sie vor den Zombies aus Jerusalem und Pitt dreht sich um und sieht einen Jungen in dem Chaos, der mit über dem Kopf zusammengeschlagenen Händen mitten auf der Straße hockt. Alle Zombies gehen um ihn herum, ohne den Jungen eines Blickes zu würdigen, obwohl sie jeden anderen beißen würden. Du bist so wie dieser Junge.«

Lexie kräuselte die Nase und runzelte die Stirn. »Inwiefern?«

»Alle um dich herum kämpfen und streiten um Dinge wie Nahrungsmittel, Macht, Geld, und dann kommst du, ein ruhiges Licht in der Dunkelheit. Du lächelst und teilst Essen aus. Du findest Freunde sogar in feindlichem Gebiet. Es ist, als könne diese Dunkelheit dir nichts anhaben.«

»Äh, ich glaube, du vergisst, dass ich als Geisel genommen wurde«, bemerkte Lexie trocken.

»Nein, das tue ich nicht. Du wurdest entführt, und das war scheiße. Aber sie haben dich nicht angefasst. Und glaub mir, das ist für mich ein verdammtes Wunder. Die meisten Geiseln haben nicht so viel Glück. Sie haben dich einigermaßen gesund und lebendig gehalten.«

»Sie wollten Geld«, fühlte sich Lexie verpflichtet zu erwähnen. »Wenn sie mich getötet hätten, hätte das ihr Lösegeld halbiert.«

Sie spürte, wie er mit den Schultern zuckte.

»Ich sage nur, ich habe bemerkt, dass du schon immer so warst. Du hast dich auch damals in der Schule um die sozial benachteiligten Kinder bemüht. Du hast dein Essensgeld für andere Kinder hergegeben und selbst auf dein Sandwich verzichtet. Du hast dich freiwillig bereit erklärt, mit den Kindern in einer Gruppe zusammenzuarbeiten, mit denen sonst niemand arbeiten wollte. Du bist ein guter Mensch, Lexie. Und obwohl es mich sehr beunruhigt, dass du wahrscheinlich schon seit Jahren völlig Fremde in dein Haus einlädst und sie verköstigst, ist es offensichtlich, dass du deine Arbeit liebst.«

Nach einem langen Moment der Stille platzte Lexie heraus: »Ich bin zu Food For All gegangen, um von meinem Vater wegzukommen.«

Sie spürte, wie sich jeder Muskel unter ihr spannte.

»Das musst du bitte erklären«, presste Midas heraus.

»Er hat mich nicht geschlagen, aber er war nicht sehr nett«, gab Lexie zum ersten Mal zu. Sie hatte noch nie mit jemandem über ihren Vater gesprochen. Sie hielt sich nie lange genug an einem Ort auf, um Freundschaften aufzubauen. Die häufigen Standortwechsel bedeuteten, dass sie Leute an einem Tag traf und sie am nächsten wieder verlassen musste. Aber irgendetwas daran, mit Midas hier im Dunkeln zu liegen, und die Tatsache, dass sie sich von früher kannten, machte es ihr einfacher, sich ihm gegenüber zu öffnen.

»Er wusste nie, was er mit einer Tochter anfangen sollte. Außerdem war er Alkoholiker und verlor ständig seine Arbeit, weil er betrunken aufgetaucht war. Wir hatten nie ein richtiges Weihnachtsfest. Ich glaube, unseren letzten Baum hatten wir, als ich noch zur Grundschule ging. Wenn er betrunken war, dachte er auch nicht daran, mir etwas zu essen zu machen.«

»Wo war deine Mutter?«, fragte Midas.

»Weg. Sie ist gegangen, als ich noch sehr klein war. Ich erinnere mich kaum an sie. Sie und mein Vater haben immer nur gestritten. Ich erinnere mich nur noch an ihr Schreien und dass ich mich versteckt habe, wenn sie sich gezankt haben. Wie auch immer, wir sind oft umgezogen, weshalb ich in meinem Abschlussjahr in Portland gelandet bin.« Wenn sie sich an dieses Jahr erinnerte, in dem sie Midas zum ersten Mal getroffen hatte, musste sie daran denken, wie schwierig die Schule für sie gewesen war. »Ich bin nicht dumm«, sagte sie etwas schroffer als beabsichtigt.

»Ich habe nie gesagt, dass du ...«, erwiderte Midas verwirrt.

Sie spürte, wie er mit seinem Finger leicht über ihren Arm streichelte, der auf seinem Bauch lag. Sie wusste nicht, wie lange er das schon tat, aber sie konnte nicht leugnen, dass es sich erstaunlich gut anfühlte ... es war tröstlich.

»Entschuldige, das kam aus heiterem Himmel. Ich musste nur gerade daran denken, wie schwer mir die Schule gefallen ist. Meine Noten waren nie großartig. Ich bin ... ich bin Legasthenikerin. Und weil wir so viel umgezogen sind und mein Vater nur darum besorgt war, Geld für seinen Alkohol zu bekommen, hat er sich nie die Mühe gemacht, Hilfe für mich zu organisieren. Schule war die Hölle für mich. Wenn ich etwas gelesen habe, sind alle Buchstaben durcheinandergeraten und ich habe mich immer bemüht zu verbergen, wie verloren ich meistens war. Ich mache den Lehrern keinen Vorwurf, dass sie es nicht bemerkt haben. Ich habe bei vielen Tests geschummelt.« Sie zuckte mit den Schultern. »Und es gab immer andere, die schlauer oder dümmer waren als ich, auf die sie sich konzentrieren konnten. Ich bin in der Masse untergegangen.«

»Scheiße, Lex ...«, begann Midas.

Aber sie unterbrach ihn. »Nein, es ist in Ordnung. Mein Vater hat mir nicht geholfen, sondern mich ausgelacht und mich als dumm bezeichnet, wenn ich mein Zeugnis nach Hause gebracht habe. Ich brauche kein Mitleid, aber ich kann mich an die seltenen Male erinnern, wenn während meiner Kindheit jemand nett zu mir war. Da war zum Beispiel dieses Mädchen Renee. Wir waren zusammen in der vierten Klasse, glaube ich. Es war gerade Pause und sie fragte, ob ich mit ihr spielen wolle. Das war das erste Mal, dass jemand mich das gefragt hatte. Wir haben zusammen geschaukelt und den Rest des Schuljahres die Pausen gemeinsam verbracht. Ich war so glücklich. Im nächsten Jahr war sie in einer anderen Klasse und hatte neue Freunde gefunden, aber ich bin trotzdem dankbar für dieses Jahr. Als ich etwas älter war, bemerkte ein Junge an einer meiner vielen anderen Schulen, dass ich in der Mittagspause allein dasaß und nichts aß. Er kaufte mir einen Keks. Ich könnte noch ein paar weitere aufzählen, aber ich denke, du verstehst, was ich meine. Wenn du unsichtbar bist und dich endlich jemand sieht und etwas Nettes tut, dann bleibt es hängen. Und das erzähle ich dir nicht, um dich in Verlegenheit zu bringen oder damit du dich schuldig fühlst für irgendetwas, was du in der Vergangenheit getan hast. Ich versuche nur, dir zu erklären, warum ich so bin, wie ich bin. Auch wenn es kompliziert ist«, gab sie zu und kicherte leise. »Für die meisten Menschen, einschließlich meines eigenen Vaters, war ich unsichtbar. Deshalb sehe ich andere unsichtbare Menschen, Midas. Sie rufen förmlich nach mir und ich kann nicht anders, als ihnen helfen zu wollen. Es gibt mir selbst eine Art Befriedigung und ich hoffe, dass sie sich vielleicht eines Tages daran erinnern und etwas Nettes für jemand anderes tun. Die Welt braucht mehr Liebe und weniger Hass.«

»Ja, das ist wahr«, stimmte Midas zu.

»Und wo ich gerade darüber nachdenke, danke, dass du keinen Anfall bekommen hast, als Mrs. Allen uns für dieses Projekt zusammen eingeteilt hat.«

»Lex«, begann Midas, aber sie schnitt ihm wieder das Wort ab.

»Nein, ich meine es ernst. Ich weiß, ich war der letzte Mensch, mit dem du zusammenarbeiten wolltest. Du hattest damals ein Auge auf Candace geworfen und sie war auch sauer, dass sie nicht mit dir zusammen sein konnte. Aber du hast mich trotzdem angelächelt und mir nicht das Gefühl gegeben, eine Last zu sein.«

»Du hast dir bei diesem Projekt den Arsch aufgerissen«, sagte Midas. »Und du hattest einige verdammt gute Ideen.«

Sie zuckte mit den Schultern. »Ich bin mir sicher, du hättest eine Eins bekommen, wenn du mit jemand anderem zusammengearbeitet hättest. Ich konnte dir beim Schreiben nicht viel helfen.«

»Hey, ich war verdammt zufrieden mit der Zwei, die wir bekommen haben. Und ich habe es genossen, mit dir zu reden, Lexie. Es tut mir nur leid, dass ich keine Ahnung von deiner Situation hatte.«

»Es muss dir nicht leidtun«, sagte sie zu ihm. »Du konntest es nicht wissen und ich hätte es dir mit Sicherheit nicht erzählt, nur um dein Mitleid zu bekommen. Außerdem bist du eine von diesen guten Erinnerungen, über die ich gerade gesprochen habe. Schule war beschissen für mich, aber dank dir habe ich ein paar positive Erinnerungen an mein Abschlussjahr.«

Midas konnte sich nicht entspannen. Wenn überhaupt, dann war er jetzt noch angespannter als zuvor. Lexie hatte nicht vorgehabt, ihn zu verärgern.

»Hast du noch Kontakt zu deinem Vater?«, fragte er nach einem Moment.

»Nein, er ist vor einigen Jahren gestorben – Leberzirrhose.«

»Gut.«

Dieses eine Wort hatte Midas mit solcher Verachtung ausgesprochen, wie Lexie es, seit sie hier an seiner Seite lag, nicht von ihm gehört hatte.

»Er hatte dich nicht verdient. Ich verstehe jetzt besser, warum du so bist, wie du bist, und warum du tust, was du tust. Kein Vater sollte seinem Kind jemals sagen, dass es dumm ist. Du hast behauptet, du wurdest nicht misshandelt, aber du wurdest misshandelt, Lex. Es tut mir leid, dass das passiert ist, aber am Ende lachst du zuletzt. Ich hoffe, er ist einen schmerzvollen und einsamen Tod gestorben und schaut jetzt auf dich herab und bereut jedes verdammt Wort, das er zu dir gesagt hat.«

»Midas«, protestierte Lexie, aber er fuhr fort.

»Die Tatsache, dass Astur dir, ohne zu zögern, geholfen hat, überrascht mich nicht im Geringsten. Du bist ein strahlendes Licht der Güte in einem ansonsten dunklen und schwierigen Leben. Du warst für sie und ihre Kinder da, als sie es am meisten gebraucht haben. Ändere dich nicht, Lex – niemals. Die Welt braucht mehr Menschen wie dich, um Leute wie mich auszugleichen.«

Lexie schüttelte den Kopf. »Nein, Midas, du bist ein guter Mann.«

Er lachte leise, aber es war nicht wirklich fröhlich. »Du kennst mich nicht.«

»Okay, da hast du recht, aber ich kenne niemanden, der für mich das getan hätte, was du getan hast. Du bist an meiner Seite geblieben und hast nicht darauf gewartet, dass der Arzt mir diese Infusion gibt, damit ich Flüssigkeit bekomme. Du hast mich nicht verlassen, als die Dinge drunter und drüber gingen, obwohl wir beide wissen, dass du viel schneller fliehen könntest, wenn ich dir nicht zur Last fallen würde. Du hast mir vertraut, als ich sagte, dass Astur uns helfen würde, und du hast dich nicht beschwert oder gezögert, mit mir in dieses Loch zu klettern. Falls es deiner Aufmerksamkeit entgangen ist, du würdest es hier drin ohne mich viel bequemer haben.«

»Und das ist die andere Sache, die mich so sauer macht«, gab Midas zurück. »Die Tatsache, dass du niemanden kennst, der so anständig gewesen wäre, dir zu helfen, ist absurd.«

Sie schüttelte den Kopf und war sich nicht sicher, wie sie es Midas verständlich machen sollte. »Ich bin keins dieser hübschen Modepüppchen«, sagte sie zu ihm. »Leute reißen sich kein Bein aus, um mir die Tür zu öffnen, mich zum Essen einzuladen oder sich die Mühe zu machen, mich kennenzulernen. Aber ich trauere dem nicht nach und komme damit gut zurecht. Ich habe gelernt, es zu genießen, allein zu sein. Ich kann tun, was ich will, leben, wo ich will, und wenn ich mein Gehalt für eine bedürftige Familie ausgeben möchte, die auf der Straße lebt, kann ich das tun, ohne jemandem Rechenschaft darüber ablegen zu müssen.«

»Ich sage es noch einmal, die Welt braucht mehr Lexies und weniger Modepüppchen.«

Seine Worte fühlten sich gut an, aber sie hatte das Gefühl, dass er das wahrscheinlich nur wegen ihrer Situation sagte.

»Du glaubst mir nicht«, sagte Midas eindringlich.

»Ich glaube dir, dass du es jetzt in dieser Situation so meinst«, antwortete sie diplomatisch.

Sie spürte, wie er den Kopf schüttelte. »Ich wünschte, dein Vater wäre noch am Leben. Ich hätte ihn gern besucht und ihm gesagt, was für ein Idiot er ist.«

Lexie lachte. Sie konnte es nicht unterdrücken.

»Was?«, fragte er.

»Meinen Vater würde es nicht interessieren. Er hat sich nie dafür interessiert, was andere Leute über ihn dachten.«

»Meine Eltern würden dich mögen«, sagte Midas zu ihr.

Lexie zuckte leicht zusammen. »Was? Nein!«

»Das würden sie«, beharrte er. »Sie sagen mir immer, dass ich nicht oft genug lächle. Sie beschweren sich, dass ich zu anderen Menschen nicht nett genug bin. Ich meine, ich bin kein Arschloch, aber ich bemühe mich auch nicht darum, mich mit Leuten anzufreunden, und meine Arbeit hat mich zynisch und ein wenig misstrauisch gemacht. Du bist nett zu allen. Sie würden dich wirklich mögen.«

Lexie wusste nicht, was sie dazu sagen sollte. Sie bewegte sich in Midas' Armen und zuckte zusammen, als eine Schweißperle über ihre Schläfe rollte. Die OP-Kleidung, die sie anhatte, fühlte sich feucht an von der Hitze und dem Schweiß. Die Dusche, die sie kürzlich genommen hatte, schien jetzt eine Ewigkeit her zu sein.

»Bist du okay?«, fragte Midas.

»Mir ist nur heiß. Aber das ist besser, als erschossen oder erneut entführt zu werden«, ergänzte sie schnell.

»Du schaust immer auf das Positive«, sagte Midas leichthin.

»Es hilft nicht, die ganze Zeit negativ zu sein«, sagte sie zu ihm. »Dadurch erscheint einem die Situation nur noch schlimmer.«

»Stimmt.«

»Ich meine, es könnten auch Käfer in diesem Loch rumkrabbeln«, sagte sie und spürte, wie Midas unter ihr zitterte.

»Ich hasse Käfer«, entgegnete er.

Lexie konnte nicht anders, sie musste einfach lachen. »Der große böse SEAL hasst Käfer?«, fragte sie.

»Jawohl! Da sind mir Schlangen, Alligatoren und sogar Fledermäuse lieber.«

»Käfer im Allgemeinen stören mich nicht«, sagte Lexie. »Sie sind eigentlich faszinierend. Aber Kakerlaken kann ich nicht leiden. Diese Viecher machen mir Angst.«

»Wie geht es deinen Füßen?«, fragte Midas nach ein oder zwei Minuten.

Lexie seufzte.

»Was?«

»Du wechselst schneller das Thema als jeder andere, den ich jemals getroffen habe. In einer Sekunde reden wir über Käfer, dann fragst du nach meinen Füßen.«

»Ich werde dir einen kleinen Einblick in meine Gedanken geben«, sagte er. »Wir haben über Insekten gesprochen, was mich dazu gebracht hat, an die Sandflohbisse zu denken, die du in der Wüste erlitten hast. Das hat mich ans Krankenhaus erinnert und wie froh du nach der Dusche warst. Dann begann ich, darüber nachzudenken, wie sehr ich deine Haare mag. Sie scheinen einen eigenen Willen zu haben. Dann erinnerte ich mich daran, wie glücklich du warst, die OP-Kleidung zum Anziehen zu bekommen. Viele Leute wären verärgert, wenn sie keine eigene Kleidung hätten. Was mich daran erinnerte, wie glatt deine Haut war, als ich die Infusionsnadel eingeführt habe. Und schließlich hat mich deine Haut an deine nackten Füße denken lassen, als wir aus dem Krankenhaus geflohen sind. Ich kann mich momentan nicht aufrichten und selbst nachsehen, weil keiner von uns sich in diesem Loch auch nur einen Zentimeter bewegen kann. Also habe ich beschlossen, dich zumindest danach zu fragen, wie deine Füße sich anfühlen.«

»Äh ... wow, okay, das macht tatsächlich Sinn. Meine Füße sind in Ordnung. Ich habe lange keine Schuhe mehr getragen. Ich meine, ich hatte Flipflops an, aber sie waren billig und haben eingeschnitten. Also bin ich die meiste Zeit ohne gegangen. Meine Fußsohlen sind abgehärtet und ehrlich gesagt war ich mehr darüber besorgt, von diesen Leuten wegzukommen, die Sprengstoff in einem verdammten Krankenhaus gezündet haben.«

»Okay. Ich werde sie mir ansehen, wenn wir hier raus sind.«

»Wenn wir hier rauskommen, müssen wir wahrscheinlich zu deinem Team. Wir werden keine Zeit haben, uns hinzusetzen und meine Wehwehchen zu begutachten«, erwiderte sie.

»Also gibst du zu, dass du verletzt bist? Wo? Was tut weh? Vielleicht können wir herumrutschen und …«

»Midas, es geht mir gut, wirklich. Und wir können nicht herumrutschen.«

Er seufzte. Nach einem Moment sagte er: »Du hast mich Midas genannt.«

Lexie gewöhnte sich langsam an seine plötzlichen Themenwechsel und fand ihn insgeheim höllisch süß. »So nennen dich deine Freunde. Magst du es nicht?«

»Elodie nennt Mustang bei seinem Vornamen, Scott.«

Lexie war sich nicht sicher, worum es ihm ging. »Möchtest du, dass ich dich lieber Pierce nenne?«, fragte sie.

Er zuckte mit den Schultern. »Ich möchte, dass du mich so nennst, wie du mich nennen willst. Ich muss zugeben, dass es seltsam wäre, meinen richtigen Namen zu hören. Ich weiß, es macht Mustang nichts aus, aber die einzigen Leute, die mich Pierce nennen, sind meine Eltern und meine Geschwister.«

»Ich weiß, dass die Lehrer dich auch Pierce genannt haben, aber es fällt mir schwer, dich jetzt so zu sehen. Wahrscheinlich liegt es daran, dass ich dich im SEAL-Modus gesehen habe. Und Pierce scheint mir kein passender Name für einen SEAL zu sein.«

Er lachte in sich hinein. »Dein Vorname ist nicht Lexie, aber so wirst du gerufen«, stellte er fest. »Gibt es einen Grund dafür?«

»Meine Mutter hat mir den Namen Elizabeth gegeben. Als sie fortging, hat mein Vater entschieden, dass ihm dieser Namen nicht gefällt, und mir mitgeteilt, dass er mich von nun an Lexie nennen würde und dass ich mich daran gewöhnen sollte. Ich war zu jung, um es wirklich zu verstehen oder mich dafür zu interessieren. Als ich alt genug war, um es zu verstehen, habe ich ihm zugestimmt. Also habe ich Lexie beibehalten.«

»Es ist ein hübscher Name. Er ist einzigartig.«

Scheiße, dieser Mann würde sie noch umbringen. Sie war sich bewusst, dass sie in die Situation wahrscheinlich mehr hineininterpretierte, als sie sollte, aber sie hatten in den letzten Stunden definitiv einige intensive Momente durchgemacht. Sie fühlte sich ihm dadurch näher, als es sonst hätte der Fall sein können. »Also, was passiert als Nächstes?«, fragte sie.

»Wir warten«, sagte er sofort.

»Nein, ich meine, nachdem wir hier raus sind, uns mit deinem Team getroffen und Galkayo verlassen haben?«

Er schüttelte den Kopf. »Da ist sie wieder, diese positive Einstellung«, murmelte er.

»Was denn? Möchtest du lieber, dass ich hier liege und glaube, dass uns jemand findet, dich tötet und mich wieder in die Wüste verschleppt, um Lösegeld zu erpressen, das sie wahrscheinlich nie bekommen werden? Bis sie es irgendwann satthaben, mich zu ernähren und mir Wasser zu bringen, und sie mich entweder verkaufen oder misshandeln oder einfach töten und meinen Körper in der Wüste von fleischfressenden Vögeln und Sandflöhen auffressen lassen.«

»Großer Gott, Frau. Nein! Verdammte Scheiße.«

»Ich neige dazu, positiv zu denken, aber das bedeutet nicht, dass ich nicht weiß, was die negative Seite ist«, sagte sie.

»Offensichtlich. Also gut, wenn wir aus diesem Loch herauskommen, uns mit meinem Team getroffen haben und verdammt noch mal von hier weg sind, werden wir das tun, was wir die ganze Zeit geplant hatten. Wir fliegen zu dem Schiff der US-Navy. Du wirst etwas zu essen bekommen, von einem anderen Arzt untersucht werden und dann werden Vorkehrungen getroffen, dich zurück in die USA zu bringen. Food For All wird kontaktiert und ich gehe davon aus, dass sie begeistert sein werden, dass es dir gut geht und dass du in die USA zurückkehrst, um dich von deiner Tortur zu erholen. Hast du eine Heimatbasis?«

Lexie seufzte. Mit keinem Wort hatte Midas erwähnt, dass sie in Kontakt bleiben würden. Sie hatte das irgendwie erwartet. Sie war nur eine Mission für ihn. Aber es tat trotzdem ein bisschen weh. »Nicht wirklich. Ich denke, Oregon könnte ich genauso gut als Heimatbasis bezeichnen wie jeden anderen Ort. Als ich zu meinem ersten Auslandseinsatz geschickt wurde, besaß ich nicht viele Möbel. Die meisten meiner Sachen, wie Kleidung, Bücher, Schnickschnack und solche Dinge, habe ich bei meinem Vater zu Hause gelassen. Der Vermieter hat im Grunde alles entsorgt, nachdem er gestorben war. Nichts von dem, was ich bei meinem Vater gelassen hatte, habe ich wirklich jemals vermisst. Im Laufe der Jahre habe ich einige Dinge angesammelt, aber Food For All packt meine Sachen zusammen und verschickt sie für mich, wenn ich den Standort wechsle, ähnlich wie beim Militär, wenn Soldaten ihre Basis wechseln.«

Midas nickte. »Das macht Sinn.«

Als er nichts weiter sagte, schloss Lexie die Augen. Sie wusste nicht, was sie von ihm erwartet hatte. Dass er ihr vorschlug, nach Hawaii zu ziehen? Das war lächerlich.

»Glaubst du, es wäre in Ordnung, wenn ich meine Augen für eine Weile schließe?«, fragte sie und versuchte, ihre Emotionen zu unterdrücken.

»Sicher, das ist wahrscheinlich eine gute Idee. Ich weiß nicht, wie lange wir noch hier unten sein werden. Es wäre wahrscheinlich klug zu warten, bis die Sonne untergeht. Dann können wir uns im Schutz der Dunkelheit auf den Weg machen. Wirst du bis dahin ohne etwas zu essen auskommen? Ich könnte mich selbst ohrfeigen, dass ich im Krankenhaus nicht dafür gesorgt habe, dass du etwas zu dir nimmst.«

»Es geht mir gut.« Und das stimmte. Durch ihre Zeit in der Wüste war sie es gewohnt, lange Zeit ohne Nahrung auszukommen. Und das Wasser und die Infusion, die sie im Krankenhaus bekommen hatte, würden bis zum Einbruch der Dunkelheit ausreichen, um sie am Laufen zu halten.

»Dann schlaf jetzt«, sagte Midas.

»Bin ich dir nicht zu schwer? Ich könnte wahrscheinlich ein bisschen von dir wegrutschen«, bot sie an und hoffte, dass er zustimmen würde. Sie musste dringend etwas Abstand von diesem Mann bekommen. Er war ihr unter die Haut gegangen und sie hatte das schreckliche Gefühl, dass es ihr das Herz brechen würde, sobald er sie auf dem Schiff verließe.

»Zu schwer? Auf keinen Fall, Lex. Bleib, wo du bist. Ich mag es, dich hierzuhaben.«

Scheiße, sie hatte sich noch nie bei jemandem so sicher und besonders gefühlt wie bei ihm. Könnte es sein, dass sich eine dreiunddreißigjährige Frau verknallt hatte?

Ja, entschied sie, es musste so sein.

Ohne ein weiteres Wort schloss Lexie die Augen. Der Mann unter ihr roch nach Schweiß, Waffenöl und Leder, aber aus irgendeinem Grund störte es sie nicht. Wahrscheinlich weil sie wusste, dass sie im Moment auch verschwitzt war und nicht besonders frisch roch. Sie bevorzugte seinen Geruch im Vergleich zu jedem Mann, der zu stark nach Parfum roch.

»Midas?«, flüsterte sie.

»Ja?«

»Danke, dass du gekommen bist, um mich zu retten.«

Sie hätte schwören können, dass er sie auf den Kopf küsste, entschied aber, dass es nur eine Wunschvorstellung war.

»Danke, dass du so eine starke und positive Frau bist. Es wäre wirklich scheiße gewesen, wenn du nur rumgezickt und dich andauernd beschwert hättest.«

Lexie lächelte, obwohl es ihr plötzlich schwerfiel, positiv zu bleiben.

Sie würde sich besser fühlen, wenn sie ein bisschen geschlafen hatte. Wenn sie müde war, schienen sich negative

Gedanken leichter in ihr Gehirn zu schleichen. Bei Einbruch der Dunkelheit hätte sie ihre Gefühle wieder besser im Griff.

Außerdem würde etwas Schlaf verhindern, dass sie sich weiter in den Mann unter ihr verliebte.

Bevor sie schließlich einschlief, spürte sie, wie Midas mit seinen Fingern leicht über ihren Arm streichelte.

KAPITEL SECHS

Midas starrte auf die Bretter wenige Zentimeter über seinem Kopf. Er wusste nicht, wie lange Lexie geschlafen hatte, aber er nahm an, dass es mehrere Stunden waren.

Er konnte nicht schlafen. Er musste auf Bewegungen über ihnen achten. Leute kamen und gingen durch die Hintertür, nur wenige Zentimeter von ihrem Versteck entfernt. Er hielt seine rechte Hand am Gewehr an seiner Seite.

Er hatte keine Ahnung, was sein Team gerade tat, aber er vermutete, dass die anderen sich ebenfalls irgendwo versteckten und darauf warteten, dass die Sonne am Horizont verschwand. Er hatte keine Bedenken, dass sie ohne ihn gehen würden. SEALs ließen niemals einen SEAL zurück. Sie würden so lange warten, bis er aus seinem Versteck kam.

Midas fragte sich, was im Krankenhaus passiert war. Er hoffte, dass Dagmar ohne Komplikationen evakuiert werden konnte.

Wie bereits den ganzen Tag über wanderten seine Gedanken wieder zu der Frau, die praktisch auf ihm lag. Er hatte recht behalten mit der Annahme, dass diese Mission anders werden würde als jede andere. Nicht nur, dass es das erste Mal war, dass er eine Geisel persönlich kannte ... er hatte auch Gefühle für Lexie, die er noch nie zuvor für jemanden empfunden hatte, den er gerettet hatte.

Er hasste den Gedanken daran, dass sie eine schwierige Kindheit gehabt hatte. Es war ihm ein Rätsel, wie sie so nett und freundlich sein konnte, nachdem sie so grausam behandelt worden war. Aber sie war es. Die Art, wie Astur sie begrüßt hatte, war ein Beweis mehr dafür, dass es keine Übertreibung war. Sie hatte dieser Frau und wahrscheinlich auch ihren Kindern das Leben gerettet und sie bei sich aufgenommen, ohne etwas dafür zu verlangen. Und Astur war ihr eindeutig dankbar dafür.

Er hatte noch nie jemanden getroffen, der so selbstlos war wie Lexie. Sie machte sich zuerst Sorgen um alle anderen, bevor sie an sich dachte.

Ein Teil von ihm wollte sie belehren und ihr sagen, dass sie zuerst an sich selbst denken musste, aber er nahm an, dass sie ihn nur anlächeln, seine Hand tätscheln und ihm sagen würde, dass es ihr gut ginge.

Er hatte noch nie eine Frau wie sie getroffen und er wollte sie noch besser kennenlernen. Er wollte alle ihre Geheimnisse entdecken, alle ihre Vorlieben und Abneigungen. Er wollte erfahren, an welchen Orten sie am liebsten gearbeitet hatte und was ihre Hoffnungen und Träume waren.

Als sie ihn gefragt hatte, wie es weitergehen würde, hatte er versucht, so emotionslos wie möglich zu bleiben. Dabei hatte er ihr jedoch verschwiegen, wie sehr er in Kontakt mit ihr bleiben wollte.

Nichts an seiner Situation hatte sich geändert. Er würde nach Hawaii zurückkehren und seine Arbeit bei der Navy fortsetzen müssen. Er war kein Fan von Fernbeziehungen, aber er wollte unbedingt wissen, was Lexie als Nächstes vorhatte.

Obwohl er es nicht erwähnt hatte, hatte er sich fest vorgenommen, mit ihr in Kontakt zu bleiben, wenn sie es wollte. Er wollte mit ihr telefonieren, E-Mails schreiben oder sogar einen verdammten handgeschriebenen Brief verfassen, wenn es sein musste. Sie hatte definitiv sein Interesse geweckt und er war nicht bereit, sie einfach gehen zu lassen, als hätten sie nicht einige der intensivsten Stunden ihres Lebens gemeinsam verbracht.

Lexie bewegte sich und Midas wartete, ob sie diesmal vollständig aufwachte oder weiterschlafen würde wie schon mehrmals zuvor. Midas war nicht die Art von Mensch, der es genoss, herumzusitzen oder herumzuliegen. Er war schon immer ein Morgenmensch gewesen, der gern früh aufstand, um den Tag zu beginnen. Er sah nicht viel fern und ging lieber spazieren, laufen oder schwimmen, als herumzuhängen und nichts zu tun.

Aber überraschenderweise war er im Moment vollkommen zufrieden damit, hier zu liegen und Lexie zu halten, während sie schlief. Ja, er hatte im Moment keine andere Wahl, aber er hatte das Gefühl, dass sich ein Sonntag mit ihr zu Hause genauso erstaunlich anfühlen würde.

Er hätte ausflippen sollen, aber stattdessen machte es ihn traurig, weil er sich ziemlich sicher war, dass das niemals passieren würde. Er konnte sich einfach nicht vorstellen, wie er Lexie aus diesem Loch unter einem Laden in Somalia in sein bequemes Bett auf Oahu bringen könnte.

»Verdammt«, flüsterte Lexie heiser, als sie aufwachte.

»Was?«, fragte Midas alarmiert. Sein Verstand kreiste bereits darum, aus diesem Loch herauszukommen und Hilfe für sie zu holen.

»Ich hatte gehofft, dass das alles nur ein Traum war«, sagte sie.

Midas entspannte sich ein wenig. »Wenn es ein Trost ist, es ist jetzt schon eine Weile ruhig. Ich denke, in einer Stunde können wir hier raus und mein Team suchen.«

Sie nickte. »Ich wollte nicht so lange schlafen.«

»Du hast das gebraucht.«

»Konntest du überhaupt schlafen?«, fragte sie.

»Ich habe mich ausgeruht«, antwortete Midas. Auf keinen

Fall hätte er während seiner Wache geschlafen. Nicht, wenn er damit Gefahr lief, dass Lexie erneut entführt werden könnte. Sie war seine Mission ... aber sie war noch viel mehr als das. Die Dinge waren jetzt persönlich für ihn geworden.

Lexie bewegte sich wieder. Es gab nicht viel Platz, um zu manövrieren.

»Bist du okay?«, fragte er.

»Nur verspannt«, antwortete sie.

Midas spürte, wie sie nacheinander ihre Füße bewegte, wobei er wieder daran denken musste, dass sie keine Schuhe anhatte. Es beunruhigte ihn, dass sie barfuß war. Er hätte besser aufpassen sollen. Der Gedanke, dass sie ohne Schuhe durch Galkayo laufen müsste, war schrecklich.

»Was ist los?«, fragte Lexie.

Midas zuckte überrascht zusammen. »Was soll sein?«, erwiderte er.

»Du bist so angespannt. Was ist los?«

Midas war nicht überrascht, dass sie seine Emotionen genauso wahrnahm wie er ihre. Sie lagen hier zusammen wie ein Liebespaar. Da war es schwierig, körperliche Reaktionen zu verbergen. »Ich habe nur wieder daran denken müssen, dass du barfuß bist«, gab er zu. »Ich fühle mich schrecklich dabei.«

»Warum?«, fragte sie. »Es ist nicht so, dass du die Möglichkeit gehabt hättest, Schuhe für mich zu besorgen. Keiner von uns hatte erwartet, dass wir durchs Fenster fliehen müssen. Außerdem ist barfuß zu sein für die meisten Einheimischen etwas, das sie in ihrem Leben selbst durchgemacht haben.«

»Das stimmt, aber ich bin verantwortlich für dich. Ich hätte damit rechnen müssen, dass etwas schiefgehen kann. Ich war nachlässig.«

»Du bist nicht für mich verantwortlich«, erwiderte Lexie hitzig. »Ich meine, okay, aus Sicht der Regierung bist du dafür verantwortlich, mich auf dieses Schiff zu bringen, aber ich bin erwachsen, Midas. Ich bin in der Lage, selbst über mein Leben zu entscheiden, und ich bezweifle, dass du wissen kannst, was in jeder Sekunde um dich herum passieren könnte. Ich bin dir und deinem Team unendlich dankbar, dass ihr mich und Dagmar befreit habt, aber das bedeutet nicht, dass ich eine gedankenverlorene Jungfrau in Nöten bin. Wenn ich jetzt anfangen würde zu schreien und die Entführer auf uns aufmerksam würden, wärst du dann verantwortlich dafür, was als Nächstes mit mir passiert ist? Oder angenommen, ich bestehe darauf, einkaufen gehen zu müssen, sobald wir hier raus sind, wärst du dann dafür verantwortlich, was passieren könnte? Scheiße passiert, Midas. Wir können entweder damit umgehen oder ausflippen und zusammenbrechen. Ich konnte mir in meinem Leben den Luxus eines Zusammenbruchs nicht erlauben. Ich musste mich immer wieder aufrappeln und weitermachen. Und das werde ich auch diesmal tun. Solange du mir nicht sagst, dass du ein Hellseher bist und weißt, was in der Zukunft passiert, musst du damit aufhören, dich für Dinge verantwortlich zu fühlen, die du nicht kontrollieren kannst.«

Großer Gott, diese Frau war großartig.

Sie war besonnen und leidenschaftlich und so weit davon entfernt, eine verwöhnte Diva zu sein, wie es nur möglich war. Er war in keiner Weise beleidigt über ihren Ausbruch. Ja, ihre Argumente waren etwas übertrieben und er hatte nicht damit gerechnet, dass sein Kommentar sie so aufwühlen würde, aber es machte ihm nichts aus. Es gefiel ihm, dass sie keine Angst hatte, ihm die Meinung zu sagen.

Midas hatte nie viel darüber nachgedacht, welche Art von Frau ihm für eine längerfristige Beziehung gefallen würde, aber sie war genau das, was er wollte. Er wollte eine starke und pragmatische Partnerin. Eine Frau, die damit umgehen könnte, wenn er auf Mission musste.

Er reagierte anscheinend nicht schnell genug, weil sie fragte: »Bist du sauer auf mich? Es tut mir leid. Jetzt, nachdem ich einen Moment darüber nachgedacht habe, was du gesagt hast, merke ich, dass ich überreagiert habe. Ich muss zugeben, dass ich nicht wüsste, was ich tun soll, wenn du nicht hier wärst. Ich hätte keine Ahnung, was ich als Nächstes tun sollte ... außer zum Food For All Gebäude zu gehen. Ich vermute, dass das momentan nicht in meinem besten Interesse wäre. Ich sage nicht, dass ich keine Angst habe, aber wenn ich mich von meinen Ängsten überwältigen lasse, könnte es noch schlimmer werden.«

»Ich bin nicht sauer und ich stimme dir zu. Ich habe dich nie als Jungfrau in Nöten betrachtet«, sagte Midas schließlich. »Von dem Moment an, in dem ich deinen Namen in dem Bericht gelesen und festgestellt habe, dass ich dich kenne, war diese Mission für mich nicht mehr wie jede andere. Ich schätze und bewundere es, wie du dich bisher verhalten hast, Lex. Du warst unglaublich. Ich mag nur den Gedanken nicht, dass du in benachteiligter Position bist. Ich könnte dich tragen, wenn es sein muss, obwohl es dadurch für mich schwieriger wäre, uns beide zu beschützen. Aber ohne Schuhe könntest du dich verletzen und ich kann nichts dagegen tun. Das ist es, was mich daran stört, dass du barfuß bist. Es macht dich verletzlicher, das ist alles.«

Er spürte, wie Lexie tief Luft holte und dann nickte. »Es tut mir leid. Ich bin immer mürrisch, wenn ich aufwache. Weißt du, was ich am meisten vermisse?«

»Was?«

»Kaffee. Einen guten Kaffee, der viel zu süß ist und nicht einmal nach Kaffee schmeckt. Ein Kaffee, von dem du einen Schluck nimmst und deine Geschmacksknospen zum Leben erweckt werden. Der erste Schluck ist wie der Himmel auf Erden.«

Midas lachte leise. »Ich mag meinen Kaffee schwarz.«

»Eklig.«

Sein Lächeln wurde breiter. Dann wurde er wieder nüchtern. »Was hast du vor, nachdem wir dich in Sicherheit gebracht haben?« Er konnte nicht anders, als zu fragen, obwohl er wusste, wie er mit seiner Art, Themen zu wechseln, andere Menschen irritierte. Gerade sprachen sie noch über Kaffee und plötzlich drehte er das Gespräch in eine ernstere Richtung. Er stellte sich vor, wie sie auf seiner Terrasse saß, den Sonnenaufgang beobachtete, eine Tasse viel zu süßen Kaffee trank und dabei lächelte.

Er wusste, dass die Chancen gering waren, dass dies jemals geschehen würde, aber er wollte wissen, wohin sie gehen würde, nachdem sie Somalia verlassen hatten. Würde sie in die USA zurückkehren oder sofort einen anderen Auftrag annehmen? Es hörte sich nicht so an, als hätte sie eine Familie oder enge Freunde, bei denen sie bleiben könnte, sollte sie sich eine Auszeit nehmen.

Aber anstatt ihn zu fragen, wie zum Teufel er von Kaffee auf ihre Zukunft zu sprechen kam, fühlte er, wie sie zusammenzuckte. »Ich weiß es nicht.«

Bei der knappen Antwort fühlte er sich nicht besser.

»Ich muss mit meinem Koordinator bei Food For All sprechen und herausfinden, welche Möglichkeiten es gibt. Soweit ich weiß, habe ich im Moment keine Arbeit mehr.«

»Das ist doch Quatsch«, sagte Midas wütend. »Es ist ja nicht so, als wärst du durch die Stadt spaziert und hättest nach Ärger Ausschau gehalten, als du entführt wurdest. Du standest mit einem ihrer Bosse zusammen direkt vor ihrem Gebäude. Wenn du deine Arbeit verloren hast, solltest du dagegen klagen.«

Lexie tätschelte seinen Bauch, als wollte sie ihn beruhigen. »Ich habe nur gesagt, dass es möglich ist. Ich glaube nicht wirklich, dass sie mich entlassen, weil ich entführt wurde.«

»Das will ich ihnen auch geraten haben«, knurrte Midas.

»Die Sache ist, dass ich meine Arbeit mag«, sagte Lexie. »Ich helfe gern anderen, wieder auf die Beine zu kommen. Es ist befriedigend zu sehen, wenn die Männer, Frauen und Familien, mit denen ich zusammenarbeite, es irgendwann allein schaffen und Food For All nicht mehr brauchen. Ich möchte gern damit weitermachen, aber ich denke, ich bin an dem Punkt, meinen Einsatzort sorgfältiger auszuwählen.«

Midas schloss erleichtert die Augen. »Gut«, sagte er.

Er spürte, wie sie ihn ansah. »Du wirst nach Hawaii zurückkehren, oder?«

»Ja«, sagte Midas, als er die Augen öffnete und auf dieselben verdammten Bretter über seinem Kopf sah, die er schon seit Stunden anstarrte. Er drehte den Kopf herum und sah Lexie an. Ihre Haare waren durcheinander und hingen ihr ins Gesicht. Er konnte einige ihrer Haarsträhnen auf seinem Gesicht fühlen. »Meinst du, es gäbe die Möglichkeit, dass Food For All auch in Honolulu im Einsatz ist?«

Die Frage war, ohne dass er weiter darüber nachgedacht hätte, einfach aus ihm herausgeplatzt und er wünschte sich verzweifelt, den Ausdruck in Lexies Augen sehen zu können.

»Ich weiß es nicht. Aber ich könnte es mir vorstellen. Sie sind in vielen großen Städten in den USA vertreten, in New York, Chicago, Detroit, Orlando, Houston, L.A. ... Ich denke, in Hawaii wird es auch Obdachlose und hungrige Familien geben.«

»Das tut es«, bestätigte Midas.

Sie starrten sich eine Weile an und sagten nichts. Midas wollte ihr sagen, wie sehr er sich wünschte, dass sie nach Hawaii käme, war sich aber nicht sicher, wie sie es aufnehmen würde. Ja, sie kannten sich aus einem früheren Leben, aber sie waren beide nicht mehr dieselben wie damals in der Highschool. Lexie schien mit ihrer Arbeit zufrieden zu sein und sie war gut darin. Sie könnte den bedürftigen Menschen in Hawaii helfen, aber würde sie es in Erwägung ziehen, sich dort niederzulassen nach all den exotischen Orten, an denen sie gelebt und gearbeitet hatte?

Er wollte sie fragen, aber stattdessen küsste Midas sie sanft auf die Stirn. Seine Lippen ruhten auf ihrer Haut und er wollte mehr, aber er wollte die Situation nicht ausnutzen.

Er spürte, wie Lexie ihre Hand über seinen Bauch und dann über seine Weste bewegte, bis sie schließlich auf seiner Wange lag.

»Lex?«, flüsterte er.

Sie antwortete nicht, aber er spürte, wie sie sich bewegte. Sie hob den Kopf und dann waren ihre Lippen nur noch Zentimeter voneinander entfernt.

Großer Gott, er wollte sie so sehr küssen, mehr als alles, was er jemals in seinem Leben gewollt hatte. Es war, als würde seine Seele danach schreien, sie zu schmecken und sie zu seiner zu machen.

Es war verrückt. Sie waren immer noch in Gefahr. Er war ein SEAL, der in Hawaii lebte, und sie war eine Geisel, die er gerettet hatte.

Aber sie war so viel mehr als das.

Lexie leckte sich über die Lippen und bewegte ihren Kopf noch näher.

Ihre Lippen berührten sich leicht, einmal, zweimal.

Midas stöhnte leise. Er hasste es, dass sie nicht mehr Platz hatten. Er hasste es, sie nicht so berühren zu können, wie er es sich wünschte. Ihre Hand lag noch immer auf seinem Gesicht und Midas leckte sanft über ihre Unterlippe und wartete auf ihre Reaktion.

Anstatt darauf zu warten, dass er den ersten Schritt machte, drückte sie ihre Zunge in seinen Mund.

Midas lächelte, als er Lexies Aufforderung erwiderte.

Sie küsste mit derselben Leidenschaft und Begeisterung, wie sie jede andere Sache tat. Ihr Kuss war eher emotional als leidenschaftlich, aber für Midas war es geradezu lebensverändernd.

Nach ungefähr einer Minute des besten, emotionalsten Kusses, den er jemals in seinem Leben gehabt hatte, spürte er, wie Lexie sich zurückzog. Sie starrte ihn an und strich mit dem Daumen über seine Wange. Er war sich nicht sicher, ob sie sich dessen überhaupt bewusst war.

Midas wollte sie auch berühren. Er wollte seine Hände hinter ihren Kopf legen und seine Finger in ihrem ungezähmten Haar vergraben. Aber er konnte ihr nur in die Augen sehen und versuchen, ihr zu verstehen zu geben, wie sehr er sie bewunderte und mit ihr in Kontakt bleiben wollte.

Er holte Luft, um es ihr zu sagen, als die Hintertür sich öffnete und jemand den Laden betrat.

Und einfach so änderte sich die Stimmungslage. Midas festigte den Griff um sein Gewehr und seine ganze Aufmerksamkeit galt den Schritten über ihnen. Aber anstatt weiter in den Laden zu gehen, blieb die Person stehen. Es kratzte auf dem Holz und Midas spannte sich weiter an.

Sein Beschützerinstinkt gegenüber der Frau in seinen Armen war jetzt noch intensiver geworden. Niemand würde sie ihm wegnehmen, verdammt noch mal.

Eines der Bretter über ihnen bewegte sich ein Stück und die Person, die es bewegt hatte, trat einen Schritt zurück.

»Es ist in Ordnung. Ihr seid sicher«, sagte eine tiefe Stimme von oben.

Midas rührte sich nicht. Als Lexie sich bewegte und die Bretter zurückschieben wollte, schüttelte er energisch den Kopf. Sie ließ sich wieder nieder.

»Lexie? Ich bin es, Shermake.«

»Shermake?«, fragte sie gerade laut genug, sodass die Person es hören konnte.

Midas presste frustriert die Lippen zusammen. Er erinnerte sich, dass Shermake der Name von Asturs ältestem Sohn war, aber sie konnten sich nicht sicher sein, dass er es wirklich war oder ob er vielleicht auf der Seite der Entführer war.

Aber sie hatten keine Wahl, die Person im Laden wusste offensichtlich, dass sie hier waren, also musste er handeln.

Mit einer blitzschnellen Bewegung sprang er hoch. Er wusste, dass er Lexie viel zu hart weggestoßen hatte, aber er konnte es nicht ändern – besser verletzt als tot.

Die Bretter über ihnen flogen zur Seite, als er aus dem Loch im Boden sprang. Midas' Muskeln protestierten, nachdem er so lange in einer Position verharrt hatte, aber er ignorierte den unbedeutenden Schmerz. Er richtete sein Gewehr auf den jungen Mann in dem kleinen Hinterzimmer.

Shermake hob sofort die Hände und zeigte, dass er unbewaffnet war.

Midas sah sich um und stellte fest, dass er allein in den Laden gekommen war. Das hieß aber nicht, dass nicht eventuell Komplizen vor der Tür auf sie lauerten.

»Freund«, sagte der Junge schnell.

Midas sah, wie Lexie sich zu seinen Füßen aufrichtete, und sagte zu ihr: »Bleib unten, Lex.«

»Shermake?«, fragte sie erneut und ignorierte seine Warnung.

Dann stand sie auf und setzte sich auf den Rand des Loches.

»Ich bin es«, sagte der Junge und schenkte Lexie ein kleines Lächeln.

Sie zog an Midas' Hose. »Es ist okay, Midas. Ich kenne ihn. Das ist Asturs Sohn. Es ist alles in Ordnung.«

Midas konnte sich dessen nicht sicher sein, aber er senkte sein Gewehr, damit es nicht direkt auf das Kind gerichtet war.

»Nicht …«, sagte Midas noch, aber es war schon zu spät. Lexie war bereits aus dem Loch geklettert, in dem sie stundenlang gelegen hatten, und war die wenigen Schritte zu Shermake hinübergegangen. Dann umarmten sie sich wie alte Freunde, die sich nach jahrelanger Trennung wiedersehen.

»Du bist so groß geworden«, sagte Lexie mit einem kleinen Lachen.

»Und du bist klein«, gab Shermake zurück.

Midas rechnete nach und kam zu dem Schluss, dass aus dem Jungen vor ihm bereits ein Mann geworden war. Er musste jetzt fast siebzehn sein und hierzulande bedeutete das, dass er weit mehr Verantwortung hatte als jemand im selben Alter in den Vereinigten Staaten. Er war ein paar Zentimeter größer als Lexie und würde wahrscheinlich über ein Meter achtzig groß werden, wenn er ausgewachsen war. Er trug ein schwarzes T-Shirt, eine kurze braune Hose, die ihm bis zu den Knien reichte, und ein zerschundenes Paar Turnschuhe. Sein Haar war kurz geschnitten ... und er sah Lexie an, als würde er ihr gleich aus Verehrung die Füße küssen.

Es war dieser Blick, der Midas schließlich veranlasste, sich zu entspannen. Er sah nichts als Sorge in dem Gesichtsausdruck des jungen Mannes.

»Was machst du hier?«, fragte Lexie.

Shermake sah sie an, als wäre sie verrückt. »Ich helfe dir«, sagte er. »Mutter sagte, du wärst hier und musst auf Dunkelheit warten. Ich so glücklich, dass es dir gut geht. Tut mir leid, dass meine Leute dich entführt.«

»Du kannst nichts dafür. Dein Englisch ist wirklich gut geworden«, lobte Lexie ihn.

»Ich übe«, sagte Shermake. »Komm, wir gehen. Ich weiß, wo amerikanische und dänische Soldaten sind.«

»Und Dagmar?«, fragte Lexie. »Der Mann, der mit mir entführt wurde?«

Shermake schüttelte den Kopf. »Ich nicht wissen.«

»Warte«, sagte Midas, der noch nicht bereit war, diesem jungen Mann voll und ganz zu vertrauen. »Es tut mir leid, aber ich kenne dich nicht. Woher wissen wir, dass wir dir vertrauen können?«

»Midas«, protestierte Lexie, aber er nahm den Blick nicht von Shermake.

»Du kannst vertrauen«, sagte er. »Ich kenne Männer, die Lexie wollen. Sie sind nicht gut, sie sind faul. Sie wollen nicht arbeiten für Geld. Abshir Farah, er war in der Wüste. Nicht getötet. Kam hierher zurück, um Geschichte über Kampf zu erzählen und Freunde dazu zu bringen, Lexie wieder zu entführen. Sie wollen Geld. Ich kann dich zu deinen Freunden zurückbringen. Vertrau mir.«

Midas presste die Lippen zusammen. Es war möglich, dass sie nicht alle Entführer getötet hatten, aber es war überraschend, wie schnell diese Abshir-Person nach Galkayo zurückgekehrt war und neue Truppen mobilisiert hatte. Sein Team und er hatten bei ihrer Rückkehr einen Fehler gemacht. Sie hätten direkt zum Schiff fliegen sollen. Aber die Männer vom Jaegerkorpset hatten sie überredet, Magnus' Plan zuzustimmen. Geld regierte die Welt und es war offensichtlich, dass die Familie Brander dadurch genügend Einfluss hatte, um sogar die Pläne der Spezialeinheit zu beeinflussen.

»Ich schwöre auf meine Familie, Lexie ist bei mir in Sicherheit«, sagte Shermake in leisem, ernstem Ton.

Midas nickte schließlich. Er vertraute dem Jungen immer noch nicht hundertprozentig, aber es war besser, einen Führer auf dem Weg durch die Straßen von Galkayo zu haben. Vor allem, wenn er wirklich wusste, wo sein Team sich verschanzt hatte.

Er streckte Lexie eine Hand entgegen und beruhigte sich, als sie sofort an seine Seite trat.

»Bleib immer neben mir«, befahl er. »Wenn ich zu schnell gehe, sag es mir. Wenn du Schmerzen hast, sag es mir, damit ich dir helfen kann.«

»Okay, Midas, das werde ich.«

»Ich meine es ernst. Wir haben keine Ahnung, was oder wer hinter dieser Tür auf uns wartet. Meine Mission ist es immer noch, dich sicher und gesund hier rauszubringen. Es spielt keine Rolle, dass wir nicht mehr in der Wüste sind.«

»Ich verstehe«, sagte sie ernst.

Midas konnte nicht anders, als hinzuzufügen: »Und danach«, er deutete mit dem Kopf auf das Loch im Boden, »bin ich noch entschlossener, dafür zu sorgen, dass du ohne einen verdammten Kratzer hier rauskommst.«

Lexie leckte sich über die Lippen, als würde sie sich daran erinnern, was passiert war, bevor Shermake sie unterbrochen hatte. Sie nickte.

Midas streckte die Hand aus und steckte ihr eine Haarsträhne hinters Ohr, die ihr auf der Seite im Gesicht klebte, mit der sie an seiner Schulter gelegen hatte. Er konnte Schweißflecke an ihrem Kragen und unter ihren Achseln erkennen. Sie sah verdammt fertig aus ... und trotzdem hatte er sich noch nie in seinem Leben so sehr von einer Frau angezogen gefühlt.

Ein Geräusch hinter ihnen erregte Midas' Aufmerksamkeit. Er schaute über Lexies Schulter und sah Shermake auf dem Boden sitzen, um seine Schuhe auszuziehen.

Er stand auf und hielt Lexie seine Turnschuhe hin. »Du an Füße ziehen.«

Lexie sah verwirrt aus. »Was?«

»Deine Füße, anziehen«, wiederholte Shermake.

»Er gibt dir seine Schuhe«, erklärte Midas.

Lexie schüttelte den Kopf, trat einen Schritt zurück und stieß gegen Midas. »Nein, ich nehme deine Schuhe nicht«, sagte sie stur.

»Doch, du nehmen«, sagte Shermake genauso hartnäckig.

Midas griff nach den Schuhen und nickte dem Jungen zu. »Zieh sie an, Lex.«

»Nein, Midas, das verstehst du nicht. Als ich ihn vor Monaten kennengelernt habe, hatte er keine Schuhe. Er war barfuß, ebenso wie sein Bruder und seine Schwester. Ich nehme seine Schuhe nicht. Das kann ich nicht.«

»Doch, das tust du«, sagte Midas, kniete sich vor ihr hin und hielt einen der Turnschuhe an ihren Fuß.

»Ich bekomme neue. Große Kiste Schuhe kommen aus Frankreich. Viele Schuhe für alle. Ich bekomme andere. Du brauchst jetzt. Meine Füße sind hart. Straße stört mich nicht. Du brauchst Schuhe.« Shermake sah äußerst besorgt aus.

»Scheiße«, sagte Lexie leise. »Er wird beleidigt sein, wenn ich sie nicht nehme.«

»Genau, also komm schon. Ich weiß nicht, wie es dir geht, aber ich bin bereit, von hier zu verschwinden«, sagte Midas zu ihr. Es berührte ihn, dass der Junge Lexie seine Schuhe angeboten hatte. Es würde eine seiner vielen Sorgen auf ihrem Weg durch die Straßen der Stadt lindern. Er würde sich besser fühlen, wenn er sich keine Sorgen machen müsste, dass Lexie sich an einer Glasscherbe die Füße aufschneiden könnte. Er hoffte nur, dass den Jungen dieses Schicksal nicht traf.

Sie legte eine Hand auf seine Schulter, um das Gleichgewicht zu halten, als sie einen Fuß hob. Midas zog ihr den Schuh an und schnürte ihn, so fest er konnte. Sobald er ihr den zweiten Turnschuh angezogen hatte, wandte sie sich an Shermake und umarmte ihn noch einmal. »Ich danke dir.«

»Sie passen?«

Midas wusste, dass sie nicht passten, sie waren zu groß, aber sie lächelte ihn an und nickte trotzdem. »Sie sind perfekt«, antwortete sie ihm.

»Wir brauchen keine Schuhe«, sagte der Teenager. »Wir brauchen Bildung. Zeig uns, wie man Schuhe macht, und wir brauchen keine Almosen. Bring uns bei, wie man Kleidung herstellt, und wir brauchen keine Altkleider mehr. Zeigt uns, wie man Elektrizität erzeugt, rechnet, Wasser staut und Somalia stärker macht.«

Lexie drückte seinen Arm. »Ich weiß.«

»Wir müssten Leute nicht entführen, wenn wir für uns selbst sorgen könnten«, sagte Shermake.

Midas nickte, er verstand es. Wie war das Sprichwort? Gib einem Mann einen Fisch und er kann seine Familie ernähren. Bring einem Mann das Fischen bei und er kann ein ganzes Dorf ernähren.

Shermake schüttelte den Kopf, als würde er die Gedanken abschütteln. Dann kniete er sich neben das Loch, in dem Midas und Lexie den ganzen Tag gelegen hatten, und schob die Bretter wieder darüber, um das Versteck zu verbergen. »Wir gehen jetzt«, sagte er.

Midas nahm Lexies Hand und legte sie wieder an seinen Hosenbund. »Sei vorsichtig«, sagte er und deutete auf ihre Füße. »Nicht stolpern.«

»Werde ich nicht«, sagte sie.

Dann schlichen die drei durch die Hintertür hinaus in die Gasse hinter dem Laden. Es war nicht so dunkel, wie Midas es sich erhofft hatte, aber die Sonne war definitiv schon untergegangen. In ungefähr dreißig Minuten würde es stockdunkel sein. Hoffentlich würden er und Lexie bis dahin wieder bei seinem Team sein.

Shermake ging selbstbewusst durch die Gasse und Midas folgte ihm vorsichtig. Er war sich zu neunundneunzig Prozent sicher, dass der Teenager sie nicht verraten würde, aber er würde nicht Lexies Leben riskieren, indem er unvorsichtig wurde.

Sie überquerten eine Straße und gingen sofort in eine andere Gasse, dann in die nächste. Und so ging es immer weiter. Shermake wählte einen Weg durch die Stadt, auf dem sie möglichst unbemerkt blieben. Er schien jede Abzweigung genau zu kennen und Midas hatte schon bald die Orientierung verloren. Sie kamen an einigen sehr fragwürdigen Ecken vorbei, aber die wenigen Menschen auf den Straßen schauten sie nicht einmal an.

Nach etwa zwanzig Minuten kamen sie in einen Stadtteil, der offensichtlich wohlhabender war als der Ort, von dem sie gekommen waren. Shermake ging in der nächsten Gasse in Deckung und Midas tat es ihm gleich, wobei er sich stets bewusst war, dass Lexie direkt an seiner Seite war.

»Ihr geht jetzt allein weiter«, sagte Shermake. »Überquert die Straße dort, dann nach rechts bis zu dem braunen Haus, dann links und ihr werdet Soldaten sehen.«

Midas nickte. »Danke.«

»Für Lexie.«

»Ich weiß«, sagte Midas. Er war nicht im Geringsten beleidigt. Es war Lexie, die sich die Loyalität der Menschen um sie herum verdient hatte.

»Ich werde dich nie vergessen«, sagte Lexie, als sie an Midas vorbeiging, um den Jungen noch einmal zu umarmen.

Shermake sagte: »Ich werde dich auch nie vergessen.«

Lexie zog sich zurück und legte ihre Hände auf die Schultern des Teenagers. »Lerne weiter. Dein Englisch ist gut, aber es könnte noch besser sein.« Sie lächelte, um ihn wissen zu lassen, dass sie ihn neckte. »Du wirst großartige Dinge in deinem Leben tun, Shermake, das weiß ich. Sag Hodan und Cumar, dass es mir leidtut, dass ich sie nicht noch einmal sehen konnte. Und pass auf deine Mutter auf.«

»Werde ich«, sagte Shermake. »Geh jetzt. Pass auf dich auf.«

Lexie nickte.

Midas griff in eine seiner Westentaschen und holte ein paar somalische Schilling heraus. Er und seine Teamkameraden legten immer Wert darauf, für alle Fälle etwas lokale Währung bei sich zu haben. Es hatte sich in früheren Missionen als nützlich erwiesen.

Der Wechselkurs von Schilling zu Dollar war so lächerlich, dass Midas nicht allzu überrascht war, dass Lexies Entführer so verzweifelt versuchten, sie wieder in ihre Hände zu bekommen. Tausend Schilling waren weniger als zwei US-Dollar. Eintausend Schilling war der größte Schein, den es gab. Midas zog die zwanzig Scheine heraus, die er bei sich hatte, und hielt sie Shermake hin.

Der Junge bekam große Augen, trat dann aber einen Schritt zurück und schüttelte den Kopf.

»Nimm es«, sagte Midas zu ihm. »Ich wünschte, es wäre mehr, aber das ist alles, was ich bei mir habe.«

»Ich nehme kein Geld für meine Hilfe«, sagte der Teenager hartnäckig.

»Ich weiß«, sagte Midas, »aber bitte lass mich dir auch helfen. Ich bin dir zu Dank verpflichtet und werde alles tun, um dir und deiner Familie auch in Zukunft zu helfen, aber im Moment würde ich mich geehrt fühlen, wenn du dieses Geld annimmst.«

Es waren weniger als vierzig Dollar, aber er hatte das Gefühl, dass es für Shermake und seine Familie ein Vermögen war. Die Armutsquote in dem Land lag bei neunundsechzig Prozent. Das bedeutete, dass die meisten Menschen mit weniger als zwei Dollar pro Tag auskommen mussten.

Midas wusste noch nicht, wie er sein Versprechen einhalten würde, Shermakes Familie zu helfen, aber ihm würde etwas einfallen. Er würde Astur und Shermake niemals vollständig zurückzahlen können, was sie für Lexie und im weiteren Sinne auch ihn getan hatten.

Der Junge nickte schließlich, nahm das Geld und stopfte es in seine Hosentasche. Dann drehte er sich ohne ein weiteres Wort um und ging den Weg zurück, den sie gekommen waren.

»Scheiße, jetzt muss ich weinen«, sagte Lexie mit einem kleinen Schniefen.

Midas wollte sie trösten, aber er musste sie erst in Sicherheit bringen. »Weine, während du weitergehst«, sagte er sanft.

»Du bist ein guter Mann, Pierce Cagle«, sagte sie, als sie wieder nach seinem Hosenbund griff.

»Ich bin nur dankbar«, erwiderte er. »Er hätte uns auch direkt in die Arme der Leute führen können, die nach dir gesucht haben.«

»Das hätte er niemals getan. Er weiß, wie sehr seine Familie gekämpft hat, und hasst es, dass er nicht mehr helfen konnte. Er ist ein guter Junge.«

»Auch gute Kinder können durch die Verlockung des Geldes auf Abwege geraten«, gab Midas zurück.

»Ich weiß.«

Sie sagte nichts mehr und Midas ging nicht weiter darauf ein. Sie gingen bis ans Ende der Gasse und Midas checkte die Lage auf der nächsten Straße. Sie war menschenleer. Er folgte Shermakes Anweisungen und nach fünf Minuten sah er das Beste, was ihm seit Stunden unter die Augen gekommen war.

Aus den Schatten tauchten fünf Gestalten auf. Gestalten, die Midas kannte.

»Das wurde aber auch Zeit, dass du dich endlich entschlossen hast, uns Gesellschaft zu leisten«, scherzte Aleck.

»Scheiße, Midas, hast du irgendwo ein Nickerchen gemacht oder was?«, fragte Pid.

»Verdammte Funkgeräte, wir müssen uns unbedingt neue besorgen«, beschwerte sich Slate.

»Geht es euch beiden gut?«, fragte Mustang.

»Jesus, was hast du mit ihr gemacht, Midas? Sie sieht aus wie durch die Mangel gedreht«, sagte Slate.

»Du solltest den anderen Typen sehen«, erwiderte Lexie trocken.

Alle lachten und die Spannung in der Luft ließ nach.

Midas war erleichtert, dass sie über Slates Kommentar nicht beleidigt war. Bisher hatte sie alles in Kauf genommen, was wirklich erstaunlich war. Aber egal, wie gut Lexie sich zu halten schien, irgendwann würde es auch für sie zu viel werden. Sie hatte die Hölle durchgemacht und obwohl sie bemerkenswert gut damit zurechtkam, hatte er das Gefühl, dass sie zusammenbrechen könnte, sobald sie einen Moment Zeit hatte, um über alles nachzudenken.

»Verschwinden wir jetzt von hier oder was? Wo habt ihr die Männer vom Jaegerkorpset und Dagmar versteckt? Lasst sie uns holen und dann verdammt noch mal raus hier«, sagte Midas.

Es wurde still und Midas fluchte innerlich.

»Was ist los? Sind sie schon weg?«, fragte Lexie und sah die anderen verwirrt an.

Zum ersten Mal, seit sie das Krankenhaus verlassen hatten, zog Midas sich den Riemen seines Gewehrs über den Kopf und schob die Waffe hinter seinen Rücken. Jetzt, wo sein Team hier war, um Lexie zu beschützen, musste er das Gewehr nicht mehr auf Anschlag haben.

Er legte einen Arm um Lexie und zog sie an seine Seite, als Mustang die Nachricht übermittelte. »Er hat es nicht geschafft. Es tut mir so leid, Lexie.«

»Was?«, fragte sie schockiert im Flüsterton.

»Als die Explosionen im Krankenhaus losgingen, hat er einen Herzinfarkt erlitten. Er hat es nicht geschafft.«

»Nein«, flüsterte sie kopfschüttelnd. »Er war doch in

Ordnung. Ich meine, ich weiß, dass er krank war, aber er hat noch geredet. Es ging ihm gut.«

»Er hatte in der Wüste einen Schlaganfall, genau wie du vermutet hast. Sein Herz war zu schwach, um noch mehr Stress auszuhalten. Als die Entführer mitbekamen, dass er tot war, sind sie losgelaufen, um dich zu jagen. Das Jaegerkorpset ist vor einigen Stunden mit dem Leichnam abgereist. Die Jungs fliegen nach Italien und von dort weiter nach Dänemark«, sagte Mustang.

Lexie ließ das Kinn auf ihre Brust sinken und seufzte. Sie stand mit herunterhängenden Armen neben Midas, der sie an sich zog. »Lex?«, fragte er.

»Mir geht es gut«, sagte sie leise. »Ich kann mir kaum vorstellen, wie sein Bruder sich fühlen muss. Ich glaube, sie standen sich sehr nahe. Es ist tragisch, dass er gerettet wurde, nur um kurz darauf zu sterben, noch bevor er nach Hause zurückkehren konnte.«

»Ich bin mir sicher, Magnus Brander wird dein Beileid zu schätzen wissen, sobald wir dich an einen sicheren Ort gebracht haben«, sagte Jag.

»Ja«, sagte Lexie mit einem Nicken, aber Midas konnte erkennen, dass sie in Gedanken verloren war.

»Kommt schon«, sagte er. »Lasst uns von hier verschwinden, okay?«

»Das hört sich gut an«, sagte Pid.

»Wir haben nur auf euch gewartet«, sagte Slate mit einem kleinen Grinsen.

Midas wusste, dass seine Freunde Spaß machten. Es war offensichtlich, dass sie sich Sorgen gemacht hatten.

»Wie hast du uns überhaupt gefunden?«, fragte Mustang.

»Ein Freund von Lexie hat uns den Weg gezeigt«, antwortete Midas und erklärte, welche Rolle Shermake und seine Mutter bei ihrer Flucht gespielt hatten. Dann fügte er hinzu: »Ich würde es ihnen gern zurückzahlen, wenn wir wieder zu Hause sind.«

»Ich bin mir sicher, Baker wird dir gern dabei helfen, sie aufzuspüren«, sagte Aleck. »Er braucht nur ihre Namen und ein paar Details, an die du dich erinnern kannst. Dann wird er sich darum kümmern.«

»Wer ist Baker?«, fragte Lexie.

»Ein Typ zu Hause in Hawaii, der auf solche Sachen spezialisiert ist«, sagte Jag.

»Wow, das ist eine sehr vage Beschreibung«, beschwerte sich Lexie.

»Es ist schwer zu erklären«, sagte Mustang, als sie aufbrachen. »Er ist ein ehemaliger SEAL, ein Extremsurfer und ein bisschen wie ein großer Computer. Er kennt jeden, kann sich Informationen über jeden beschaffen und ist verdammt mürrisch.«

»Klingt faszinierend. Sieht er so gut aus wie ihr?«, fragte Lexie.

»Du findest, wir sehen gut aus?«, fragte Jag und streckte übertrieben die Brust heraus.

»Nun, ihr seid alle ein bisschen rau. Besonders der da«, sagte Lexie und deutete mit dem Kopf auf Slate.

Seine Freunde lachten. Es war offensichtlich, dass sie um Dagmar trauerte, aber sie versuchte trotzdem, freundlich zu seinen Teamkameraden zu sein.

»Habe ich dir die Männer überhaupt schon vorgestellt?«, fragte Midas.

»Nein, aber wir hatten dafür bisher auch keine Zeit«, sagte Lexie.

»Stimmt. Das da ist jedenfalls Aleck. Er heißt Smart mit Nachnamen, daher ist sein Spitzname Aleck, wie der Begriff für Klugscheißer im Englischen«, sagte Midas leise, als sie weitergingen. Er nahm an, dass sie auf dem Weg zum Landeplatz für den Hubschrauber waren, von dem er hoffte, dass er sie bald abholen würde. Sie müssten schnell an Bord gehen, falls die Entführer ein letztes Mal versuchen sollten, Lexie daran zu hindern, das Land zu verlassen.

»Also bist du wirklich ein Klugscheißer oder hast du nur diesen Spitznamen abbekommen?«, fragte Lexie.

»Oh, ich werde meinem Spitznamen hundertprozentig gerecht«, sagte Aleck mit einem Lächeln.

»Neben ihm geht Pid. Sein Vorname ist Stuart«, sagte Midas.

Lexie stöhnte. »Herrgott, ihr braucht bessere Spitznamen.«

»Dann ist da noch Jag, dessen Name Jagger ist.«

»Ah, das ist besser«, sagte Lexie mit einem Lächeln in seine Richtung.

»Der Ungeduldige da drüben ist Slate. Sein Nachname lautet Stone. Und dann ist da noch Mustang, unser Teamleiter.«

»Der mit Elodie verheiratet ist, richtig?«, fragte Lexie.

»Du hast von meiner Frau gehört?«, fragte Mustang.

Sie nickte. »Wir mussten etwas Zeit totschlagen«, gab sie zu.

»Du hast mit Elodie eine Sache gemeinsam. Ich habe sie auch im Nahen Osten kennengelernt. Sie war auf einem Schiff und nicht an Land, aber trotzdem.«

»Es klingt so, als wäre sie eine ziemlich erstaunliche Frau«, sagte Lexie.

»Das ist sie«, erwiderte Mustang nur.

»Und sie macht verdammt gute Hamburger«, fügte Aleck hinzu.

Lexie stöhnte. »Lasst uns bitte nicht übers Essen reden, okay?«

Midas nahm sich vor, es sich zu seiner obersten Priorität zu machen, Lexie etwas zu essen zu besorgen.

Sie gingen noch etwa fünf Minuten und die Männer unterhielten sich mit Lexie. Midas wusste, dass sie versuchten, sie auf ihrem gefährlichen Weg abzulenken, bis der Hubschrauber eintraf.

Sie kamen an die Grenze des Ortsteils und Midas starrte auf eine weite Wüstenlandschaft. Es war faszinierend, wie die Stadt einfach aufhörte und stattdessen Wüste begann. Soweit das Auge reichte, was in der Dunkelheit nicht sehr weit war, gab es nur Sand. Weit und breit war keine Lichtquelle zu entdecken.

»Kann sie in diesen riesigen Turnschuhen laufen?«, fragte Pid Midas.

»Ich kann laufen«, antwortete Lexie für sich selbst.

»Entschuldige, ich wollte dich nicht übergehen.«

»Schon in Ordnung, ich bin nur das Mädchen, das ihr retten sollt, ich bin kein Navy SEAL, aber ich bin auch nicht hilflos«, gab Lexie zurück.

»Ich vermute, hinter diesen Schuhen steckt eine Geschichte«, sagte Jag. »Soweit ich weiß, hattest du sie nicht an, als wir dich aus der Wüste gerettet haben.«

»Nein, Shermake hat sie mir gegeben«, sagte Lexie.

»Ja, Baker wird in dieser Sache definitiv helfen wollen«, sagte Slate. Er verstand, wie wichtig die Geste des Teenagers gewesen war, seine Schuhe herzugeben.

»Seid ihr bereit?«, fragte Mustang.

Alle nickten.

»Bereit wofür?«, flüsterte Lexie Midas zu.

»Zu laufen. Sobald sich dieser Hubschrauber nähert, werden es alle in der Stadt mitbekommen. Die Leute, die dich nicht gehen lassen wollen, werden versuchen, so schnell wie möglich hierherzugelangen«, erklärte er ihr.

»Dann ist es wohl gut, dass sie nicht schneller laufen können, als der Hubschrauber fliegen kann, oder?«, fragte Lexie.

Midas hörte seine Teamkameraden leise lachen, aber er konnte Lexie nicht aus den Augen lassen. Sie sah unglaublich traurig aus, aber sie hatte auch einen entschlossenen Ausdruck in den Augen. Es war ihr auch immer noch anzusehen, dass sie durch die Hölle gegangen war, aber irgendwie war das Teil ihres Charmes. »Auf jeden Fall«, stimmte Midas zu. »Bleib an meiner Seite. Mustang und Aleck werden vorangehen und wir folgen ihnen. Pid, Jag und Slate werden uns den Rücken decken. Wenn wir am Hubschrauber ankommen, halte deine Arme hoch und Mustang und Aleck helfen dir hinein. Dann kriechst du sofort von der Tür weg, okay?«

»Okay«, sagte sie sofort. »Das habe ich schon einmal gemacht, erinnerst du dich? Kleinigkeit!«

Ihre Stimme zitterte ein wenig, aber sie hob ihr Kinn, als würde sie ihn davor warnen, es zu kommentieren.

Midas würde auf keinen Fall auch nur ein verdammtes Wort dazu sagen. Es hätte ihm größere Sorgen gemacht, wenn sie gar keine Angst gehabt hätte. Aber Midas hatte größtes Vertrauen in die Night Stalker Hubschrauberpiloten. Sie waren die Besten und konnten auch unter schlechtesten Bedingungen fliegen. Solange sie es bis zum Hubschrauber schafften, wäre alles in Ordnung.

»Hubschrauber im Anflug«, sagte Mustang.

Midas hörte das Geräusch der Rotorblätter, als er sich schnell im Tiefflug dem Landeplatz näherte.

Innerhalb von Sekunden wurde Sand in alle Richtungen aufgewirbelt und Midas spürte, wie Lexie den Kopf gegen seine Brust drückte, um ihr Gesicht zu schützen. Er nahm ihre Hand in seine und beugte sich vor. »Bei drei läufst du los, so schnell du kannst. Halte deine Augen geschlossen. Ich werde dafür sorgen, dass du nicht hinfällst.«

Sie nickte und sein Bauch verkrampfte sich bei dem Gedanken daran, dass sie ihm buchstäblich blind vertraute.

»Eins, zwei, *drei*«, zählte er und lief mit Lexie an seiner Seite los.

Die Sandkörner schlugen ihm hart ins Gesicht, aber er ignorierte den Schmerz. In Sicherheit zu kommen war im Moment wichtiger als ein wenig Unbehagen. Er sah, wie Mustang und Aleck in den Hubschrauber sprangen und sich sofort mit ausgestreckten Armen umdrehten.

Midas brachte Lexie in Position und rief: »Arme hoch, Lex.«

Sie machte sofort, was er sagte, und verschwand im Hubschrauber. Midas sprang hinterher, dicht gefolgt von den anderen Teamkameraden. Innerhalb von Sekunden hob der Hubschrauber wieder ab und sie flogen davon.

Einige Minuten lang waren alle noch sehr angespannt, während sie über die Wüste flogen, weit weg von denen, die eventuell versuchen würden, sie abzuschießen.

Aber ihre Evakuierung aus Galkayo verlief ohne weitere Vorkommnisse. Die Lichter der somalischen Stadt hinter ihnen wurden immer schwächer und Midas atmete erleichtert auf. Er wandte sich an Lexie und hielt einen Daumen hoch. Sie hatten diesmal keine Funkgeräte aufgesetzt, also konnten sie nicht miteinander sprechen. Aber das schien keine Rolle zu spielen. Sie strahlte ihn an und hob ebenfalls einen Daumen.

Ja, man konnte mit Sicherheit sagen, dass Lexie Greene ihm ganz offiziell unter die Haut gefahren war. Midas hatte keine Ahnung, wie er sie jemals wieder aufgeben könnte.

KAPITEL SIEBEN

Lexie versuchte, gegenüber den SEALs einen positiven und fröhlichen Gesichtsausdruck zu bewahren. Sicherlich war sie dankbar, dass sie nicht mehr in Gefahr war, erneut entführt zu werden, aber ihre Zukunft war weiterhin ungewiss. Ganz zu schweigen davon, dass sie mit der Situation vollkommen überfordert war. Sie wusste nicht viel über das Militär und wie es ablief, auf einem Schiff der US Navy abgesetzt zu werden. Das Ganze kam ihr so unwirklich vor, dass es nicht einmal mehr lustig war.

Darüber hinaus wusste sie, dass ihre gemeinsame Zeit mit Midas ihrem Ende zuging. Er würde mit seinem Team nach Hawaii zurückkehren und sie würde wieder allein sein.

Zum ersten Mal in ihrem Leben war Lexie mit ihrem einsamen Lebensstil nicht zufrieden. Als sie sich Food For All angeschlossen hatte, war sie froh gewesen, von ihrem Vater und seinen ständigen Herabwürdigungen wegzukommen. Sie hatte es genossen, allein zu leben und niemandem Rechenschaft ablegen zu müssen. Aber jetzt wurde ihr klar, dass es niemanden gab, der sich um sie kümmerte. Es gab niemanden, der überhaupt bemerken würde, wenn sie vom Erdboden verschwand.

Die Entführung hatte ans Licht gebracht, wie einsam sie wirklich war. Und dieser Gedanke tat weh.

Es gefiel ihr, wie nahe sich Midas und seine Freunde zu stehen schienen. Und als sie von Mustang und seiner Frau gehört hatte, war eine unerwartete Sehnsucht in ihr aufgestiegen. Sie wollte auch diese Nähe, hatte aber keine Ahnung wie – weder mit Freunden noch mit einem Mann.

Und noch schlimmer war, dass sie sich so eine Verbindung zu Midas wünschte. Sie wollte daran glauben, dass er auch so fühlte. Dieser eine Kuss mit ihm hatte ihre Welt buchstäblich auf den Kopf gestellt. Aber sie hatten keine Zeit gehabt, darüber zu sprechen, was es für sie bedeutete ... wenn es überhaupt etwas bedeutet hatte. Vielleicht war es nur der Situation geschuldet.

Midas hatte ihr Kopfhörer mit Lärmunterdrückung gegeben. Sie halfen gegen den Fluglärm, aber sie war nicht per Funk mit den anderen verbunden, sodass sie keine Ahnung hatte, worüber sie sich unterhielten. Midas klopfte ihr auf die Schulter und zeigte auf das kleine Fenster. Sie richtete sich auf, um nach draußen zu sehen, und erblickte ein riesiges Schiff. Draußen war es dunkel, aber die Lichter auf dem Schiff waren wie ein einladendes Leuchtfeuer. Der Hubschrauber drehte herum und begann den Sinkflug. Lexie machte sich bereit.

Jetzt war es so weit. Sie würden landen und dann müsste sie sich von Midas verabschieden.

Sie war noch nicht bereit.

Aber bereit oder nicht, der Hubschrauber wurde langsamer, als er sich dem Schiffsdeck näherte.

Lexie ging es durch und durch, als Midas seine Hand auf ihren Oberschenkel legte. Wegen des Lärms konnten sie immer noch nicht miteinander sprechen, aber als sie zu ihm hinübersah, lächelte er und nickte.

Es war ein wenig erbärmlich, wie viel diese einfache Berührung ihr bedeutete. Lexie war sonst kein sehr empfindlicher Mensch. Wie auch, wenn sie so lange Single gewesen war. Aber nachdem sie den Tag an Midas' Schulter verbracht hatte, begann sie zu verstehen, warum Menschen sich so sehr nach Berührung sehnten.

Der Hubschrauber landete ohne viel Aufhebens, und Lexie zuckte zusammen, als die Tür geöffnet wurde und grelles Licht den Innenraum erhellte. Midas half ihr, die Kopfhörer abzunehmen. Slate und Jag streckten die Hände aus und halfen ihr, aus der Maschine zu klettern.

Draußen stand eine Frau, die sie begrüßte. »Im Namen der *USS Nimitz* und ihrer gesamten Besatzung heiße ich Sie herzlich willkommen zu Hause, Lexie«, sagte sie.

»Ähm ... danke«, murmelte Lexie.

»Mir wurde aufgetragen, Sie direkt zur Krankenstation zu bringen, damit Sie untersucht werden können. Machen Sie sich keine Sorgen, Sie sind jetzt in Sicherheit.«

Lexie nickte. Sie hatte erwartet, dass Midas und seine Teamkameraden auch aus dem Hubschrauber steigen würden, aber die Frau deutete vor sich und sagte: »Nach Ihnen.«

Lexie hatte keine andere Wahl und ging in die Richtung, in die die Frau gezeigt hatte. Sie schaute noch einmal zurück, ob Midas auch kommen würde, sah aber, dass er damit beschäftigt war, mit seinem Team und den anderen Navy-Offizieren zu sprechen, die den Hubschrauber eingewiesen hatten. Er sah nicht einmal zu ihr hinüber, als sie ging.

Lexie fühlte sich unwohl und war nervös, jetzt, wo Midas nicht bei ihr war. Es war dumm. Sie war auf einem amerikanischen Schiff und die Frau, die sie zur Krankenstation begleitete, war liebenswürdig und nett. Aber sie hatte gehofft, sich wenigstens von Midas verabschieden zu können. Ihm noch einmal zu danken. Ihm zu sagen ...

Sie war sich nicht sicher, was sie ihm sagen wollte.

Ihre Eskorte hielt eine dicke Stahltür für sie auf und Lexie trat über die Schwelle. Sie zuckte zusammen, als die Tür hinter ihnen zufiel. Es klang laut und endgültig.

Das war es also. Midas würde mit seinem Team nach Hawaii zurückkehren und sie würde …

Sie war sich nicht sicher, was sie als Nächstes tun würde.

Die Frau ging jetzt vor und führte Lexie über mehrere Flure und Treppen, bis sie hoffnungslos verloren war. Auf keinen Fall würde sie allein den Weg zurück zum Deck finden.

Während sie gingen, erzählte die Frau einige Belanglosigkeiten, wo die Soldaten und Offiziere aßen und wo die Pausenräume waren. Alle Soldaten, denen sie begegneten, nickten respektvoll, als sie vorbeigingen. Je weiter sie sich von dem Hubschrauber und den SEALs entfernten, desto befangener fühlte Lexie sich. Sie wusste, dass sie mitgenommen aussah. Ihre Haare standen wahrscheinlich wie üblich in alle Richtungen ab, ihre OP-Kleidung war schmutzig und verschwitzt und sie trug immer noch Shermakes viel zu große Schuhe. Die Matrosen, an denen sie vorbeikamen, trugen makellose Uniformen.

Schließlich gelangten sie an eine Tür mit einem großen roten Kreuz darauf. Sie betraten die Krankenstation und ihre Begleitung deutete auf die Liege im hinteren Teil des Raumes. Außer ihnen war niemand in dem Raum und aus irgendeinem Grund war Lexie jetzt noch unsicherer. Sie hatte sich noch nie wohl dabei gefühlt, im Mittelpunkt der Aufmerksamkeit zu stehen.

»Setzen Sie sich dort auf die Liege«, sagte die Frau. »Der Arzt wurde benachrichtigt, dass Sie hier sind. Ich bin mir sicher, dass er bald kommen wird.«

»Ich möchte keine Umstände machen«, sagte Lexie.

Die Frau zog die Augenbrauen hoch, als wäre sie verwirrt. »Umstände?«, fragte sie.

»Ja, der Arzt hat bestimmt schon geschlafen. Ich hätte auch bis morgen früh warten können. Ich brauche nur einen Platz zum Schlafen.«

Die Frau schüttelte den Kopf. »Lexie, Sie wurden entführt.

Sie müssen sofort untersucht werden. Außerdem ist das sein Job.«

»Richtig, Entschuldigung«, sagte Lexie und fühlte sich aus irgendeinem Grund, als wäre sie bestraft worden.

»Da drüben ist ein Untersuchungskittel, den Sie anziehen können«, sagte die Frau und zeigte auf ein in Plastik eingewickeltes Kleidungsstück. »Ich werde draußen warten, während Sie sich umziehen. Es ist wirklich schön, Sie bei uns zu haben. Wir haben alle um Sie mitgefiebert.«

Dann nickte sie, drehte sich um und verließ den Raum.

Lexie rührte sich nicht. Sie wollte sich nicht umziehen. Sie fühlte sich schon jetzt verletzlich genug. Sie wollte nicht praktisch nackt sein, wenn sie den Arzt zum ersten Mal sah.

Lexie begann zu zittern, als sie bemerkte, wie kühl es in dem Raum war. Sie zog die Beine an und stellte die Füße auf die Kante der Liege, auf der sie saß. Sie wusste, dass sie wahrscheinlich das saubere Papier unter sich beschmutzte, aber das war ihr egal. Sie schlang die Arme um ihre Beine und seufzte.

Lexie hatte keine Ahnung, warum es beängstigender war, hier zu sein, als alles andere, was sie in den letzten vierundzwanzig Stunden durchgemacht hatte. Vielleicht weil sie von Fremden umgeben war und nicht wusste, was als Nächstes passieren würde. Es war kein gutes Gefühl. Wie würde sie von diesem Schiff wieder herunterkommen? Wohin würde sie gehen? Hatte sie noch ihren Job bei Food For All?

Sie mochte es nicht, keine Kontrolle über ihr eigenes Leben zu haben.

Lexie legte den Kopf auf ihre angewinkelten Knie. Plötzlich war sie erschöpft. Seit die SEALs das Lager in der Wüste überfallen hatten, hatte sie einen Adrenalinrausch. Ja, sie hatte in diesem Loch etwas an Midas' Seite geschlafen, aber das schien eine Ewigkeit her zu sein.

Ihre Muskeln taten weh, ihr Herz schmerzte wegen Dagmar und sie war traurig, dass sie sich nicht von Midas und seinen Freunden hatte verabschieden können. Sie wusste, dass es ihr Job war, Menschen zu retten, also war sie nichts Besonderes für sie, aber für sie war es das erste Mal, dass sie gerettet wurde. Sie hätte sich viel besser gefühlt, wenn sie sich wenigstens hätte bedanken können.

Lexie war sich nicht sicher, wie viel Zeit vergangen war. Sie zuckte zusammen, als die Tür zur Krankenstation sich wieder öffnete. Ein Mann trat ein, der für einen Arzt viel zu jung aussah. Er lächelte sie an und fragte: »Lexie Greene?«

Sie nickte.

»Ich bin Doktor Chow. Wie ich erfahren habe, waren Sie für einige Monate eine Kriegsgefangene, stimmt das?«

Lexie war verärgert. Es war dumm, aber sie konnte nicht glauben, dass dieser Kerl es nicht schon gewusst hatte.

Dann fühlte sie sich sofort schlecht. Warum war sie so egozentrisch? Der Gedanke, dass jeder automatisch wissen würde, wer sie war und was sie durchgemacht hatte, war absurd.

»Ja«, sagte sie. »Aber ich fühle mich alles in allem ziemlich gut.«

Er hob das iPad an, das er bei sich hatte, und begann zu tippen. Kurze Zeit später sah er zu ihr auf und runzelte die Stirn. »Sie haben sich nicht umgezogen.«

»Nein«, sagte sie. »Ich fühle mich wohler in dem, was ich anhabe.« Und so war es auch.

Der Arzt nickte, als würde er in das, was sie gesagt hatte, mehr hineininterpretieren. »Sie sind hier in Sicherheit«, sagte er zu ihr. »Niemand wird Ihnen hier wehtun.«

»Ich weiß«, sagte Lexie. Dann wurde ihr klar, was er meinte. »Ich wurde nicht vergewaltigt«, fügte sie hinzu.

Er nickte erneut, aber es war offensichtlich, dass er ihr nicht glaubte.

Lexie wollte am liebsten weinen. Sie wollte hier nicht sein. »Wirklich nicht«, beharrte sie. »Ich bin müde und habe Hunger und Durst. Ich habe Schmerzen, weil ich mich den ganzen Tag in einem Loch unter dem Boden eines Ladens in Galkayo versteckt habe. Mir ist kalt, weil ich nicht an die Klimaanlage gewöhnt bin. Aber ich bin ehrlich gesagt überrascht, wie gut ich mich sonst fühle. Ich brauche nur eine Dusche, saubere Kleidung und einen Platz zum Schlafen.« Es fühlte sich gut an, für sich selbst einzustehen.

Aber die nächsten Worte des Arztes zerstörten ihr Selbstvertrauen wieder.

»Wie wäre es, wenn Sie mich eine komplette Untersuchung machen lassen, und dann entscheiden wir, was Sie brauchen?«

Lexie seufzte. Sie wusste, dass der Mann nur seine Arbeit machte. Sie nickte. Was konnte sie sonst auch tun?

Midas war verärgert. Nachdem sie auf dem Flugzeugträger gelandet waren, war er für einen Moment damit beschäftigt gewesen, mit den Night Stalkers zu sprechen, die sie ausgeflogen hatten. Als er sich im nächsten Moment umgedreht hatte, um Lexie zur Krankenstation zu begleiten, war sie bereits verschwunden gewesen.

Mustang teilte ihm mit, dass sie bereits weggebracht worden war. Dann musste er mit dem Team zur Missionsbesprechung. Er musste erklären, was er im Krankenhaus getan hatte und wo er und Lexie sich den ganzen Tag lang versteckt hatten. Er hörte zu, wie die anderen Teammitglieder über Dagmars Tod berichteten und erzählten, was sie getan hatten, um den Männern auszuweichen, die nach Lexie und Dagmar suchten.

Die Onlinebesprechung mit ihrem Kommandanten in Hawaii dauerte drei Stunden. Nachdem alles berichtet und schriftlich festgehalten worden war und ihre Vorgesetzten vorerst zufrieden waren, wurden Midas und der Rest des Teams entlassen.

Sie hatten ein paar Stunden Zeit, um etwas zu schlafen, bevor sie am nächsten Morgen nach Südkorea fliegen würden, von wo aus sie nach Hawaii zurückkehren würden. Midas war erschöpft, aber er würde auf keinen Fall schlafen können, ohne vorher nach Lexie gesehen zu haben.

Er war sich sicher, dass es ihr gut ging. Wahrscheinlich schlief sie schon. Aber zu verschwinden, ohne noch einmal mit ihr zu sprechen, schien … falsch. Es schien, als hätten sie noch nicht abgeschlossen. Schließlich waren sie gleich nach diesem erstaunlichen Kuss unterbrochen worden. Er hatte nicht einmal die Gelegenheit gehabt, sie wissen zu lassen, dass er mit ihr in Kontakt bleiben wollte.

»Wirst du nach Lexie sehen?«, fragte Mustang in dem engen Flur vor dem Konferenzraum, in dem sie die letzten Stunden verbracht hatten. Die anderen Männer waren bereits gegangen, um zu duschen und schlafen zu gehen.

»Ja«, sagte er etwas energischer, als er beabsichtigt hatte.

»Ganz ruhig«, sagte Mustang. »Ich habe nur gefragt.«

»Tut mir leid. Ich weiß.«

»Es ging eine Weile ziemlich intensiv zu, oder?«, fragte Mustang.

Midas nickte. »Sie war unglaublich. Sie hatte keine Panik. Selbst als wir aus dem Krankenhausfenster klettern mussten, hat sie nicht einmal mit der Wimper gezuckt. Sie ist mit mir barfuß die Straßen entlanggelaufen und hat sich kein einziges Mal darüber beschwert.«

»Sie scheint nicht die Art Frau zu sein, die sich oft beschwert«, sagte sein Freund. »Ihr habt verdammtes Glück gehabt, dass ihr zufällig diese Frau getroffen habt, die sie kannte.«

»Ja, aber selbst wenn nicht, bin ich überzeugt, dass wir jemand anderes getroffen hätten, der uns aufgrund von Lexies Persönlichkeit geholfen hätte. Sie ist so hilfsbereit und aufopferungsvoll, dass es schon fast wehtut.«

Mustang neigte den Kopf. »Es klingt, als wäre sie mehr als eine Mission für dich.«

»Ich glaube, das ist sie«, gab Midas zum ersten Mal laut zu.

Dann schüttelte er den Kopf. »Aber auf keinen Fall kann das funktionieren.«

Mustang lachte. Er warf tatsächlich den Kopf zurück und lachte laut.

Midas starrte seinen Freund an. »Du bist ein Arschloch«, sagte er mit gerunzelter Stirn.

»Es tut mir leid«, sagte Mustang ohne jegliche Reue, »aber du stehst hier vor dem Mann, der kürzlich eine Frau geheiratet hat, die er auf einer Rettungsmission am anderen Ende der Welt kennengelernt hat, und willst ihm erzählen, dass so etwas unmöglich sei.«

Midas presste die Lippen zusammen. An dem Kommentar seines Freundes war tatsächlich etwas Wahres dran.

Mustang fuhr fort: »Ich weiß genau, wie du dich fühlst, okay? Von allen im Team weiß ich es am besten. Du weißt, wie vollkommen durcheinander ich war, als wir nach Hawaii zurückgekehrt sind und ich auf ein Lebenszeichen von Elodie gewartet habe. Ich habe euch alle verrückt gemacht. Aber irgendetwas an ihr war anders als bei jeder anderen Frau, die ich zuvor getroffen hatte. Die Chancen, dass aus uns etwas werden konnte, waren denkbar gering, aber jetzt stehe ich vor dir als sehr glücklich verheirateter Mann, der seine Frau liebt und dir sagt, dass du nicht aufgeben sollst. Ich habe noch nie zuvor gesehen, dass du dich so sehr um eine Frau gekümmert hast, Midas. Du wirst es dein Leben lang bereuen, wenn du sie einfach gehen lässt. Eine Beziehung mit ihr wird vielleicht nicht einfach sein, aber es könnte auch das Beste werden, was dir jemals passiert ist.«

»Ich kann mir einfach nicht vorstellen, wie das funktionieren soll.«

»Das könnte ich auch nicht. Ich wusste nur, dass es scheiße war, dass ich Elodie auf diesem Schiff zurücklassen musste«, sagte Mustang. »Du musst nur darauf vertrauen, dass es funktionieren kann, wenn ihr beide es wollt.«

»Nun, das ist verdammt vage ausgedrückt«, beschwerte sich Midas.

Mustang lachte. »Es tut mir leid. Geh zu ihr, Midas. Sage ihr eindeutig, dass du mit ihr in Kontakt bleiben möchtest. Dann wirst du sehen, wie sich die Dinge entwickeln.«

»Danke«, sagte Midas.

Mustang klopfte ihm auf die Schulter und nickte. »Und fürs Protokoll, ich mag sie. Ich kenne sie natürlich nicht so gut wie du, aber ich kann verstehen, was du in ihr siehst.«

Die Zustimmung seines Freundes bedeutete Midas viel. Er hätte ihn ohnehin nicht davon abhalten können, mit ihr in Kontakt zu bleiben, aber es fühlte sich verdammt gut an, zu wissen, dass Mustang es befürwortete.

Midas wusste, dass er wahrscheinlich duschen sollte, bevor er zu Lex ging, aber er war zu ungeduldig. Er musste herausfinden, was der Arzt gesagt hatte, um sich davon zu überzeugen, dass es ihr gut ging. Es dauerte eine Weile, bis er die Krankenstation gefunden hatte, weil er mit dem Schiff nicht vertraut war. Aber nach ein paarmal falsch Abbiegen und nachdem er einen Seemann gefragt hatte, der zu dieser späten Stunde noch unterwegs war, hatte er sie gefunden. Midas hatte keine Ahnung, ob sie noch hier sein würde, aber es war ein Anfang.

Er öffnete die Tür und sah sich im Raum um. Es gab mehrere Liegen sowie zwei Betten im hinteren Teil des Raumes für Patienten, die überwacht werden mussten. Er sah sofort, dass eines der Betten belegt war.

Midas ging darauf zu. Er wollte unbedingt mit Lexie sprechen.

Aber als er sie sah, gefror ihm das Blut in den Adern.

Sie lag auf der Seite und er konnte sehen, wie die Bettdecke über ihr vibrierte, weil sie so stark zitterte.

»Was zum Teufel?«, murmelte er. Midas ging neben dem niedrigen Bett auf die Knie und legte seine Hand auf Lexies Schulter. »Lex?«, fragte er.

Sie rollte sich herum und Midas trat sich geistig in den

Hintern. Ihr Gesicht war rot und fleckig vom Weinen. Ihre Augen waren geschwollen und während er sie ansah, liefen weitere Tränen über ihre Wangen.

Ohne ein weiteres Wort stand er auf, schob sie sanft hinüber und kletterte zu ihr auf die schmale Matratze.

»Midas, was machst du?«

»Rutsch rüber«, sagte er.

Sie tat, was er verlangte, obwohl die winzige Matratze zu schmal für sie beide sein würde. Also wechselte Midas in eine Position, von der er wusste, dass es funktionieren würde. Er hob Lexie hoch, legte sich auf den Rücken und zog sie in die gleiche Position an sich, in der sie den Großteil des Tages verbracht hatten. Es war kaum zu glauben, dass es nur ein paar Stunden her war, dass sie in diesem Loch gelegen hatten.

Anstatt zu protestieren, kuschelte Lexie sich an ihn und legte ihr Gesicht auf seine Schulter. Mit ihrem Arm fuhr sie über seine Brust und diesmal konnte er alles spüren. Ohne seine Weste und seine Kampfausrüstung fühlte sie sich noch besser an.

»Du bist so warm«, sagte sie leise.

Midas zog die Decke über ihre Schultern. »Auf der Krankenstation ist es immer kalt. Ich weiß nicht warum«, sagte er zu ihr.

»Das ist schon in Ordnung. Mein Körper ist nach der langen Zeit in der Wüste nur nicht mehr daran gewöhnt.«

Es war gut, sie normal sprechen zu hören, aber Midas machte sich trotzdem Vorwürfe, nicht für sie da gewesen zu sein, als das Adrenalin endlich nachließ.

»Geht es dir gut? Was hat der Arzt gesagt? Warum trägst du immer noch die OP-Kleidung, die du den ganzen Tag anhattest? Und hast du wirklich noch Shermakes Schuhe an?«, fragte Midas, als er die Turnschuhe an seinen Waden spürte.

»Der Arzt sagt, ich sei dehydriert«, antwortete Lexie. In ihrem Tonfall war eine leichte Verärgerung zu erkennen. »Er hat sich darüber geärgert, dass ich mich nicht umziehen wollte.

Er war herablassend und hat mir das Gefühl gegeben, irgendwie selbst an der Entführung schuld gewesen zu sein. Ich hatte den Eindruck, er hatte gehofft, mich total fertig oder angeschossen vorzufinden, und als er feststellte, dass ich nur hungrig, schmutzig und durstig bin, war er enttäuscht.«

Midas' Verärgerung über den Arzt verzehnfachte sich. Aber er bemühte sich, mit ruhiger Stimme zu antworten. »Ich vermute, die Arbeit des Schiffsarztes auf einem Flugzeugträger ist nicht besonders aufregend. Es tut mir leid, dass er dich so behandelt hat.«

Sie zuckte die Achseln, kommentierte es aber nicht. Ihr Zittern ließ schließlich nach und Midas spürte, wie sie an seiner Schulter seufzte.

»Midas?«

»Ja, Lex?«

»Was machst du hier?«

»Glaubst du, ich würde gehen, ohne mich zu verabschieden?«, erwiderte er.

Sie zuckte erneut die Achseln. »Ich weiß nicht, wie das beim Militär funktioniert. Ich dachte, du und deine Kameraden müsst sofort weiter.«

»Nein, wir mussten zur Nachbesprechung«, sagte er zu ihr. »Nach der Landung habe ich kurz mit den Piloten gesprochen und als ich mich im nächsten Moment umgedreht habe, warst du bereits weg.«

»Ich wollte noch etwas sagen, aber du warst beschäftigt ... und die Frau, die mich begrüßt hatte, schien sehr darauf bedacht gewesen zu sein, mich sofort mitzunehmen«, erklärte Lexie.

»Es tut mir leid«, sagte er.

Sie schüttelte den Kopf. »Nein, alles in Ordnung.«

»Hast du etwas gegessen?«

»Ja, der Arzt hat jemanden angerufen und mir wurde etwas gebracht.«

»Etwas?«, hakte Midas nach.

»Ja, frag mich nicht, was es war. Irgendeine Art Fleisch mit Soße. Ich war ehrlich gesagt so hungrig, dass ich alles gegessen hätte.«

»Hast du deinen süßen Kaffee bekommen?«, fragte er.

Sie schniefte. »Nein, nur zwei Beutel Kochsalzlösung intravenös und zwei Flaschen Wasser.«

»Wahrscheinlich war das besser für dich.«

»Ich weiß.«

»Du weißt, dass es hier drin eine Dusche gibt«, sagte er sanft.

»Es ist dumm, aber je mehr der Arzt versucht hat, mich davon zu überzeugen, mich umzuziehen, desto nervöser wurde ich. Ich habe nichts, Midas, keine Kleidung, keine Schuhe, nicht einmal Unterwäsche. Und wenn sie mir auch noch diese OP-Kleidung wegnehmen ...« Ihre Stimme versagte.

Midas verstand, was sie meinte. »Es ist okay«, sagte er.

»Ist es nicht. Es ist lächerlich. Ich meine, diese Klamotten gehören mir nicht einmal. Ich trage sie erst seit ein paar Stunden. Sie sind schmutzig und verschwitzt ... aber im Moment ist es buchstäblich alles, was ich habe.«

Midas schmerzte das Herz.

»Und Shermakes Schuhe gebe ich nicht her. Er hat sie mir gegeben, obwohl es wahrscheinlich sein einziges Paar war. Ja, er kann von einer Wohltätigkeitsorganisation andere bekommen, aber trotzdem.«

»Es ist okay«, versicherte er ihr erneut und strich mit seiner Hand über ihre Haare. Es war genauso widerspenstig wie beim letzten Mal, als sie bei ihm gelegen hatte. Aber diesmal hatte er die Hände frei und mehr Platz, sie zu berühren. Er wickelte die dichten Haarsträhnen um seine Finger und musste lächeln.

»Wenn du nicht aufpasst, wirst du deine Hand darin verlieren«, scherzte sie.

Sie hatte aufgehört zu weinen, wofür Midas dankbar war. Er hasste den Gedanken daran, dass sie allein in diesem Raum gelegen hatte – durchgefroren, verängstigt und traurig. »Dieses Risiko gehe ich ein«, erwiderte er.

Einige Minuten vergingen schweigend. Midas war zufrieden damit, sie zu halten und sanft über ihre Haare zu streicheln.

Lexie brach die Stille und fragte: »Ich weiß, warum ich immer noch in meinen schmutzigen, stinkenden Kleidern stecke, aber warum hast du dich noch nicht umgezogen?«

Er grinste. »Wir mussten sofort zu dieser Nachbesprechung, die gerade erst zu Ende gegangen ist. Ich wollte mich vergewissern, dass es dir gut geht, also bin ich direkt hierhergekommen.«

Sie stützte sich auf einen Ellbogen und sah ihn mit ungläubigem Blick an. Am anderen Ende des Raumes brannte ein Licht; es war hell genug, um sich sehen zu können.

»Was?«, fragte er.

»Wann musst du aufbrechen?«

»In ein paar Stunden.«

Seufzend senkte sie den Kopf wieder an seine Brust. »Es gibt hier eine Dusche, die du gut gebrauchen könntest«, sagte sie und wiederholte seine eigenen Worte.

»Ich weiß, aber ich fühle mich wohl, wo ich gerade bin.«

»Midas?«

»Genau hier.«

»Ich werde dich vermissen«, gab sie leise zu.

Midas schloss erleichtert die Augen. Gott, diese Frau war in diesem Moment so viel mutiger als er. Er hatte sie nicht unter Druck setzen und ansprechen wollen, wie es mit ihr jetzt weiterging. »Ich auch.«

»Du wirst dich auch vermissen?«, neckte sie ihn.

»Schlaumeier! Hast du Unterricht bei Aleck genommen? Nein, ich werde dich vermissen.«

»Aber nicht, dass ich dich erdrücke, während du versuchst zu schlafen«, witzelte sie.

»Das gefällt mir eigentlich – sehr sogar«, gab er zurück.

»Möchtest du vielleicht in Kontakt bleiben, nachdem wir uns verabschiedet haben?«, platzte Midas heraus. Er zuckte beinahe selbst zusammen, als die Frage so abrupt herausgeschossen kam. Jetzt konnte er sie nicht mehr zurücknehmen. Er hielt den Atem an und wartete auf ihre Antwort.

Sie hob noch einmal den Kopf, um ihn anzusehen. »Meinst du das ernst?«

»Ja?«, fragte er mehr, als dass er antwortete.

»Das würde ich sehr gern«, entgegnete sie mit einem Lächeln.

»Puh«, machte er übertrieben.

»Ich muss dich allerdings warnen, dass ich meine E-Mails und SMS diktieren muss. Wie du weißt, bin ich Legasthenikerin. Meistens kommt es dabei zu Tippfehlern.«

»Das macht mir nichts aus«, sagte Midas sofort.

»Das wird es vielleicht, wenn du nicht verstehst, was ich sagen will«, erwiderte sie.

»Wenn ich es nicht verstehe, werde ich es dir mitteilen. Aber du solltest meine Fähigkeiten nicht unterschätzen. Ich bin ein großer, böser SEAL, wie du weißt.«

Sie lachte und legte sich wieder hin.

»Ich habe mich noch nie so gefühlt«, gab er zu.

»Wie?«, fragte sie.

»So mit jemandem verbunden, beunruhigt und gespannt darauf, jemanden besser kennenzulernen. Frustriert, dass ich in ein paar Stunden abreisen muss, und besorgt, was als Nächstes mit dir passieren wird.«

Lexie antwortete nicht sofort.

»Lex? War das zu viel?«, fragte er nach.

»Nein«, antwortete sie kopfschüttelnd. »Ich ... ich fühle mich genauso, aber ich habe mich gefragt, ob es nur an den Umständen liegt. Ich meine, ich habe dir gesagt, dass ich keine Jungfrau in Nöten bin, aber was, wenn ich es doch bin? Was ist, wenn ich mich so mit dir verbunden fühle, weil du mich gerettet hast?«

Midas konnte nicht anders, als über diesen Gedanken enttäuscht zu sein. Obwohl er es nachvollziehen konnte. »Ich kann dir nicht sagen, wie du dich fühlen sollst«, sagte er. »Aber du musst wissen, dass ich mehr Menschen gerettet habe, als ich zählen kann. Ich habe noch nie auf eine Dusche, eine Mahlzeit und ein Nickerchen verzichtet, um mich zu vergewissern, dass es einem dieser Menschen gut geht. Ich habe das immer den Ärzten überlassen und bin weitergezogen. Du bist mir unter die Haut gefahren, Lex. Vielleicht liegt es daran, dass ich dich schon seit der Highschool kenne. Ich weiß es nicht. Aber ich bin nicht bereit, dich jetzt einfach loszulassen. Ich habe Mustang noch nie so glücklich und zufrieden gesehen wie jetzt. Und wenn es mit Elodie und ihm funktioniert, warum könnte es dann nicht auch mit uns funktionieren?«

Wahrscheinlich hatte er zu viel gesagt, aber das war wichtig und es musste raus. Er hatte das Gefühl, Lexie vielleicht nie wiederzusehen, wenn er ihr nicht klarmachte, wie besonders die Situation für ihn war.

»Ich habe keine Ahnung, was als Nächstes mit mir passiert«, sagte sie leise. »Im Ernst, ich weiß es wirklich nicht. Ich weiß nicht einmal, wohin ich gehen werde, wenn ich zurück in die USA komme. Ich muss mit meinem Vorgesetzten bei Food For All sprechen, ob ich überhaupt noch meinen Job habe. Ich habe Todesangst und bevor du hier reingekommen bist, bin ich in Selbstmitleid versunken. Aber ich mag dich, Midas. Das habe ich immer getan, schon als wir Teenager waren. Und jetzt, wo ich dich ein bisschen besser kenne ... ja, ich möchte auf jeden Fall mit dir in Kontakt bleiben.«

»Gut«, sagte er entschlossen. »Ich gebe dir meine Telefonnummer, E-Mail-Adresse und Anschrift. Ruf mich an, wann immer du willst, und schreib mir eine E-Mail oder schick mir einfach eine SMS. Ich weiß, dass du auf deinen Füßen landen wirst. Die Offiziere an Bord werden dir helfen, eine Unterkunft zu finden und mit Food For All in Kontakt zu treten. Mach dir darüber keine Sorgen. Du bist hier auf dem Schiff in guten Händen.«

Sie nickte. »Okay. Ich werde dir auch meine E-Mail-Adresse geben.«

»Okay«, wiederholte er.

Es fühlte sich an, als wäre ihm eine riesige Last von den Schultern gefallen. Sie wollte in Kontakt bleiben. Das beantwortete noch nicht die Frage, in welche Richtung die Dinge sich entwickeln würden, aber es war ein Anfang.

Lexie lag auf ihm und seine Augen wurden schwer. Er hatte seinen Wecker gestellt, damit er nicht verschlafen würde. Mit der Frau in seinen Armen und mit der Gewissheit, dass sie in Kontakt bleiben würden, nachdem er aufbrechen musste, konnte er sich endlich entspannen.

Midas fiel in einen tiefen Schlaf, der erholsamer war als in jeder Nacht, seit er erfahren hatte, dass Lexie Greene, das Mädchen, das er von früher kannte, entführt worden war.

Midas' Uhr vibrierte. Es kam ihm vor, als wären nur Minuten vergangen, tatsächlich waren es aber drei Stunden. Er schob Lexie sanft zur Seite, stand auf und ging in das kleine Badezimmer auf der Krankenstation. An der Zimmertür sah er seine Reisetasche stehen. Mustang sei Dank! Er duschte und zog sich saubere Kleidung an, bevor er noch einmal zu Lexie zurückkehrte.

Sie hatte sich auf die Seite gedreht, nachdem er aufgestanden war, und hielt das Kissen an ihre Brust gedrückt. Midas zog die Decke hoch, die ihr über die Schultern gerutscht war, und konnte nicht widerstehen, sich vorzubeugen und ihre Stirn zu küssen.

Sie öffnete die Augen und starrte ihn eine Sekunde lang an, bevor sie sich auf den Rücken drehte. »Ist es so weit?«, fragte sie.

»Leider ja.«

»Pass auf dich auf«, sagte sie zu ihm.

»Immer.«

»Du hast geduscht«, bemerkte sie.

»Ja, ich glaube die Männer hätten meinen Gestank auf dem langen Flug nur schwer ertragen. Ganz zu schweigen von den anderen Passagieren.«

»Jetzt, wo du sauber bist, bemerke ich, wie dreckig ich selbst bin«, sagte sie mit gerümpfter Nase.

»Ich habe dir ein paar Klamotten ins Badezimmer gelegt«, sagte Midas.

Sie blinzelte. »Hast du das?«

»Ja, sie werden zu groß sein. Wir sind nicht wirklich gleich groß. Aber ich dachte, es macht dir vielleicht nichts aus, wenn das T-Shirt etwas zu groß ist. Die Jogginghose musst du umkrempeln, aber es sollte gehen, bis du etwas findest, das besser passt. Jemand an Bord sollte dir dabei helfen können, etwas in deiner Größe zu besorgen.«

»Danke«, flüsterte sie.

»Ich habe dir auch zwei Paar Socken und eine kleine Tasche dagelassen, wo du deine Sachen und die Schuhe hineintun kannst, damit sie nicht versehentlich weggeworfen werden.«

»Scheiße, du bringst mich gleich zum Weinen«, sagte Lexie und setzte sich auf.

»Tu das nicht«, flehte Midas.

Sie starrten sich einen Moment lang an.

Midas war sich nicht sicher, wer den ersten Schritt gemacht hatte, aber plötzlich beugten sie sich zueinander vor und ihre Lippen trafen sich. Anders als bei ihrem Kuss in Galkayo war dieser Kuss nicht langsam und zart. Er war leidenschaftlich und voller Sehnsucht.

Midas hatte diesmal seine Hände frei und legte sie hinter Lexies Kopf, während er sie verschlang. Sie hielt so gut sie konnte dagegen und umklammerte sein Hemd, als ihr ein

Stöhnen entwich. Er hatte sich noch nicht rasiert und war sich bewusst, dass seine Bartstoppeln sie wahrscheinlich kratzten, aber er konnte sich nicht zügeln.

Ihre Zungen duellierten sich, er knabberte an ihrer Unterlippe und sie tat dasselbe mit ihm. Er neigte seinen Kopf in die eine und dann in die andere Richtung, während er sie für seinen Angriff auf ihre Lippen festhielt.

Midas war hart wie ein Pfahl und wollte Lexie am liebsten zurück auf das Bett schieben und ihr zeigen, wie viel er für sie empfand. Es war jedoch weder der richtige Zeitpunkt noch der richtige Ort dafür. Jeden Moment könnte jemand den Raum betreten und Midas würde Lexie niemals in Verlegenheit bringen.

Er zog sich zurück, hielt seine Hand aber an ihrem Kopf. Die andere Hand legte er an ihre Wange. Beide atmeten schwer und er konnte sehen, dass Lexies Pupillen geweitet waren. Ihre Wangen waren gerötet und ihre Lippen waren prall von ihrem Kuss. Sie war verdammt großartig und Midas hasste es, sie jetzt verlassen zu müssen.

»Wow«, flüsterte sie.

»Das ist kein Abschied«, sagte er etwas schärfer, als er es meinte.

Sie nickte.

»Ich meine es ernst«, ergänzte er. »Ich möchte, dass du dir ein Telefon besorgst, sobald du von diesem Schiff runterkommst. Ich muss in der Lage sein, dich erreichen zu können. Ich muss wissen, wo du bist und was los ist.«

»Ich bin mir sicher, dass Food For All mir helfen kann, eines zu besorgen«, sagte Lexie.

»Gut.«

Er lehnte seine Stirn an ihre und zog langsam seine Hand aus ihren Haaren. Es war, als wollten sogar ihre Haare ihn festhalten, denn es dauerte ein paar Sekunden, bis er sich von ihren Locken befreit hatte. »Du schaffst das«, sagte er leise. »Du bist unglaublich, Lexie. Es wird alles gut werden, das weiß ich.«

Er wusste nicht, ob er über ihre Beziehung oder ihr Leben im Allgemeinen sprach, aber es war egal. Er war sich bewusst, dass Lexie ihn nicht brauchte. Sie kam auch allein zurecht. Aber er begann zu glauben, dass er sie brauchte. Sie brachte ihn dazu, Dinge zu wollen, an die er nie zuvor gedacht hatte, wie eine Familie zu gründen und mehr aus seinem Leben zu machen, als nur zwischen Missionen zu existieren.

»Ich werde es dich wissen lassen, wenn wir zurück in Hawaii sind.«

Sie nickte.

Midas zog sich zurück und seufzte. Es war Zeit für ihn zu gehen. »Kein Abschied«, sagte er erneut.

Sie nickte.

»Bis bald«, sagte er leise.

»Bis bald«, wiederholte sie.

Midas stand auf und ging rückwärts zur Tür, ohne ihr den Rücken zuzuwenden. Er nahm die Klinke, holte tief Luft und stieß die Tür auf, bevor er sich schließlich umdrehte, um hinauszugehen.

Jeder Schritt den Flur entlang war schmerzhaft, aber er schwor sich, dass es nicht das letzte Mal gewesen war, dass er sie sah. Irgendwie würde er Lexie wiedersehen und beweisen, dass die Gefühle, die sie füreinander hatten, real waren und dass es nicht nur an den Umständen gelegen hatte.

Magnus Brander saß in einem Ledersessel in seinem Büro und starrte ungläubig ins Leere. Er hatte keine Ahnung, wie es dazu kommen konnte. Es war schon schlimm genug, dass sein Bruder, sein Zwilling, entführt worden war, aber Magnus hatte keinen Moment damit gerechnet, dass er die Tortur nicht überstehen würde.

Manche Leute machten Witze darüber, dass Zwillinge eine Art übernatürliche Verbindung miteinander hatten, aber in ihrem Fall stimmte es. Sie hatten als Babys sogar ihre eigene Sprache gehabt. Stundenlang hatten sie miteinander geredet und sich perfekt verstanden.

In der Grundschule hatten sie einen Anfall bekommen, wenn sie nicht in den gleichen Klassen, im selben Team oder bei den gleichen Aktivitäten dabei sein durften. Als Jugendliche waren sie vorlaut gewesen und hatten den Lehrern die üblichen Zwillingsstreiche gespielt.

Und während alledem waren sie stets instinktiv miteinander verbunden gewesen.

Als Dagmar sich bei einem Fahrradsturz den Arm brach, hatte Magnus den Schmerz auch gespürt. Als Magnus mit Mitte zwanzig einen Autounfall hatte, war Dagmar der Erste gewesen, der ihn angerufen hatte. Er hatte gewusst, dass etwas nicht stimmte.

Und als Dagmar auf einer Dienstreise für Food For All entführt worden war, hatte Magnus es sofort gespürt.

Er hatte alles in seiner Macht Stehende getan, um seinen Zwillingsbruder zu befreien. Er hatte sogar persönlich den geforderten Lösegeldbetrag aufgebracht.

Aber es war nicht genug.

Die Mistkerle hatten es abgelehnt und den Betrag verdoppelt.

Auf keinen Fall hätte Magnus für eine Amerikanerin bezahlt, die er nicht einmal kannte. Und je mehr er über diese Lexie Greene erfahren hatte, desto unnachgiebiger war er geworden. Sie hatte nicht einmal einen Hochschulabschluss, um Gottes willen! Sie war ein Niemand. Sie hatte niemanden. Warum sollten er oder Food For All für sie das Lösegeld bezahlen? Angestellte wie sie gab es zuhauf.

Dagmar war schlau und talentiert und etwas wert.

Und Magnus hatte gerade erfahren, dass sein Bruder tot war. Aber er musste nicht erst offiziell informiert werden.

Er hatte bereits gewusst, dass ihm seine andere Hälfte

weggenommen worden war. Es war, als wäre ein Teil seiner Seele zerstört worden, als es passierte.

Da war eine Leere in seiner Brust, wo er zuvor Dagmars Anwesenheit gespürt hatte. Nur jemand, der ebenfalls ein Zwilling war, würde es verstehen.

Magnus fühlte sich leer.

Doch tief in seinem Inneren begann ein Feuer zu brodeln …

Die Entschlossenheit, den Menschen, der für den Tod seines Bruders verantwortlich war, dafür bezahlen zu lassen.

Er hatte nur einen Menschen dafür auf seinem Radar.

Lexie Greene.

Wenn sie nicht gewesen wäre, hätten die Entführer Dagmar freigelassen, als er die fünf Millionen aufgebracht hatte. Aber wegen Lexie waren sie gierig geworden und hatten beschlossen, ihn weiter festzuhalten.

Magnus war es egal, dass die Leute ihn für verrückt erklären würden. Er wusste, dass er es nicht war. Lexie war der Grund, warum sein bester Freund, die andere Hälfte seiner Seele, tot war.

Sie war ein verdammter Niemand! Wenn sie wichtig genug gewesen wäre, dass jemand das Lösegeld für sie aufgebracht hätte, wäre sein Bruder noch am Leben. Sie war der Grund, warum die Entführer seinen Bruder nicht freigelassen hatten.

Und sie würde es noch bereuen, dass sie überlebt hatte, während sein Bruder gestorben war. Magnus wusste noch nicht, wie oder wann, aber er würde dafür sorgen.

Lexie Greene musste sterben. Sie hätte genauso gut eine Waffe an Dagmars Kopf halten und abdrücken können. Es war allein ihre Schuld.

KAPITEL ACHT

Lexie sah in die Menge, als sie zum Gepäckband auf dem Flughafen in Honolulu ging. Es war einen Monat, zwei Tage und achtzehn Stunden her, seit sie Midas das letzte Mal gesehen hatte.

Food For All hatte sie nach Deutschland ausgeflogen und sie hatte mit einem der Umzugsspezialisten der Organisation gesprochen. Danach hatte sie sich sofort ein Handy besorgt und Midas in einer E-Mail mitgeteilt, dass sie jetzt ein Telefon hatte. Er hatte ihr innerhalb von zehn Minuten geantwortet.

Während ihres Aufenthalts in Deutschland, um sich auszuruhen, neu zu organisieren und ihre Garderobe zu erneuern, hatten sie jeden Tag telefoniert oder sich per SMS oder E-Mail ausgetauscht. Es war ihre Entscheidung gewesen, so lange dortzubleiben. Sie hatte viel über ihre Zukunft nachgedacht.

Sie musste zugeben, dass Food For All sehr bemüht war, sie auf die Rückkehr in die USA vorzubereiten. Sie waren für die Hotelkosten in Deutschland aufgekommen und hatten ihr Zeit gegeben, das Geschehene zu verarbeiten und sich zu überlegen, was sie als Nächstes tun wollte. Obwohl sie nur drei Monate lang gefangen gehalten worden war, fühlte es sich an, als wäre die ganze Welt in dieser Zeit an ihr vorbeigerauscht.

Es war albern. Es hatte sich nicht wirklich viel geändert, aber es war schwieriger, sich wieder daran zu gewöhnen, nach ihrer Rettung tun und lassen zu können, was und wann immer sie es wollte, als sie erwartet hätte.

Sie durfte sich auch ihren nächsten Auftrag aussuchen. Sie hatte die Wahl, überall auf der Welt hinzugehen, wo Food For All präsent war. Normalerweise wurden die Einsätze nach Verfügbarkeit und Dienstzugehörigkeit vergeben. Obwohl sie schon fünfzehn Jahre für die Organisation gearbeitet hatte, befanden sich in der Rangordnung immer noch viele andere Leute über ihr, sodass sie nie wirklich die Wahl gehabt hatte.

Als sie die Liste aller Food For All Standorte durchging, gab es einen, der sofort hervorstach.

Es war verrückt. Sollte sie sich wirklich wegen eines Mannes für Hawaii entscheiden?

Ja, auf jeden Fall!

Lexie konnte die Zeit, die sie mit Midas verbracht hatte, nicht mehr aus dem Kopf bekommen. Obwohl sie niemandem wünschen würde, dasselbe durchmachen zu müssen wie sie, musste sie sich immer wieder daran erinnern, wie aufmerksam Midas in dem Krankenhaus in Galkayo gewesen war. Er war so besorgt gewesen, dass er nicht auf den Arzt warten wollte, um ihre Infusion zu setzen. Sie hatte sich bei ihm sicher gefühlt, als sie sich vor den Männern verstecken mussten, die hinter ihr her waren. Noch nie zuvor hatte jemand sie so beschützt. Und obwohl es seine Aufgabe und Teil seiner Mission gewesen war, wusste sie auch, dass es nicht der einzige Grund war.

Und seine Küsse waren einfach unvergleichbar. Sie war nicht unerfahren, aber als er sie geküsst hatte, hatte sie sich wie eine Jungfrau gefühlt. Niemals zuvor hatte sie sich mit jemandem so gefühlt, wenn sich ihre Lippen berührten.

Sie hatte sich für Honolulu entschieden, weil dieses schwindelerregende Gefühl in ihr nicht nachgelassen hatte, seit Midas sich auf diesem Schiff von ihr verabschiedet hatte. Es war nur noch intensiver geworden. Er schickte ihr lustige

Bilder, schrieb supersüße SMS und weitläufige E-Mails darüber, was er jeden Tag tat. Er benahm sich definitiv nicht wie ein Mann, der sich nur für Sex interessierte. Sie hatte mehr als genug solcher Männer getroffen und keiner hatte versucht, sie so kennenzulernen wie Midas.

Sie wollte und verdiente einen guten Mann. Einen, der sich Mühe gab, sie glücklich zu machen. Im Gegenzug würde sie dasselbe tun. Und bis jetzt sprach alles dafür, dass Midas dieser Mann sein könnte.

Sie war sehr nervös gewesen, als sie angerufen hatte, um ihm zu erzählen, dass sie die Möglichkeit hatte, nach Honolulu versetzt zu werden. Wenn er es für keine gute Idee gehalten hätte, wäre ihre zweite Wahl Paris gewesen. Sie war noch nie in Frankreich gewesen und dachte, dass sie mindestens einmal in ihrem Leben auch diesen Ort erleben sollte.

Aber als Midas hörte, dass sie Hawaii in Betracht zog, klang er wie ein kleines Kind zu Weihnachten. Er war total aufgeregt und erklärte ihr, ohne zu zögern, dass er es großartig fand, wenn sie nach Honolulu käme.

Hier war sie also.

Lexie fühlte sich wie ein frisch verliebter Teenager. Jedes Mal wenn ihr Telefon vibrierte oder klingelte, trat ihr ein idiotisches Lächeln ins Gesicht. Sie hatte Midas ihre Flugnummer gegeben, aber nicht erwartet, dass er sie vom Flughafen abholen würde. Sie hatte sich vorgenommen, in das kleine Einzimmerapartment zu fahren, das Food For All für sie gemietet hatte, und dann zwölf Stunden am Stück zu schlafen. Danach würde sie sich frisch machen und fragen, ob Midas sich mit ihr treffen wolle.

Aber als sie zum Gepäckband kam, sah sie ihn.

Und er sah noch besser aus, als sie ihn in Erinnerung hatte.

Midas stand mitten im Weg und kümmerte sich nicht darum, dass andere Reisende ihr Gepäck um ihn herum lenken mussten. Er war groß genug, um über die meisten

Menschen hinwegzusehen, und sein durchdringender Blick traf auf ihren, als sie auf ihn zuging.

Er trug eine Jeans, die für seinen muskulösen Körper maßgeschneidert zu sein schien. Und das Hawaiihemd, das er trug, schien nur für ihn gemacht worden zu sein. Die großen blauen Hibiskusblüten auf dem Baumwollhemd brachten die Farbe seiner Augen noch mehr zur Geltung. An den Füßen trug er Flipflops. Das gesamte Ensemble zusammen mit seiner gebräunten Haut ließ es so aussehen, als gehörte er genau hierher in dieses hawaiianische Paradies.

Seine Erscheinung war einschüchternd. In der Wüste, als er seine Uniform, Weste, Nachtsichtbrille und Stiefel trug und genauso dreckig gewesen war wie sie, war sie aus irgendeinem Grund nicht so unsicher gewesen. Aber ihn jetzt hier in voller Pracht zu sehen, verschlug ihr den Atem.

Bevor Lexie realisiert hatte, dass sie stehen geblieben war, stand er vor ihr. Ohne zu zögern, zog er sie in eine feste Bärenumarmung.

Und einfach so verschwand Lexies Unsicherheit.

Sie passte perfekt zu ihm, genau wie damals in Somalia. Sicher, sie standen jetzt und lagen nicht in einem winzigen Loch im Boden oder einem zu kleinen Krankenhausbett, aber das Gefühl war das gleiche.

»Willkommen in Hawaii«, sagte er, als er sich zurückzog, ohne seine Arme von ihr zu nehmen.

»Danke«, flüsterte sie.

»Du siehst aus, als wärst du ...« Seine Stimme brach ab, als er nach dem richtigen Wort suchte.

»Müde? Zerknittert? Wie einer der Obdachlosen, für die ich hier bin?«, fragte sie mit gerümpfter Nase. Sie hatte sich für den langen Flug nach Hawaii etwas Bequemes angezogen. Die taillierte Baumwollhose und die dünne langärmelige Bluse waren nicht gerade der neuste Modetrend, aber sie fühlte sich wohl darin. Und darauf kam es an.

»Verdammt schön«, erwiderte Midas, als er sie von Kopf bis

Fuß musterte. Mit seiner Hand strich er über ihren Arm und wickelte eine ihrer außer Kontrolle geratenen braunen Locken um seinen Finger. Sie hatte ihr Bestes getan, ihr Haar zu zähmen, bevor sie Deutschland verlassen hatte, aber nach so vielen Stunden Flug und Schlaf in unbequemen Flugzeugsitzen sah es sicher genauso verrückt aus wie bei ihrer letzten Begegnung.

Lexies Bauch krampfte sich zusammen, als er sie einfach nur anstarrte. Der Ausdruck in seinen Augen verriet ihr alles, was sie wissen musste. Er freute sich genauso über ihr Wiedersehen wie sie. Ihre Besorgnis darüber, ob sie mit ihrer Versetzung hierher die richtige Entscheidung getroffen hatte, ließ nach. Sollte Midas ihr nur etwas vormachen, dann war er ein absoluter Meister darin. Aber ehrlich gesagt glaubte sie das nicht. Es war geradezu erfrischend, einen Mann zu kennen, der so offen in Bezug auf seine Gefühle war.

Dann beugte Midas langsam den Kopf zu ihr vor. Lexie ging auf die Zehenspitzen und traf ihn auf halbem Weg. Ihr Kuss war zart und süß und viel zu kurz für ihren Geschmack. Aber die Funken, die sie vor einem Monat gespürt hatte, waren immer noch da.

»Ich habe dir etwas mitgebracht«, sagte Midas. Er ließ sie widerwillig los und bückte sich, um die Papiertüte neben seinen Füßen aufzuheben. Lexie hatte nicht einmal bemerkt, dass er vorher etwas in der Hand gehalten hatte. Sie war zu beschäftigt damit gewesen, seinen Körper zu begutachten.

Er holte eine wunderschöne und erstaunlich gut duftende Blumenkette heraus und lächelte sie an. »Darf ich?«, fragte er.

Lexie wusste nicht, warum sie rot wurde, aber sie konnte die Hitze auf ihren Wangen spüren. Sie nickte und senkte den Kopf, als er die Blumenkette über ihr Haar zog.

In der Sekunde, in der die Blumen auf ihre Schultern fielen, war sie von dem Duft von Frangipani umgeben.

Sie senkte den Kopf, vergrub die Nase in den Blütenblättern und lächelte ihn an. »Danke, die ist sehr schön.«

»Gern geschehen«, sagte Midas und zog dann sanft ihre Haare aus der Blumenkette. Die Blütenblätter waren kalt an ihrem Hals, aber es war das Gefühl seiner Finger auf ihrer Haut, das ihr eine Gänsehaut verursachte.

»Deine Koffer sollen auf Gepäckband drei sein«, sagte er, nahm sie bei der Hand und griff mit der anderen nach ihrem Handgepäck.

Lexie konnte nicht aufhören zu lächeln, als sie Seite an Seite durch den Flughafen gingen. Es war albern, aber sie war noch nie zuvor vom Flughafen abgeholt worden. Sie hatte ihre Koffer immer selbst einsammeln und zum Taxistand gehen müssen, um in ihre von Food For All gestellte Unterkunft zu fahren. Sie könnte sich daran gewöhnen. Sie könnte sich sehr daran gewöhnen.

Und das machte Lexie etwas nervös. Es wäre mehr als schmerzhaft, wenn es zwischen ihr und Midas nicht funktionieren würde. Sie wusste, dass er die Messlatte für Partner, die sie in der Zukunft haben könnte, verdammt hoch setzen würde. Das hatte er bereits mit seinen E-Mails und Telefonaten und damit getan, dass er sie mit einer Blumenkette vom Flughafen abholte.

Scheiße, vielleicht war es doch nicht die beste Idee gewesen.

»Ich weiß, dass du wahrscheinlich erschöpft bist, also habe ich den Männern gesagt, sie müssen sich mit ihrer großen ›Willkommen in Hawaii Party‹, die sie für dich geplant haben, noch etwas gedulden.«

Lexie blinzelte. »Was?«

»Sie freuen sich, dass du hier bist. Nicht so sehr wie ich, aber fast. Also haben sie eine Grillparty am Strand geplant, um dich willkommen zu heißen. Alecks Apartmentgebäude hat einen großartigen Privatstrand und es gibt Grills, die wir benutzen können. Und Elodie hat zugestimmt, für uns zu kochen. Es war nicht schwer, sie zu überzeugen. Wir werden es stattdessen am Samstagnachmittag machen. Ist das in

Ordnung? Wenn nicht, können wir auch einen anderen Termin festlegen. Ich habe ihnen gesagt, dass du dich erst bei deinen Vorgesetzten melden und herausfinden musst, wie dein Zeitplan aussieht.«

Lexie schwirrte der Kopf. »Ähm ... wow, okay.«

»Was ist los? Ist es zu viel? Die Männer können manchmal ein bisschen ... überreagieren. Wir neigen dazu, uns Ausreden einfallen zu lassen, um uns zu treffen, wenn wir nicht auf Mission sind. Wenn du nicht möchtest ...«

»Doch, das tue ich«, beruhigte sie ihn schnell. »Es ist nur so, dass noch nie jemand eine Willkommensparty für mich organisiert hat.«

Midas lächelte sie an. »Dann bin ich froh, dass ich dein erstes Mal sein kann.«

Scheiße, das klang so schmutzig aus seinem Mund, aber Lexie grinste nur.

»Es tut mir leid, das klang etwas verwegen«, sagte er, als sie sich dem Gepäckband näherten. Er stellte ihren Koffer ab und zog sie wieder an sich. Lexie landete an seiner Brust. Er grinste. »Ich kann kaum glauben, dass du hier bist.«

»Ich auch nicht«, sagte sie, als sie ihre Hände auf seine Brust legte.

Sein Grinsen verblasste und er wurde ernst. »Ich bin so verdammt dankbar. Das mit uns ist für mich nicht nur oberflächlich. Ich weiß, dass alles sehr schnell geht, aber seit ich dieses Schiff verlassen habe, kann ich nicht aufhören, an dich zu denken. Ich habe mich an jedes Gespräch erinnert, das wir geführt haben, und Tag für Tag auf eine neue Nachricht oder E-Mail von dir gewartet. Du bist anders, Lexie. Ich weiß nicht warum, aber du bist es.«

Sie schluckte schwer. Sie hatte keine Ahnung, woher er wusste, dass sie genau diese Worte gebraucht hatte, aber vielleicht war er genauso nervös wie sie. Sie schätzte es, dass er nicht um den heißen Brei herumredete, und aussprach, was er dachte. Es war erfrischend und sie hoffte, dass es gut für ihre Beziehung sein würde.

»Mir geht es genauso. Ich wusste nicht, was ich nach Somalia tun würde. Ich bin mir nicht sicher, was ich ohne dich und die Mitarbeiterin von Food For All, die mir bei den Interviews und der Planung meiner nächsten Schritte geholfen hat, getan hätte.«

»Du hättest es herausgefunden, daran habe ich keinen Zweifel«, sagte Midas zu ihr. »Und die wenigen Interviews, die du gegeben hast, waren perfekt. Du hast großartige Arbeit geleistet, die Entführer zu verurteilen, aber gleichzeitig auf die Notlage in der ganzen Welt hinzuweisen. Deine Organisation sollte sehr stolz auf dich sein.«

Lexie zuckte selbstbewusst die Achseln. »Du hast selbst gesehen, wie verzweifelt die Menschen für ihre Familien kämpfen, damit sie ein Leben führen können, ohne sich ständig Sorgen um Korruption, ihre nächste Mahlzeit oder ein Dach über dem Kopf machen zu müssen. Natürlich verurteile ich es, aus Profitgründen Menschen zu entführen, aber ich kann es in gewisser Weise nachvollziehen.«

»Nun, hier im Paradies wird es keine Entführungen geben«, sagte Midas entschlossen.

»Gut«, gab Lexie zurück.

Einen Moment lang standen sie einfach da, starrten sich an und ignorierten den Trubel der Leute, die um sie herum plauderten.

»Mustang hatte recht«, sagte Midas nach einem Moment.

»Womit?«

»Er hat gesagt, wenn es funktionieren soll, dann wird es funktionieren.«

Lexie rieb sich die Nase. »Ähm ... das klingt nach einer sehr vagen Aussage, wie aus einem Glückskeks.«

Midas lachte und Lexie konnte ihn nur anstarren. Er sah so verdammt gut aus, noch besser, wenn er lachte. Und sie war in seinen Armen. Verdammt, sie fühlte sich wie die glücklichste Frau auf der Welt.

»Im Grunde habe ich dasselbe erwidert, aber jetzt bist du hier.«

Sie hätte antworten können, dass es keine Garantie dafür gab, dass es zwischen ihnen funktionieren würde. Beziehungen waren harte Arbeit und sie könnten feststellen, dass sie nicht so kompatibel waren, wie sie es gehofft hatten. Sie redete gern mit Midas und es schien zwischen ihnen zu funken, aber in ein paar Monaten könnte es ganz anders aussehen. Aber sie würde es nicht bereuen, das Risiko eingegangen zu sein, nach Hawaii zu kommen. Wenn ihre Beziehung mit Midas nicht funktionierte, würde es sie am Boden zerstören, aber sie würde sich wieder aufrappeln. Sie war auch in Hawaii, um ihre Arbeit zu erledigen, die sie mochte. Sie brauchte keinen Mann, um glücklich zu sein, das hatte sie bereits früher bewiesen.

Aber sie konnte nicht leugnen, dass es sich verdammt gut anfühlte, Midas an ihrer Seite zu haben.

Ihr Koffer tauchte auf dem Förderband auf und Midas drehte sie in seinen Armen herum, sodass sie mit dem Rücken zu ihm stand. Seine Hände legte er um ihre Taille. Sie zeigte auf ihren Koffer und er hob ihn ohne Mühe vom Gepäckband. Lexie war beeindruckt. Sie wusste, wie schwer der Koffer war. Sie hatte in Deutschland extra bezahlen müssen, weil er Übergewicht hatte.

Sie nahm ihr Handgepäck und Midas zog den schweren Koffer in Richtung Ausgang. Er nahm ihre Hand wieder in seine und lächelte sie an, bevor sie zur Tür hinausgingen.

Lexie atmete tief ein. Sie liebte die Tropenluft. Sie konnte nicht glauben, dass sie wirklich hier war, in Hawaii. Ja, sie hatte diesen Auftrag gewählt, weil Midas hier lebte, aber sie konnte es kaum erwarten, alles zu sehen, was die Insel Oahu zu bieten hatte. Wandern, Schwimmen, Boogie-Boarding, Schnorcheln, Sehenswürdigkeiten anschauen, zu einem der für Hawaii typischen Feste gehen ... sie wollte alles machen.

»Du siehst glücklich aus«, bemerkte Midas, als sie sich seinem Wagen näherten.

Lexie starrte auf das Ford Mustang Cabrio, in das Midas ihren Koffer lud.

»Ist das dein Wagen?«, fragte sie.

»Nein, ich fand nur, dass er cool aussieht, und habe mich gefragt, ob dein Koffer auf den Rücksitz passt«, erwiderte er mit ernstem Gesicht.

Lexie drehte sich erschrocken zu ihm um.

Er lachte. »Ja, natürlich gehört er mir. Ich weiß, es ist etwas übertrieben, aber als ich hierhergezogen bin, musste ich einfach ein Cabrio haben. Es war ein gutes Angebot, weil der Wagen schon ein paar Jahre alt ist.«

»Er ist … heilige Scheiße, Midas, er ist perfekt.«

Sein Grinsen wurde breiter. »Ich nehme an, er gefällt dir.«

»Gefallen? Ich liebe ihn!«

Er nahm ihr Handgepäck und legte es zu dem Koffer. »Hast du etwas, womit du dir die Haare zusammenbinden kannst? Ich mag es, wenn deine Haare durcheinander sind, aber ich glaube, du wirst nicht so begeistert sein, wenn du sie nach der Fahrt bürsten musst.«

Lexie nickte. Normalerweise hatte sie immer ein Haargummi zur Hand. Sie kramte in ihrer Umhängetasche und holte ein altmodisches Haargummi aus Stoff heraus. Sie wusste, dass es nach Achtzigerjahre aussah, aber es war ihr egal. Weil ihre Haare so dick waren, funktionierten diese Dinger einfach am besten.

Sie drehte ihre Locken schnell zu einem unordentlichen Knoten und befestigte ihn mit dem Haargummi. »Fertig«, erklärte sie fröhlich.

»Dann los, lass mich dir meine Insel zeigen«, sagte er und öffnete die Beifahrertür.

»Deine Insel?«, neckte Lexie, als sie sich setzte. »Ich wusste nicht, dass sie dir gehört.«

Er lachte und ging zur Fahrerseite, stieg ein und legte einen Arm auf die Rückenlehne ihres Sitzes. »Lex?«

»Ja?«

»Ich werde alles dafür tun, dass du es nicht bereust, hierhergekommen zu sein.« Er sah sie ernst an.

»Ich werde es nicht bereuen, egal was passiert«, sagte sie.

»Ich bin so verdammt glücklich, dass du hier bist«, erwiderte er, bevor er sich zu ihr beugte.

Wieder kam Lexie ihm auf halbem Weg entgegen. Sie könnte sich daran gewöhnen, diesen Mann zu küssen, wann immer sie wollte.

Diesmal war ihr Kuss länger, langsam und intensiv. Lexie atmete schwer, als Midas sich zurückzog. Er hob die Hand und fuhr mit seinem Daumen sinnlich über ihre Unterlippe. Er lächelte sie sanft an, bevor er nach dem Zündschlüssel griff.

Als sie aus dem Parkhaus zur Schnellstraße fuhren, versuchte Lexie herauszufinden, was an Midas so anders war als an allen anderen Männern, mit denen sie ausgegangen war. Vielleicht war es die Art und Weise, wie er sie vollkommen für sich vereinnahmte, wenn sie zusammen waren. Es interessierte ihn nicht, wer noch in der Nähe war. Er war nicht in Gedanken verloren an etwas oder jemand anderen. Er konzentrierte sich auf sie und was sie sagte und tat.

Es war ein wenig einschüchternd, aber gleichzeitig äußerst schmeichelhaft.

Vielleicht lag es daran, dass er herausragend war. Nicht nur groß, sondern auch muskulös und offensichtlich dazu in der Lage, mit jedem fertigzuwerden, der etwas Unhöfliches sagen oder tun würde. Vielleicht lag es daran, dass sie ihn als Teenager gekannt hatte und das als Grundlage dafür diente, was sie jetzt empfand. Vielleicht war es einfach eine Frage der Chemie und sexueller Anziehung.

Was auch immer sie verband, Lexie würde es nicht infrage stellen.

Sie konnte nicht aufhören zu lächeln, als sie in Richtung

der Innenstadt von Honolulu fuhren. Der Wind peitschte über ihren Kopf und ihr Gesicht, die Sonne schien und obwohl sie von der langen Reise müde war, fühlte Lexie sich berauscht.

Gemeinsam suchten sie den Weg zu ihrem kleinen Apartment in der Innenstadt. Das Gebäude war nicht besonders hübsch anzusehen und die Gegend gehörte nicht zu den besten der Stadt, aber Lexie hatte schon schlechter gewohnt, viel schlechter. Nichts würde sie jetzt enttäuschen können.

Sie meldeten sich beim Verwalter des Gebäudes und nachdem er ihren Ausweis geprüft und sie einige Unterlagen unterschrieben hatte, gab er ihr den Schlüssel für ihre neue Wohnung. Midas kam mit ihr hoch, um sich alles anzusehen. Die Wohnung lag im zwanzigsten Stock, zum Glück nicht zu nahe am Aufzug. Lexie schloss voller Vorfreude die Tür auf und trat ein.

Das Dekor stammte wahrscheinlich aus den Siebzigerjahren und es lag ein leichter Schimmelgeruch in der Luft, aber es machte ihr nichts aus. Die Küche befand sich unmittelbar links neben dem Eingang. Es gab ein kleines Waschbecken, eine Mikrowelle, einen Herd mit zwei Kochplatten und einen winzigen Ofen. Ein kleiner Kühlschrank stand an der Wand und eine Theke, die gerade lang genug für zwei Personen war, trennte den Küchenbereich vom Rest des kleinen Raumes. In der Mitte des Wohnbereichs stand ein Doppelbett. An der gegenüberliegenden Wand standen eine kleine Kommode und ein winziger Schreibtisch. Das war es auch schon.

Aber Lexie war das alles egal. Sie ging sofort zum Fenster und schob den Vorhang zurück, um die Aussicht zu prüfen.

Für eine Sekunde starrte sie nur hinaus. Dann kicherte sie. Dann wurde das Kichern zu einem Lachen.

»Ähm ... wow«, sagte Midas, als er neben sie trat.

Lexie lachte zu stark, um sofort antworten zu können. Sie schaute wieder aus dem Fenster. Statt des Ozeans in der Ferne oder der Berge im Inneren der Insel starrte sie nur auf das

Gebäude neben ihrem. Ihr Zimmer lag direkt gegenüber einer Wohnung in dem anderen Gebäude.

Ein älterer Mann ging nur in einer dieser weißen, gerippten Unterhosen durch sein Wohnzimmer.

Sie schloss den Vorhang sofort wieder und wandte sich an Midas. Er starrte sie mit einer Mischung aus Belustigung und Mitleid an.

Lexie bekam sich wieder unter Kontrolle und zuckte die Achseln. »Nun, die Aussicht ist nicht das, was ich mir erhofft hatte, aber ich bin trotzdem in Hawaii«, sagte sie zu ihm.

»Immer optimistisch, nicht wahr?«

»Wie könnte ich etwas anderes sein?«, erwiderte sie ernst. »Ich bin gesund, ich habe ein Dach über dem Kopf, ich habe einen Job und ich bin in Hawaii. Wenn ich den Strand sehen will, kann ich in wenigen Minuten dorthin fahren. Und ... du bist hier«, beendete sie schüchtern den Satz.

»Das bin ich«, stimmte er zu und trat auf sie zu.

Lexies Herzfrequenz stieg und sie starrte Midas an.

Er griff nach dem Haargummi in ihren Haaren und löste es vorsichtig, wobei er darauf achtete, nicht an ihren Haaren zu ziehen. Dann schüttelte er ihre Locken und lächelte. »Scheiße, ich liebe deine Haare«, murmelte er, bevor er sich vorbeugte und sie küsste. Aber anstatt sie lange und innig zu küssen, wie Lexie gehofft hatte, beendete er den Kuss viel zu früh.

»Ich werde jetzt gehen. Du möchtest wahrscheinlich auspacken und ich weiß, dass du müde bist. Ich rufe dich später an, wenn das in Ordnung ist.«

Lexie nickte sofort. »Ja, das ist in Ordnung«, sagte sie zu ihm. »Ich werde mich bei meinem neuen Chef melden und nach meinen Arbeitszeiten fragen, damit ich dir wegen Samstag Bescheid geben kann.«

»Hört sich gut an. Was möchtest du als Erstes tun, jetzt, wo du in Hawaii bist?«, fragte Midas.

»Geraspeltes Eis essen«, antwortete sie sofort.

Midas lachte so laut, dass es durch den kleinen Raum hallte. »Aus allem, was du tun könntest, wählst du das aus?«

»Ja, ich habe gehört, dass es großartig schmeckt.«

»Es ist überbewertet«, konterte Midas. »Aber wenn du es möchtest, dann machen wir das.«

»Danke«, sagte sie, überwältigt von der Großzügigkeit dieses Mannes.

»Ich freue mich darauf, dir alles zu zeigen«, sagte er zu ihr. Dann beugte er sich vor, küsste sie zart auf die Stirn und ging zur Tür. Bevor er ging, drehte er sich noch einmal um und sagte: »Doch das Wichtigste zuerst. Wir werden ein paar Jalousien kaufen, die etwas Licht hereinlassen, ohne dass jemand von draußen hineinsehen kann, okay?«

»Okay«, stimmte Lexie zu.

Die Tür fiel hinter Midas mit einem leisen Klicken ins Schloss und Lexie bemerkte, dass sie immer noch wie verrückt lächelte.

Wenn sie früher in eine neue Stadt oder ein neues Land kam, war sie stets besorgt gewesen. Dies war das erste Mal, dass sie nicht so empfand. Und Lexie wusste, es lag an Midas.

Sie freute sich darauf, mehr Zeit mit ihm zu verbringen und seine Freunde wiederzusehen. Auch wenn sie nur kurz mit ihnen gesprochen hatte, mochte sie sie. Und sie konnte nicht leugnen, dass sie sehr daran interessiert war, Elodie kennenzulernen. Es war ein bisschen einschüchternd, darüber nachzudenken, wie stark die andere Frau war. Sie hatte einige ziemlich erschütternde Dinge durchgemacht und obendrein war sie anscheinend eine renommierte Köchin. Lexie hatte gerade so einen Highschool-Abschluss und sonst keine Fähigkeiten, mit denen sie sich rühmen könnte. Aber nach allem, was sie über Mustangs Frau gehört hatte, hoffte sie, dass sie Freundinnen werden könnten.

Lexie ging zu ihren Koffern, die noch an der Tür standen. Sie sollte zum Lebensmittelgeschäft gehen, das sie vor ihrem Wohnhaus entdeckt hatte, aber im Moment brauchte sie eher

Schlaf als etwas zu essen. Sie würde auspacken, duschen und dann ein langes Nickerchen machen. Danach könnte sie ihr neues Leben in Hawaii beginnen.

Ihr Telefon vibrierte mit einer SMS, bevor sie ihren Koffer erreicht hatte, und sie zog es aus der Tasche.

Lächelnd las sie die SMS, die Midas gerade geschickt hatte.

Midas: Ich bin sehr froh, dass du hier bist. Willkommen in Hawaii.

Lexie wusste, dass sie wieder ein breites Grinsen im Gesicht hatte, aber sie konnte nichts dagegen tun. Sie hob das Telefon an ihre Lippen, um eine Antwort zu diktieren.

Lexie: Danke! Ich bin auch froh. Danke, dass du mich vom Flughafen abgeholt hast.

Midas: Gern geschehen, Lex. Gern geschehen. Ruh dich etwas aus. Wir sprechen uns später.

Gerade als sie ihr Handy auf den Tresen legen wollte, bemerkte sie, dass sie eine E-Mail bekommen hatte, die ihr bisher entgangen war. Wahrscheinlich hatte sie sie während des Fluges empfangen. Sie war von Magnus Brander.

Sie hatte dem Mann ein paar E-Mails geschickt, um ihm ihr Beileid auszusprechen. Sie hasste es, dass sie es nicht zu Dagmars Beerdigung nach Dänemark geschafft hatte.

Miss Greene,

vielen Dank für Ihre E-Mails. Sie haben recht, ich vermisse meinen Bruder sehr. Ich habe so lange gebraucht, um Ihre Nach-

richten zu beantworten, weil Sie einer der letzten Menschen waren, die ihn gesehen haben. Ich würde mich sehr gern mit Ihnen unterhalten, um mehr über Ihre Zeit in der Wüste zu erfahren. Ich melde mich bei Ihnen.

Mit freundlichen Grüßen
Magnus Brander

Sie war erleichtert, dass Magnus ihr endlich geantwortet hatte. Sie würde gern mit ihm über seinen Bruder sprechen. Dagmar hatte nicht verdient, was mit ihm passiert war, und es war immer noch schwer zu fassen, dass er nicht mehr am Leben war.

Lexie nahm sich vor, später auf die E-Mail zu antworten, legte ihr Handy auf die kleine Küchentheke und griff nach ihrem Koffer. Es war immer noch schwer zu glauben, dass sie in Hawaii war, in derselben Stadt wie Midas. Ihr Leben entwickelte sich definitiv positiv.

KAPITEL NEUN

»Hör auf, ständig auf und ab zu gehen, Mann. Meine Güte, du machst *mich* nervös«, beschwerte sich Aleck.

Midas sah seinen Freund stirnrunzelnd an. »Ich bin nicht nervös.«

»Wie auch immer«, entgegnete Aleck und verdrehte die Augen.

»Okay, gut, ich bin etwas nervös, aber das liegt nur daran, dass Lexie sich nicht von mir abholen lassen will. Sie hat gesagt, sie möchte die öffentlichen Verkehrsmittel ausprobieren und sich hier mit mir treffen«, erklärte Midas.

Es war drei Tage her, seit Lexie in Hawaii angekommen war. Er hatte jeden Tag mit ihr gesprochen und sie an den ersten beiden Tagen gesehen. Heute war der dritte Tag und er freute sich darauf, sie wiederzusehen.

Lexie war ... lustig. Nicht auf die Art, dass man sich kaputtlachen würde, aber Midas hatte festgestellt, dass er die ganze Zeit lächelte, wenn er bei ihr war. Er mochte es, zu sehen, wie sie auf alles reagierte, was Hawaii zu bieten hatte. Er machte sich mental eine Liste mit allen Dingen, die er ihr zeigen wollte.

Aber heute kam sie zu Alecks Apartment und sie wollten

zusammen mit dem Rest des Teams und Elodie grillen. Lexie hatte ihm versichert, dass sie sich freue, die andere Frau kennenzulernen, hatte aber auch fallen lassen, dass sie ebenfalls nervös war. Er war sich hundertprozentig sicher, dass sie sich keine Sorgen machen musste. Elodie war genauso gespannt darauf, sie zu treffen. Er hatte keine Zweifel, dass die beiden Frauen gut miteinander auskommen würden.

Alle waren draußen unter einem Pavillon in der Nähe des Strandes. Elodie stand bereits am Grill und sorgte dafür, dass Mustang und Pid keine Dummheiten mit den Burgern machten. Sie war in dieser Hinsicht speziell und achtete auf ihre Gerichte, was Midas komisch fand. Die Männer gaben manchmal vor, beim Kochen etwas Unverschämtes zu tun, nur um sie zu ärgern. Es funktionierte jedes Mal.

Anfangs hatte Midas befürchtet, dass Elodie die Dynamik im Team beeinflussen könnte, aber das war nicht passiert. Sie war zu einer natürlichen Ergänzung ihrer Gruppe geworden und er konnte nur hoffen, dass dasselbe mit Lexie passieren würde.

Er war noch nicht bereit, ihr eine Frage in dieser Richtung zu stellen, aber zweifellos stellte sich Midas vor, wie es wäre, mit Lexie eine langfristige Beziehung einzugehen. Er fühlte sich in ihrer Nähe wohl, als würden sie sich schon seit Jahren kennen. Sie brachte ihn zum Lachen, machte ihn an und er wollte jede freie Minute mit ihr verbringen. Letzteres war der eindeutigste Hinweis darauf, dass sie sich von jeder anderen Frau unterschied, mit der er zuvor ausgegangen war.

Er hatte neulich sogar seiner Mutter von Lexie erzählt. Sie hatte angerufen, um sich zu erkundigen, wie es ihm ging, und Midas hatte nicht zweimal überlegt, ihr alles über die Frau zu erzählen, die er so viele Jahre nach der Highschool wiedergetroffen hatte.

Er hatte zwanzig Minuten lang geredet, bevor seine Mutter endlich in Lachen ausgebrochen war.

»Was?«, hatte Midas gefragt.

»Ich habe noch nie erlebt, dass du so über eine Frau sprichst«, hatte seine Mutter geantwortet.

»Wie denn?«

»Ohne Punkt und Komma, als könnte sie nichts falsch machen.«

Es war nicht so, dass Midas glaubte, Lexie wäre vollkommen fehlerfrei. Er wusste, dass sie auch Fehler hatte, genau wie er. Aber er machte sich darüber keine Sorgen. Ihre guten Eigenschaften würden die negativen, die er in den nächsten Wochen und Monaten vielleicht entdecken würde, bei Weitem überwiegen.

Natürlich war seine Mutter begeistert und versicherte ihm, sie könne es kaum erwarten, Lexie kennenzulernen. Midas hatte keine Ahnung, wann das passieren würde, da seine Eltern in Portland lebten und er hier in Hawaii, aber sie bemühten sich, ihn von Zeit zu Zeit zu besuchen. Es war nicht so, als wäre ein Urlaub in Hawaii eine Belastung. Und wenn sie einen Ausflug zu ihrem Sohn mit einem romantischen Kurzurlaub verbinden könnten, umso besser.

Sein Telefon vibrierte in Midas' Hand und er sah sofort nach.

Lexie: Ich bin gerade aus dem Bus ausgestiegen und bin auf dem Weg.

»Lex ist da«, sagte er zu seinen Freunden. »Ich bin gleich zurück.«

Alle nickten und Midas joggte los. Er ging durch den Eingangsbereich des Wohnhauses und trat hinaus auf die Straße. Zu seiner Rechten entdeckte er Lexie und ging ihr entgegen.

Sie hatte ihre Haare heute zu einem Pferdeschwanz zusammengebunden und trug eine hellbraune kurze Hose und ein

Trägerhemd mit einer großen Ananas darauf. Sie lächelte ihn an und schien buchstäblich zu strahlen.

In der Sekunde, in der er sie erreichte, handelte er, ohne lange nachzudenken. Er zog sie an sich und küsste sie. Er konnte nicht widerstehen.

Sie verschmolz mit ihm und hielt sich mit beiden Händen an der Vorderseite seines Hemdes fest.

Jedes Mal wenn er sie berührte und küsste, schien sie weiter in sein Herz zu sinken.

»Hey«, sagte er, nachdem er sich gezwungen hatte, den Kopf zu heben.

»Hi«, erwiderte sie.

»Hat alles geklappt mit dem Bus?«

»Ja, die öffentlichen Verkehrsmittel hier sind wirklich gut. Wusstest du, dass man mit dem Bus um die ganze Insel fahren kann?«

»Ja, aber das würde doppelt so lange dauern, als wenn ich dich herumfahre«, sagte er.

Lexie lächelte ihn an.

»Gibt es etwas Neues, seit wir uns gestern Abend gesprochen haben?«

Sie kicherte. »Was denn? Meinst du, ich habe in den paar Stunden seit unserem letzten Gespräch vielleicht im Lotto gewonnen oder so?«

»Bei dir kann man nie wissen. Vielleicht bist du spazieren gegangen und hast dem Gouverneur das Leben gerettet, wurdest in seine Villa eingeladen und seine Frau und du seid jetzt beste Freundinnen.«

Lexie verdrehte die Augen. »Was auch immer. Ich bin gestern Abend nach unserem Telefonat ins Lebensmittelgeschäft gegangen.«

Midas runzelte die Stirn. »Es war schon spät«, merkte er an.

»Ich weiß, aber ich wollte heute etwas mitbringen.«

»Ich habe dir gesagt, du sollst dir keine Umstände machen.«

»Ich weiß, was du gesagt hast, aber es ist einfach nicht meine Art, mit leeren Händen aufzutauchen. Ich habe Kekse gebacken.«

»Kekse?«, fragte Midas und sah auf die Tüte in ihrer Hand hinunter.

»Ja.«

»Was für welche?«

Sie neigte den Kopf und lächelte ihn an. »Magst du Kekse?«, fragte sie, anstatt seine Frage zu beantworten.

»Natürlich mag ich Kekse«, antwortete er.

»Ich frage nur, weil es mir nicht so vorkommt, als würdest du so ungesunde Dinge essen«, sagte Lexie und tätschelte seinen flachen Bauch.

Midas griff nach ihrer Hand, hob sie an seine Lippen und küsste ihre Handfläche, bevor er sie auf seine Brust legte und festhielt. »Ich esse sogar Fast Food«, sagte er. »Ich trainiere aber auch viel, da macht es nichts aus. Also, was für Kekse hast du gemacht?«

»Wenn ich sage, sie enthalten Haferflocken und Rosinen, bist du dann enttäuscht?«

»Auf keinen Fall. Warum sollte ich das sein?«

»Einige Leute mögen keine Rosinen.«

»Ich gehöre nicht dazu. Ist es das, was du gemacht hast?«

»Nein. Wie du schon weißt, mag ich alles, was süß ist, aber ich habe mich entschlossen, meine Lieblingskekse mit Kürbisgewürz und Frischkäse-Zimt-Zuckerguss zu backen.«

Midas lief das Wasser im Mund zusammen. »Kann ich einen haben?«, fragte er und griff nach dem Beutel.

Lexie lachte und drehte sich weg. »Nein, die sind zum Nachtisch.«

Midas schmollte und brachte Lexie noch mehr zum Lachen. »Wow, das ist ein erbärmlicher Blick«, sagte sie zu ihm.

»Ich wusste nicht, dass du backen kannst«, sagte er und drehte sie in Richtung Gebäude.

»Glaub mir, ich bin keineswegs gut darin. Aber dieses Rezept ist supereinfach.«

»Nun, ich weiß jetzt schon, dass sie gut ankommen werden. Die Männer lieben selbst gemachte Kekse.«

»Ich hoffe, sie mögen sie. Ich weiß, dass nicht jeder Kürbisgewürz mag. Ich hätte auch versucht, etwas Hawaiianisches zu machen, aber ich hatte keine Zeit, etwas Passendes zu finden.«

»Sie werden deine Kekse lieben«, beruhigte Midas sie. »Außerdem warst du bei der Arbeit sehr beschäftigt, seit du angekommen bist.«

»Das stimmt, aber ich mag die Menschen, mit denen ich arbeite, wirklich«, erklärte sie.

Midas hörte zu, als sie liebevoll über die Menschen redete, die sie bei Food For All kennengelernt hatte. Das Gebäude, in dem die Organisation ihren Sitz hatte, war nur ein paar Straßen von ihrem Wohnhaus entfernt. Die letzten zwei Tage hatte sie damit verbracht, an ihrem neuen Arbeitsplatz die Lage zu sondieren. Sie hatte die anderen Vollzeitmitarbeiter und -mitarbeiterinnen kennengelernt sowie einige der Teilzeitbeschäftigten und freiwilligen Helfer und hatte sich sofort in die Arbeit gestürzt, was die Leute betraf, die wegen Nahrungsmitteln und Hilfe zu ihnen kamen.

Sie hatte ihm gestern Abend von einer Frau erzählt, die auf der Straße lebte und sich nach kostenlosen Lebensmitteln für sie und ihren Mann erkundigt hatte. Normalerweise hatten sie durch Betteln genug Geld, um etwas zu essen zu kaufen, aber die Grippe hatte beide kürzlich so stark erwischt, dass sie nicht die Energie gehabt hatten, draußen in der Sonne zu sitzen und Touristen um Wechselgeld anzubetteln. Sie waren heruntergekommen, krank und hungrig. Lexie hatte für sie etwas zu essen eingepackt und war mit der Frau zu ihrem Ehemann gegangen.

Einerseits hasste Midas den Gedanken, wie oft Lexie sich selbst in Gefahr brachte, andererseits war er so verdammt stolz auf sie. Sie kümmerte sich um Menschen, die von der Gesellschaft sonst nach besten Kräften ignoriert wurden. Sie sah sie als die Menschen, die sie waren, und behandelte sie mit Respekt.

Er hielt die Tür zum Wohngebäude auf und folgte Lexie hinein.

»Wow«, rief sie aus, als sie sich in der opulenten Eingangshalle umsah.

»Ja, es ist etwas übertrieben. Wir ziehen Aleck regelmäßig damit auf.«

»Wie um alles in der Welt kann er es sich von seinem Sold leisten, hier zu wohnen? Vielleicht habe ich aber auch keine Vorstellung davon, wie viel ihr verdient, und ihr bekommt viel mehr, als ich dachte.«

Midas lachte. »Das tun wir nicht, das kann ich dir versichern. Alecks Familie hat Geld, also seine Eltern. Sie sind im Immobiliengeschäft tätig und haben das Penthouse hier gekauft und darauf bestanden, dass Aleck hier wohnt. Er arbeitet daran, es an sie abzubezahlen, aber sie wollen sein Geld nicht annehmen.«

»Oh wow, das Penthouse?«, fragte sie.

»Jawohl.«

»Das hätte ich nie gedacht«, sagte Lexie.

»Ja, er ist ansonsten sehr bodenständig«, sagte Midas. »Aber ich muss gestehen, dass es toll ist, wenn wir uns hier treffen können. Warte nur ab, bis du seinen Balkon und die Aussicht siehst. Es ist unglaublich.«

»Nicht wie bei mir, wenn ich meinen Vorhang öffne, oder?«, scherzte Lexie.

Jetzt war es an Midas, die Nase zu rümpfen. »Äh, nein!«

Sie kicherte, als Midas die Tür am anderen Ende der Eingangshalle öffnete, die zum Bereich hinter dem Gebäude führte, wo sich die Pavillons und Grills befanden.

So natürlich wie zu atmen griff Midas nach ihrer Hand, als sie auf seine Teamkameraden zugingen.

Slate war der Erste, der sie sah. »Gott sei Dank«, sagte er so laut, dass jeder es hören konnte. »Jetzt können wir endlich essen.«

»Er ist der Ungeduldige im Team«, sagte Midas zu Lexie, als sie sich näherten.

»Wow, mit Kleidung sehen alle so anders aus«, überlegte sie laut.

Midas unterdrückte ein Lachen.

»Oh verdammt, so habe ich es nicht gemeint«, sagte sie sofort. »Ich meinte mit normaler Kleidung. Also in Shorts und T-Shirts, nicht in Uniform wie beim letzten Mal, als ich sie gesehen habe.«

»Ich weiß, was du meintest«, sagte Midas amüsiert.

»Herrgott, ich werde noch etwas sagen, das mich in Verlegenheit bringt, das weiß ich jetzt schon.«

»Quatsch«, erwiderte Midas. »Du machst das gut. Außerdem bin ich mir sicher, dass einer der Männer gleich etwas Dummes sagen wird, also keine Sorge.«

»Schön, dich wiederzusehen«, sagte Aleck zu Lexie, als sie den Pavillon betraten.

»Ja, du siehst gar nicht mehr so aus wie etwas, das die Katze ins Haus geschleppt hat«, stimmte Pid zu.

Jag schlug seinem Freund auf den Hinterkopf. »Das war sehr unhöflich, du Arschloch«, sagte er.

»Ich habe es dir gesagt«, murmelte Midas zu Lexie. Er war froh zu sehen, dass sie lächelte und über Jags aufrichtige, wenn auch unpassende Aussage nicht beleidigt war.

»Hey«, sagte Slate mit einem Nicken.

Mustang kam mit einem Lächeln zu ihnen hinüber. »Ich freue mich, dass du es geschafft hast, nach Oahu zu kommen. Wenn meine Männer glücklich sind, bin ich auch glücklich. Und glaub mir, Midas ist verdammt glücklich.«

»Scott, du solltest besser auf deine Worte achten, wenn du jemanden zum ersten Mal triffst«, schimpfte Elodie.

»Ich treffe sie nicht zum ersten Mal«, protestierte Mustang.

»Außerdem ist Midas verdammt begeistert. Seit ihrer Ankunft ist er viel besser gelaunt.«

»Mustang«, warnte Midas und sah, wie Lexies Gesicht rot anlief.

»Also gut, entschuldige. Ich wollte nur sagen, es ist sehr schön, dass du hier bist.«

»Danke, ich bin auch froh, hier zu sein«, gab Lexie höflich zurück.

»Und ich bin Elodie«, sagte Mustangs bessere Hälfte und streckte die Hand aus. »Scott hat mir alles darüber erzählt, was mit dir passiert ist. Okay, nicht alles, weil er das nicht tun darf, aber ich weiß genug. Es ist schon verrückt, dass wir beide diese Erfahrung mit Somalis gemacht haben.«

»Nicht alle Menschen in Somalia sind schlecht«, sagte Lexie sofort. »Ich habe dort einige erstaunliche Männer und Frauen kennengelernt.«

»Oh, ich weiß, das wollte ich damit nicht andeuten«, sagte Elodie mit einem kleinen Stirnrunzeln.

»Es ist nur so, dass die Armut dort sehr verbreitet ist. Die meisten Menschen dort haben nicht dieselben Möglichkeiten wie wir hier in den USA oder in anderen Ländern. Väter und Mütter müssen ihre Familien ernähren und tun alles, was dazu nötig ist.«

»Ich verstehe. Das tue ich wirklich«, beharrte Elodie. »Scheiße, jetzt musst du denken, ich bin ein schrecklicher Mensch. Ich schwöre dir, das bin ich nicht.«

Midas sah, wie Mustang die Stirn runzelte und einen Schritt näher an seine Frau trat, als wollte er sie beschützen.

»Nein, das glaube ich überhaupt nicht«, sagte Lexie und runzelte bestürzt die Stirn. »Es tut mir leid. Ich neige immer wieder dazu, über die Dinge zu sprechen, für die ich mich einsetze, und berücksichtige dabei nicht, wie es aufgenommen werden könnte. Ich dulde auf keinen Fall, dass Piraten ein Frachtschiff kapern oder andere Verbrecher Menschen wie Dagmar und mich entführen.«

»Puh«, sagte Elodie und tat so, als würde sie sich den Schweiß von der Stirn wischen. »Für eine Sekunde dachte ich wirklich, ich wäre in Schwierigkeiten.«

»Nein, überhaupt nicht«, sagte Lexie.

»Gut. Wenn unsere Wachhunde uns lassen, können wir zum Grill gehen und darauf achten, dass Slate die Hamburger nicht zerquetscht. Ich habe ihm schon hundertmal gesagt, dass er das nicht tun soll, aber er kann es einfach nicht lassen.«

Lexie lächelte und Midas entspannte sich.

Mustang trat ebenfalls von Elodie zurück und Midas atmete erleichtert aus. Nie im Leben hätte er geglaubt, dass er sich mit einem seiner Teamkameraden anlegen würde, aber wenn es um Lexie ging, würde er es tun. Allerdings hätte er wissen sollen, dass Lexie nicht zulassen würde, dass es so weit kam. Von den Spitzen ihres widerspenstigen Haares bis zu ihren Zehen war sie ein netter Mensch. Sie würde alles dafür tun, die Wogen zu glätten, genau wie sie es gerade getan hatte.

»Pass auf, dass Slate keinen Keks klaut«, sagte Midas, als Lexie mit Elodie zum Grill ging.

»Kekse?«, fragte Mustang. »Was für welche?«

»Kürbisgewürz«, antwortete Lexie.

»Ich glaube, du solltest mich die nehmen lassen. Ich werde sie zu den anderen Sachen auf den Tisch legen«, sagte Mustang betrügerisch.

»Tu das bloß nicht«, sagte Midas. »Er ist noch schlimmer als Aleck, wenn es um Nachtisch geht.«

Elodie lachte. »Ihr tut so, als würdet ihr nie etwas zu essen bekommen. Wenn ich mich richtig erinnere, gab es erst vor zwanzig Minuten einen Teller voller Himbeeren mit Schokoguss, der jetzt leer ist. Ihr habt nicht einmal etwas für die arme Lexie aufgehoben.«

Mustang ging zu seiner Frau und zog sie in eine Umarmung. »Du kannst uns keine Vorwürfe machen. Du bist einfach eine zu gute Köchin«, sagte er.

»Schmeichler«, beschwerte sich Elodie halbherzig.

Midas fing Lexies Blick auf und lächelte sie an. Sie schien sich nicht unwohl zu fühlen und er vermutete, dass sie mit allen gut auskommen würde. Das war einfach ihre Art. Sie akzeptierte die Menschen so, wie sie waren.

Elodie zog sich aus der Umarmung ihres Mannes zurück und hakte ihren Arm bei Lexie unter. »Komm schon, wir beschützen deine Kekse vor diesen gierigen Schakalen und passen auf, dass Slate nicht die Burger verdirbt.«

Aleck erschien neben Midas und er wandte den Blick lange genug von Lexie ab, um zu seinem Freund hinüberzusehen. »Was?«, fragte er, als Aleck nichts sagte.

»Nichts, ich mag sie.«

Es war nicht so, als brauchte Midas die Zustimmung seiner Freunde, aber es bedeutete ihm verdammt viel. »Vielen Dank, ich auch.«

»Ja, das ist offensichtlich. Aber ...« Seine Stimme brach ab.

»Was?«, fragte Midas erneut.

»Es ging einfach ... sehr schnell«, beendete Aleck den Satz mit einem Achselzucken.

»Das stimmt. Aber wir werden nicht gleich morgen heiraten«, sagte Midas. »Ich mag sie. Ich mag sie sehr. Wir lernen uns aber immer noch kennen. Ich sage dir aber auch, dass sie anders ist als jede andere Frau, mit der ich jemals zuvor ausgegangen bin. Warte nur ab, eines Tages wirst du auch eine Frau treffen, die dich so umwirft, und dann werde ich dich an dieses Gespräch und deine Skepsis erinnern.«

Aleck zuckte die Achseln. »Nur weil du und Mustang großartige Frauen gefunden habt, heißt das nicht, dass der Rest von uns das auch tun wird.«

»Stimmt, aber manchmal, gerade wenn wir es am wenigsten erwarten, fällt uns der richtige Mensch vom Himmel genau in den Schoß.«

Aleck brach in Lachen aus. »Zitierst du das Lied ›It's Raining Men‹?«

»Es war nicht wörtlich gemeint, Arschloch«, sagte Midas und schlug seinem Freund auf die Schulter.

»Im Ernst, ich freue mich für dich, Mann«, fuhr Aleck fort. »Ich will nur nicht, dass du verletzt wirst.«

»Das weiß ich zu schätzen. Ich habe keine Ahnung, wo die Dinge mit Lexie und mir hinführen werden, aber ich habe ein gutes Gefühl. Außerdem weiß ich, dass du mir zur Seite stehen wirst, sollte es den Bach runtergehen.«

»Verdammt, ja, das werde ich«, sagte Aleck.

»Komm schon, diese Burger müssen gemacht werden. Ich bin am Verhungern.«

Midas ging mit Aleck zum Grill und beobachtete, wie Pid über etwas lachte, was Lexie gesagt hatte. Er war nicht im Geringsten überrascht, dass sie sich so gut einfügte. Er stellte sich vor, dass sie selbst in einem Stamm von Kannibalen mitten im Regenwald des Amazonas innerhalb einer Stunde Freundschaft mit der Frau und den Kindern des Häuptlings schließen und mit offenen Armen empfangen werden würde. Ein bisschen übertrieben vielleicht ... aber nicht allzu weit hergeholt.

Lexie dachte, sie müsste sich selbst kneifen. Zwei Stunden nach ihrer Ankunft, nachdem sie den köstlichsten Hamburger verzehrt hatte, den sie jemals gegessen hatte, und alle ihre Kekse gelobt und sie geradezu verschlungen hatten, waren sie in dem riesigen Penthouse und sahen zu, wie sich über dem Meer ein Sturm zusammenbraute.

Alecks Penthouse war noch schöner, als sie es sich vorgestellt hatte. Es sah edel und teuer aus, war aber auch irgendwie gemütlich. Vielleicht waren es die Kissen und Decken, die überall verteilt waren, oder die Bücher, die willkürlich in den Regalen standen. Oder das schmutzige Geschirr im Waschbecken in der Küche. Es sah wohnlich aus, nicht wie eine Ausstellung, in der sie Angst haben musste, etwas zu berühren.

Sie saß mit Elodie auf dem Balkon und die Männer waren drinnen. Sie wusste nicht, was sie trieben, und genoss die Gelegenheit, mit Elodie allein zu sprechen. Sie vermutete, dass Mustang und Midas die anderen vielleicht gebeten hatten, ihnen etwas Freiraum zu geben, und sie war dankbar dafür.

»Das ist so erstaunlich«, sagte Lexie.

»Nicht wahr? Als ich das erste Mal hierherkam, war ich sehr neidisch auf den Balkon«, sagte Elodie.

»Ich glaube, allein dieser Balkon ist größer als meine Einzimmerwohnung«, stimmte Lexie zu. »Und wenn ich meinen Vorhang öffne, schaue ich auf einen alten Mann im Gebäude gegenüber, der gern in seiner Unterwäsche herumläuft.«

»Ernsthaft?«

»Unglücklicherweise ja.«

Elodie kicherte. »Heilige Scheiße! Das Gleiche ist mir passiert, bevor ich bei Scott eingezogen bin. Aber zumindest hat Midas eine gute Aussicht.«

»Das weiß ich nicht«, sagte Lexie.

Elodie sah sie überrascht an. »Ach wirklich?«

»Ja, wirklich. Ich meine, ich bin noch nicht einmal eine Woche hier.«

»Das wusste ich, aber Midas und du scheint euch … sehr nahe zu sein. Ich hatte gedacht, du warst schon bei ihm.«

Lexie wusste, dass sie rot wurde, aber sie war sich nicht sicher warum. »Wir lernen uns immer noch kennen.«

»Ihr seid zusammen zur Highschool gegangen, oder?«, fragte Elodie.

»Na ja, für kurze Zeit. Ich bin im Abschlussjahr nach Portland gezogen. In ein paar Fächern hatten wir zusammen Unterricht, aber wirklich gekannt haben wir uns nicht.«

»Das ist nicht der Eindruck, den Scott mir vermittelt hat.«

»Ich meine, wir kannten uns, aber wir haben nicht zusammen abgehangen oder so. Er war Kapitän des Schwimmteams, hatte die Meisterschaft in seinem Bundesstaat gewonnen und war bei den Mädchen sehr beliebt. Ich war … ich. Wir haben allerdings einmal gemeinsam an einem Projekt gearbeitet.«

»Und?«

»Und was?«, fragte Lexie.

»Hast du dich damals wie verrückt in ihn verliebt und trauerst seitdem hinter ihm her?«, fragte Elodie mit einem Schimmer in den Augen.

Lexie konnte nur lachen. »Nein, ich meine, ich habe vielleicht ab und zu an ihn gedacht, aber es war einfach nur eine nette Erinnerung. Aber verrate ihm nicht, dass ich das gesagt habe, es könnte sein zerbrechliches Ego verletzen.«

Elodie kicherte. »Ja genau, an Selbstwertgefühl mangelt es keinem der Männer, oder?«

»Nein, andererseits sind sie aber auch alle sehr gut aussehende und ehrenwerte verdammte Navy SEALs.«

»Stimmt.«

»Aber im Ernst, es war scheiße, immer die Neue in der Schule zu sein. Ich hatte nie wirklich gute Freundinnen. Wenn ich in die Klasse kam, hatten sich bereits alle in ihre Cliquen eingeteilt. Ich war immer die Außenseiterin, was irgendwann nicht mehr so schlimm war, nachdem ich mich daran gewöhnt hatte. Midas war sehr beliebt und alle wussten, dass er nach seinem Schulabschluss zur Navy gehen würde. Ich war froh, überhaupt meinen Abschluss machen zu können«, sagte Lexie.

»Ach wirklich, warum? Oh, das war unhöflich. Tut mir leid. Ich bin nicht sehr gut in diesen Mädchengesprächen«, sagte Elodie und wirkte ein wenig unsicher.

»Nein, es ist überhaupt nicht unhöflich. Ich habe es ja selbst angesprochen und ich bin froh, dich besser kennenzulernen. Wenn ich für einen neuen Auftrag in eine Stadt komme, bin ich meistens allein. Es war schön, heute eingeladen zu werden. Wie auch immer, ich habe Legasthenie, aber es wurde niemals offiziell diagnostiziert.«

»Was, warum? Das macht keinen Sinn«, sagte Elodie, offensichtlich irritiert.

Es fühlte sich gut an, jemanden auf ihrer Seite zu haben. »Wie ich schon sagte, wir sind oft umgezogen und dadurch bin ich wohl irgendwie durchs Raster gefallen. Dass mein Vater mir immer wieder vorwarf, ich sei einfach nur dumm, war auch nicht hilfreich. Ich glaube, nachdem er es oft genug wiederholt hatte, habe ich ihm irgendwann geglaubt.«

»Was für ein Idiot«, rief Elodie aus.

»Ja, einen Preis für den Vater des Jahres hätte er definitiv nicht gewonnen«, sagte Lexie. »Aber er hat getan, was er konnte.«

»Hast du noch Kontakt zu ihm?«, fragte Elodie.

»Nein, er ist vor ein paar Jahren gestorben.«

»Hmmmm.«

Lexie konnte nicht anders, als laut loszulachen.

»Was?«, fragte Elodie.

»Deine Reaktion war wesentlich ... gutmütiger als die von Midas.«

»Das kann ich mir vorstellen«, sagte Elodie. »Er ist Scott sehr ähnlich – beschützend und gefährlich temperamentvoll, wenn es um Leute geht, die sich mit mir anlegen wollen.«

»Ihr seid noch nicht sehr lange zusammen, oder?«, fragte Lexie und hoffte, nicht zu neugierig zu wirken.

»Nicht wirklich, aber nach allem, was passiert ist, hat es sehr schnell zwischen uns gefunkt. Ich denke, wenn man in Gefahr ist, kann so etwas passieren.«

»Ja«, stimmte Lexie zu.

Elodie lächelte sie an. »Richtig, du solltest dich bestens damit auskennen, oder? Geht es dir wirklich gut nach dem, was dir widerfahren ist? Ich habe in der Zeitung darüber gelesen, was passiert ist, und es klingt schrecklich. Ich meine, es war nicht gerade ein Zuckerschlecken, auf einem Schiff gefangen zu sein, das von Piraten gekapert wurde, aber im Vergleich zu deiner Tortur war alles sehr schnell vorbei.«

»Es hat nicht gerade Spaß gemacht«, sagte Lexie, »aber die meiste Zeit war es langweilig.«

»Langweilig?«, wiederholte Elodie überrascht.

»Ja, abgesehen von der eigentlichen Entführung. Das war verdammt beängstigend, das muss ich zugeben. Aber als wir in der Wüste waren, saßen wir nur herum und wurden die meiste Zeit ignoriert. Und nachdem Dagmar einen Schlaganfall erlitten hatte, haben wir noch weniger gemacht. Vorher hatten wir wenigstens versucht, herumzulaufen und uns zu bewegen ... natürlich immer unter Aufsicht. Aber danach saßen wir nur noch im Schatten und ich habe versucht, ihn aufzumuntern. Nicht zu wissen, was als Nächstes kommen würde, war am schlimmsten. Die Lösegeldverhandlungen hätten sich noch Monate hinziehen oder wir hätten jeden Moment freigelassen werden können. Damit, dass eine Spezialeinheit das Lager überfällt und uns befreit, wie Midas und sein Team es getan haben, hätte ich niemals gerechnet.«

»Also haben die Entführer dich einfach ignoriert?«

»Nun, nicht vollständig ignoriert. Sie haben uns verspottet und uns gern vorgehalten, dass niemand das Lösegeld bezahlen würde und wir tot enden würden ... solche Dinge.«

»Wow, das tut mir leid. Das klingt schrecklich.«

Lexie zuckte die Achseln. Sie hatte im Laufe des letzten Monats wirklich hart daran gearbeitet, ihre Tortur hinter sich zu lassen. Es machte ihr nichts aus, mit Elodie darüber zu sprechen, weil sie ehrlich an ihrer Geschichte interessiert war und nicht versuchte, prekäre Details aus ihr herauszuquetschen, um sie in den Nachrichten zu veröffentlichen.

»Kann ich dich etwas fragen, ohne so zu klingen, als würde ich über dich urteilen?«, fragte Elodie.

»Na sicher.«

»Also, nach eurer Rettung seid ihr alle zurück in die Stadt geflogen, aus der ihr entführt wurdet, oder?«

»Ja.«

»Warum? Ich meine, das macht doch keinen Sinn. Warum

habt ihr nicht sofort das Land verlassen und seid direkt zum US-Schiff geflogen?«

Lexie seufzte. »Im Nachhinein wäre das mit Sicherheit die bessere Option gewesen. Aber Dagmars Bruder hat viel Einfluss in Dänemark und er hat ein paar Fäden gezogen und wahrscheinlich eine Menge Geld ausgegeben, damit Dagmars Leibarzt nach Galkayo geflogen wurde. Der dänischen Spezialeinheit wurde im Grunde befohlen, ihn zurück in die Stadt zu bringen, um ihn untersuchen zu lassen, bevor er zum Schiff gebracht werden sollte.«

»Oh.«

Ja, es war ziemlich beschissen, dass Dagmar drei Monate in der Wüste und einen Schlaganfall überlebt hatte, nur um bei dem Überfall auf das Krankenhaus zu sterben, als Sympathisanten oder vielleicht sogar einige der Entführer, die sich bei dem Zugriff auf das Lager nicht in der Wüste aufgehalten hatten, versucht hatten, ihn erneut zu entführen, um doch noch an ihr Lösegeld zu kommen. »Ich habe mit Magnus ein paar E-Mails ausgetauscht und er fühlt sich schrecklich nach allem, was passiert ist.«

»Hast du das?«, fragte Midas, der gerade hinter ihnen auftauchte.

Lexie drehte sich um und sah Midas, Mustang und Aleck in der Tür zum Balkon stehen. Sie hatte nicht einmal bemerkt, dass sie geöffnet worden war.

»Ja.«

»Das wusste ich nicht«, erwiderte Midas, als er auf sie zuging. »Rutsch nach vorne«, sagte er, und, ohne nachzudenken, tat Lexie, was er verlangte.

Er setzte sich hinter sie auf den Liegestuhl und zog sie an sich, sodass sie ihn im Wesentlichen als Rückenlehne benutzte. Er gab ihr eine Tasse Kaffee und mit einem Blick konnte sie sehen, dass er ihn genau so zubereitet hatte, wie sie es mochte. Mit einem Kilo Zucker, viel Milch und einem kleinen Schuss Kaffee.

Lexie entspannte sich und lehnte sich an ihn. »Ich habe ihm gleich nach meiner Ankunft in Deutschland und am Tag nach Dagmars Beerdigung eine Nachricht geschickt. Ich wollte ihn wissen lassen, wie leid es mir tat, was passiert war. Es hat eine Weile gedauert, bis er geantwortet hat. Er trauert und möchte unheimlich gern mehr über die letzten Stunden im Leben seines Bruders und über unsere Zeit in der Wüste erfahren.«

»Hmmm.«

»Was soll das bedeuten?«, fragte Lexie und drehte sich zu dem Mann hinter ihr um.

»Ganz ruhig, Lex. Es bedeutet nichts. Es ist einfach interessant, das ist alles.«

»Glaubt ihr an diese Sache mit der Verbindung zwischen Zwillingen?«, fragte Elodie Mustang und Aleck. Ihr Mann hatte sie hochgehoben, sich auf ihren Stuhl fallen lassen und sie auf seinen Schoß gesetzt. Aleck setzte sich auf einen weiteren Stuhl und lehnte sich gegen die Wand, als er auf das Meer und den schnell heranziehenden Sturm starrte.

»Ich habe keinen Zwillingsbruder, aber wenn mir jemand sagt, er könne fühlen, was sein Bruder oder seine Schwester fühlt, dann würde ich es glauben«, sagte Mustang.

»Ich auch«, stimmte Aleck zu. »Obwohl es komisch wäre. Ich meine, könnt ihr euch vorstellen zu fühlen, wie euer Bruder einen Schlaganfall hat, oder die Angst, als er entführt wurde, oder noch schlimmer, den Moment, als im Krankenhaus sein Herz versagte?«

»Ich glaube, deshalb möchte Magnus mit mir sprechen«, sagte Lexie. »Er will verstehen, was passiert ist.«

»Ich muss es leider so sagen«, begann Midas leise, »aber wenn er nicht darauf bestanden hätte, dass wir nach Galkayo fliegen, wäre Dagmar möglicherweise noch am Leben.«

Schweigen folgte auf seine Aussage.

Lexie konnte es weder abstreiten noch zustimmen, aber wahrscheinlich hatte er recht. »Es ist trotzdem scheiße«, sagte sie nach einer Minute. »Es ist nicht fair, darüber zu urteilen, was besser oder schlechter gewesen wäre, nachdem wir wissen, wie es ausgegangen ist. Ich meine, dann könnten wir zurück zum Tag der Entführung gehen und sagen, wir hätten das Gebäude von Food For All nicht zu diesem Zeitpunkt verlassen sollen. Wenn wir zehn Minuten länger geblieben wären, wären wir vielleicht nicht entführt worden.«

»Das stimmt nicht«, warf Slate ein und setzte sich zu ihnen auf den Balkon. Jag und Pid folgten ihm ebenfalls. »Ich denke, sie hatten mit Sicherheit Dagmar ins Visier genommen. Er war ein großes Tier in der Organisation. Und eine Frau mit zu entführen kann niemals schaden. Es macht die Menschen bereitwilliger, sie zu retten.«

»Ernsthaft? Das ist doch dumm«, schnaubte Lexie.

»Dumm oder nicht, es ist eine Tatsache«, gab Jag mit einem Achselzucken zurück und lehnte sich neben Aleck an die Wand. »Wenn sie ein Kind erwischt hätten, wäre das noch besser gewesen.«

Lexie seufzte. »Warum sind die Leute so grausam? Ich verstehe es einfach nicht.«

Midas streichelte ihr über den Arm, als sie einen Schluck von ihrem Kaffee nahm. »Gut gegen Böse«, sagte er leise. »Das ist der Lauf der Welt.«

»Nun, das ist scheiße«, sagte Lexie mit einem Schmollmund.

»Das stimmt. Aber du trägst deinen Teil dazu bei, denen zu helfen, die weniger Glück hatten«, sagte Pid. »Wie läuft es mit deiner Arbeit?«

Es war genau die richtige Frage. Lexie liebte es, über die Männer, Frauen und Kinder zu sprechen, mit denen sie arbeitete. »Es ist interessant, dass die Bedürfnisse der Menschen in jeder Stadt, in der ich bisher gearbeitet habe, anders sind. Ich meine, Nahrung und Obdach sind überall Grundbedürfnisse, aber hier in Hawaii gibt es weniger Familien, die obdachlos sind, und dafür mehr Männer und

Frauen, die psychisch krank sind, als ich an anderen Orten gesehen habe.«

»Ja, das ist ein Problem«, stimmte Aleck zu.

»Du bist aber vorsichtig, oder?«, fragte Midas.

»Natürlich. Und diese Leute sind nicht so beängstigend, wie du vielleicht denkst«, sagte Lexie zu ihm.

»Ähm ... okay, wenn du es sagst«, antwortete Midas und glaubte ihr offensichtlich nicht im Geringsten.

»Das sind sie nicht«, beharrte sie.

»Heiliger Mist, seht nur!«, mischte sich Elodie ein. Die Ehrfurcht in ihrer Stimme war eindeutig zu hören.

Lexie schaute in die Richtung, in die sie zeigte, und schnappte nach Luft. Direkt vor ihnen waren zwei perfekte Regenbögen über dem Meer erschienen. »Oh mein Gott, das ist wunderschön«, flüsterte sie.

»Warte nur zwei Minuten, dann sind wieder alle Touristen am Strand, brüllen herum und ruinieren den Moment«, sagte Aleck zynisch.

»Ernsthaft?«, fragte Lexie.

»Leider ja.«

»Nein, ich meine, du willst ernsthaft dort sitzen und nicht zugeben, dass diese Regenbögen unglaublich schön sind?«, fragte Lexie.

»Ja«, sagte Aleck mit einem Lächeln.

»Du bist verwöhnt«, stellte Elodie fest.

»Total verwöhnt«, stimmte Lexie zu.

»In diesem Fall muss ich mich leider gegen meinen Kumpel stellen, denn sie haben irgendwie recht«, sagte Slate mit einem Grinsen.

»Vielleicht sollten wir die Wohnungen tauschen«, überlegte Lexie. »Lasst ihn für eine Weile meinen nackten Nachbarn anschauen, dann wird er diese erstaunliche Aussicht mehr zu schätzen wissen.«

»Ist dein Nachbar eine Frau oder ein Mann?«, fragte Aleck. »Ich könnte dich beim Wort nehmen, wenn es eine Frau ist.«

»Nein, stell dir Homer Simpson in seiner Unterwäsche vor, wie er sich erst am Hintern kratzt und dann mit denselben Händen genüsslich sein Abendessen zu sich nimmt.«

»Iiiiigit«, sagte Elodie gedehnt.

»Ekelhaft«, stimmte Pid zu.

»Genau!« Lexie lachte.

»Oh, wow, seht mal, wie großartig diese Regenbögen sind«, sagte Aleck gedehnt.

Alle lachten.

Lexie spürte, wie Midas sein Kinn auf ihre Schulter legte, und sie sah ihn an. »Bequem?«, fragte sie.

»Außerordentlich«, bestätigte er.

Für sie war es das auch. Lexie lehnte sich zurück. Es fiel ihr immer noch schwer zu glauben, dass sie in Hawaii war, in einem Penthouse, auf einem riesigen Balkon mit einer atemberaubenden Aussicht auf einen doppelten Regenbogen, zusammen mit Menschen, die schnell zu etwas Besonderem für sie wurden. Wie konnte das ihr Leben sein? Manchmal war es schwer, sich an die langen Tage und Nächte in der Wüste zu erinnern.

»Bist du glücklich?«, fragte Midas, als die anderen darüber zu diskutieren begannen, was sie nächstes Wochenende tun wollten. Er hatte ihr bereits erklärt, dass sein Team versuchte, mindestens einmal pro Woche außerhalb der Arbeit etwas miteinander zu unternehmen. Es festigte ihre Bindung und war mehr als nur militärischer Kram.

»So sehr, dass es fast beängstigend ist«, antwortete Lexie ehrlich.

»Willst du morgen zu mir kommen?«, fragte er. »Ich könnte dich mit nach Waikiki nehmen, damit du es dir ansehen kannst.«

»Das würde ich gern tun.«

»Ich hole dich aber ab«, sagte er streng.

Lexie lachte. »Okay.«

»Lex?«

»Ja?«

»Danke.«

»Wofür?«

»Dafür, dass du hier bist. Ich weiß, dass du die Wahl zwischen verschiedenen Einsatzorten hattest, aber du hast dich für Hawaii entschieden.«

Es war weder der richtige Zeitpunkt noch der richtige Ort dafür, sentimental zu werden, aber sie wollte, dass Midas wusste, dass es für sie keine Frage gewesen war. Sie fühlte sich mit ihm verbunden. Vielleicht aufgrund dessen, was sie zusammen durchgemacht hatten. Es war schnell gegangen, aber hier zu sein fühlte sich wie die richtige Entscheidung an.

»Gern geschehen«, sagte sie leise. Sie hatte das hier verdient. Sie hatte es verdient, glücklich zu sein. Und das war sie definitiv.

Midas küsste sie auf die Schläfe und lehnte sich zurück. Sie drückte seinen Arm, den er um ihre Taille gelegt hatte, und wandte die Aufmerksamkeit wieder den Regenbögen zu, die sich langsam auflösten. Sie betete, dass ihre Verbindung substanzieller sein würde als die flüchtige Schönheit der Begegnung von Sonne und Regen.

Magnus ignorierte das Telefon, das vor ihm auf dem Schreibtisch klingelte. Er wusste, dass er das Gespräch annehmen sollte. Wahrscheinlich war es sein Assistent, der ihn bitten wollte, sich eine Tabelle oder eine E-Mail anzusehen. Aber wie könnte er sich auf die Arbeit konzentrieren, wenn er nur ein riesiges klaffendes Loch in seiner Brust fühlte?

Es fühlte sich an, als wäre eine körperliche Verbindung zu Dagmar abgetrennt worden. Die Ärzte würden sich über ihn lustig machen und seine Freunde würden es nicht verstehen. Aber Magnus wusste, was er fühlte. Ein Teil von ihm war für immer verschwunden, war zusammen mit seinem Bruder in diesem Krankenhaus gestorben.

Er hatte gespürt, wie Dagmar gestorben war. Er hatte seinen Schreck, seinen Schmerz, seine Wut gespürt.

Und es war der Zorn, der jetzt in Magnus zu lodern begann. Er wusste, warum sein Bruder in diesen letzten Augenblicken seines Lebens wütend gewesen war. Er war wütend darüber, dass er im Begriff war zu sterben, obwohl er sicher zurück in Dänemark sein sollte.

Es war kein Geheimnis, dass Magnus persönlich das Lösegeld für die Entführer aufgebracht hatte. Dagmar hatte es gewusst. Er hätte es von ihm erwartet. Aber als sie es unerwartet verdoppelt und fünf Millionen für jede Geisel gefordert hatten, war das Dagmars Todesurteil gewesen.

Es hätte diese Schlampe treffen sollen! Die Frau, für die niemand bezahlen wollte.

Sie hätte sterben sollen, nicht sein kluger, talentierter, aufgeschlossener Bruder.

Und als Magnus die E-Mail vor sich las, war er sich dieser Tatsache noch sicherer.

Magnus,

Ihr Bruder war nicht froh, als wir erfuhren, dass wir nicht freigelassen werden sollten. Wir hatten gehört, wie unsere Entführer über das Lösegeld gesprochen haben. Da die fünf Millionen so schnell aufgebracht worden waren, dachten sie, es wäre keine große Sache, weitere fünf Millionen zu verlangen. Dagmar versuchte, ihnen zu erklären, dass es eine Geste des guten Willens wäre, einen von uns freizulassen. Aber sie hatten ihn nur ausgelacht.

Er wusste, dass Sie alles in Ihrer Macht Stehende getan hatten. Er hat Sie sehr geliebt. Er hat darüber gesprochen, wie Sie sich gegenseitig spüren konnten. Mehr als einmal hatte er gesagt, dass er besorgt sei, weil es Ihnen nicht gut gehe. Aber er wusste auch, dass Sie alles tun würden, um ihn zu retten. Nach seinem Schlaganfall sagte er, dass Sie es wissen würden und weiter alles versuchen würden, um ihm zu helfen.

Sie hatten großes Glück, ihn als Bruder gehabt zu haben.

Lexie

Ja, er hatte Glück gehabt. Und wenn sie nicht gewesen wäre, hätte er seinen Bruder noch.

Magnus hatte die Wohltätigkeit seines Bruders nie verstanden. Ihm war es viel lieber, zu Hause in Dänemark zu bleiben und die kleinen Freuden des Lebens zu genießen. Er war nicht verheiratet und zog es vor, für die Gesellschaft einer Frau zu bezahlen, wenn er es wollte, und sie dann am nächsten Morgen hinauszuschmeißen. Er mochte seine teuren Zigarren, hochwertigen Cognac und Seidenbettwäsche. Bettler machten ihn wütend. Ebenso wie Leute, die versuchten, ihn zu überzeugen, dass sie ihre beschissene Situation nicht verdient hätten. Wenn sie schlauer wären, weniger verdammte Babys machen und härter arbeiten würden, wären sie nicht obdachlos und müssten nicht von Almosen leben.

Aber Dagmar war leichter zu beeinflussen gewesen. Eines Abends war er zu einer Wohltätigkeitsveranstaltung von Food For All gegangen und die Mitarbeiter dort hatten ihn überzeugt, eine Menge Geld an ihre Organisation zu spenden.

Da Dagmar auch nicht verheiratet gewesen war, war Magnus sein einziger Erbe. Und obwohl sich sein Vermögen mit dem Tod seines Bruders verdoppelt hatte, war Magnus versessen darauf, so viel wie möglich über die Organisation in Erfahrung zu bringen, die mitverantwortlich für den Tod seines Bruders war.

Er wollte wissen, wie alles organisiert wurde, wer verantwortlich war und entschied, wo ihre Mitarbeiter eingesetzt wurden, wo sie lebten und wie viel ihnen bezahlt wurde.

Magnus klickte auf einen Ordner auf seinem Computer mit der Aufschrift *Elizabeth Lexie Greene*. Er musste alles über seinen Feind erfahren ... und ihre Akte bei Food For All war ein guter Ausgangspunkt dafür.

Er hatte bereits Kontakt mit der Organisation aufgenommen und die Mitarbeiter wissen lassen, dass er dort übernehmen wollte, wo sein Bruder aufgehört hatte. Dass er, wie Dagmar, als Gutachter arbeiten wollte. Er wusste, dass sie zustimmen würden. Sie waren zu sehr an seinem Geld interessiert, als dass sie ablehnen könnten.

Zum ersten Mal seit einem Monat lächelte er.

Ja, Miss Greene würde für Dagmars Tod bezahlen, und wenn es das Letzte wäre, was er zustande brächte. Aber zuerst wollte er sie leiden sehen. Er wollte, dass sie unter Stress geriet, Angst hatte und zu Tode erschrocken wäre, genau wie sein Bruder es vor seinem letzten Atemzug gewesen war. Sie würde alles durchmachen, was Dagmar durchgemacht hatte, bevor sie starb. Das wäre sein letztes Geschenk an seinen Bruder.

KAPITEL ZEHN

Lexie war sehr gespannt auf den heutigen Tag. Ja, sie wollte den berühmten Strand von Waikiki sehen, aber noch mehr freute sie sich darauf, mehr Zeit mit Midas zu verbringen. Je länger sie mit ihm abhing und redete, desto mehr verliebte sie sich in ihn.

Sie wusste, dass es bereits um sie geschehen war, obwohl erst ein paar Tage vergangen waren. Aber jedes Detail, das sie über den Mann erfuhr, steigerte ihren Respekt für ihn und sie mochte ihn umso mehr. Ja, er war ein Navy SEAL, und das allein war bewundernswert, aber er war so viel mehr als das. Er war großzügig und höflich und offensichtlich ein großartiger Freund für seine Teamkameraden. Elodie hatte ihr erzählt, dass er sich sehr um sie kümmerte, genau wie die anderen im Team. Einfach aus dem Grund, weil sie Mustangs Frau war. Er konnte über sich selbst lachen und arbeitete offensichtlich hart.

Jeden Morgen ging er laufen und arbeitete dann auf dem Navy-Stützpunkt. Trotzdem fand er die Zeit, sich den ganzen Tag über mit ihr per SMS auszutauschen. Er schien wirklich interessiert an ihrem Tag und ihrer Arbeit zu sein. Sie fanden immer etwas, über das sie reden konnten, und sie hatte nie das Gefühl, dass er nur nach ihrem Job fragte, weil sie es erwartete.

Ja, man konnte mit Sicherheit sagen, dass Pierce Cagle ein guter Mann war. Und das erschreckte Lexie. Sie wollte ihn nicht enttäuschen. Sie wollte seiner würdig sein, und das war etwas, womit sie ihr ganzes Leben lang Schwierigkeiten gehabt hatte. Ihr Vater hatte ihr definitiv nicht das Gefühl gegeben, dass sie eines Menschen wie Midas würdig wäre.

Mit Midas zusammen zu sein machte sie zwar glücklich, aber sie sehnte sich auch nach einer langfristigen Beziehung. Sie war sich nicht ganz sicher, ob es ihm genauso ging.

Lexie schob ihre Sorgen bewusst beiseite und nahm sich vor, den Tag zu genießen. Es war Sonntag, sie hatte den Tag frei und sie würde mehr von der Insel sehen.

Ihr Telefon klingelte und als Lexie sah, dass es Midas war, nahm sie beim zweiten Klingeln ab. »Hi«, sagte sie fröhlich.

»Hallo«, erwiderte Midas. »Du klingst glücklich.«

»Das bin ich«, schwärmte sie. »Ich habe heute frei, es ist ein wunderschöner Tag und ich kann ihn mit dir verbringen.« Sie redete, ohne vorher nachzudenken, und als Midas nicht sofort antwortete, fragte sie sich für eine Sekunde, ob sie zu euphorisch gewesen war.

Aber dann sagte er: »Ich hätte es selbst nicht besser ausdrücken können. Bereit?«

»Ja.«

»Gut, ich werde in ungefähr drei Minuten bei dir sein.«

»Ich werde unten auf dich warten«, versicherte Lexie ihm.

»Lex?«

»Ja?«

»Ich freue mich darauf, heute Zeit mit dir zu verbringen.«

Lexie schluckte schwer. Sie hatte nicht erwartet, dass Midas so früh am Morgen so ernst sein könnte. »Ich mich auch«, entgegnete sie.

»Gut, bis gleich.«

»Bis gleich«, wiederholte sie und beendete das Gespräch.

Sie wirbelte herum, griff nach ihrer Handtasche, zog den Riemen über den Kopf und ging zur Tür.

Drei Minuten später trat sie vor die Tür und entdeckte Midas, der in seinem Cabrio auf sie wartete. Er stieg aus und ging zur Beifahrerseite.

»Hallo«, sagte sie.

»Hey«, antwortete er und beugte sich vor.

Es schien für sie das Natürlichste auf der Welt zu sein, auf die Zehenspitzen zu gehen und eine Hand auf seine Brust zu legen, um sich abzustützen. Der Kuss war kurz und süß. Midas roch nach Seife und Kaffee. Sie leckte sich über die Lippen und schmeckte ihn.

Er stöhnte.

Lexie musste lächeln. Sie hatte sich in ihrem Leben noch nie besonders sexy gefühlt, aber in Midas' Gegenwart nahm ihre sinnliche Seite überhand und sie konnte nicht anders, als sich erneut über die Lippen zu lecken.

Diesmal lächelte Midas und hob seine Hand, um ihr Haar hinter das Ohr zu stecken. »Haargummi?«, fragte er.

Lexie hatte ihre Haare absichtlich offen gelassen, weil sie wusste, dass Midas seine Hände nicht bei sich behalten könnte. Immer wenn er bei ihr war, schienen seine Hände sich wie von alleine von ihren Locken angezogen zu fühlen. Sie hatte es in der Vergangenheit niemals gemocht, wenn jemand mit ihren Haaren spielte, aber sie sehnte sich nach Midas' Berührung. Sie griff in ihre Handtasche und holte mit einem kleinen Grinsen ein Haargummi heraus.

»Darf ich?«, fragte er und nickte auf den Gegenstand in ihrer Hand.

»Du willst mir die Haare hochstecken?«, fragte sie.

»Oh ja.«

Seine Antwort war seltsam, aber Lexies Magen zog sich dabei zusammen. Sie nickte, reichte ihm das Haargummi und drehte ihm dann den Rücken zu.

Gänsehaut breitete sich auf ihren Armen aus, als sie spürte, wie Midas mit seinen Fingern sanft durch ihre lockigen Strähnen fuhr und sie zu einem Pferdeschwanz zusammenband. Er nahm sich Zeit und Lexie wusste, dass sie mitten auf dem Bürgersteig stehen bleiben würden, bis er fertig war. Sie wusste nicht, warum es sich so intim anfühlte, seine Hände in ihren Haaren zu haben. Das hatte noch nie jemand für sie getan. Nicht einmal ihre Mutter, soweit sie sich erinnern konnte, und schon gar nicht ihr Vater.

Lexie schloss die Augen und spürte, wie ihre Brustwarzen sich zusammenzogen, als Midas weiter über ihre Haare strich. Er wickelte das Haargummi mehrmals fachmännisch um ihre Locken und strich ein letztes Mal darüber, bevor er seine Hände auf ihre Schultern legte und sich vorbeugte.

»Danke«, sagte er heiser in ihr Ohr.

Sein warmer Atem traf ihre Haut und Lexie sehnte sich danach, seine Hand zu nehmen, ihn in ihr Zimmer zu bringen, auf ihr Bett zu werfen und unanständige Dinge mit ihm zu tun. Noch nie in ihrem Leben hatte jemand sie so angemacht, und er hatte nichts weiter getan, als ihre Haare zu berühren.

Sie war ihm hoffnungslos verfallen.

Lexie öffnete die Augen und wollte sich umdrehen ... sie war sich nicht sicher, was sie vorhatte. Aber genau in diesem Moment kam ein Obdachloser vorbei und stieß sie mit der übergroßen Tasche an, die er über seiner Schulter trug.

Zum Glück hatte Midas bereits seine Hände auf ihrer Schulter und zog sie leicht zurück, um zu verhindern, dass der Beutel des Mannes sie im Gesicht traf.

»Was zum Teufel?«, fluchte Midas leise, aber Lexie hatte den Mann erkannt und war bereits einen Schritt auf ihn zugegangen.

»Guten Morgen, Theo«, sagte sie sanft. Er war einer der Stammgäste bei Food For All. Er war ungefähr eins achtzig groß, schlaksig und hatte langes braunes Haar. Meistens war es ungepflegt und fettig, was ihn irgendwie ein bisschen beängstigend erscheinen ließ. Es sah aus, als wäre es eine Weile her, seit er das letzte Mal geduscht hatte. Sie vermutete, dass er Mitte vierzig war. Er hatte außerdem die Angewohnheit, Leute anzustarren, und es interessierte ihn nicht, dass es ihnen vielleicht unangenehm war.

Teilweise war es wahrscheinlich darauf zurückzuführen, dass Theo nicht mehr ganz bei Verstand war. Er murmelte oft vor sich hin. Lexie kannte nicht die Details seiner Geisteskrankheit, aber die wenigen Male, die sie ihn gesehen hatte, schien er nicht einmal zu wissen, wo er war.

Sie konnte nicht anders, als sich Sorgen um ihn zu machen. Sie war besorgt um alle Menschen, die sie traf. Das machte ihre Arbeit stressig, aber sie musste alles in ihrer Macht Stehende tun, um den Leuten zu helfen, die zu Food For All kamen.

Theo murmelte etwas vor sich hin und drehte sich dann zu ihr um. Es war das erste Mal, dass er sie direkt ansah, und aus irgendeinem Grund erschreckte es Lexie und sie trat reflexartig einen Schritt zurück.

»Du solltest nicht hier sein«, sagte er ganz klar.

»Oh«, entgegnete Lexie. Sie war sich nicht sicher, wie sie reagieren sollte.

»Sie kann jederzeit auf dem Bürgersteig stehen«, sagte Midas und schob sich vor sie.

»Im Food For All Gebäude, nicht hier«, antwortete Theo und senkte dann den Kopf, um auf die Risse im Bürgersteig unter seinen Füßen zu starren.

Sie legte ihre Hand auf Midas' Rücken, beugte sich um ihn herum und sagte: »Ich arbeite heute nicht, aber Jack und Natalie sind da. Sie geben dir etwas zum Frühstück«, sagte sie zu ihm.

»Ich mag keine Waffeln«, sagte Theo monoton.

»Es gibt noch viele andere Dinge, die du haben kannst«, beruhigte Lexie ihn.

Dann murmelte Theo etwas anderes und schlurfte weiter den Bürgersteig hinunter zum Food For All Gebäude.

Lexie hörte, wie Midas hinter ihr erleichtert seufzte.

»Er ist harmlos«, sagte sie.

»Du kennst ihn wie lange, drei Tage?«, fragte Midas. »Du hast keine Ahnung, wozu er fähig sein könnte.«

»Ich weiß auch nicht, wozu du fähig sein könntest«, erwiderte Lexie etwas energischer als beabsichtigt. »Aber du wirst nicht erleben, dass ich ein Arschloch zu dir bin oder die Straßenseite wechsle, wenn du dich näherst, oder?«

Midas fuhr sich mit der Hand durch die Haare. »Es tut mir leid«, entschuldigte er sich sofort.

Lexie seufzte. »Nein, mir tut es leid. Ich neige dazu, die Menschen in Schutz zu nehmen, denen ich beruflich helfe.«

»Ich neige auch dazu zu beschützen«, gab Midas zurück. »So bin ich einfach. Ich bezweifle, dass ich mich jemals hundertprozentig wohl dabei fühlen werde, wenn du mit Leuten wie ihm zu tun hast.«

»Leute wie er? Leute, die hungrig sind und einfach etwas essen wollen?«, feuerte sie zurück.

Midas ging nicht darauf ein. »Nein, psychisch krank. Sie können unvorhersehbar reagieren, egal wie gut du glaubst, jemanden zu kennen.«

Lexie wusste, dass er recht hatte. Sie hatte es im Laufe der Jahre ein- oder zweimal selbst erlebt. Das bedeutete aber nicht, dass es ihr gefallen musste. Und Menschen müssen nicht psychisch krank sein, um auszuflippen. Sogenannte »normale« Menschen taten es auch jeden Tag.

»Ich würde dir niemals wehtun«, sagte Midas leise, als könnte er ihre Gedanken lesen. Er durchbohrte sie mit seinen blauen Augen, als er sie anstarrte.

Lexie seufzte. »Ich weiß. Ich ... es gibt keine ideale Lösung für Leute wie Theo. Er braucht natürlich Hilfe, aber es gibt niemanden, der sich wirklich um ihn kümmert. Er hat kein Geld, also kann er weder für Medikamente noch für einen Arzt bezahlen. Ihn wie in den alten Zeiten in eine Irrenanstalt zu stecken, ist nicht die Lösung. Das war schrecklich, voll von Missbrauch und es hat mehr Schaden angerichtet als Nutzen.

Aber Theo und seinesgleichen einfach durch die Straßen ziehen zu lassen und sich selbst zu überlassen, ist auch keine Antwort. Genau so wenig, wie ihn zu verhaften. Das Gefängnis ist kein Ort für jemanden mit einer psychischen Erkrankung. Manchmal bin ich das einzige freundliche Gesicht, das sie den ganzen Tag lang sehen. Leute sind grausam, Midas, und ich tue, was ich kann, um zu helfen.«

Er drehte sich abrupt um und zog sie an seine Brust. Lexie erschreckte sich, aber verschmolz sofort mit ihm und legte ihre Stirn auf seine Schulter.

»Du hast recht, natürlich tust du das. Aber der Gedanke daran, dass dir jemand wehtun könnte, macht mich buchstäblich krank. Wenn ich könnte, würde ich dich zum Schutz in eine Blase stecken, damit nichts und niemand Hand an dich legen kann.«

Lexie konnte nicht anders, als zu kichern.

»Was?«, fragte er und zog sich etwas zurück, damit er ihr Gesicht sehen konnte.

»Ich stelle mir nur vor, wie ich in einem riesigen Hamsterrad die Straße entlangrolle.«

Midas grinste.

»Ich weiß, du glaubst, ich bin naiv«, sagte sie ernst. »Aber das bin ich nicht. Ich bin immer vorsichtig, wenn ich bei der Arbeit bin. Wenn unsere Kunden einen schlechten Tag haben, halte ich Abstand. Ob du es glaubst oder nicht, heute ist ein guter Tag für Theo. Ich meine, ich kenne ihn noch nicht so lange, aber ich habe ihn beobachtet und er hat sich gerade mit mir unterhalten. Das tut er nicht mit vielen Menschen.«

»Das war eine Unterhaltung?«, fragte Midas.

Lexie spürte keinen Sarkasmus in seinem Ton, also nickte sie. »Ja.«

»Okay, Lex, aber bitte versprich mir, dass du vorsichtig bist. Ich habe dich gerade erst gefunden, ich will dich nicht verlieren.«

Die Aussage fuhr Lexie bis in die Zehenspitzen. »Okay«,

bestätigte sie leise.

»Sind deine Haare so in Ordnung? Ist das Haargummi fest genug?«

»Perfekt«, antwortete Lexie. »Sollte ich mir Sorgen darüber machen, wo du das gelernt hast?«

Er lachte. »Ich habe meiner Schwester oft dabei zugesehen, als wir jünger waren, und im Schwimmteam gab es eine Menge Mädchen, die ständig ihre Haare hochstecken mussten. Ich habe es noch nie zuvor selbst gemacht, daher war ich mir nicht sicher, ob ich es richtig gemacht habe.«

»Du hast es gut gemacht«, beruhigte Lexie ihn und fühlte sich schon wieder angetörnt.

Midas ließ den Blick zu ihrem Busen wandern und Lexie machte keine Anstalten, sich abzuwenden. Sie war eine erwachsene Frau, und wenn sie ihren ... Freund – sie nahm an, dass sie Midas so nennen könnte, auch wenn sie gerade erst in die Stadt gekommen war – heiß fand, dann war das vollkommen in Ordnung. Sie wäre nicht hier, wenn sie sich nicht zu ihm hingezogen gefühlt hätte. So viel wie sie seit ihrer Ankunft miteinander geredet hatten, war sie zuversichtlich, ihn so nennen zu können ... zumindest in ihren Gedanken.

Midas fuhr ihr mit einer Hand über den Rücken und legte sie dann hinter ihren Kopf. Mit der anderen hob er ihr Kinn an. »Du siehst heute wunderschön aus«, sagte er leise.

Selbst wenn in diesem Moment ein Asteroid neben ihnen eingeschlagen hätte, Lexie glaubte nicht, dass sie es bemerkt hätte. Sie hatte nur Augen für den Mann vor sich. »Vielen Dank. Du siehst auch gut aus.«

Er grinste. »Ich kann es kaum erwarten, dich richtig auszuführen. Wahrscheinlich muss ich andere Männer dann mit einem Stock abwehren, wenn du in einem Kleid, hohen Schuhen und mit diesen tollen Haaren auftauchst. Scheiße, ich hoffe, ich schaffe es, diesen Abend zu überstehen, ohne mich selbst in Verlegenheit zu bringen.« Er trat einen Schritt vor und Lexie spürte seine Erektion an ihrem Bauch.

Sie konnte nicht anders, als sich durch Midas' Worte und Taten geschmeichelt zu fühlen.

»Ich bitte dich«, spottete sie. »Du siehst schon in deiner Uniform verdammt heiß aus. Ich kann mir gar nicht vorstellen, wie gut du erst im Anzug aussehen musst. Ich werde versuchen müssen, andere Frauen davon abzuhalten, sich an dich zu schmeißen und dir ihre Telefonnummer zu geben.«

Midas grinste. »Das wird nicht passieren«, sagte er. »Deine Nummer ist die einzige, die ich will. Und andere Frauen können versuchen, sich an mich ranzuschmeißen, aber ich werde beide Hände mit dir voll haben.«

Seine Worte klangen verdammt kitschig, aber Lexie fühlte sich trotzdem geehrt.

Midas senkte noch einmal den Kopf, aber bevor er sie küssen konnte, wurden sie durch ein lautes Hupen erschreckt. Lexie zuckte in seinen Armen zusammen und Midas verstärkte den Griff. »Ruhig, Lex.«

»Fahr zur Seite, Arschloch!«, schrie ein Mann aus einem großen Geländewagen hinter Midas' Cabrio.

»Ich glaube, wir sollten losfahren«, sagte Midas.

»Vermutlich«, stimmte Lexie zu.

Er nahm ihre Hand und führte sie zum Wagen, hielt ihr die Tür auf und schloss sie hinter ihr, sobald sie eingestiegen war. Dann joggte er um das Fahrzeug herum, ignorierte den ungeduldigen Typen hinter sich und setzte sich auf den Fahrersitz. »Ich hatte vor, mit dir den langen Weg bis nach Waikiki zu fahren, wenn das in Ordnung ist. Lass mich dir ein bisschen von der Insel zeigen. Es ist noch früh und es ist Sonntag, also sollte der Verkehr nicht zu schlimm sein.«

»Klingt gut.« Lexie war es egal, wohin sie fuhren, solange sie Zeit mit Midas verbringen konnte.

»Großartig! Wir fahren die 61 in Richtung Waimanalo, vorbei an Makapu'u Point, Hanauma Bay, bis zur Kahala Avenue, dann am Diamond Head und am Zoo vorbei, bis wir in Waikiki ankommen und einen Parkplatz suchen. Von dort können wir zu Fuß gehen, in Ordnung?«

»Midas, ich habe keine Ahnung, wo diese Orte sind, die du gerade aufgezählt hast. Also werde ich einfach hier sitzen und den Wind, die Sonne, deine Gesellschaft und die Tatsache genießen, in Hawaii zu sein.«

Midas fuhr los und ignorierte den Mann, der hinter ihnen schimpfte, dass er so langsam fuhr. Er lächelte sie an, griff nach einem der Kaffeebecher im Getränkehalter und reichte ihn Lexie. »Ich dachte, du könntest so früh am Morgen einen Kaffee gut vertragen.«

Lexie nahm den Becher und stellte fest, dass er ihr genau den Kaffee besorgt hatte, den sie am liebsten mochte. Verdammt, dieser Mann war einzigartig und es war schwer zu glauben, dass er bei ihr war. »Danke«, sagte sie und nahm einen Schluck.

»Ist der Kaffee in Ordnung?«, fragte er.

»Perfekt.«

Das selbstzufriedene Lächeln auf seinem Gesicht störte Lexie überhaupt nicht. Er hatte es gut gemacht. Sie war definitiv beeindruckt.

Auf dem Weg zur Schnellstraße erzählte Midas Geschichten über die Gebäude, an denen sie vorbeikamen, und wies sie auf andere interessante Dinge hin. Er war vielleicht kein Eingeborener, aber er kannte sich offensichtlich gut auf der Insel und mit ihrer Geschichte aus. Lexie seufzte zufrieden und versuchte, alles aufzunehmen.

Drei Stunden später konnte Midas den Blick immer noch nicht von Lexie nehmen. Sie gingen Hand in Hand die belebte Einkaufsstraße von Waikiki entlang. Auf dem Hinweg waren sie am Strand im Sand gegangen und jetzt waren sie träge auf dem Weg zurück zum Parkplatz. Sie kamen an vielen hochklassigen Geschäften vorbei, aber Lexie schien nicht daran interessiert zu sein einzukaufen.

Es hätte ihn nicht gestört, obwohl Einkaufen nicht wirklich sein Ding war. Aber es schien auch nicht ihr Ding zu sein. Nicht dass er geglaubt hatte, dass eine Frau, die an den ärmsten Orten der Welt gelebt hatte, großen Wert auf einen Einkaufsbummel legte, aber es war trotzdem eine Erleichterung.

Sie hatten den ganzen Morgen über ununterbrochen geredet, aber Midas sehnte sich danach, mehr über sie zu erfahren. Sie war freundlich zu allen, an denen sie vorbeikamen, und lächelte jeden an.

Sie hatte sogar angehalten, um einer Mutter zu helfen, die offensichtlich mit den Nerven am Ende gewesen war. Das Baby in ihrem Kinderwagen hatte geschrien, während sie versuchte, das Nasenbluten ihres sechs oder sieben Jahre alten Sohnes zu stoppen. Lexie hatte das Baby beruhigt und Midas losgeschickt, Servietten aus einem nahe gelegenen Restaurant für die arme Mutter zu besorgen. Als er zurückkam, schien es, als wären Lexie und die Frau bereits beste Freundinnen. Er hätte nie geglaubt, dass sie sich gerade erst getroffen hatten.

Der einzige Laden, an dem sie haltmachen wollte, war ein ABC Store, ein Billigladen voller kitschiger, hawaiianischer Souvenirs. Sie kaufte ein Batikhemd mit der Aufschrift *Honolulu*, ein Paar Flipflops aus Plastik, eine Tüte Maui-Zwiebel-Kartoffelchips, ein Handtuch mit einem Sonnenuntergang darauf, sowie eine Hula-Figur, die man aufs Armaturenbrett stellen konnte, einen Lippenstift und einen Kugelschreiber mit Meeresschildkrötenmotiv.

Sie grinste wie ein kleines Kind, als sie den Laden verließen, und Midas ließ sich von ihrer guten Laune anstecken. »Du weißt schon, dass der größte Teil dieses Mists in China hergestellt wird, oder?«, fragte er.

»Das ist mir egal«, sagte sie und lächelte weiter. »Jetzt sei ruhig und ruiniere mir nicht meine Hawaii-Laune.«

»Deine Hawaii-Laune?«, wiederholte Midas lachend.

»Ja genau.«

Er nahm ihr die Tüte ab und nahm ihre Hand in seine. Sie gingen weiter und als sie sich seinem Wagen näherten, fragte er: »Willst du immer noch mit zu mir kommen?«

Sie drehte sich zu ihm um und nickte sofort. »Ja.«

Midas lächelte. Er wusste nicht, warum es ihm so schwergefallen war, diese Frage zu stellen. Nun ... eigentlich wusste er es. Er hatte Angst gehabt, dass sie es sich anders überlegen würde. Er wollte ihre ungeteilte Aufmerksamkeit. Er liebte es, wie freundlich und kontaktfreudig sie war, aber er konnte nicht anders, als egoistisch zu sein und sich zu wünschen, dass sie all diese positive Energie auf ihn konzentrierte.

Er half Lexie beim Einsteigen auf der Beifahrerseite, ging um den Wagen herum und setzte sich auf den Fahrersitz. Lexie kramte in der Tüte vom ABC Store und zog triumphierend die Hula-Figur heraus.

»Nein«, sagte er, so streng er konnte.

»Doch«, konterte sie.

Midas schüttelte nur den Kopf. Er wusste, dass er sie nicht daran hindern könnte, das pralle Hula-Mädchen aus der Schachtel zu holen. Wenn es sie glücklich machte, es auf sein Armaturenbrett zu stellen, dann sollte es so sein.

Lexie entfernte die Folie von der Klebefläche an der Unterseite des Teils und Midas versuchte, nicht das Gesicht zu verziehen, während sie die zappelnde Figur auf das Armaturenbrett drückte. Diesen Kleber würde er niemals wieder abbekommen. Aber als er Lexies entzückten Gesichtsausdruck sah, brachte er es nicht übers Herz, sauer darüber zu sein.

»Guck doch, Midas! Das ist toll!«

Er schüttelte nur den Kopf und ließ den Motor an. Die Figur wackelte mit den Hüften, als er auf die Straße fuhr, und Lexies Lachen schoss ihm mitten ins Herz. Verdammt, die Männer würden sich lustig über ihn machen, aber es war ihm egal. Lexie so glücklich und sorglos zu sehen war es wert.

Er musste sich an den Moment erinnern, als er Lexie in der

Wüste gesehen hatte, verängstigt, abgekämpft, aber entschlossen, keine Last zu sein. Als sie sich dann in diesem Loch im Laden versteckt hatten, hatte sie sich Sorgen darüber gemacht, was als Nächstes passieren würde. Da zog er es vor, sie so unbeschwert und glücklich zu sehen. Er hatte das Gefühl, dass es nicht viel brauchte, um diese Frau glücklich zu machen, und er legte innerlich ein Gelübde ab, alles in seiner Macht Stehende dafür zu tun, dass es immer so bliebe.

Sein Haus war nicht annähernd so beeindruckend wie die Wohnung von Aleck oder die der anderen, aber er hatte es sich so gemütlich wie möglich eingerichtet. Sie kamen am Flughafen und dem Militärstützpunkt Pearl Harbor-Hickam vorbei, wo er arbeitete. Irgendwann wollte er Lexie das Pearl Harbor Mahnmal zeigen, aber heute fuhr er weiter in Richtung Barbers Point, wo sein kleines Haus stand.

Er hatte Glück gehabt und den Mietvertrag eines anderen SEALs übernehmen können, als er auf der Insel ankam. Der Mann war zurück aufs Festland versetzt worden und froh gewesen, die Wohnung an einen SEAL zu übergeben und gleichzeitig vorzeitig aus dem Mietvertrag herauszukommen. Es gab zwei kleine Schlafzimmer, einen Wohn- und Essbereich und eine Küchenzeile. Aber der kleine Garten war es, der Midas am besten gefiel.

Das Meer war vom Haus aus nicht zu sehen, aber man konnte die Wellen hören und die Meeresluft riechen. Und die Mango- und Guavenbäume in seinem Garten waren ein großes Plus. Er hatte ziemlich viel Zeit damit verbracht, eine große, überdachte Terrasse zu bauen und die bequemsten Liegestühle zu kaufen, die er finden konnte. Auf der einen Seite der Terrasse hatte er sogar eine Bar gebaut, komplett mit Minikühlschrank und Spüle. Es war nicht perfekt, aber er war stolz darauf, dass er alles selbst gezimmert hatte.

Er bog in die Einfahrt und sprang aus dem Wagen, um das Garagentor zu öffnen. Er hatte gelernt, das Wetter in Hawaii niemals zu unterschätzen. Es könnte jetzt noch sonnig und vollkommen wolkenlos sein, aber in einer Stunde könnte es schon regnen wie in Strömen. Midas fuhr in die Garage und wartete darauf, dass Lexie an seine Seite kam. Er streckte seine Hand aus und sie nahm sie sofort.

»Bereit?«

Sie runzelte die Nase. »Wofür? Hast du einen Vogelstrauß als Haustier, der versuchen könnte, mir die Augen auszupicken, wenn wir hineingehen?«

Midas lachte. »Nein. Aber ich muss dich warnen, ich habe keinen riesigen Balkon wie Aleck.«

Lexie zuckte die Achseln. »Und?«

»In Ordnung.« Er drehte sich um, um die Haustür zu öffnen, aber Lexie hielt ihn mit einer Hand auf seinem Arm fest.

»Es ist mir egal, wie dein Haus aussieht, Midas, wirklich. Du hast meine winzige Wohnung gesehen. Ich bin nicht bei dir, weil mich interessiert, wo du wohnst oder ob du materielle Besitztümer hast.«

»Warum bist du bei mir?« Die Frage war Midas einfach so herausgerutscht und er wünschte sich, sie zurücknehmen zu können.

Sie grinste. Ihr Lächeln war sexy und verführerisch. »Natürlich wegen deines heißen Körpers«, sagte sie.

»Tatsächlich?«, fragte Midas, schlang einen Arm um ihre Taille und hob sie hoch.

Lexie kreischte vor Lachen und legte ihre Hände auf seine Schultern. »Na sicher! Warum sonst?«

»Nun, ich hatte gehofft, dass meine große ... Persönlichkeit etwas damit zu tun hat.«

Sie warf den Kopf in den Nacken, lachte noch lauter und Midas konnte den Blick nicht von ihr nehmen. Sie war so schön. Aber es war mehr als ihr Aussehen. Ihre Lebensfreude war unglaublich. Ihr Geist war genau wie ihr lockiges Haar – widerspenstig und wild.

Sie bekam sich wieder unter Kontrolle und sah ihn an.

»Wirst du mich wieder runterlassen?«, fragte sie.

»Nein«, informierte Midas sie, als er sie leicht gegen seinen Körper drückte und den Türknauf herumdrehte.

»Daran könnte ich mich gewöhnen«, sagte sie mit einem Lachen, als er sie in sein Haus trug. Es gab eine kleine Tür direkt neben dem Garagentor, aber das ganze Haus war mit einem Blick zu überschauen, sobald sie den Wohnbereich betraten.

Die Tür zu seinem Schlafzimmer war offen und Midas war erleichtert, dass er heute Morgen daran gedacht hatte, sein Bett zu machen. Die Tür zum zweiten Schlafzimmer war geschlossen, weil es voller Kram war, den er im Laufe der Jahre angeschafft hatte. Hanteln, ein Fahrrad, ein Bücherregal mit Militärthrillern und anderes Zeug.

Lexie zappelte in seinen Armen und Midas stellte sie widerwillig auf ihre Füße. Sie legte die Plastiktüte aus dem ABC Store auf einen Tisch, an dem sie vorbeikam, und ging in die Küche. Sie drehte sich im Kreis und sah sich den Herd, den weißen Kühlschrank, der wahrscheinlich zwanzig Jahre alt war, den Toaster, den Mixer, die Heißluftfritteuse, die Kaffeemaschine auf dem Tresen und die rissigen Fliesen auf der Arbeitsplatte an, bevor sie seinem Blick begegnete.

»Das gefällt mir«, sagte sie.

Midas brach in Lachen aus.

»Was?«, fragte sie und zog die Augenbrauen zusammen.

»Lex, diese Küche ist älter als ich. Nichts passt zusammen, es ist viel zu wenig Platz auf der Arbeitsplatte und es gibt keinen Geschirrspüler und auch sonst nichts Besonderes.«

Sie schüttelte den Kopf. »Da liegst du falsch. Da steckt Leben drin. Ich kann mir genau vorstellen, wie du morgens hier deinen Kaffee trinkst und über den bevorstehenden Tag nachdenkst. Es spielt keine Rolle, dass nichts zusammenpasst, es zählt nur, dass es funktional ist.«

»Komm her«, forderte Midas und streckte die Hand aus. Er wollte sie küssen. Sofort.

Sie lächelte ihn wissentlich an. »Warum?«

Er konnte nicht anders, als zu grinsen. »Weil ich dich küssen will«, gab er zu.

»Oh, okay«, entgegnete sie und ging zu ihm hinüber. Sobald sie in Reichweite war, zog er sie an sich, wobei er darauf achtete, ihr nicht wehzutun, und neigte den Kopf.

Dann küsste er sie so, wie er es schon den ganzen Tag hatte tun wollen.

Jede Minute, die er mit dieser Frau verbrachte, fuhr sie ihm ein Stück weiter unter die Haut. Sie hatte eine Sichtweise auf die Dinge, wie er sie niemals wahrnehmen würde, wäre sie nicht an seiner Seite. Sie bewunderte die Kinder, die im Meer surfen lernten, lachte über die Possen der Krabben am Strand und beobachtete voller Bewunderung die Tänzer im Open-Air-Einkaufszentrum, die angeheuert wurden, um die Menge zu unterhalten. In ihrer Gegenwart erschien ihm alles neu und glänzend, während Midas sonst oft erschöpft und skeptisch gegenüber den Menschen um ihn herum war.

Sie machte ihn zu einem besseren Menschen, indem sie einfach sie selbst war.

Wenn er gedacht hätte, Lexie würde ihm bei ihrem Kuss die Kontrolle überlassen, hatte er sich getäuscht. Sie zog an seinen Haaren, neigte ihren Kopf in einen besseren Winkel und drückte ihre Zunge tiefer in seinen Mund. Lächelnd ließ Midas sie tun, was sie wollte. Ihr Eifer und ihre Begeisterung machten ihn noch mehr an.

Aber so sehr er Lexie in sein Schlafzimmer bringen, nackt ausziehen und sie lange und langsam lieben wollte, wollte er nicht, dass sie glaubte, er hätte sie nur deshalb zu sich eingeladen. Er zog sich zurück und es gefiel ihm, wie sie ihn anlächelte und seufzte.

»Hast du Durst?«, fragte er sanft.

Sie nickte.

»Wasser? Limonade? Kaffee? Tee?«

»Wasser bitte.«

Midas küsste sie auf die Stirn und ging zu einem Schrank. Er stellte einen Plastikbecher auf die Arbeitsplatte, gab ein paar Eiswürfel aus dem Gefrierfach hinein und füllte ihn dann aus einem großen Wasserbehälter, der im Kühlschrank stand. Er ging zurück zu ihr und sie nahm den Becher mit einem kleinen Lächeln.

»Keine kleinen Plastikflaschen?«, fragte sie.

Midas zuckte die Achseln. »Die sind nicht gut für die Umwelt«, erwiderte er.

Ihr Lächeln wurde breiter. »Das stimmt.«

Sie starrten sich einen Moment an, bevor Midas sich innerlich zur Ordnung rufen musste. Er war kurz davor, sie in sein Schlafzimmer zu bringen, und er wusste, dass er sich ablenken musste. »Komm schon, die Küche und der Wohnbereich sind nicht besonders aufregend, aber ich bin mir sicher, dass mein Garten dir gefallen wird.«

Er legte seine Hand auf ihren Rücken und führte sie zu der Glasschiebetür, die nach draußen führte. Er öffnete sie und wartete mit angehaltenem Atem, um ihre Reaktion zu sehen. Das war sein Stolz und seine Freude. Er liebte seinen Garten.

»Heiliger Mist, Midas. Das ist ...« Ihre Stimme brach, als sie sich umsah.

Die Obstbäume standen in der Nähe des Zauns und es gab eine kleine Rasenfläche in der Mitte des Gartens. Sie stand auf der Terrasse im Schatten und die Brise, die vom Meer herüberwehte, fühlte sich kühl auf ihrem Gesicht an.

Sie ging durch den Garten zu den Bäumen und streckte die Hand aus, um eine Mango zu berühren. Dann tat sie dasselbe mit dem Guavenbaum. Sie drehte sich um und studierte die Holzterrasse, die er gebaut hatte. Dann ging sie zurück zu ihm. Lexie stellte ihren Becher auf den kleinen Tisch zwischen den beiden Liegestühlen und ließ sich vorsichtig auf ein Kissen nieder. Die Stuhllehne bewegte sich langsam zurück, als sie sich anlehnte, und sie lächelte ihn an.

Midas erwiderte ihr Lächeln und schob den Hocker näher

heran, damit sie ihre Füße hochlegen konnte.

Sie seufzte zufrieden. »Nur damit du es weißt ... von hier gehe ich nicht wieder weg.«

Er lachte leise und setzte sich auf den anderen Stuhl. Im zweiten Schlafzimmer hatte er vier weitere Stühle dieser Art für den Fall, dass der Rest des Teams vorbeikam. Aber es schien, als müsste er noch ein paar mehr auftreiben, jetzt, wo Elodie ... und natürlich Lexie dabei wären.

»Im Ernst, das ist ... besser als Alecks Balkon«, sagte Lexie.

»Ja sicher«, entgegnete Midas ungläubig.

»Wirklich«, beharrte sie. »Ich meine, der doppelte Regenbogen war zugegebenermaßen ziemlich beeindruckend, aber das hier fühlt sich intimer an. Wir sind hier direkt in der Natur, ich kann den Wind durch die Bäume wehen hören und wenn ich Hunger bekomme, kann ich mir einfach eine frische Mango pflücken. Und diese Terrasse ... sie ist ...« Sie verstummte erneut.

Midas sah zu ihr hinüber ... und bemerkte, wie Lexie die Lippen zusammenpresste, als wollte sie ihre Fassung zurückgewinnen. »Lex?«, fragte er alarmiert.

Sie winkte mit der Hand ab. »Es geht mir gut«, sagte sie mit schwankender Stimme. »Es ist nur so, dass ich mir schon immer genau so einen Garten vorgestellt habe, wenn ich darüber nachgedacht habe, ein eigenes Haus zu haben. Nichts Großes, denn das wäre zu aufwändig, aber mit Bäumen und einer überdachten Terrasse wie deiner. Wo ich mich entspannen kann, ohne mir Sorgen um die Sonne machen zu müssen. Ein Ort, an dem ich mich mit einer Decke auf einen Stuhl setzen und einfach die Geräusche der Natur genießen kann. Es ist perfekt, Midas«, sagte sie aufrichtig und drehte den Kopf herum, um ihn anzusehen.

Er wollte sie am liebsten hochheben und festhalten, aber Midas zwang sich, sitzen zu bleiben. »Vielen Dank, es ist auch mein Lieblingsort. Nach einer anstrengenden Mission komme ich nach Hause und kann stundenlang hier draußen sitzen, mich erden und mein Gleichgewicht wieder herstellen. Es ist geschützt, also muss ich mir keine Sorgen machen, dass jemand mich stört. Und selbst bei Regen kann ich hier draußen sitzen und es genießen.«

Lexie nickte. »Du hast wirklich Glück, Midas.«

Das hatte er wirklich, das wusste er. Umso mehr, als dass er diesen Ort mit ihr teilen konnte.

Der Rest des Nachmittags ging viel zu schnell vorbei. Midas und Lexie sprachen über alles Mögliche, von Politik über die Vor- und Nachteile von Tourismus in Hawaii bis hin zu seiner Arbeit ... soweit er darüber reden durfte. Sie sprachen über Food For All und Midas erfuhr, dass Lexie noch ein paar E-Mails von Magnus Brander erhalten hatte. Der Mann interessierte sich sehr für die Organisation und wollte dort weitermachen, wo sein Bruder aufgehört hatte.

Midas erzählte ihr mehr über Baker Rawlins, den zurückgezogen lebenden Ex-SEAL, der an der Nordküste lebte und Mustang und Elodie versichert hatte, dass sie sich um den New Yorker Mafiaboss, vor dem sie auf der Flucht gewesen war, keine Sorgen mehr machen mussten.

Natürlich hatte dieser Kommentar zu vielen Fragen über Baker geführt und Midas wollte gerade das Gefühl bekommen, dass sie von ihm faszinierter zu sein schien als von Midas selbst, als sie aufstand und zu ihm hinüberging.

»Darf ich?«, fragte sie und deutete auf seinen Schoß.

Midas streckte die Arme aus. »Ich dachte schon, du würdest nie fragen.«

Lexie ließ sich ohne weiteres Getue auf seinem Schoß nieder und rekelte sich in seinen Armen. Midas war noch nie so dankbar gewesen, dass er die Stuhllehne nach hinten neigen und sich dadurch mit ihr hinlegen konnte.

»Ich muss sagen, es ist viel bequemer, sich an dich zu lehnen, wenn du nicht deine Militärweste mit all dem Zeug daran trägst.«

Er lachte leise. »Das sagst du jetzt, aber in diesem Loch

schienst du keine Probleme damit zu haben.«

»Stimmt«, entgegnete sie mit einem kleinen Seufzer. »Es ist schwer zu glauben, dass das noch gar nicht so lange her ist«, sagte sie leise.

Midas streckte die Hand aus und zog das Haargummi aus ihren Haaren. Das hatte er schon den ganzen Nachmittag lang tun wollen. Er strich ihr die Locken aus dem Gesicht und fuhr dann erneut mit der Hand darüber. Er streichelte abwesend über ihr Haar und spürte, wie sie zufrieden an seinem Hals seufzte.

»Ich frage mich, wie es Astur geht.«

»Auch auf die Gefahr hin, dass du dich in Baker verliebst anstatt in mich, habe ich bereits mit ihm über Astur und ihre Familie gesprochen«, sagte Midas.

Lexie hob den Kopf und starrte ihn an. »Ach ja?«

»Ja, ich habe Shermake versprochen, dass ich sehen werde, was ich für sie tun kann, also arbeitet Baker an einer Sache für mich.«

»Woran?«

»Ich möchte es Shermake, Cumar und Hodan gern ermöglichen, einen Universitätsabschluss zu machen, wenn sie es möchten. Die East Africa University hat einen Campus in Galkayo. Die Spezialgebiete dort sind Informatik und Ingenieurwesen. Es gibt auch einige Vorlesungen im Bereich Gesundheitswesen. Sollte dort nichts für sie dabei sein, können sie auch zur Puntland State University gehen, die ebenfalls in Galkayo angesiedelt ist. Schließlich kommt noch die Mogadischu University infrage, wo sie auf dem Campus wohnen könnten.«

Lexie schienen gleich die Augen aus dem Kopf zu fallen.

»Du solltest Luft holen, Lex, bevor du ohnmächtig wirst«, sagte Midas leicht besorgt.

»Du ... warum ... oh mein Gott, Midas!«

»Ich verdanke Shermake und seiner Mutter alles. Sie haben dir Unterschlupf gewährt, bis ich dich da rausholen konnte.«

»Sie haben dir auch Unterschlupf gewährt«, sagte sie zu ihm und lehnte sich wieder an ihn.

»Nein, Astur hat sich nicht wirklich um mich gekümmert«, sagte er. »Hätte sie mich allein in dieser Gasse getroffen, wäre sie wieder in ihren Laden zurückgegangen, ohne einen Gedanken an mich zu verschwenden.«

Lexie kommentierte seine Aussage nicht und Midas seufzte. Sie wusste, dass er recht hatte.

»Ich musste darüber nachdenken, was Shermake gesagt hat. Sein Wunsch zu lernen, für sich selbst, seine Familie und seine Landsleute zu sorgen, ohne auf Almosen angewiesen zu sein. Ich kann die Welt nicht retten, aber vielleicht kann ich Shermake dabei helfen, zu dem Mann zu werden, der er sein möchte, damit er etwas Gutes tun kann.«

»Scheiße, jetzt muss ich weinen«, sagte Lexie mit einem langen Schniefen.

»Weine nicht«, beruhigte Midas sie, als er ihren Kopf nahm und ihn gegen seine Brust drückte. Er liebte es, wie ihr Haar sich um seine Finger wickelte, als hätte es einen eigenen Willen. »Ich weiß noch nicht, was Baker für mich arrangieren kann. Zuerst muss er Shermake und seine Familie ausfindig machen. Ich kenne nicht einmal ihren Nachnamen. Dann muss er mit den Universitäten sprechen und herausfinden, wie die Stipendien vergeben werden. Dann muss ein Fonds für die Kinder eingerichtet werden, damit das Geld weiter verzinst wird und genügend wächst, bis auch die beiden Jüngeren so weit sind, aufs College zu gehen. Und wenn sie sich entscheiden sollten, nicht zu studieren, können sie mit dem Geld machen, was sie wollen.«

Midas spürte, wie Lexie ihre Tränen an seinem Hemd abwischte, und er lachte. »Hast du gerade deinen Schnodder an mir abgewischt?«, scherzte er.

»Nein«, murmelte sie und ergänzte dann: »Vielleicht.«

Scheiße, er liebte diese Frau.

Wow ... Liebe ... war das nach so kurzer Zeit überhaupt

möglich?

Ja, das war es absolut.

»Tu dir keinen Zwang an. Das Hemd kann ich waschen«, sagte er zu ihr.

Sie schniefte noch ein paar Minuten, aber schließlich hob Lexie den Kopf. Ihr Gesicht war fleckig und ihre Augen rot, aber Midas hatte noch nie etwas so Kostbares in seinem Leben gesehen.

»Niemand hat jemals zuvor so etwas für mich getan«, sagte sie leise.

»Du bist es wert«, stellte er einfach fest.

»Jetzt muss ich mir etwas überlegen, um es dir und diesem Baker-Kerl zurückzuzahlen«, sagte sie.

Alle möglichen schmutzigen Gedanken kamen Midas in den Sinn, aber er behielt sie für sich.

Als könnte sie seine Gedanken lesen, verdrehte Lexie die Augen. »Warum müssen Kerle immer so pervers sein?«, fragte sie rhetorisch.

»Hey, ich halte eine wunderschöne Frau in meinen Armen, die ich sehr bewundere und mit der ich gerade einen wundervollen Tag verbracht habe. Du kannst mir keine Vorwürfe machen«, sagte Midas.

»Im Ernst, Midas, danke. Du hast keine Ahnung, wie sehr das das Leben dieser Kinder verändern wird. Und wahrscheinlich auch das ihrer Eltern.«

»Ich hätte niemals daran gedacht, wenn du nicht gewesen wärst«, erwiderte er ehrlich. »Du bringst mich dazu, ein besserer Mensch zu sein.«

Sie lächelte ihn an und sagte dann: »Ich muss aufstehen und mir die Nase putzen. Und du hast wahrscheinlich auch noch andere Dinge zu tun.«

Das hatte er, aber Midas schüttelte trotzdem den Kopf.

»Ich hatte einen fantastischen Tag«, sagte Lexie. »Danke, dass du mich herumgefahren hast.«

»Gern geschehen. Und beim nächsten Mal werden wir an

all den Orten anhalten, die wir auf dem Weg nach Waikiki gesehen haben.«

Ihre Augen leuchteten. »Das würde mir gefallen.«

»Gut.« So sehr Midas Lexie genau dort behalten wollte, wo sie war, wusste er, dass sie auch noch andere Dinge zu tun hatte. Er richtete sich auf, zog sie mit hoch und half ihr aufzustehen. Dann nahm er ihren leeren Becher und sie gingen hinein. Er zeigte ihr das Badezimmer und stellte ihren Becher in die Spüle.

Midas hatte eine arbeitsreiche Woche vor sich. In Papua-Neuguinea tauchte immer wieder eine neue Bedrohung auf, die sie im Auge behalten mussten, und für die Woche waren mehrere intensive Trainingseinheiten geplant. So sehr er jede Minute mit Lexie verbringen wollte, hatte er auch eine Verantwortung für seinen Job, genau wie sie.

Er wusste, dass sie bei Food For All Überstunden machen würde, um schnell zu lernen, wie alles funktionierte. Sie wollte ihre Kollegen besser kennenlernen und ihnen beweisen, dass sie jeden Tag bereit war, ihren Beitrag zu leisten. Ganz zu schweigen von den beiden Veranstaltungen, die Food For All diese Woche geplant hatte. Sie wollten einen Stand im Ala Moana Regionalpark aufbauen, der für die vielen Obdachlosen dort berüchtigt ist, und an einem anderen Tag sollten Lebensmittel im Kapi'olani Regionalpark in der Nähe von Diamond Head ausgegeben werden. Lexie hatte beide Veranstaltungen organisiert und war entschlossen, nicht nur für die Organisation, sondern auch für die Menschen in Hawaii hart zu arbeiten.

Als Lexie aus dem Badezimmer kam, starrte Midas sie einen Moment lang an.

»Was ist?«, fragte sie und fuhr sich selbstbewusst mit der Hand durch die Haare.

»Nichts«, sagte er kopfschüttelnd und ging auf sie zu. »Ich bin nur froh, dass wir den Tag zusammen verbringen konnten.«

»Ich auch«, stimmte sie zu. »Ich mag dein Haus wirklich.«

»Gut, denn ich hoffe, dass du mehr Zeit hier mit mir verbringen wirst.«

»Wenn das eine Einladung war, nehme ich sie gern an«, entgegnete sie ein wenig schüchtern.

»Das war es. Sehr gut. Jetzt komm, wir können unterwegs noch etwas zu essen besorgen, bevor ich dich nach Hause bringe.«

»Das klingt fantastisch«, sagte sie.

»Nicht weit von hier gibt es ein Restaurant namens *Thelma's*. Wir können etwas zum Mitnehmen bestellen und bis wir bei dir sind, sollte es noch warm sein.«

»Danke«, sagte sie.

»Für dich tue ich alles«, sagte Midas und meinte es so. Er legte seine Handfläche auf ihre Wange und strich mit dem Daumen über ihre glatte Haut. »Geht es dir gut?«

Sie nickte.

»Darf ich dich noch einmal küssen?«

»Ich wäre gekränkt, wenn du es nicht tätest«, sagte sie ehrlich.

Midas grinste und lächelte immer noch, als ihre Lippen sich trafen.

Mehrere Minuten später trat er zurück und holte tief Luft. Eine seiner Hände war unter ihr Hemd gerutscht und sie hatte eine auf seinen Hintern gelegt. Er wollte es nicht überstürzen, aber Midas hatte das Gefühl, dass sie schneller im Bett landen könnten, als er gedacht hatte.

Er konnte es kaum erwarten. Er hatte keinen Zweifel daran, dass das Liebesspiel mit Lexie ihn völlig umhauen würde. Ihre Beziehung war schon jetzt alles andere als oberflächlich für ihn und sobald er in ihr war, würde es das für ihn gewesen sein. Das wusste er.

Er konnte die Emotionen in ihren Augen nicht deuten, tröstete sich aber mit der Tatsache, dass sie genauso wenig gehen wollte wie er.

»Komm schon, Aschenputtel. Lass mich dich nach Hause bringen.«

Sie rümpfte die Nase auf die Art, die er so verdammt liebte. »Ich bin mir nicht sicher, ob dieses Märchen zu mir passt«, beschwerte sie sich.

»Wenn der Schuh passt«, witzelte Midas.

Sie stöhnte, als sie ihre Handtasche und den Einkaufsbeutel nahm, und sie gingen in die Garage.

Diesmal gestattete Midas ihr, ihre Haare selbst hochzustecken. Wenn er sie noch einmal berührte, würde er sie wirklich in sein Schlafzimmer ziehen.

Der Stopp bei *Thelma's* dauerte nicht lange und viel zu schnell hielt er vor ihrem Wohnhaus. Er ging um den Wagen, um ihr die Tür zu öffnen, und küsste sie auf die Stirn. »Gute Nacht«, wünschte er ihr.

»Gleichfalls.«

»Rufst du mich später an?«, fragte er. Er konnte nicht widerstehen.

Lexie nickte.

»Bis dann«, sagte er und weigerte sich, sich endgültig zu verabschieden.

»Bis später«, antwortete sie.

Midas sah ihr hinterher, bis sie durch die Tür im Gebäude verschwand, bevor er zu seinem Wagen zurückging. Als er nach Hause fuhr, erinnerte er sich an das zufriedene Lächeln auf Lexies Gesicht, als sie neben ihm gesessen und ihr Haar versucht hatte, seinen Fesseln zu entkommen.

Er war bis über beide Ohren in sie verliebt und bedauerte es kein bisschen. Lexie war das Beste, was ihm jemals passiert war. Midas wusste jetzt genau, wie Mustang sich fühlte, wenn er mit Elodie zusammen war.

Irgendwie schien die Welt einfach ein besserer Ort zu sein, wenn er bei ihr war. Er hatte sie nicht verdient, aber er würde alles dafür tun, damit sie das niemals spürte.

KAPITEL ELF

Drei Wochen später wusste Lexie, dass sie niemals einen anderen Mann wie Midas finden würde. Er hatte sie jeden Tag von der Arbeit abgeholt und sie hatten sich beim Abendessen bei ihm zu Hause unterhalten. Sie liebte es, Zeit mit ihm zu verbringen. Er gab ihr das Gefühl, geschätzt zu werden. Er hörte ihr zu, wenn sie über ihren Tag und die Menschen redete, mit denen sie gearbeitet hatte. Sie hatte sich noch nie jemandem so nahe gefühlt wie Midas.

Die letzten beiden Wochenenden hatten sie ebenfalls mit seinen Teamkameraden verbracht. Lexie begann, die anderen Männer besser kennenzulernen, und war kaum überrascht, dass sie genauso wunderbar waren wie Midas. Er würde nicht mit ihnen rumhängen, wenn es Arschlöcher wären.

Und in Elodie hatte sie schnell eine gute Freundin gefunden. Sie hatte sie angerufen, um ihr eine Frage zu einem Kuchenrezept zu stellen. Sie hatte kein Öl im Haus gehabt und war zu faul gewesen, in den Laden zu gehen. Elodie hatte Apfelmus vorgeschlagen und erstaunlicherweise hatte Lexie etwas zur Hand gehabt. Dann hatten sie sich noch eine Stunde unterhalten, während Lexie den Kuchen machte.

Nach Hawaii zu ziehen war die beste Entscheidung gewesen, die sie jemals getroffen hatte. Lexie hätte nicht glücklicher sein können.

Es war Freitag und sie hatte noch ein paar Stunden Arbeit vor sich, freute sich aber schon auf das Wochenende, das sie mit Midas verbringen wollte. Sie war zufrieden mit dem Fortschritt ihrer Beziehung, obwohl sie sich nicht beschweren würde, sollte er sie einladen, die Nacht bei ihm zu verbringen.

Bei dem Gedanken daran, Sex mit Midas zu haben, drehte sie sich etwas verlegen herum. Diesem Mann konnte man nicht widerstehen. Nicht dass sie das überhaupt wollte. Sie wollte sogar unbedingt mit ihm schlafen. Aber er war der perfekte Gentleman. Er hatte ihr versichert, dass er nichts überstürzen wolle, weil sie ihm wichtig war. Sie sollte wissen, dass er nicht nur mit ihr zusammen war, um sie ins Bett zu bekommen.

Das war auch alles sehr süß und nett, aber es war schon lange her, dass Lexie mit einem Mann zusammen gewesen war und sie war mehr als bereit für ihn. Es machte sie so heiß, wenn sie mit Midas rummachte, sie konnte sich kaum vorstellen, was es mit ihr machen würde, wenn sie ihn erst nackt zu sehen bekam und ihn überall berühren könnte.

Lexie stellte ein paar Kartons in den hinteren Lagerraum von Food For All, als ihr Telefon vibrierte. Als sie auf den Bildschirm schaute, sah sie, dass es ein eingehender Anruf von einer unbekannten Nummer war. Mit gerunzelter Stirn nahm sie ab.

»Hallo?«

»Ist da Lexie Greene?«, fragte der Mann am anderen Ende.

»Ja, wer spricht da?«

»Hier ist Magnus Brander.«

Für eine Sekunde konnte Lexie den Namen nicht zuordnen. Dann klickte es. »Oh, hallo! Stimmt etwas nicht?«

»Nein, nein. Es tut mir leid, ich wollte dich nicht beunruhigen«, sagte Magnus. »Passt es gerade nicht?«

Lexie hatte keine Ahnung, warum Dagmars Bruder sie

anrief, und sie war sich nicht sicher, ob sie ihm glaubte, dass alles in Ordnung wäre. Sie hatten während der letzten Wochen ein paar E-Mails ausgetauscht. Es hatte formell angefangen, als Lexie ihr Beileid ausgedrückt hatte, bevor die Unterhaltung freundlicher und persönlicher geworden war.

Es war eine Überraschung gewesen. Lexie hatte nicht erwartet, sich mit Magnus anzufreunden, aber mit jeder E-Mail hatte sie sich ihm etwas mehr geöffnet.

»Nein, es passt schon. Ich packe nur noch ein paar Kartons für meine Kollegen zusammen, da sie morgen unterwegs sind.«

»Ach ja, die mobile Essensausgabe. Das ist eine gute Sache. Es war deine Idee, richtig?«

Lexie zuckte die Achseln. »Ja. Wie geht es dir? Alles in Ordnung?«, fragte sie und versuchte immer noch herauszufinden, warum Magnus angerufen hatte. Es war nicht so, dass sie nicht mit ihm sprechen wollte, aber es war ungewöhnlich und sie wollte sich davon überzeugen, dass es ihm gut ging. Er hatte sie nach den Einzelheiten über die letzten Momente seines Bruders gefragt und in jeder E-Mail hatte er auf immer mehr Details darüber gedrängt, was in der Wüste passiert war, insbesondere worüber sie und Dagmar gesprochen hatten.

Lexie hatte sich bemüht, ihm alles zu erzählen, woran sie sich erinnern konnte, obwohl sie sich Sorgen um ihn machte. Diese Besessenheit von dem Tod seines Zwillingsbruders war nicht gesund ... aber sie erinnerte sich daran, dass jeder Mensch anders mit Trauer umging. Und die Tatsache, dass die Männer Zwillinge waren, bedeutete augenscheinlich ein ganz anderes Maß an Schmerz, das sie nie verstehen würde.

»Mir geht es gut«, sagte Magnus. »Du fragst dich wahrscheinlich, warum ich anrufe.«

»Nun ja, es macht mir nichts aus, überhaupt nicht, aber ...« Sie verstummte. Sie hatte Magnus in einer der E-Mails ihre Nummer gegeben, als er wegen Dagmars Tod besonders niedergeschlagen gewesen war.

»Wie du weißt, hat Dagmar sich sehr für Food For All engagiert«, sagte Magnus.

Lexie nickte, obwohl er sie nicht sehen konnte. »Ja, er war einer der wenigen Gutachter, die zu den verschiedenen Außenposten gereist sind und sich beim Vorstand gemeldet haben.« Sie war damals eingeschüchtert gewesen, Dagmar durch Galkayo zu führen und ihm die Programme zu erklären, die sie für die weniger glücklichen Einwohner ins Leben gerufen hatten. Sie war ehrlich in Bezug auf die Mängel ihrer Programme gewesen und hatte erklärt, wie sie verbessert werden könnten. Dann waren sie entführt worden und waren nicht länger nur Angestellte und Chef gewesen.

»Ja, ich habe viel darüber nachgedacht und beschlossen, meinem Bruder die Ehre zu erweisen, in seine Fußstapfen zu treten«, erklärte Magnus.

»Das finde ich großartig«, sagte sie zu ihm.

»Ja, ich freue mich darauf. Und wegen der besonderen Umstände habe ich darum gebeten, als Erstes nach Hawaii zu kommen.«

Lexie lächelte. »Du kommst hierher?«, fragte sie.

»Ja, wenn das in Ordnung ist.«

»Natürlich ist es das«, versicherte Lexie.

»Du warst so nett, hilfsbereit und verständnisvoll, ich möchte dich gern persönlich treffen und mich bedanken, dass du für meinen Bruder da gewesen bist.«

»Oh Magnus, ich freue mich darauf, dich persönlich kennenzulernen. Wann wirst du hier sein?«

»Es gibt noch etwas Papierkram zu erledigen, aber der Vorstand hat gesagt, dass ich in ungefähr einem Monat fliegen könnte.«

»Das ist großartig.«

»Ja, und während ich die Einrichtung von Food For All begutachte und mir Notizen über die Mitarbeiter mache, möchte ich auch einige Zeit mit dir verbringen. Natürlich nur, um über meinen Bruder zu sprechen.«

»Sicher. Vielleicht möchtest du auch meinen Freund kennenlernen? Er war auch in Somalia. Er hat Dagmar kurz kennengelernt.«

»Ach ja?«, sagte Magnus.

»Ja, obwohl, Mist … vielleicht hätte ich das nicht erwähnen sollen«, überlegte sie und rieb sich die Nase.

»Es ist okay, ich werde es nicht weitersagen«, beruhigte Magnus sie.

»Vielen Dank. Nichtsdestotrotz hat er viel über dich und Dagmar gehört und ich bin mir sicher, er würde sich gern mit uns zusammensetzen.«

»Das klingt gut. Ich würde gern so viel wie möglich über die Zeit meines Bruders in Somalia erfahren … ich vermisse ihn.«

Lexie runzelte die Stirn. »Das kann ich mir gut vorstellen. Es tut mir wirklich leid, Magnus.«

»Ja, wie auch immer, ich wollte nicht, dass es eine Überraschung wird, wenn ich auftauche. Ich möchte nicht, dass du vor Schreck umkippst, wenn du mich siehst. Immerhin sind … waren … Dagmar und ich Zwillinge.«

»Das weiß ich zu schätzen. Muss ich Natalie Bescheid sagen, dass du kommst?«

»Natalie?«, fragte Magnus.

»Oh, du hast wahrscheinlich noch nicht die Liste der Mitarbeiter erhalten. Sie ist die Managerin von Food For All hier.«

»Sie wird von der Geschäftsleitung informiert«, sagte Magnus. »Es wird ein Memo geben, aber du weißt ja, wie die Dinge manchmal laufen. Da geht so etwas leicht unter. Andererseits habe ich gehört, dass Dagmar auch Überraschungsinspektionen durchgeführt hat. Vielleicht ist es besser, wenn du nichts sagst. Ich möchte nicht, dass mein erster Einsatz für Food For All kompromittiert wird. Wenn der Vorstand erfährt, dass wir uns unterhalten haben, könnten die Mitglieder vielleicht falsche Schlüsse daraus ziehen.«

»Ich verstehe.« Sie wollte nichts tun oder sagen, was

Magnus in Schwierigkeiten bringen könnte. Sie hatte die Mitglieder des Vorstands von Food For All noch nie getroffen oder mit ihnen gesprochen. Die Organisation hatte ihren Hauptsitz in Großbritannien und die Männer und Frauen, die die Verantwortung trugen, waren berüchtigt für ihre strenge Art. Sie war aber dankbar, dass sie sie vor vielen Jahren eingestellt hatten und jetzt einem trauernden Mann halfen, in die Fußstapfen seines Bruders zu treten.

»Danke«, sagte Magnus. »Du bist beschäftigt, also werde ich dich wieder an die Arbeit gehen lassen. Bist du schon seit heute früh da?«

»Ja«, bestätigte Lexie. Sie hatte ihm ihren Arbeitsplan schon vor einiger Zeit in einer E-Mail mitgeteilt. Er war neugierig gewesen, wie sie ihre Zeit verbrachte und was genau sie tat. Sie hatte es ihm gern erzählt. Da sie in der Nähe wohnte, hatte sie kein Problem damit, früh auf der Arbeit zu erscheinen, Kaffee zu kochen und alles andere vorzubereiten, bevor die Tore für das Frühstück geöffnet wurden.

»Ich hoffe, du arbeitest nicht zu hart«, sagte Magnus.

Lexie kicherte. »Nein, ich liebe es, anderen zu helfen, das ist keine harte Arbeit. Und am Wochenende nimmt Midas mich zur Dole Ananasplantage mit. Dort gibt es ein Labyrinth, auf das ich mich sehr freue.«

»Midas ist der Mann, der Dagmar kannte?«

»Ja.«

»Ich hoffe, er behandelt dich gut.«

»Das tut er«, beruhigte Lexie Magnus. Je länger sie sich unterhielten, desto wohler fühlte sie sich. Was mit Dagmar passiert war, war tragisch. Wenn sie ihrem Bruder als Freundin zur Seite stehen könnte, würde sie sich vielleicht selbst ein bisschen besser fühlen.

»Das klingt, als wärst du glücklich«, sagte Magnus.

»Das bin ich.«

»Gut, ich werde jetzt Schluss machen. Ist es in Ordnung, wenn ich dich noch einmal anrufe?«

»Natürlich, du kannst jederzeit anrufen.«

»Danke. Ich werde mich in Kürze wieder melden und dich über den Fortschritt meiner Reisepläne informieren.«

»Ich freue mich darauf.«

»Ich mich auch«, sagte Magnus. »Auf Wiederhören.«

»Tschüss.«

Lexie legte das Telefon auf und steckte es wieder in ihre Tasche.

Sekunden später betrat Ashlyn, eine der anderen Vollzeitbeschäftigten, das Lager und fragte: »Geht es dir gut? Ich dachte, ich hätte Stimmen gehört.«

»Mir geht es gut«, sagte Lexie und war froh, dass die andere Frau sich die Mühe gemacht hatte, nach ihr zu sehen. »Ich war am Telefon.«

»Dein Freund?«, fragte Ashlyn mit einem Lächeln.

»Nein.« Lexie grinste. »Ein Bekannter«, sagte sie und erinnerte sich daran, dass sie nichts über Magnus' Pläne erzählen sollte.

»Cool. Wie auch immer, Natalie hat mich geschickt, um dich zu fragen, ob du im Speisesaal Aufsicht machen kannst. Wie an den meisten Freitagnachmittagen ist es sehr voll und die Leute scheinen etwas unruhig zu sein. Du kannst so gut mit ihnen umgehen, dass sie dachte, es wäre am besten, wenn du dich unter die Menge mischst.«

»Ja natürlich, sehr gern. Ich bin hier allerdings noch nicht fertig«, sagte Lexie.

»Keine Sorge, Jack und ich werden die Kartons fertig packen, wenn du weg bist. Du gehst heute früher, oder?«

»Ich kann länger bleiben, wenn es sein muss«, sagte Lexie zu ihr.

»Nein, nein, nein, deshalb habe ich nicht gefragt«, sagte Ashlyn mit einem weiteren Lächeln. »Du bist morgens jetzt immer die Erste hier, was eine riesige Erleichterung für mich ist, da ich kein Morgenmensch bin. Und Jack kann seine Kinder nun ohne Stress zum Bus bringen und Pika surft morgens gern eine Runde. Du tust uns also allen einen Gefallen. Wir haben kein Problem damit, dass du früher gehst.«

»Puh«, sagte Lexie und wischte sich gekünstelt über die Stirn. Sie stellte die Papiertüten ab, die sie gerade füllen wollte, und lächelte Ash an.

»Im Ernst, du machst das super und wir freuen uns, dich bei uns zu haben.«

»Vielen Dank.«

»Hast du am Wochenende etwas Aufregendes vor?«, fragte Ash, als sie in den Speisesaal gingen. Hier versammelten sich alle, um zu essen und für eine Weile aus der Hitze herauszukommen und mit anderen zu plaudern. Manchmal wurde es ziemlich voll und es kam zu Rangeleien, weil die Menschen unter Stress standen. Das Personal war stets bemüht, die Wogen zu glätten und die Gemüter zu beruhigen.

»Midas nimmt mich mit zur Dole Ananasplantage und wir wollen das Labyrinth ausprobieren.«

Ash verdrehte die Augen. »Im Ernst, Mädchen? Das ist doch für Touristen.«

»Nun, ich bin immer noch eine Touristin«, antwortete Lexie mit einem Lachen.

»Wenn du etwas anderes machen möchtest, was Spaß macht, lass es mich wissen. Ich werde mir etwas einfallen lassen. Oder besser noch, frag Pika. Er ist hier geboren und aufgewachsen. Er weiß, was die coolen Leute machen.«

»Vielen Dank, ich bin mir sicher, dass Midas und seine Kollegen noch andere Ideen haben in Bezug auf Orte, die nicht so überlaufen und typische Touristenziele sind. Bis jetzt hat mir aber alles gefallen, was er mir gezeigt hat.«

Sie gingen in den Speisesaal und Lexie sah sofort, warum Natalie sie gebeten hatte zu helfen. Es schien noch voller zu sein als sonst … und es lag eine seltsame Stimmung in der Luft. Sie konnte nicht genau sagen, was es war, aber sie nickte ihrer Chefin auf der anderen Seite des Raumes zu und bemerkte den erleichterten Ausdruck auf Natalies Gesicht.

Sie war offensichtlich froh, dass Ashlyn und sie zurück waren.

Dann sah Lexie zu Jack und Pika hinüber, die das Essen in kleinen Kartons ausgaben. In jedem Paket befanden sich ein Apfel, eine Portion Pommes Frites, Karotten und ein Schinken-Käse-Sandwich. Es war nichts Extravagantes, aber das Essen wurde immer gern genommen.

Während der nächsten vierzig Minuten ging Lexie von Tisch zu Tisch und unterhielt sich mit den Leuten. Einige schienen gern mit ihr zu plaudern und andere ignorierten sie. Sie bemühte sich aber, allen das Gefühl zu geben, willkommen zu sein.

Theo war auch da und saß auf seinem angestammten Platz allein an der gegenüberliegenden Wand. Er sah sich permanent im Raum um, als suchte er nach etwas oder jemandem. Lexie ging in seine Richtung.

»Hallo Theo, schön, dich zu sehen. Wie geht es dir?«

Er grunzte nur als Antwort.

»Es ist heute heiß, nicht wahr? Ich meine, in Hawaii ist es immer warm, aber ich glaube, heute ist es heißer als normal. Vielleicht sind deshalb so viele Leute hier.«

»Menschen, viele Menschen.«

»Ja, ich weiß. Hast du etwas zu essen bekommen? Ich kann dir einen Apfel oder ein Sandwich holen, wenn du willst.«

»Ich hatte ein Sandwich.«

»Gut, das ist großartig. Kann ich sonst etwas für dich tun?«

Theo sah sie eindringlich an und Lexie musste sich zwingen, nicht zurückzutreten. Der Blick in seinen Augen machte sie nervös. Sie war sich nicht sicher warum. Vielleicht weil seine ganze Aufmerksamkeit auf sie gerichtet zu sein schien.

»Du bist hübsch«, sagte er. »Ich mag deine Haare.«

»Äh ... danke«, antwortete Lexie und fuhr sich selbstbewusst mit der Hand über den Kopf. Sie hatte ihr Haar heute Morgen wie üblich zu einem Pferdeschwanz zusammengebunden und konnte fühlen, dass es wegen der Hitze und Luft-feuchtigkeit heute besonders wirr war.

»Du solltest vorsichtig sein«, sagte Theo. »Es gibt verrückte Leute hier.«

Lexie nickte und wusste, dass er das genauso auf sich selbst bezog wie auf andere. Er wusste, dass er anders war. »Aber es sind alles nur Menschen«, sagte sie leise. »Nur weil sie anders denken als andere, heißt das nicht, dass sie nicht genauso wert-voll sind.«

Theo neigte den Kopf und starrte sie an, ohne zu blinzeln. Lexie hatte keine Ahnung, was in seinem Kopf vorging, und sie musste zugeben, dass er sie nervös machte. Sie hasste es, weil sie stolz darauf war, keine Vorurteile über andere Menschen zu haben, aber sein durchdringender Blick beunruhigte sie definitiv.

»Also, wenn du nichts weiter brauchst, werde ich mich um die anderen kümmern.«

Theo antwortete nicht. Nachdem sie gegangen war und mit ein paar Leuten gesprochen hatte, drehte sie sich noch einmal nach ihm um. Er starrte sie immer noch mit diesem intensiven Blick an.

Eine Gruppe von vier Männern betrat die Einrichtung und erregte Lexies Aufmerksamkeit. Sie hatte sie noch nie gesehen, was aber nicht allzu überraschend war. Sie war immer noch neu und kannte bis jetzt nur die Stammgäste, die jeden Tag kamen.

Jack begrüßte die Männer und wies ihnen einen Tisch in der Nähe zu, an dem bereits zwei Frauen saßen. Sie standen auf, als die Männer sich näherten.

»Willkommen bei Food For All. Kann ich euch etwas zu essen bringen?«, fragte Lexie höflich.

»Verpiss dich«, murmelte einer der Männer leise, als er einen Stuhl mit dem Fuß unter dem Tisch hervorzog und sich darauf fallen ließ.

»Ich möchte etwas essen«, sagte ein anderer Mann mit leerem Blick, als er ihren Körper von oben bis unten musterte.

Zum ersten Mal fühlte Lexie sich sehr unwohl. Im Allgemeinen waren die Männer und Frauen und sogar die Kinder, die hierherkamen, respektvoll oder beinahe verlegen, überhaupt um Hilfe zu bitten. Aber diese Männer schienen es darauf anzulegen, Probleme zu machen.

Und zum ersten Mal tat Lexie etwas, das sie noch nie getan hatte. Sie ging einfach weg, ohne zu versuchen, den Männern weiterzuhelfen. Sie wusste nicht, warum sie hier waren, aber es sah nicht danach aus, als wollten sie um Lebensmittel oder staatliche Unterstützung bitten.

Natalie hatte offensichtlich bemerkt, wie respektlos die Männer Lexie behandelt hatten, denn sie winkte jetzt Jack und Pika zu, einzugreifen.

Lexie ging weiter durch den Raum, grüßte einige Gäste und lächelte anderen zu, wenn sie an ihnen vorbeiging. Sie spürte, wie das Telefon in ihrer Tasche wieder vibrierte, und zog es heraus. Sie brauchte eine Pause. Sie lehnte sich gegen eine Wand, um den Raum im Auge behalten zu können, und lächelte, als sie sah, dass es Midas war, der anrief.

»Hallo.«

»Hallo, meine Schöne, ich wollte nur nachfragen, ob es dabei bleibt, dass ich dich um drei von der Arbeit abholen kann.«

»Ja. Wo bist du? Was ist das für ein Geräusch im Hintergrund?«

Midas lachte. »Ich bin auf einem Boot. Wir fahren gerade zurück zum Stützpunkt. Wir hatten heute eine Trainingseinheit vor der Küste. Ich glaube, der Fahrer hat eine heiße Verabredung, so verdammt schnell, wie er fährt. Was du hörst, sind die Wellen, die gegen den Boden des Bootes schlagen.«

»Oh wow, okay. Ist es gut gelaufen?«

»Das Training? Ja, sicher. Wie war dein Tag?«

»Interessant. Magnus hat mich heute angerufen.«

»Ach ja? Du schreibst ihm immer noch E-Mails, oder?«, fragte Midas.

»Ja, er sagte, dass er in ungefähr einem Monat nach Hawaii kommen wird. Er wollte es mich wissen lassen.«

»Er kommt hierher?«

»Ja, er arbeitet jetzt für Food For All und übernimmt Dagmars Posten. Er wird Kontrollen vor Ort machen und so. Er hat darum gebeten, für seinen ersten Einsatz hierherzukommen, weil er mich persönlich treffen will.«

Midas sagte für einen langen Moment nichts.

»Midas? Bist du noch da?«

»Ja, ich bin hier.«

»Was ist los?«, fragte Lexie.

»Ich glaube, ich bin eifersüchtig«, sagte er.

Lexie öffnete ungläubig den Mund. »Ernsthaft?«

»Ja, ich meine, du schreibst ihm ziemlich regelmäßig E-Mails und jetzt kommt er extra her, um dich zu sehen.«

»Midas, er ist viel älter als ich. Ich meine, mindestens zwanzig Jahre. Und glaub mir, ich interessiere mich nicht auf diese Art für ihn. Er ist wie ein älterer Bruder oder eine Vaterfigur. Ich habe Mitleid mit ihm, weil er Dagmar wirklich vermisst. Es fällt ihm schwer, über dessen Tod hinwegzukommen. Ich glaube, er fühlt sich mir verbunden, weil ich so lange mit Dagmar in dieser Wüste zusammen war. Das ist alles. Du brauchst wirklich nicht eifersüchtig zu sein.«

»Okay.«

Sie war sich nicht sicher, ob ihm ihre Erklärung wirklich genügte, also versuchte sie weiter, ihn zu überzeugen. Sie war nicht verärgert darüber, dass er sich unwohl fühlte, dass Magnus einen Platz in ihrem Leben einnahm. Einige Männer wurden gemein, überheblich oder sogar gewalttätig, wenn sie eifersüchtig waren, aber sie war sich sicher, dass das bei Midas nicht der Fall war. Sie konnte sich jedoch gut vorstellen, wie er auf dem Boot schmollte, und wollte ihn beruhigen.

Sie senkte die Stimme, damit niemand in der Umgebung

mithören konnte. »Außerdem bist du der einzige Kerl, an den ich denke, wenn ich nachts allein im Bett liege.«

»Tatsächlich?«, fragte er.

Ermutigt fuhr sie fort: »Ja, ich schwöre dir, es macht mich schon heiß, dich nur anzusehen.«

»Scheiße, Lex«, fluchte er. »Du bringst mich hier um.«

»Fürs Protokoll ... ich weiß, dass du nicht nur wegen Sex mit mir ausgehst. Das hast du sehr deutlich gemacht. Du hast mich überall hingefahren, wo ich hinwollte. Du hast dich sogar damit abgefunden, dass ich diese Hula-Puppe auf dein Armaturenbrett geklebt habe. Du hast mich zu allen Touristenzielen gebracht, die ich sehen wollte, sogar zu diesem hawaiianischen Fest letztes Wochenende. Und heute wirst du mit mir durch dieses Labyrinth irren, obwohl ich mir sicher bin, dass du deine Zeit lieber mit etwas anderem verbringen würdest.«

»Ich werde mit dir zusammen sein, also ist es genau die Art, wie ich meine Zeit verbringen möchte.«

Er war so verdammt süß. »Genau, ich will damit nur sagen, dass ich es verstehe und zu schätzen weiß. Aber ich will mehr.«

»Mehr? Du willst, dass ich dich woanders hinbringe? Sag wohin und ich bringe dich dort hin«, versicherte Midas ihr.

»Ich möchte, dass du mich in dein Bett bringst«, platzte es aus Lexie heraus. Sie glaubte, am anderen Ende der Leitung Erstickungsgeräusche zu hören. »Midas?« Sie bekam Bedenken, so offensiv gewesen zu sein.

»Herrgott, Lex. Willst du mich umbringen?«

Sie grinste. »Ich möchte nur, dass du weißt, dass es nichts gibt, worauf du eifersüchtig sein müsstest. Du bist der Einzige, den ich will.«

»Gut«, knurrte er.

Er sagte noch etwas anderes, aber Lexies Aufmerksamkeit wurde plötzlich auf eine Unruhe im Raum gelenkt. »Warte«, sagte sie angespannt.

»Was ist los?«, fragte er. Jede Zärtlichkeit in seiner Stimme war verschwunden, als hätte er einen Schalter umgelegt.

»Ich weiß nicht … Oh, scheiße, Theo ist in einen Kampf verwickelt.«

»Der Typ, den wir vor ein paar Wochen auf der Straße gesehen haben?«

»Ja.«

Ein paar Frauen schrien und plötzlich schienen die Leute von der Seite des Raumes zu fliehen, wo der Kampf stattfand.

»Lexie?«, hörte sie Midas fragen, aber dann stolperte eine Frau über eine Tasche, die neben ihrem Tisch abgestellt worden war, und fiel direkt auf Lexie. Das Telefon flog ihr aus der Hand und landete ein paar Meter entfernt auf dem Boden.

Weitere Leute begannen zu schreien, bis alle zu schreien schienen. Lexie half der Frau, die in sie hineingestolpert war. »Bist du okay?«

Sie nickte, drehte sich aber sofort um und ging zusammen mit den anderen Leuten in Richtung Ausgang.

Ein oder zwei Minuten lang herrschte Chaos, als eine Hälfte der Menge versuchte, den Raum zu verlassen, während die andere Hälfte schrie. Einige feuerten den Kampf an, während andere sich bemühten, ihn zu stoppen. Lexie versuchte, sich um die anwesenden Kinder zu kümmern und zu verhindern, dass sie von den Leuten, die zum Ausgang gelangen wollten, geschubst und womöglich zertrampelt wurden.

Lexie sah sich um und bemerkte, dass ihr Telefon unter einen Tisch in der Nähe getreten worden war. Sie ging auf die Knie, um danach zu greifen. »Midas?«, schrie sie ein wenig hysterisch, als sie es sich ans Ohr hob.

»Was zum Teufel ist da los?«, brüllte Midas und klang selbst ein bisschen hysterisch.

»Es ist schon okay«, sagte sie.

»Im Ernst, sag mir jetzt, was los ist«, forderte Midas.

»Theo hat sich mit jemandem angelegt«, erklärte sie.

»Verdammt«, murmelte Midas.

»Nein, es war nicht seine Schuld. Ich meine, ich bin mir

nicht hundertprozentig sicher, aber ich vermute, die anderen Männer, die reingekommen sind, haben es angezettelt. Sie waren nicht sehr nett.«

»Was heißt das? Verdammt, Lexie, fang jetzt an zu erklären, was vor sich geht. Pid informiert gerade die Polizei. Die Beamten müssen wissen, was sie erwartet.«

»Er telefoniert mit der Polizei?«, fragte Lexie verwirrt. »Aber ihr seid doch auf einem Boot auf dem Meer.«

»Genau, das heißt, ich kann nicht so schnell bei dir sein, wie ich möchte. Das Beste ist also, die Polizei einzuschalten. Jetzt sag mir, was vor sich geht, damit Pid es an die Beamten weitergeben kann.«

»Oh, na ja ... ich glaube, die Lage hat sich beruhigt. Die meisten Leute sind gegangen, als der Kampf losging. Jack und Pika haben zwei der Typen, die sich danebenbenommen haben, im Schwitzkasten. Ashlyn redet gerade mit Theo und – oh, scheiße.«

»Oh scheiße, was?«, fragte Midas ungeduldig.

»Natalie hat ihre Schrotflinte rausgeholt. Sie bewahrt sie in ihrem Büro auf. Sie hält die anderen beiden Typen in Schach, damit sie keine Dummheiten machen. Ich muss ihr helfen.«

»Nein, du musst genau da bleiben, wo du bist, hoffentlich weit außerhalb der Reichweite dieser Schrotflinte und dieser Arschlöcher.«

»Mir geht es gut, Midas. Natalie hat die Situation unter Kontrolle. Ich rufe dich zurück, wenn sich alle beruhigt haben.«

»Nein Lex, nicht ...«

Aber sie hatte bereits aufgelegt. Sie fühlte sich schuldig, weil sie Midas abgewürgt hatte, aber sie musste ihren Kollegen helfen und durfte sich nicht nutzlos unter einem Tisch verstecken.

Sie rutschte hervor und ging auf die andere Seite des Raumes zu Ashlyn.

»Geht es ihm gut?«

»Er wird ein blaues Auge bekommen, aber ich hatte ja keine Ahnung, dass Theo so kämpfen kann«, sagte Ash.

Lexie sah Theo an und diesmal trat sie einen Schritt zurück, als sie seinen Gesichtsausdruck bemerkte.

Er war verdammt sauer.

Auf sie? Sie konnte es nicht sagen. Die Wut, die der Mann ausstrahlte, war beängstigend. Trotzdem konnte sie den Blick nicht von seinem abwenden und sie starrten sich einen Moment lang an.

Ein Geräusch von der Tür unterbrach die seltsame Verbindung, die sie und Theo zu haben schienen. Als Lexie sich zum Eingang umdrehte, sah sie ein halbes Dutzend Polizisten, die mit gezogenen Waffen auf sie zukamen. Ohne nachzudenken, hob sie die Hände in die Luft, um zu zeigen, dass sie unbewaffnet war.

Aus dem Augenwinkel sah sie, wie Theo es ihr gleichtat, aber die Polizisten schienen sich nicht um sie zu kümmern, sondern hatten ihre ganze Aufmerksamkeit auf Natalie gerichtet.

»Lassen Sie die Waffe fallen!«

»Waffe runter!«

Einige Sekunden herrschte ein wirres Chaos, als die Beamten Natalie befahlen, die Waffe herunterzunehmen, während sie und Jack versuchten, den Polizisten zu erklären, was zum Teufel passiert war.

Dreißig Minuten später saß Lexie an einem Tisch und beobachtete, wie ein Beamter mit Natalie sprach. Ein anderer machte sich Notizen, als Pika erklärte, was passiert war, und zwei weitere versuchten, mit Theo zu sprechen, der auf dem Boden an der Wand saß und ins Leere starrte, ohne ein Wort zu sagen. Die vier Männer, die den Kampf anscheinend angezettelt hatten, waren zur Polizeiwache gebracht worden. So wie Lexie es verstanden hatte, lagen für drei von ihnen Haftbefehle vor und der vierte Mann hatte versucht, einen der Polizisten anzugreifen, sodass er ebenfalls sofort festgenommen wurde.

Sie hatte ihre Aussage bereits abgegeben, als erneut die Tür aufgestoßen wurde.

Die Beamten drehten sich sofort mit ihren Händen an den Waffen herum, um sich der neuen Bedrohung zu stellen, aber Lexie seufzte erleichtert auf.

Sie hatte keine Ahnung, wie um alles in der Welt Midas und sein Team es so schnell in die Innenstadt geschafft hatten, wo sie gerade noch auf einem Boot mitten im Meer gewesen waren. Aber sie war so verdammt froh, sie zu sehen, dass sie sofort zu zittern anfing.

Midas betrat den Raum und als er sie an einem Tisch sitzen sah, kam er in ihre Richtung. Mustang erklärte den Polizisten, dass sie vom Navy-Stützpunkt waren, während Midas Lexie vom Stuhl und in seine Arme zog.

Er vergrub seinen Kopf an ihrem Hals und drückte sie so fest, dass es fast wehtun musste.

»Beruhige dich, Midas«, sagte Aleck. »Du zerquetschst sie noch.«

Lexie spürte, wie er seine Arme ein wenig lockerte, aber er hielt sie für einen Moment weiter fest. Dann lehnte er sich zurück, aber nur so weit, dass er ihr in die Augen sehen konnte. »Geht es dir gut?«

»Mir geht es gut«, sagte sie und fuhr mit den Händen beruhigend über seine Arme.

»Scheiße«, murmelte er.

»Setz dich«, forderte Aleck. »Bevor du umkippst.«

»Ich werde nicht umkippen«, sagte Midas zu seinem Freund und drehte den Kopf herum, um ihn anzustarren.

»Nur als Vorsichtsmaßnahme. Ich meine, du hast auf dem ganzen Weg hierher nicht ein Mal Luft geholt.«

»Wie seid ihr so schnell hierhergekommen?«, fragte Lexie.

»Schnell? Scheiße, es hat ewig gedauert«, sagte Midas.

Aleck schüttelte den Kopf. »Wir haben dem Bootsführer gesagt, dass wir ihm hundert Dollar geben, wenn er uns in weniger als sieben Minuten zum Hafen bringen würde.«

»Aber dann musstet ihr immer noch vom Stützpunkt bis hierher«, sagte Lexie verwirrt.

»Ja, die Militärpolizei hat uns eskortiert«, sagte Aleck.

»Oh Mann, es tut mir leid, Midas. Ich hätte nicht auflegen sollen. Wenn ich die Situation erklärt hätte, hättet ihr euch nicht diese Mühe machen müssen. Ich werde das Geld zurückzahlen, wer auch immer dem Bootsführer die hundert Dollar gegeben hat.«

»Einen Teufel wirst du tun«, sagte Aleck leise, während Midas das Wort ergriff.

»Du hättest nicht auflegen sollen«, stimmte Midas zu und schüttelte sie ein bisschen. »Weißt du, was ich durchgemacht habe, weil ich nicht wusste, was zum Teufel hier los war? Ob du vielleicht verletzt wurdest?«

»Ich habe dir gesagt, dass ich in Ordnung war«, erklärte Lexie.

»Nein, hast du nicht. Lex, ich wusste nur, dass hier geschrien wurde. Dann hast du gesagt, es gab einen Kampf und Natalie hätte eine Waffe geholt. Jemand hätte sie überwältigen, sich die Schrotflinte nehmen und dich oder die anderen verletzen können. Scheiße ...«, sagte er und schloss die Augen. »Ich hatte noch nie in meinem Leben solche Angst um jemanden.«

Und plötzlich fühlte Lexie sich schrecklich. Sie hatte Midas nicht erschrecken wollen. Sie wusste nicht, dass dieser Mann überhaupt Angst haben konnte. Aber so wie er sie jetzt ansah, war es offensichtlich, dass er verrückt vor Sorge gewesen sein musste. Sie legte eine Hand auf seine Wange. »Mir geht es gut«, sagte sie leise.

Aus dem Augenwinkel sah sie, wie Aleck sich zurückzog und ihnen etwas Privatsphäre gab.

»Im einen Moment führen wir noch ein verdammt aufschlussreiches Gespräch, bei dem mir alle möglichen Ideen in den Sinn kommen, und im nächsten Augenblick wird geschrien und du bist nicht mehr am Telefon. Dann kommst du zurück und sagst, alles ist in Ordnung, aber du klingst hysterisch und sagst, Natalie hätte eine Schrotflinte, und dann legst du auf! Ich schwöre bei Gott, Lex, ich bin gerade um dreißig Jahre gealtert. Ich flehe dich an, mach so etwas nie wieder. Mein Herz hält das nicht aus.«

»Werde ich nicht«, versprach Lexie sofort. Und sie meinte es auch so. Noch nie hatte sich jemand so um sie gesorgt, wie Midas es anscheinend tat. Sie hatte nicht viel darüber nachgedacht, als sie aufgelegt hatte. Aber wenn sie sich in seine Situation versetzte und etwas Schlimmes in seiner Umgebung passiert wäre, während sie telefonierten, und er einfach aufgelegt hätte, wäre sie mit Sicherheit auch beunruhigt gewesen. Er ließ sie hier mit einer leichten Warnung davonkommen, und das wusste sie. Sie schwor sich, in Zukunft mehr auf seine Gefühle zu achten.

»Vorsicht«, sagte Pid aus der Nähe.

Midas sah seinen Teamkameraden an, legte dann einen Arm um Lexies Taille und zog sie aus dem Weg, als zwei Polizisten Theo zur Tür führten.

»Oh, Sie verhaften ihn aber nicht, oder?«, fragte Lexie stirnrunzelnd.

»Nein, wir bringen ihn nur ins Krankenhaus, um ihn untersuchen zu lassen. Er scheint etwas verwirrt zu sein«, sagte einer der Beamten.

Theo sah erst sie und dann Midas an. »Du solltest besser auf sie aufpassen«, sagte er leise.

»Bitte was?«, fragte Midas.

Lexie konnte spüren, wie die Wut in ihm Aufstieg.

»Es ist ihre Schuld«, sagte Theo. »Du solltest sie genau im Auge behalten.«

Midas knurrte. Es war tatsächlich ein Knurren, das tief aus seiner Kehle kam, und Lexie schob sich schnell zwischen ihn und Theo.

»Ganz ruhig, Mann«, sagte Mustang und legte Midas eine Hand auf den Bizeps.

Die Polizisten führten Theo schnell hinaus und Midas fragte: »Was zum Teufel war das denn?«

»Er ist nicht bei Verstand«, sagte Mustang. »Du darfst das, was er sagt, nicht ernst nehmen.«

»Für mich klang das wie eine Drohung«, sagte Midas zu seinem Freund. »Er wirft ihr vor, für das, was hier passiert ist, verantwortlich zu sein. Du hast gesagt, du warst gar nicht in seiner Nähe, als der Kampf begann, oder?«, fragte Midas.

Lexie ignorierte den leicht vorwurfsvollen Unterton in seiner Stimme. Er war gestresst und sie konnte ihm nicht wirklich einen Vorwurf machen. Sie war selbst nicht besonders froh über das, was Theo gesagt hatte. Sie hatte sich alle Mühe gegeben, nett zu dem Mann zu sein, und sie musste zugeben, dass er sie nervös machte.

»Das stimmt«, antwortete sie Midas und den restlichen Teammitgliedern, die sich jetzt um sie versammelt hatten. »Ich habe ein bisschen mit Theo geredet und bin dann hier rübergegangen, als du angerufen hast.«

»Die Polizei hat erwähnt, dass einer der vier Männer etwas über dich gesagt hat«, fügte Slate hinzu und mischte sich zum ersten Mal in das Gespräch ein. »Er behauptet, Theo hätte ihn ohne Grund angegriffen. Sie hatten keine zwei Worte zu ihm gesagt, als er auf sie losging.«

»Wird er Schwierigkeiten bekommen?«, fragte Lexie. Sie war besorgt über den geistig kranken Mann.

Midas seufzte und schüttelte den Kopf.

»Was?«, fragte Lexie.

»Dieser Mann hat dich gerade bedroht und du machst dir Sorgen um ihn.«

»Ins Gefängnis gesteckt zu werden wird ihm nicht helfen«, erwiderte Lexie beharrlich.

»Aber frei herumzulaufen und einen Kampf anzuzetteln hilft ihm?«, warf Jag ein.

Lexie presste frustriert die Lippen zusammen. »Nein, er

braucht medizinische Hilfe und vielleicht einen Freund. Das würde ihm mehr helfen, als eingesperrt zu werden.«

»Lexie, geht es dir wirklich gut?«, rief Ashlyn und versuchte, sich zwischen Slate und Pid durchzudrängeln, um näher zu kommen. Aber Slate rührte sich nicht vom Fleck. »Hey, kannst du dich mal bewegen?«, beschwerte sich Ash und schob fester.

Slate sah sehr amüsiert aus, trat aber schließlich zur Seite. Es war offensichtlich, dass sie nur an ihm vorbeikam, weil er sie gewähren ließ.

»Mir geht es gut. Ich war nie wirklich in Gefahr«, sagte Lexie. »Wie geht es Natalie? Ich kann nicht glauben, dass sie hier mit ihrer Schrotflinte reinspaziert ist.«

»Sie lässt sich von niemandem etwas sagen. Deshalb ist sie so eine gute Managerin. Ich gehe davon aus, dass der Typ hier Midas ist?«, fragte Ash und nickte dem Mann zu, der Lexie festhielt.

»Oh, entschuldige, ja. Leute, das ist Ashlyn, eine der anderen Vollzeitmitarbeiterinnen bei Food For All. Ash, das sind Midas und seine Kollegen Aleck, Pid, Jag, Slate und Mustang.«

»Verdammt, Mädchen, du hast mir weder erzählt, dass du mit Adonis persönlich ausgehst ... noch, dass seine Freunde genauso eine Augenweide sind.«

Pid stellte sich etwas aufrechter, drückte die Brust heraus und stieß den Atem aus. Alle lachten, außer Slate.

»Lass das, Arschloch«, murmelte er und schlug Pid leicht auf den Arm.

Ashlyn runzelte die Stirn. »Guck an, wer hier wen als Arschloch bezeichnet«, murmelte sie und trat einen Schritt von Slate weg, um nicht in seiner Reichweite zu sein.

Lexie gefiel das nicht. Sie wusste, Slate würde ihr niemals wehtun, selbst wenn sie ihn auf dem falschen Fuß erwischen würde. Aber anscheinend war Ashlyn nicht überzeugt davon.

Lexie versuchte schnell, die Stimmung aufzulockern. »Natalie war unglaublich. Sie wird keine Probleme bekommen, oder?«

»Nein, es ist alles in Ordnung«, bestätigte Ashlyn. »Ich glaube, die Lage hat sich beruhigt. Warum machst du nicht Feierabend und machst dich auf den Weg?«

»Oh, braucht ihr keine Hilfe beim Aufräumen und damit, die Leute zu beruhigen, wenn sie zurückkommen?«

»Das bekommen wir schon hin. Ich wünsche dir ein schönes Wochenende. Wenn du am Montagmorgen wiederkommst, wird es wieder dieselbe langweilige Routine sein wie immer.«

»Wenn das wirklich in Ordnung ist ...«

»Das ist es. Ich habe bereits mit Natalie gesprochen und sie hat gesagt, dass sie vielleicht zusätzliches Sicherheitspersonal einstellen wird. Ein paar starke Hulk-Typen, die für Ordnung sorgen können, wenn es hier sehr voll ist, wie freitagnachmittags.«

»Oh, das ist gut. Ich bin mir sicher, dass es den Leuten, die hierherkommen, auch ein sichereres Gefühl geben wird.«

Ash wandte sich an Slate. »Hast du Interesse an einem Nebenjob? Du siehst gemein genug aus, um allein ein paar böse Kerle abzuschrecken.«

Slate kniff die Augen zusammen und starrte sie an.

Sie lachte, aber es klang nicht entspannt. »Beruhige dich, ich habe nur Spaß gemacht. Wenn du immer so die Stirn runzelst, wird dein Gesicht eines Tages so einfrieren.« Dann lächelte sie Lexie an, bevor sie ins Hinterzimmer ging.

»Ich mag sie«, erklärte Jag.

Slate richtete den Blick auf seinen Freund.

Jag hob kapitulierend die Hände. »Wenn Blicke töten könnten«, murmelte er.

»Sie hat recht«, fügte Aleck hinzu. »Du bist heute besonders mürrisch.«

»Wie auch immer«, sagte Slate. »Verschwinden wir jetzt von hier oder was?«

»Genau, jetzt, wo die Aufregung vorbei ist, wird Slate ungeduldig. Das ist ja wieder typisch«, sagte Pid lachend.

Lexie musste grinsen. Sie gewöhnte sich langsam an diese Typen und ihre fast böse Art, miteinander zu scherzen. »Ich danke euch allen, dass ihr zu meiner Rettung geeilt seid«, sagte sie zu ihnen.

»Wir sind ein bisschen nervös«, sagte Mustang. »Nach dem Vorfall mit Elodie sind wir etwas schneller im Reagieren ... oder Überreagieren, je nachdem.«

»Nun, ich weiß es zu schätzen. Es hat sich noch nie jemand so um mich gekümmert.«

»Wir kümmern uns«, sagte Aleck ernst.

Lexie lächelte ihn an.

»Ich bringe dich zu deiner Wohnung«, sagte Midas.

Lexie runzelte die Stirn, als seine Teamkameraden zur Tür gingen. »Aber du bist doch mit ihnen gekommen.«

»Ich werde dich jetzt nicht allein lassen«, sagte er zu ihr.

Es schien, als wäre er immer noch etwas nervös. Lexie konnte ihm keinen Vorwurf machen. »Okay.«

»Wir können dann ein Taxi zu mir nehmen.«

»Es gibt auch eine Buslinie«, warf Lexie ein.

»Nein, das wird zu lange dauern. Wir nehmen ein Taxi«, sagte Midas.

Lexie zuckte die Achseln. »Alles klar, dann tun wir das.«

»Komm schon, lass uns gehen.«

Lexie ließ Midas ihre Hand nehmen und winkte ihren Kollegen zu, bevor er sie hinausbrachte und sie zu ihrer Wohnung gingen.

KAPITEL ZWÖLF

Midas wusste, dass er ein bisschen überreagierte, aber er konnte nichts dagegen tun. Lexie hatte ihn verdammt erschreckt. Er konnte sich nicht erinnern, wann er das letzte Mal solche Angst gehabt hatte. Er hatte die Schreie über das Telefon gehört und keine Ahnung gehabt, was los war. Dann hatte Lexie die Bombe platzen lassen und gesagt, dass jemand eine Waffe hatte, bevor sie aufgelegt hatte.

Die halbe Stunde, die er gebraucht hatte, um zu ihr zu gelangen, waren die längsten dreißig Minuten seines Lebens gewesen. Er konnte seine Hände nicht mehr von ihr nehmen oder sie aus den Augen lassen.

Er versuchte, seine Emotionen unter Kontrolle zu bekommen, als er Lexie zu ihrer Wohnung begleitete. Im Aufzug stand er dicht neben ihr und sobald sie die Tür aufgeschlossen hatte und sie sich in ihrer Wohnung befanden, nahm er sie wieder in die Arme.

»Es geht mir gut«, beruhigte sie ihn zum hundertsten Mal. »Es tut mir leid. Ich habe nicht nachgedacht. Ich bin es so gewohnt, für mich selbst zu sorgen, dass mir nicht einmal in den Sinn kam, dass du besorgt sein könntest.«

»Besorgt?«, fragte Midas. »Scheiße, Lex. Ich war weit mehr

als nur besorgt.« Ihre Lippe fing an zu zittern und er drückte ihr Gesicht gegen seine Schulter. »Schhh, es tut mir leid. Weine nicht.«

»Ich fühle mich einfach schrecklich deswegen.«

»Ich weiß.«

»Ich verspreche, dass ich so etwas nie wieder tun werde.«

»Ich weiß, dass du das nicht tun wirst.«

»Denkst du ...« Ihre Stimme brach ab.

»Denke ich was?«, fragte Midas, legte den Finger unter ihr Kinn und hob ihren Kopf, sodass sie keine andere Wahl hatte, als ihn anzusehen. »Sprich mit mir, Lex.«

»Denkst du dadurch jetzt anders über mich?«

Midas blinzelte verwirrt. »Anders denken in welcher Hinsicht?«, fragte er.

»Ich weiß es nicht. Bist du so sauer, dass du eine Auszeit brauchst? Wir müssen das Wochenende nicht zusammen verbringen.«

Midas verkrampfte sich der Magen. »Nein!«, rief er sofort aus. »Wie kommst du darauf?«

»Ich dachte nur ... ich weiß, dass ich dich enttäuscht habe. Weil ich so lange allein gewesen bin, ohne dass sich jemand um mich gesorgt hätte, neige ich dazu, nicht so viel an andere zu denken. Das ist dir vielleicht zu viel.«

»Willst du mit mir zusammen sein?«, fragte Midas.

Sie runzelte die Stirn. »Ja, natürlich tue ich das, aber ...«

»Pack ein paar Sachen ein«, unterbrach Midas sie.

»Was?«

»Du sollst ein paar Sachen einpacken, genug für zwei Nächte. Wir fahren zu mir nach Hause und verbringen das Wochenende gemeinsam. Das ganze Wochenende, die Tage und die Nächte. Sonntagabend bringe ich dich hierher zurück, damit du Montagfrüh ausgeruht zur Arbeit gehen kannst.«

Lexie bekam große Augen. »Wirklich?«

»Ja. Ich glaube nicht, dass ich dich die nächsten achtundvierzig Stunden aus den Augen lassen kann. Das reicht vielleicht aus, um meinen Adrenalinspiegel zu senken. Lexie, falls es dir bisher entgangen ist, ich mache mir verdammt viel aus dir – seit dem Moment, in dem wir zusammen aus dem Zimmer im Krankenhaus geflohen sind. Wahrscheinlich sogar noch länger. Und ich werde dir beibringen, dass du nicht mehr jede Entscheidung allein treffen musst. Ich möchte dein Partner sein, dein Fels in der Brandung, der Mensch, an den du dich wenden kannst, wenn du glücklich, verängstigt oder traurig bist. Ich werde mit dir feiern, dich festhalten, wenn du weinst, und dich trösten, wenn du es brauchst. Ich möchte alles für dich sein, genau wie du alles für mich sein wirst.«

»Midas«, flüsterte sie.

»Obwohl während der letzten paar Stunden viel passiert ist, habe ich nicht vergessen, was du am Telefon gesagt hast, bevor das Chaos losging. Du wolltest, dass ich dich ins Bett bringe? Betrachte das als erledigt. Pack jetzt deine Sachen. Ich werde hier warten und die Tür bewachen, damit niemand hereinplatzt und uns unterbricht, bevor wir zu mir aufbrechen.«

Sie lächelte und ihr Gesicht strahlte. »Ich habe auch ein Bett«, sagte sie und drehte sich zu dem Doppelbett in der Mitte ihrer Einzimmerwohnung um.

»Das sehe ich. Und glaub mir, ich werde darin eher früher als später mit dir Sex haben. Aber nicht jetzt und nicht dieses Wochenende. Dieses Wochenende gehörst du mir. Und ich will dich in meinem Schlafzimmer. Ich gebe zu, in mir wohnt ein kleiner Höhlenmensch, aber beim ersten Mal will ich dich in meinem Bett haben.«

»Okay«, sagte sie.

»Okay«, wiederholte er. »Wirst du jetzt packen oder was?«

»Wirst du mich loslassen oder was?«, konterte sie.

»Ich bin mir nicht sicher, ob ich das kann«, gab Midas zu.

Lexie legte ihre Arme um seinen Hals und stellte sich auf die Zehenspitzen, um ihm noch näher zu kommen, als sie es bereits war. »Weißt du, worauf ich mich am meisten freue?«, fragte sie mit erotischer Stimme.

»Worauf?«, fragte er und hoffte, sie würde sagen: »Dich nackt zu sehen«, oder etwas ähnlich Heißes.

»Auf ein Dole Ananas-Softeis«, flüsterte sie in sein Ohr.

Ihre Antwort war so unerwartet, dass Midas laut loslachte. »Unverschämtheit«, rügte er sie.

Sie grinste breit und war offensichtlich sehr zufrieden mit sich.

Aber durch ihren Spaß hatte er sich so weit entspannt, dass er seine Hände von ihrer Taille lassen konnte. Sie wich zurück und lächelte ihn weiter an. Und als sie an der Tür zu ihrem Badezimmer ankam, sagte sie: »Oh ... und darauf, dich so tief in mir zu fühlen, dass ich nicht mehr weiß, wo ich aufhöre und du anfängst.«

Dann wirbelte sie herum und verschwand im Badezimmer. Ihr Kichern hallte durch den ganzen Raum.

Midas stöhnte bei der Vorstellung an das, was sie gerade gesagt hatte, und ließ sich gegen die Theke fallen, die die Küche vom Rest des Raumes trennte. Er begutachtete ihr Bett und schloss dann die Augen.

Nein, er wollte sie verwöhnen. Er wollte ihr zeigen, wie gut es zwischen ihnen sein könnte. Und das nicht nur im Bett. Er hatte keinen Zweifel daran, dass es fantastisch sein würde, den ganzen Tag und die Nacht mit ihr zu verbringen. Wie könnte es anders sein?

Aber so begierig er auch war, sie ins Bett zu bekommen, wollte er auch sichergehen, dass sie sich mit der Veränderung ihrer Beziehung wohlfühlte. Er würde es so langsam wie nötig angehen lassen, damit sie sich hundertprozentig sicher war. Er konnte sich ein Leben ohne sie nicht mehr vorstellen und wollte, dass sie genauso empfand, bevor sie ihre Beziehung weiter vertieften.

Midas legte seinen harten Schwanz in seiner Hose zurecht und holte tief Luft. Das Leben mit Lexie würde nicht langweilig werden, dessen war er sich absolut sicher.

Innerhalb von zwanzig Minuten waren Midas und Lexie in einem Taxi auf dem Weg zu seinem Haus. Sie saßen händehaltend auf der Rückbank und Midas versuchte, seine Libido unter Kontrolle zu bekommen. Viele Leute waren der Meinung, dass Soldaten nach einer harten Mission nur ficken oder kämpfen wollten, und da lagen sie nicht wirklich falsch. Midas und seine Teamkameraden hatten gelernt, ihre Adrenalinschübe während des Einsatzes zu kontrollieren, aber im Moment fühlte er sich wie ein frischgebackener SEAL, der gerade seine erste Mission erfolgreich beendet hatte.

Er konnte Lexie nicht einmal ansehen, weil er befürchtete, sie an Ort und Stelle anzuspringen. Sie hatte ihre Jeans und die Bluse, die sie bei der Arbeit getragen hatte, gegen ein Trägerhemd und eine kurze Hose getauscht, die ihre braunen, straffen Beine zeigte. Er konnte sehen, wie ihr BH-Träger auf ihrer Schulter unter dem Hemd herausrutschte, wenn sie sich bewegte, und es machte ihn begierig danach, ihre nackten Titten zu sehen.

Sie hatten mehr als einmal rumgemacht und er hatte sie gespürt, aber sie hatten sich noch nicht nackt gesehen.

Scheiße, er musste aufhören, daran zu denken, Lexie auszuziehen. Er war zu nervös. Er musste sie nach Hause bringen und dafür sorgen, dass sie sich in seinem Haus wohlfühlte. Vielleicht würde er etwas zum Abendessen bestellen, damit er nicht kochen musste. Sich in der Nähe eines heißen Herds aufzuhalten wäre momentan nicht gerade die beste Idee. Er würde ihr ein Glas Wein einschenken oder einen Cocktail zubereiten, und sie könnten auf seiner Terrasse sitzen und den Abend in Hawaii genießen. Wenn sie zu müde wäre, weil sie, genau wie er, einen verdammt harten Tag gehabt hatte, würde er sie in seine Arme nehmen und die ganze Nacht festhalten, wie damals, als sie sich in diesem Loch verstecken mussten.

Das könnte er schaffen.

Vielleicht.

Dann nahm Lexie seine Hand und legte sie auf ihren Oberschenkel – ihren nackten Oberschenkel.

Scheiße, der Gedanke an Entspannung und eine Unterhaltung auf seiner Terrasse löste sich in Luft auf.

Sie grinste ihn provokativ an und schob seine Hand langsam nach oben, bis seine Finger unter dem Saum ihrer Hose waren. Midas hätte schwören können, die Hitze ihrer Muschi zu spüren. Er müsste nur seine Hand ein paar Zentimeter höher bewegen und schon würde er sie berühren.

Lexie spreizte ihre Beine ein wenig, als könnte sie seine Gedanken lesen.

Midas spürte, wie sein Herz in seiner Brust außer Kontrolle geriet. Er wollte sie auf den Sitz werfen und sie sofort an Ort und Stelle nehmen.

»Morgen soll ein schöner Tag werden«, sagte der Fahrer und riss Midas aus seinen Gedanken. Und noch wichtiger, er erinnerte ihn, dass er nicht allein mit Lexie war.

Er hörte, wie sie vor sich hin kicherte.

Midas wollte antworten, aber er hatte die Zähne zu fest zusammengebissen.

»Ich denke, wir werden morgen zur Dole Plantage fahren. Warst du schon mal da?«, fragte Lexie.

Midas blendete den Mann aus und fixierte den Blick auf seine großen Finger auf Lexies Oberschenkel. Er strich mit dem Daumen über ihre empfindliche Haut und lächelte, als er hörte, wie sie tief Luft holte. Sie hatte vielleicht damit anfangen, ihn zu reizen, aber dieses Spiel könnte er auch spielen.

Er ließ den Blick von ihrem Oberschenkel zu ihrer Brust wandern und er war erfreut, ihre harten Brustwarzen durch ihr Hemd zu sehen. Sie genoss es offensichtlich genauso wie er.

In der Nähe hupte ein Auto und Midas schaute nach vorn, wobei er den Fahrer dabei ertappte, wie er Lexie durch den Rückspiegel musterte. Er starrte den Mann an und knurrte: »Hey, pass auf, was du tust.«

»Oh, der hat nicht unseretwegen gehupt«, sagte Lexie und tätschelte seinen Arm.

Midas hatte nicht über den anderen Wagen gesprochen und sowohl er als auch der Fahrer wussten das.

Danach war der Rest der Fahrt ziemlich ruhig und Midas nahm sich vor, seine Hand auf Lexies Bein in sicherem Gebiet zu halten. So sehr er es auch genoss, sie anzumachen, er wollte hier keine Show für dieses Arschloch von Fahrer hinlegen.

Sie kamen ohne weitere Zwischenfälle an seinem Haus an und Midas war ziemlich stolz auf sich, Lexie nicht auf dem Rücksitz verschlungen zu haben. Mit einer Hand auf ihrem Rücken führte er sie zu seinem Haus. Er schloss die Tür auf und seufzte erleichtert, als sie sich hinter ihnen schloss.

Endlich waren sie allein. Aber dann erinnerte er sich daran, dass er es langsam angehen wollte. Er wollte Lexie auf keinen Fall überrumpeln.

Er wollte ihr die Tasche geben, die sie mitgenommen hatte, und ihr sagen, sie solle sich wie zu Hause fühlen, aber in dem Moment, in dem sich die Tür geschlossen hatte, warf Lexie sich in seine Arme.

Midas ließ die Tasche fallen, um sie aufzufangen, und stöhnte, als er ihre Finger in seinen Haaren spürte und sie seinen Kopf zu ihrem herunterzog.

Sie küsste ihn, als wollte sie ihn verschlingen. Hart, schnell und verdammt leidenschaftlich. Midas' Schwanz wurde wieder hart. Er legte einen Arm um ihre Taille und zog sie fest an sich. Lexie presste sofort ihr Becken gegen ihn und hob ein Bein, als wollte sie so nahe wie möglich an ihn herankommen.

Als sie ihre Hände unter sein Hemd steckte und grob über seinen Oberkörper fuhr, holte Midas tief Luft. Er musste seine legendäre Kontrolle wiederfinden, weil er sie sonst sofort hier im Flur gefickt hätte.

»Lex«, sagte er und löste seine Lippen von ihren.

Aber sie schüttelte nur den Kopf und schaffte es tatsächlich, ihm sein Hemd über den Kopf zu ziehen. Midas stöhnte, als sie sich vorbeugte, eine seiner Brustwarzen zwischen ihre Lippen nahm und hart daran saugte.

»Verdammt«, fluchte er, während er seine Hände hinter ihren Kopf legte, um sie an sich zu halten. Ihr Mund fühlte sich so verdammt gut an und er war ungefähr zwei Sekunden davon entfernt, komplett die Beherrschung zu verlieren.

Mit diesem Wissen straffte Midas seinen Griff in ihren Haaren und zog ihren Kopf ein Stück zurück. Sie sah zu ihm auf. Ihre Pupillen waren geweitet und sie atmete schwer. Sie leckte sich die Lippen und starrte ihn an.

Sie war so verdammt schön, wie sie da für ihn in Lust versunken stand. Aber so sehr Midas sie wollte, er wollte nicht, dass sie etwas tat, das sie später bereuen könnte.

»Lex«, sagte er, »bist du dir sicher?«

»Ich bin mir sicher«, antwortete sie sofort.

Aber aus irgendeinem Grund zögerte Midas immer noch.

Dann fuhr Lexie mit ihren Händen über seine nackte Brust und er musste alle Willenskraft aufbringen, sich nicht unter ihrer Berührung zu krümmen.

»Ich will dich«, sagte sie kurz und knapp. »Ich kann nicht mehr aufhören, an dich zu denken. Es tut mir wirklich leid, dass du dir heute Sorgen um mich machen musstest. Das hat noch nie jemand getan. Du hast alles stehen und liegen lassen und bist so schnell wie möglich zu mir gekommen, weil du dachtest, ich könnte in Schwierigkeiten stecken. Du könntest meiner irgendwann müde werden, weil ich eine Idiotin bin, zu hart arbeite und mich zu leichtfertig mit Fremden abgebe, oder aber wegen einer Million anderer Dinge, die mich zu einem eigenartigen Menschen machen. Aber solange ich lebe, werde ich niemals vergessen, dass du und deine Freunde heute für mich in dieses Gebäude gestürmt seid. Du hast keine Ahnung, was mir das bedeutet und wie erstaunlich es war, zu wissen, dass du dich so sehr um mich sorgst. Bitte Midas, fick mich. Ich brauche dich!«

Das war es. Er war fertig damit, sich zurückzuhalten. Alle

Vorsätze, die Dinge langsam anzugehen zu lassen und diese Frau zu verführen, waren durch ihre Worte in Stücke gerissen worden. Er würde ihrer niemals müde werden und sie war definitiv keine Idiotin. Er musste vielleicht mit ihr darüber sprechen, vorsichtiger mit Fremden zu sein, aber sie war die Seine. Punkt.

Er festigte seine Hand in ihren Haaren ein bisschen mehr und hörte, wie sie scharf einatmete. »Das wird hart und schnell gehen. Kannst du das aushalten?«, fragte er. Das würde ihre einzige Warnung sein.

»Mach schon«, sagte sie mit einem sexy Grinsen.

Also tat er es. Midas schob sie rückwärts, bis sie mit einem dumpfen Schlag gegen die Wand hinter sich schlug. Dann senkte er noch einmal den Kopf und küsste sie auf nahezu brutale Weise. Sie hielt so gut es ging dagegen. Sie wehrte sich nicht gegen seine sexuelle Aggression, sondern tat es ihm gleich. Sie stöhnte und er spürte, wie sie verzweifelt versuchte, sich an dem Verschluss seiner Hose zu schaffen zu machen.

Für einen flüchtigen Moment wünschte er sich, sie würde einen Rock tragen, damit er ihn einfach hochschieben könnte, um an ihre Muschi zu kommen. Aber ihre kurze Hose würde ihn nicht von dem abhalten, was er so dringend brauchte.

Er wollte tief in ihr sein und sie hier in seinem Flur hart und schnell ficken, aber er wollte ihr auch nicht wehtun.

Midas spürte, wie ihre Finger seinen Schwanz berührten, als sie versuchte, seine Boxershorts herunterzuziehen, und in Windeseile traf er eine Entscheidung.

Er ließ sich auf die Knie fallen und zog ihre Shorts und Unterwäsche mit einem Ruck herunter. Dann packte er ihren nackten Hintern und zog sie an seinen Mund.

»Midas!«, rief sie aus. Sie ballte die Hände zu Fäusten und hielt sich an seinen Haaren fest, als hinge ihr Leben davon ab, während er sie leckte.

In der Sekunde, in der er sie schmeckte, wusste er, dass er das noch sehr oft tun würde.

Midas liebte Oralsex. Es gab nichts Persönlicheres und Intimeres als das und es schien, als würde es Lexie auch gefallen. Sie begann sofort, mit den Hüften zu kreisen, und ihre Nässe lief ihr über die Schenkel, während er sein Bestes tat, sie zu verwöhnen.

Midas legte seine Lippen um ihre Klitoris und saugte daran. Ähnlich wie sie es zuvor mit seiner Brustwarze getan hatte. Er wollte, dass sie für ihn kam. Er wollte, dass sie so feucht für ihn war, dass er sie hart nehmen konnte, ohne ihr wehzutun. Midas wusste, dass er etwas großzügiger bestückt war als andere Männer, und er wollte, dass Lexie tropfte, wenn er sie fickte.

»Oh mein Gott, Midas«, hauchte sie, als sie sich gegen ihn drückte.

Midas hielt sie mit einer Hand fest, schob die andere zwischen ihre Beine und ließ zwei Finger tief in ihren Körper gleiten. Ihre inneren Muskeln spannten sich sofort an und er konnte nicht anders, als zu stöhnen, als er darüber nachdachte, wie sie sich anfühlen würde, wenn sie dasselbe mit seinem Schwanz tun würde.

Er setzte sein rhythmisches Saugen an ihrer Klitoris fort, als er anfing, sie mit seinen Fingern zu penetrieren. Das Geräusch von der Nässe zwischen ihren Beinen war höllisch sexy. Er drehte seine Hand, nahm einen dritten Finger hinzu und begann, noch härter zu stoßen.

»Ja bitte ... genau so. Scheiße!«

Midas hätte fast über Lexies Murmeln gelacht, aber er konzentrierte sich zu sehr darauf, seinen Mund auf ihrer Klitoris zu halten, als sie sich gegen ihn drückte. Als sie schließlich explodierte, war das eines der schönsten Dinge, die Midas jemals erlebt hatte. Sie spannte ihre Bauchmuskeln an und zitterte unkontrolliert, als sie zum Höhepunkt kam.

Seine Finger waren nass von ihrem Saft und er wusste, dass sein Gesicht auch davon bedeckt war. Er leckte sich über die Lippen und griff in seine Hosentasche. Es war so klischeehaft, ein Kondom in der Brieftasche bei sich zu haben, aber er wollte bereit dafür sein, Lexie zu schützen, egal wann es so weit wäre. Er hatte eine neue Schachtel Kondome in seiner Nachttischschublade, ein paar im Badezimmer, ein Päckchen im Handschuhfach seines Wagens und eines hatte er in seine Brieftasche gesteckt, nur für den Fall der Fälle. Er hatte nicht damit gerechnet, dass sich die Dinge so entwickeln würden, aber es tat ihm auch nicht leid. Und er war verdammt froh, dass er vorbereitet war, weil er es auf keinen Fall bis in sein Schlafzimmer schaffen würde.

Er musste in dieser Frau sein. Sofort!

Er stand auf und riss das kleine Päckchen mit den Zähnen auf, dann zog er sich die Hose über die Hüften. Es tat fast weh, seinen Schwanz zu berühren, aber er rollte das Kondom schnell über seine Erektion. Er trat auf Lexies Shorts, die er ihr bis zu den Knöcheln heruntergezogen hatte, und befreite sie davon. Er packte sie noch einmal am Hintern, hob sie hoch und lehnte sie gegen die Wand.

»Ich werde dich jetzt ficken, Lex. Hier und jetzt. Wenn du das nicht willst, wenn du mich nicht willst, ist jetzt deine letzte Chance, es mir zu sagen«, erklärte er und gab ihr noch eine Gelegenheit, es zu verlangsamen, zu stoppen ... was auch immer.

Aber Lexie lächelte nur und legte ihre Arme um seine Schultern. »Nimm mich. Jetzt«, forderte sie.

Midas hob sie mit dem Arm leicht hoch und griff nach seinem Schwanz. Er konnte fühlen, wie er in seiner Hand pochte. Er strich damit über ihre klatschnassen Schamlippen und drückte sich dann mit einem langen, kräftigen Stoß in ihren Körper.

Lexie stöhnte, als Midas sie ausfüllte. Er war größer als jeder andere Mann, mit dem sie jemals zusammen gewesen war, aber sie war so feucht, dass es zwar kurz etwas drückte, als er in sie eindrang, aber es tat nicht wirklich weh. Er hielt einen Moment still, als er tief in ihr war, als wollte er ihr Zeit geben, sich an seine Größe zu gewöhnen.

Noch nie zuvor hatte jemand sie so geleckt. Die Männer, mit denen sie in der Vergangenheit zusammen gewesen war – was nicht sehr viele gewesen waren –, hatten sie vielleicht ein paarmal vor dem Sex halbherzig geleckt.

Aber Midas hatte es offensichtlich sehr genossen. Sie war so verdammt schnell gekommen, dass es fast peinlich war, wenn sie nicht so erregt gewesen wäre. Es war eine ganz neue Erfahrung, im Stehen zum Orgasmus zu kommen. Das war für sie das erste Mal gewesen.

Und sie schätzte es, dass er vorbereitet gewesen war und ein Kondom zur Hand hatte. Sie hatte ebenfalls eine Packung in ihrer Tasche, aber es hätte zu lange gedauert, sie herauszuholen. Und die Tatsache, dass sie immer noch direkt an seiner Tür standen, er mit der Hose um seine Knöchel und sie immer noch in ihrem Trägerhemd, war wahnsinnig heiß.

»Ich werde das nicht lange durchhalten«, keuchte Midas. »Du fühlst dich einfach zu gut an.«

Sie spannte ihre inneren Muskeln an und schließlich begann er, sich zu bewegen. Er zog sich zurück und stieß erneut kräftig in sie hinein. Dann noch einmal. Und wieder.

Lexie schloss die Augen und ließ den Kopf gegen die Wand hinter sich fallen.

Midas stöhnte bei jedem Stoß, was den Moment umso lustvoller machte. Sie wollte sich bewegen, ihre Beine weiter spreizen, sich gegen ihn drücken, doch sie konnte sich lediglich nehmen, was er ihr gab.

Und obwohl Midas sie hart nahm, achtete er sehr darauf, ihr nicht wehzutun. Er schlug sie nicht gegen die Wand und hielt sie nicht zu fest, um blaue Flecke zu vermeiden. Und plötzlich war es ihr nicht mehr genug. Sie brauchte mehr.

Lexie wusste, dass er sie nicht fallen lassen würde, also

schob sie ihre Hände zwischen sich, bis sie den Saum ihres Trägerhemdchens greifen konnte. Sie zog es sich über den Kopf und spürte, wie ihr Haar zurück auf ihre Schultern fiel. Sie konnte den Verschluss ihres BHs auf ihrem Rücken nicht erreichen, also zog sie die Träger hastig nach unten, bis ihre Brüste frei waren.

Lexie lehnte sich zurück, so weit sie konnte, und forderte: »Saug an mir.«

Sie war beim Sex noch nie so erregt gewesen. Aber mit Midas fühlte sie sich vollkommen ungehemmt. Sie fühlte sich so sexy wie niemals zuvor.

Ohne ein Wort neigte Midas den Kopf und nahm eine ihrer Brustwarzen in den Mund. Die Position war schwierig und er hörte auf, sie zu ficken, während er saugte. Lexie stöhnte. Gott, er saugte an ihrer Brustwarze, genau wie er es mit ihrer Klitoris getan hatte, hart und hemmungslos. Ein Blitz schoss durch die Nerven von ihrer Brust bis zu ihrer Muschi und sie wand sich unter ihm.

Mit einem Mal ließ er ihre Brustwarze los und grinste. »Problem?«, fragte er.

»Beweg dich«, forderte Lexie.

»So?«, fragte er, zog sich ein wenig zurück und drückte sich dann langsam wieder in ihren Körper hinein.

»Nein«, beschwerte sie sich.

»Hey, du hast mich unterbrochen«, sagte Midas mit glänzenden Augen.

»Beschwerst du dich?«, fragte Lexie, griff nach ihrer Brust und spielte mit der harten Brustwarze.

»Verdammt, deine Titten sind fantastisch«, hauchte Midas.

Sie konnte die blaue Farbe seiner Iris kaum noch erkennen, weil seine Pupillen so erweitert waren. Sie fühlte sich schön und mächtig. Aber sie brauchte noch mehr.

»Bitte«, bettelte sie. Sie hatte noch nie einen Mann darum angebettelt, sie zu ficken, aber sie würde alles tun, damit er sie wieder kommen ließ.

Sie musste nicht zweimal bitten. Midas begann, gegen sie zu hämmern, und sein Blick war auf ihre Brüste gerichtet, als sie bei jedem Stoß hüpften.

»Fass dich an«, befahl er. »Ich will fühlen, wie du an meinem Schwanz kommst.«

Lexie zögerte nicht. Mit der linken Hand packte sie seine Schulter und die rechte steckte sie zwischen ihre Beine. Es war nicht leicht, weil ihre Bäuche bei jedem seiner Stöße gegeneinanderschlugen. Aber sie schaffte es, ihre Klitoris zu massieren, während er sie weiter hart gegen die Wand fickte.

Mit zwei Fingern streichelte sie sich selbst und mit dem kleinen Finger berührte sie seinen Schwanz, jedes Mal, wenn er ihn herauszog.

Beide stöhnten, verloren in ihrer Erregung. Für einen Moment hing Lexie gefangen zwischen einem Monsterorgasmus und der Angst, dass sie explodieren würde, wenn sie zum Höhepunkt käme. Aber dann beugte Midas sich vor und nahm ihr Ohrläppchen zwischen seine Zähne. Er biss zu, nicht so hart, dass es wehtat, aber hart genug, sodass ein Kribbeln bis in ihre Klitoris ausstrahlte.

Sie schrie auf, als sie zum zweiten Mal an diesem Abend kam, und jeder Muskel in ihr spannte sich an, als sie vor Ekstase zitterte.

»Oh ja, verdammt ... Lex!«, keuchte Midas, als er sich so weit wie möglich in sie hineinschob und ebenfalls explodierte.

Sie konnte fühlen, wie er zitterte, als er kam, und sie betete, dass er sie nicht fallen lassen würde. Aber sie brauchte sich keine Sorgen zu machen. Midas würde sich eher den eigenen Arm abschneiden, als ihr wehzutun. Er zog sie fest an sich und holte tief Luft, als er sich von der Wand zurückzog. Sie spürte, wie er sich vorbeugte und es irgendwie schaffte, mit einer Hand seine Stiefel und Socken auszuziehen, bevor er aus seiner Hose stieg und sie im Flur liegen ließ, als er mit ihr auf dem Arm durch den Wohnbereich in Richtung Schlafzimmer ging.

Lexie konnte nicht anders, als zu kichern. Sie waren verschwitzt und sie konnte spüren, wie feucht sie zwischen den Beinen war. Ihr BH war um ihren Bauch gewickelt und Midas war splitternackt. Sie mussten lächerlich aussehen, aber sie konnte seinen Schwanz immer noch in sich fühlen. Obwohl er gekommen war, war er immer noch halb hart.

Und einfach so war sie schon wieder erregt.

Anstatt sie zu seinem Bett zu bringen, ging Midas in das große Badezimmer. Sie hatte es bewundert, als sie es zum ersten Mal gesehen hatte, aber jetzt nahm sie es kaum wahr. Sie hatte nur Augen für Midas.

Er setzte sie mit dem nackten Hintern sanft auf den Waschtisch und sie zuckte wegen der Kälte, die auf ihre Haut traf, kurz zusammen.

»Entschuldige«, murmelte er, als er sich langsam aus ihrem Körper zog.

Lexie schaute nach unten und sah, wie das von ihren Säften glänzende Kondom von seinem Schwanz hing. Ohne zu zögern, zog Midas es ab und warf es weg. Dann legte er seine Arme um sie, öffnete ihren BH und warf ihn hinter sich auf den Boden.

Sie bemühte sich, ihren Bauch einzuziehen, da sie sich nicht in der schmeichelhaftesten Position befand, aber sie hätte sich keine Sorgen darum machen müssen. Er sah sie ehrfurchtsvoll an, stützte sich mit den Händen neben ihren Hüften ab und beugte sich vor.

»Du bist so verdammt schön«, sagte er. »Und du bist die Meine.«

Lexie hatte kein Problem damit, dass er sie für sich beanspruchte. Sie fuhr mit ihren Händen über seinen Bizeps. Sie spürte, wie die Spitze seines Schwanzes ihren Oberschenkel berührte, und lächelte. »Nur wenn du auch der Meine bist.«

»Deiner«, stimmte er zu und senkte dann den Kopf.

Sie erwartete, dass er sie fest und leidenschaftlich küsste, aber stattdessen nippte er an ihren Lippen, nahm sich Zeit und leckte und knabberte an ihr. Es war ... süß. Und nach dem, was sie gerade getan hatten, hatte sie das nicht von ihm erwartet.

»Bist du wund?«, fragte er gegen ihre Lippen.

Lexie errötete und schüttelte den Kopf. In diesem Moment war sie alles andere als wund. Morgen früh? Ja, sie hatte keinen Zweifel daran, dass sie ihre Trainingseinheit definitiv spüren würde. Aber im Moment fühlte sie sich einfach nur ... heiß.

Midas bewegte sich und schob ihre Beine weiter auseinander. Lexie lehnte sich zurück und gewährte ihm freien Blick. Es hätte ihr peinlich sein sollen, das war es aber nicht. Dieser Mann hatte Himmel und Hölle in Bewegung gesetzt, um zu ihr zu gelangen, als er glaubte, sie wäre in Gefahr. Sie konnte das immer noch nicht aus ihrem Kopf bekommen. Er war kein Casanova. Er war nicht nur wegen Sex bei ihr. Er mochte sie tatsächlich, was für eine Frau, die als Kind als dumm bezeichnet wurde und ihr ganzes Leben das Gefühl gehabt hatte, ein Dasein im Schatten zu führen, verdammt erstaunlich war.

Es gefiel ihr, Midas' ungeteilte Aufmerksamkeit zu bekommen. Lexie drückte ihren Rücken ein wenig durch und seine Blicke wanderten zu ihrer Brust.

»Du wirst noch einmal kommen und dann werde ich dich sanft und langsam nehmen«, informierte Midas sie.

»Meinst du, du kannst es langsam?«, fragte sie aufrichtig interessiert.

Er zuckte zusammen. »Ich weiß es nicht. Aber ich werde es versuchen«, sagte er. Dann fuhr er mit seiner Hand zwischen ihre Beine und Lexie stöhnte. Er fummelte nicht herum, seine Bewegungen waren nicht zögerlich. Genau wie in dem Moment, in dem er sich auf sie gestürzt hatte, wusste er genau, was er tat.

»Hattest du schon jemals einen G-Punkt-Orgasmus?«, fragte er.

Lexie konnte nicht sprechen, sie konnte nur den Kopf schütteln.

»Ausgezeichnet«, sagte er. »Ich habe das noch nie gemacht, aber ich habe es in Videos gesehen.«

»Pornos?« Sie atmete tief ein und rekelte sich auf dem Waschtisch.

»Nein, nicht wirklich, eher Lehrvideos«, sagte er. »Das könnte etwas schmutzig werden, deshalb sind wir hier.«

»Hattest du das geplant?«, fragte sie.

»Von dem Moment an, in dem du an meiner Zunge gekommen bist«, gab er zu. »Jetzt entspann dich und genieße es. Ich verspreche dir, es wird dich umhauen.«

Lexie hatte keinen Zweifel daran. Alles, was er bisher getan hatte, hatte ihre Erwartungen bei Weitem übertroffen.

Midas fing an, seine Finger in ihren Körper hineinzustoßen und wieder herauszuziehen, und rieb über den Bereich tief in ihrem Körper, von dem sie wusste, dass dort ihr G-Punkt zu finden war. Mit der anderen Hand hielt er sie fest und benutzte seinen Daumen, um ihre Klitoris hart und schnell zu massieren.

Ein erotischer Schmerz stieg in ihrem Körper auf. »Midas!«, schrie sie auf.

»Ja, das ist es, lass es raus.«

Sie wollte sich zurückziehen, sie versuchte, sich zurückzuziehen, aber sie konnte seinen Händen und Fingern nicht entkommen. Der Raum um sie herum begann, sich zu drehen, als Lexie dem Orgasmus entgegenfieberte, der sich in ihr aufbaute. Gleichzeitig schien ihr Körper sich dagegen zu sträuben.

»Lass dich gehen. Du bist so verdammt schön, Lex. Das ist so beeindruckend. Du bist so feucht. Du kannst das. Komm für mich. Das ist es. Verdammt, ja ...«

Lexie hatte keine Ahnung, wie viel Zeit vergangen war. Sie wusste nur, dass dieser Mann sie vollkommen für sich eingenommen hatte. Sie schmolz unter seiner Berührung dahin und sollte er sie jemals verlassen, würde sie sich niemals davon erholen.

In einem Moment fühlte es sich an, als müsste sie schlimmer pinkeln als jemals zuvor in ihrem Leben, und im nächsten war ihre Ekstase so stark, dass ihr fast schwarz vor Augen wurde. Der Orgasmus, der durch ihren Körper schoss, war mit nichts zu vergleichen, was sie jemals zuvor erlebt hatte. Er war alles verzehrend, als würde sich jedes Molekül in ihrem Körper von innen nach außen wenden. Ihre Beine zitterten und sie konnte nicht mehr klar denken.

»Oh mein Gott, das war absolut unglaublich«, sagte Midas ehrfürchtig, als er sie nun mit seinen Fingern sanft weiter massierte.

»Du nimmst mir die Worte aus dem Mund«, flüsterte Lexie.

Er lachte leise. Dann zog er sie wieder an sich und hob sie hoch. Er trug sie in sein Schlafzimmer und zog mit einer Hand die Decke zur Seite, bevor er sie sanft auf den Rücken legte.

Lexies ganzer Körper kribbelte und sie konnte fühlen, wie feucht sie war. Sie konnte ihre eigene Erregung sogar riechen. Sie hörte, wie eine Verpackung aufgerissen wurde, dann war Midas wieder zwischen ihren Beinen. Ohne ein Wort zu sagen, drückte er sich noch einmal in ihren Körper.

Lexie sah, wie er für einen Moment die Augen schloss und vollkommen stillhielt. Er sah auf sie hinunter und sie atmete bei dem Ausdruck in seinen Augen tief ein. Es war ...

Hingabe.

Das Wort Liebe konnte sie nicht verwenden, denn das wäre verrückt, oder?

Dann bewegte er sich und sie konnte sich nur noch dem Gefühl hingeben. Diesmal spürte sie keinen Schmerz, nicht einmal ein wenig. Sie spürte lediglich Lust, als Midas sie langsam liebte. Es gab kein anderes Wort dafür. Zuvor hatte er sie gefickt, jetzt liebten sie sich.

Er beugte sich über sie und betete ihre Brüste an, während er sich weiter in ihren Körper hineinschob und wieder heraus-zog. Starke Stöße, gefolgt von sanftem Lecken und Saugen. Dann knetete er ihre Brüste und spielte mit ihren Brustwarzen.

Es fühlte sich an, als würde jede seiner Berührungen einen Nervenimpuls quer durch ihren Körper direkt in ihre Klitoris leiten.

Tränen traten ihr in die Augen, als sie zu ihm aufblickte. Sie hatte keine Ahnung, warum sie weinte. Wahrscheinlich eine Überreizung ihrer Gefühle und Emotionen. Aber Midas flippte nicht aus. Er lächelte nur sanft.

»Ich weiß«, flüsterte er. »Es ist überwältigend, aber auf gute Weise, oder?«

Lexie schluckte schwer und nickte.

»So wird es von jetzt an immer sein. Vielleicht nicht jede Nacht so intensiv, aber das ist unsere neue Normalität.«

Sein Vertrauen in ihre gemeinsame Zukunft machte sie an. Lexie wollte das. Sie wollte es mehr, als sie jemals etwas in ihrem Leben gewollt hatte.

Midas liebte sie weiterhin langsam und sanft, bis er es nicht mehr aushalten konnte. Dann wurden seine liebevollen Stöße härter und schneller. Lexie genoss sein Liebesspiel, aber sie liebte es, wie er sie zuvor gefickt hatte. Da gab es einen deutlichen Unterschied.

Sie spürte, wie ein kleiner Orgasmus in ihr aufkeimte, der wie eine warme Decke über sie zog, anders als der Tsunami, den sie zuvor gefühlt hatte. Midas stöhnte, stieß erneut hart in sie und warf den Kopf in den Nacken, als er kam.

Er ließ sich sofort auf sie fallen, achtete darauf, sie nicht zu zerquetschen, drehte sich dann um und drückte sie an sich. Er hielt sie fest an sich, so wie er es in Somalia getan hatte, und Lexie begann, mit seiner Brustwarze zu spielen, als sie vollkommen schlaff auf ihm lag.

»Würdest du schlecht von mir denken, wenn ich dir sage, dass ich mir damals in dem Loch vorgestellt habe, wie du nackt auf mir liegst?«, fragte Midas.

Lexie kicherte. »Nein, weil ich denselben Gedanken hatte.«

Einige ruhige Minuten vergingen, dann sagte er: »Ich muss aufstehen.«

Seufzend nickte Lexie und rollte sich zur Seite. Als er ins Badezimmer ging, konnte sie nicht anders, als seinen Hintern zu bewundern. Midas war ein verdammt schönes Exemplar von einem Mann, und er gehörte ganz und gar ihr.

Sie lächelte immer noch, als er wiederkam. »Warum grinst du so?«, fragte er.

»Nur so«, erwiderte sie.

Midas hielt einen Waschlappen in der Hand. »Beine breit«, forderte er.

Diesmal wurde Lexie rot. Es war eine Sache, sich ihm auf dem Waschtisch so zu zeigen, als sie vor Lust nicht mehr wusste, wo oben und unten war, aber jetzt im Nachhinein war das eine ganz andere Sache.

»Ich muss dich säubern«, sagte er sanft. »Du brauchst dich nicht zu schämen.«

»Ich kann das allein tun.«

»Ich weiß, dass du das kannst«, sagte Midas. »Du bist eine erwachsene Frau. Aber ich möchte es tun. Ich möchte, dass es dir gut geht. Ich habe dich hart genommen.«

»Mir geht es gut«, sagte sie zu ihm.

Midas starrte sie einfach nur an.

Seufzend zog sie die Decke zurück und spreizte leicht die Beine.

Midas setzte sich auf die Bettkante und legte eine Hand auf ihren Bauch, um sie daran zu erinnern, wie er sie festgehalten hatte, während er sie im Badezimmer gefingert hatte.

»Du bist etwas geschwollen«, stellte er fest und fuhr sanft mit dem Waschlappen zwischen ihre Beine. »Und deine Klitoris ragt immer noch heraus.«

Lexie war sich nicht sicher, was sie sagen sollte. Sie hatte noch nie zuvor ein solches Gespräch mit einem Mann geführt. Also schwieg sie.

Midas lächelte, schien aber zu wissen, wie schwer das für sie war, und sagte nichts weiter. Nachdem er sie gesäubert hatte, beugte er sich vor und drückte einen leichten Kuss direkt auf ihre Lustknospe. Ihre inneren Muskeln verkrampften sich sofort wieder und Lexie stöhnte.

»Mach dir keine Sorgen, ich bin fertig – vorerst«, sagte er und warf den Waschlappen quer durch den Raum. Er landete mit einem Klatschen auf dem Fliesenboden im Badezimmer. »Darum kümmere ich mich morgen früh«, sagte er zu ihr, legte sich dann wieder hin und zog sie wieder an sich. Er zog die Bettdecke wieder hoch und Lexie seufzte zufrieden.

»Vorhin ...«, sagte er nach ein oder zwei Minuten, »das war das Schönste, was ich je gesehen habe. Du vertraust mir, dass ich dich auf eine Weise befriedigen kann, die keiner von uns zuvor ausprobiert hat.«

»Es war überwältigend«, gab Lexie zu.

Er küsste sie auf die Stirn. »Ich weiß«, sagte er nur.

Sie nahm an, dass er es tat. Aber er hatte sie dazu überredet. Sie wusste, dass dieser Mann sie immer weiter herausfordern würde. Er wollte, dass sie das Beste aus ihrem Leben herausholte. Ob emotional, beruflich oder im Bett, sie sollte einfach Spaß haben.

Und sie liebte ihn. Bis ins Mark ihrer Knochen.

Es war wahnsinnig beängstigend, das zuzugeben, aber andererseits war sie in seiner Nähe mutig genug dafür. Sie war noch nicht bereit, ihm zu sagen, wie sie sich fühlte, aber sie würde es tun, wenn die Zeit reif dafür war.

Sie gähnte und spürte, wie ihre Muskeln nachließen. »Midas?«

»Ja, Lex?«

»Nimmst du mich morgen immer noch mit, damit ich ein Dole Ananas-Softeis essen kann? Außerdem möchte ich mich mit dir in diesem Labyrinth verlaufen.«

Sie spürte, wie er an ihrer Wange grinste. »Ja, ich werde dich zur Dole Ananasplantage bringen.«

»Vielen Dank.«

»Und wenn wir zurückkommen, verbringen wir den Rest des Tages im Bett.«

Sie lächelte an seiner Brust. »Okay, wenn du darauf bestehst.«

Er fuhr mit seiner Hand über ihre Haare und sie seufzte zufrieden. Es fühlte sich falsch an zuzugeben, dass ihr nichts Besseres hätte zustoßen können, als entführt zu werden, aber es hatte ihr Midas gebracht. Dafür würde sie für immer dankbar sein.

KAPITEL DREIZEHN

Lexie winkte Midas hinterher, als er sich vom Food For All Gebäude entfernte. Die letzte Woche war unglaublich gewesen. Sie musste sich selbst kneifen, um sicherzugehen, dass sie nicht träumte. So lange Zeit war sie vollkommen allein gewesen und jetzt hatte sie nicht nur einen sehr aufmerksamen Freund, sondern sie fand schnell weitere enge Freunde.

Wenn sie nicht arbeitete, war sie bei Midas. Wenn sie nicht mit Midas zusammen war, telefonierte sie mit Elodie. Und mit ihrer Kollegin Ashlyn auf der Arbeit verstand sie sich auch sehr gut. Da sie tagsüber so viel Zeit miteinander verbrachten, war es nur natürlich, dass sie sich besser kennenlernten. Sie waren ein paarmal zum Mittagessen ausgegangen und tauschten ziemlich regelmäßig SMS aus.

Man konnte mit Sicherheit behaupten, dass Lexie von ihrer Arbeit in Hawaii begeistert war und sie sich nicht vorstellen konnte, irgendwo anders zu sein. Zum ersten Mal in ihrem Leben hatte sie das Gefühl, irgendwo dazuzugehören.

Seit sie ihre Beziehung intensiviert hatten, hatte sie jede Nacht mit Midas verbracht. Manchmal holte er sie nach der Arbeit ab und sie fuhren zu ihm nach Hause. Dann sprachen sie über ihren Tag, lachten, bereiteten gemeinsam das Abendessen zu und verbrachten den Rest des Abends damit, mehr übereinander zu erfahren … im Bett und auch außerhalb.

An anderen Tagen kam er zu ihr in die Wohnung, wo sie dasselbe taten. Lexie musste zugeben, dass sie es vorzog, sich in seinem Haus aufzuhalten, da es größer war und eine entspanntere Atmosphäre bot als ihre Wohnung. Aber die Tatsache, dass Midas alles dafür tat, um in die Stadt zu fahren, nur damit er sie sehen konnte, bedeutete ihr die Welt.

Und jeden Morgen brachte er sie in der Frühe zu Food For All, damit sie alles für den Tag vorbereiten konnte. Einige der Teilzeitbeschäftigten fingen kurz nach ihr mit der Arbeit an, aber die etwa dreißig Minuten, die sie allein war, waren eine großartige Zeit, um darüber nachzudenken, wie viel Glück sie hatte.

Theo wartete normalerweise bereits in der Nähe des Gebäudes, wenn sie kam, aber er bemühte sich, nie mit ihr zusammen hineinzugelangen. Meistens ignorierte er sie, weil er wusste, dass er nicht hineingelassen werden würde, bis andere Angestellte eintrafen.

Während der letzten Tagen war Midas, nachdem er sie zur Arbeit gebracht hatte, noch einmal wiedergekommen, um ihr einen großen Becher Kaffee zu bringen. Und er brachte ihn immer genau so, wie sie ihn mochte. Er musste das nicht tun und Lexie sagte es ihm jedes Mal. Der Kaffee, den sie auf der Arbeit kochte, war in Ordnung. Aber er bestand darauf, es zu genießen, sie zu verwöhnen.

Lexie wollte dasselbe für ihn tun. Midas arbeitete hart. Er und sein Team trainierten jeden Tag dafür, gegen das Übel auf der Welt zu kämpfen. Nachdem er sie zur Arbeit gebracht hatte, fuhr er direkt zum Stützpunkt, um sich mit den anderen Männern zu treffen und zu trainieren. Später am Tag hatten sie Besprechungen und natürlich wieder Training.

Er hatte eingeräumt, dass er und sein Team möglicherweise bald zu einer Mission aufbrechen mussten, was Lexie zu Tode erschreckt hatte. Aber sie wusste besser als jede andere, wie wichtig seine Arbeit war. Obwohl sie sich während seiner Abwesenheit also Sorgen um ihn machen würde, würde sie daran glauben müssen, dass er nach Abschluss seiner Mission gesund und munter zurückkehren würde.

Lexie ging durch den Speisesaal des Gebäudes, machte das Licht an, hob ein vereinzeltes Stück Müll auf, das am Abend zuvor zurückgelassen worden war, und stellte die Stühle auf. Sie ging in die Küche, um den Kaffee aufzusetzen und das Frühstück vorzubereiten. Außer Theo kamen nicht sehr viele andere Leute so früh am Morgen, aber sie sorgte immer dafür, dass es ausreichend Toast, Obst und Kaffee gab.

Zehn Minuten später hörte Lexie, wie die Eingangstür geöffnet wurde, und ging durch den kurzen Flur, um nachzusehen, ob es sich um einen der anderen Angestellten handelte. Sie begrüßte Stephen und sagte dann Hallo zu Theo, der hinter ihm eintrat, aber ihren Gruß nicht erwiderte, sondern sich einfach auf seinen Stuhl setzte.

Fünf Minuten später hörte Lexie erneut die Tür und drehte sich lächelnd um in der Erwartung, dass Midas in der Küche auftauchen würde.

Er trat mit einem Becher süßen Kaffee in der Hand ein und sie musste bei seinem Anblick kurz den Atem anhalten. Ja, sie hatte ihn heute früh schon gesehen und er hatte sie hart und schnell von hinten genommen, als sie in seinem Badezimmer am Waschbecken gestanden hatte, aber es raubte ihr jedes Mal den Atem, wenn sie ihn sah.

Er trug schwarze Shorts und ein dunkelblaues T-Shirt mit einem goldenen Adler auf der Brust. Es war die offizielle »Trainingsuniform« der Navy. Seine Oberschenkelmuskeln spannten sich bei jedem Schritt sichtbar an. Und das war alles, was es brauchte, um Lexie anzumachen.

»Danke«, sagte sie, als er näher kam. »Aber im Ernst, du musst mir nicht jeden Tag Kaffee holen. Ich weiß, dass es teuer ist und ein elendes Hin und Her, mich erst abzusetzen und dann noch einmal zurückzukommen.«

»Es ist schon in Ordnung«, sagte Midas. »Es macht mir überhaupt nichts aus. Es ist eine gute Ausrede, zurückzukommen und dich noch einmal zu sehen, bevor ich zur Arbeit fahre.«

Er war einfach unglaublich.

»Nun, ich weiß es zu schätzen. Vielleicht zeige ich dir heute Abend, wie sehr.«

»Vielleicht lasse ich dich«, sagte Midas gedehnt.

Er zog sie an sich und für einen langen Moment umarmten sie sich.

»Kommst du heute Abend zu mir oder soll ich zu dir kommen?«, fragte Midas.

Lexie sah zu ihm auf. »Ich weiß, dass meine Wohnung hier weit weg von dir ist«, erklärte sie ihm. Da sie kein Auto hatte und er es nicht mochte, wenn sie den Bus zu ihm nahm, fuhr er sie immer hin und her.

»Das ist mir egal. Selbst wenn du an der Nordküste wohnen würdest, würde ich trotzdem einen Weg finden, so viel Zeit wie möglich mit dir zu verbringen.«

»Du bist zu gut für mich«, sagte sie.

»Nein, das nennt sich Beziehung. Und das ist nun wirklich kein Problem«, sagte Midas. »Es wird noch oft passieren, dass wir nicht zusammen sein können, daher möchte ich die Zeit nutzen, die wir haben.«

Lexie wusste, dass er über die Zeit sprach, wenn er auf Mission wäre. Sie hatten ein wenig darüber gesprochen und sie hatte sich bemüht, ihm zu versichern, dass sie sich mit seinem Beruf arrangieren könnte. Tatsächlich war sie sehr stolz auf ihn, obwohl sie wusste, dass er auf seinen Einsätzen selbst in Gefahr sein würde.

»Also zu dir?«, fragte sie mit gerümpfter Nase.

Er lächelte. »Abgemacht. Ich glaube, ich muss heute länger arbeiten, also kann ich dich nicht von hier abholen.«

»Das ist okay«, sagte Lexie. »Ich gehe nach Hause und du kannst mich anrufen, wenn du auf dem Weg bist. Dann komme ich runter und treffe dich vor der Tür, damit du nicht extra ins Parkhaus fahren und hochkommen musst.«

»Sei vorsichtig«, ermahnte Midas sie.

»Das werde ich. Pika oder Jack können mich nach Hause bringen, wenn ich sie darum bitte, oder einer der Teilzeitbeschäftigten.«

»Ich will nicht, dass meinem Mädchen etwas passiert«, sagte Midas.

»Ich habe lange allein und an viel gefährlicheren Orten gelebt als hier«, erinnerte Lexie ihn.

»Aber damals kannte ich dich nicht«, erwiderte Midas. Er beugte sich vor, küsste sie kurz und fuhr mit einer Hand sanft über ihren Kopf. »Ich wünsche dir einen schönen Tag«, sagte er.

»Ich dir auch«, antwortete Lexie.

»Bis heute Abend.«

»Bis dann.«

Lexie nippte an ihrem Kaffee und Midas verließ die Küche. Sie hörte, wie die Eingangstür hinter ihm ins Schloss fiel, und seufzte zufrieden. Dann drehte sie sich um und machte sich an die Arbeit.

»Sieht aus, als hätte jemand einen schönen Abend gehabt«, kommentierte Aleck, als das Team sich für einen längeren Lauf aufwärmte.

Midas grinste nur.

»Im Ernst, du und Mustang macht dem Rest von uns Komplexe«, grummelte Slate.

»Hey, du musst lediglich eine Frau finden«, sagte Mustang.

»Das ist leichter gesagt als getan«, beschwerte sich Jag.

»Es ist verrückt, dass ihr beide eure Frauen auf Missionen aufgerissen habt«, warf Pid ein.

»Erstens bin ich mir nicht sicher, ob man das *aufreißen*

nennen kann«, gab Mustang zurück. »Darunter verstehe ich eher einen One-Night-Stand. Und das war Elodie für mich von Anfang an nicht.«

»Das Gleiche gilt für Lex«, warf Midas ein.

»Ich verstehe nicht, wie du den Unterschied erkannt hast. Ich meine, was hat sie von all den anderen Frauen unterschieden, die wir im Laufe der Jahre gerettet haben?«, fragte Aleck ernst.

Midas warf Mustang einen Blick zu. Dann sagte er: »Ich bin mir nicht sicher, ob ich es erklären kann. Bei mir lag es vielleicht daran, dass ich sie von der Highschool kannte. Ich möchte allerdings mit keinem anderen Mädchen von damals eine Beziehung haben. Ich vermute, es ist eine Kombination aus ihrer Tapferkeit und Stärke, die mich zu ihr hingezogen hat. Und natürlich hat es nicht geschadet, dass ich sie besser kennenlernen konnte, als wir uns stundenlang verstecken mussten.«

Mustang nickte. »Mit Elodie war es für mich ähnlich. Und ich kann nicht leugnen, dass mich interessiert hat, warum sie einen falschen Namen verwendet hat. Ich wollte wissen, warum, und ihr Problem lösen.«

»Ist es also dieses Jungfrau-in-Nöten-Ding?«, fragte Jag.

»Nein«, antworteten Midas und Mustang gleichzeitig.

Midas lächelte seinen Freund an. »Wir haben in der Vergangenheit schon oft Frauen gerettet, aber ich habe mich niemals zu einer von ihnen hingezogen gefühlt. Nicht so wie bei Lexie. Vielleicht ist es die Chemie oder eine höhere Macht, die etwas damit zu tun hat. Ich weiß es nicht. Aber ich stelle mir diese Frage auch nicht. Ich weiß nur, dass ich aufhöre, an die Arbeit oder all die Scheiße zu denken, die wir gesehen haben, wenn ich bei ihr bin. Zum ersten Mal in meinem Leben glaube ich, dass ich eine Beziehung haben könnte, wie meine Eltern sie führen.«

»Mir geht es genauso«, sagte Mustang. »Meine Eltern führen keine sehr konventionelle Ehe und sie haben viel gestritten, als ich aufgewachsen bin, aber sie sind niemals im Streit ins Bett gegangen. Ich wusste immer, dass ihre Liebe unerschütterlich war. Als ich Elodie getroffen habe, sagte irgendetwas in mir, dass es sich lohnen würde, für sie zu kämpfen. Ich kann mir vorstellen, die nächsten fünfzig Jahre mit ihr zu verbringen. Und anstatt bei diesem Gedanken auszuflippen, beruhigt es mich.«

Slate machte ein abfälliges Geräusch.

»Was? Willst du niemanden finden, mit dem du für den Rest deines Lebens zusammen sein möchtest?«, fragte Mustang.

»Das ist es nicht. Ich meine, ich mag Elodie, und Lexie scheint auch cool zu sein. Aber es ist nicht so einfach, eine Frau zu finden, die sich mit dem abfinden kann, was wir tun«, sagte Slate.

»Ganz zu schweigen davon, jemanden zu finden, der nicht nervt«, fügte Pid hinzu.

Mustang nahm einen Stock und warf ihn auf seinen Teamkameraden.

»Das war ein Scherz«, verteidigte sich Pid und hob die Hände.

Midas grinste. Er wusste, was seine Freunde meinten. Er hatte sich ähnlich gefühlt, bevor er Lexie getroffen hatte. Er lebte gern allein und hatte sich nicht vorstellen können, für den Rest seines Lebens ständig jemanden in seiner Nähe zu haben. Aber jetzt freute er sich jeden Tag auf den Feierabend, denn das bedeutete, Lex wiederzusehen. Ja, der Sex war unglaublich, der Beste, den er jemals gehabt hatte. Und ja, sexuelle Kompatibilität war wichtig für eine gesunde Beziehung. Aber er freute sich auch darauf, mit ihr auf seiner Veranda zu sitzen und über ihren Tag zu reden, mit ihr in der Küche zu lachen oder beim Autofahren ihre Hand zu halten.

Genau wie Mustang konnte er sich vorstellen, mit ihr alt und grau zu werden und immer noch ihre Gesellschaft zu genießen.

»Oh scheiße, jetzt ist er stumm geworden«, murmelte Aleck.

»Wahrscheinlich denkt er an den vielen Sex, den er bekommt und wir nicht«, fügte Jag hinzu.

Daran hatte er nicht gedacht, aber jetzt, wo er es erwähnt hatte ... Midas konnte nicht anders, als sich daran zu erinnern, wie großartig Lexie sich an diesem Morgen angefühlt hatte. Ja, er war ein glücklicher Mann, und das wusste er.

»Genug Gerede über Sex«, sagte Slate. »Einige von uns haben keinen und diese fünfzehn Kilometer laufen sich nicht von selbst.«

»Warum bist du so verdammt ungeduldig, Mann?« Jag schüttete den Kopf. »Im Ernst, hast du noch nie davon gehört, dass die besten Dinge im Leben zu denen kommen, die geduldig sind?«

»Nicht zu mir. Wenn ich zu lange auf etwas warten muss, werde ich normalerweise enttäuscht«, gab Slate zurück. »Jetzt kommt schon, ihr Bummelanten. Lasst uns das hinter uns bringen.« Dann lief er los.

Weil sie alle sehr ehrgeizig waren, folgte der Rest des Teams ihm auf den Fersen.

Später am Tag hielt Midas vor Lexies Wohnung an. Der Nachmittag war lang und stressig gewesen und er konnte sich nichts Besseres vorstellen, als sein Mädchen zu sehen und Zeit mit ihm zu verbringen. Bei Lexie fühlte er sich besser.

Er hatte sie angerufen, als er auf dem Weg war, und sie hatte versprochen, auf ihn zu warten. In dem Moment, in dem er vorfuhr, kam sie aus der Tür und ging zu seinem Wagen. Er wollte aussteigen, um ihr die Tür zu öffnen, aber sie war schneller als er. Sie stieg ein und bei dem Lächeln auf ihrem Gesicht fühlte er sich sofort besser.

»Hallo«, sagte sie fröhlich und beugte sich zu ihm hinüber.

Sie zu küssen war zu einer Selbstverständlichkeit geworden und Midas nahm ihre Einladung begierig an. Er fuhr mit seiner Hand in ihre Haare, zog sie über die Armlehne und küsste sie fast verzweifelt. Als er sich zurückzog, war ein Teil der Heiterkeit aus ihrem Blick verschwunden.

»Geht es dir gut?«

Scheiße, er hatte nicht vorgehabt, sie zu beunruhigen. »Mir geht es gut. Es war ein langer Tag«, sagte er. »Aber jetzt, wo ich dich sehe, geht es mir gleich viel besser.«

»Geht mir genauso«, stimmte sie zu. »Nicht dass ich einen schlechten Tag hatte, aber dich zu sehen ...«

Er lächelte, fuhr mit dem Daumen über ihre Unterlippe und ließ sie dann widerwillig los. »Ich dachte, wir könnten auf dem Heimweg etwas zu essen besorgen. Hast du Hunger?«

»Ich könnte etwas zu essen vertragen«, sagte sie.

»Gut.«

Die Rückfahrt zu seinem Haus ging relativ schnell. Sie hatten Glück und es gab keinen Stau auf der Schnellstraße. Lexie hatte beim Dixie Grill angerufen und einige Gerichte bestellt. Midas knurrte bereits der Magen von dem köstlichen Geruch der Speisen im Wagen.

Zu Hause angekommen arbeiteten sie gemeinsam in seiner Küche, als wären sie schon jahrelang zusammen. Lexie holte Teller und Besteck, während Midas Getränke für beide holte. Ohne es absprechen zu müssen, gingen sie mit ihren Gerichten auf die Terrasse. Während des Essens unterhielten sie sich und nachdem sie fertig waren, stellte Lexie ihre Teller auf einen kleinen Beistelltisch, bevor sie sich auf seinen Schoß setzte.

Sie hatten sich einmal in dieser Stellung geliebt und Midas wusste, dass er niemals wieder hier draußen sitzen könnte, ohne daran denken zu müssen, wie sexy sie ausgesehen hatte, als sie ihn geritten hatte. Aber im Moment war ihm offensichtlich eher nach Kuscheln als nach Sex zumute. Sie legte den Kopf auf seine Brust, und er nahm sie in seine Arme und drückte sie an sich.

»Willst du darüber reden?«, fragte sie leise.

Ja, sie merkte, dass er nicht er selbst war, obwohl er sich bemühte, seine Sorgen zu verbergen. Midas dachte nicht einmal daran, nicht mit ihr darüber zu reden.

»Es sieht so aus, als müssten wir in ein paar Tagen auf Mission. Ich kann dir nicht sagen, wohin oder wie lange wir weg sein werden.«

»Okay.«

Midas blinzelte bei ihrer einfachen Antwort. »Okay?«, fragte er.

Lexie hob den Kopf. »Ja.«

Er runzelte die Stirn. »Ich hatte erwartet, du würdest Fragen haben, oder zumindest, dass deine Antwort nicht nur ›okay‹ wäre.«

»Ich habe Fragen«, sagte Lexie. »Aber ich weiß, dass du sie mir nicht beantworten kannst. Es macht also keinen Sinn, sie dir zu stellen und uns beide damit zu stressen. Midas, ich weiß, was du beruflich machst. Es gefällt mir nicht, nicht zu wissen, wo du bist und wann du zurück sein wirst. Aber kann ich etwas dagegen tun? Nein! Ich muss daran glauben, dass du vorsichtig sein wirst und dass ich dich gesund und munter wiedersehen werde. Deine Freunde sind bei dir und ich habe dich selbst in Aktion erlebt. Also anstatt dich mit sinnlosen Fragen zu überhäufen und uns beide zu belasten, habe ich mich entschieden, ruhig zu bleiben.«

»Kannst du ruhig dabei bleiben?«, fragte Midas.

Lexie legte den Kopf wieder auf seine Brust. »Nein«, sagte sie leise.

Midas fuhr mit seiner Hand sanft über ihren Hinterkopf. »Und deshalb bin ich in dieser Stimmung«, gab er zu. »Ich habe noch nie zuvor Zweifel gehabt, auf Mission zu gehen. Es ist mein Job. Es ist das, was ich tue. Ich habe mich eigentlich sogar immer darauf gefreut. Aber jetzt fühlt es sich anders an. Als stünde mehr auf dem Spiel. Ich nehme an, das passiert, wenn man jemanden liebt.«

Die Worte waren ihm, ohne darüber nachzudenken, über die Lippen gekommen.

Midas spannte sich an. Scheiße, hatte er es versaut?

Lexie richtete sich wieder auf. Sie starrte ihn einen langen Moment an. Gerade als er in Panik geraten und überlegen wollte, wie er zurückrudern und sie davon abhalten könnte auszuflippen, lächelte sie.

»Ich liebe dich auch«, gab sie leise zu.

Midas atmete erleichtert aus. »Danke. Verdammt«, murmelte er.

Lexie kicherte und legte sich wieder hin.

»Hast du ernsthaft daran gezweifelt?«, fragte sie.

Midas zuckte die Achseln. »Ich meine, wenn du noch nicht bereit gewesen wärst, das von mir zu hören, wäre es vielleicht kein guter Zeitpunkt gewesen, kurz bevor ich weg muss.«

»Ich wäre ziemlich dumm, wenn ich dich nicht lieben würde«, sagte Lexie. »Im Ernst, was kann man nicht an dir lieben? Du bist großartig im Bett, du sorgst dafür, dass ich jedes Mal zum Orgasmus komme, du hast einen verdammt heißen Körper, du bringst mir meinen süßen Kaffee, du fährst mich überall hin und du warst mit mir bei allen Touristenzielen, die diese Insel zu bieten hat, nur weil ich dich darum gebeten habe.«

»Vergiss nicht die Hula-Tänzer-Figur, die du auf mein Armaturenbrett geklebt hast«, neckte Midas.

»Genau, das auch noch. Aber im Ernst, ich war lange allein und ich hatte Beziehungen, von denen ich weiß, dass ich sie nicht vermisse. Aber ich habe auch andere Paare gesehen, die seit Jahren zusammen sind, und ich weiß es, wenn ich etwas Gutes sehe. Und du, Pierce Cagle, bist das Beste, was mir jemals passiert ist.«

»Ich bin nur ein Mann«, erwiderte er.

»Ja, das bist du«, stimmte sie zu. »Mein Mann.«

Er grinste. »Ganz genau.«

Die Sorgen, die Midas sich den ganzen Tag gemacht hatte,

seit er erfahren hatte, dass er auf Mission musste, ließen nach, während er mit Lexie in seinen Armen dort lag. Nach einer Weile sagte er: »Du wirst auf dich aufpassen, solange ich weg bin, oder?«

»Ja«, sagte sie sofort.

»Du kannst meinen Wagen benutzen, während ich nicht da bin.«

Sie schüttelte den Kopf. »Das ist nicht nötig. Ashlyn hat angeboten, mich zu fahren, wenn ich irgendwohin will.«

»Du hast mit Ashlyn darüber gesprochen?«

»Nun, nicht genau. Ich meine, ich wusste nicht, wann du abreisen würdest, aber wir haben darüber gesprochen, dass du irgendwann einen Einsatz haben wirst, und da hat sie es angeboten. Sie geht natürlich davon aus, dass du sechs Monate oder länger weg sein wirst, weil sie nicht weiß, dass du ein SEAL bist.«

»Du hast es ihr nicht gesagt?«

»Darf ich das?«, fragte sie.

»Wir gehen damit nicht hausieren, aber es ist auch kein Geheimnis«, sagte Midas. »Wenn du ihr vertraust, was du offensichtlich tust, kannst du es ihr sagen.«

»Okay.«

»Ich kann dir trotzdem meinen Wagen überlassen.«

»Nein danke. Bei meinem Glück baue ich noch einen Unfall damit. Außerdem bin ich nicht wirklich daran interessiert, Ausflüge zu machen, solange du weg bist.«

»Ich bin mir sicher, Elodie wird mit dir abhängen wollen, wenn wir nicht da sind.«

»Ich hatte bereits vor, sie anzurufen. Vielleicht mache ich mit ihr und Ashlyn einen Mädchenabend.«

»Das würde El bestimmt gefallen, da bin ich mir sicher.«

»Midas?«

»Ja, Liebling?«

Für einen Moment sagte sie nichts.

»Lexie? Du wolltest mich etwas fragen.«

»Entschuldige, ich habe es einfach für einen Moment genossen, dass du mich ›Liebling‹ genannt hast.«

Midas grinste und nahm sich vor, sie ab jetzt so oft wie möglich so zu nennen.

»Ich wollte nur, dass du weißt, dass ich glücklich bin. Ich habe so lange Zeit nur zwischen meinen vielen Umzügen gelebt, immer unterwegs von einem Land ins nächste, auf der Suche nach etwas, das mich wirklich erfüllen würde. Ich sage nicht, dass ich einen Mann brauche, um das Gefühl zu haben, dass mein Leben vollständig ist, aber ich bin sehr froh, dass ich dich getroffen habe.«

Ihre Worte bedeuteten ihm die Welt. Er mochte es, dass Lexie unabhängig war und dass sie keine Angst hatte, neue Dinge auszuprobieren. Aber er war unheimlich begeistert, dass er ihr wichtig war.

»Dasselbe gilt für mich«, sagte er und küsste sie auf den Kopf.

Sie saßen noch lange auf seiner Terrasse und sprachen über ihre Arbeit bei Food For All und was als Nächstes für sie anstehen würde. Er erzählte ihr von seinem Tag und wie Pid an diesem Morgen beim Laufen über seine eigenen Füße gestolpert war und sich die Knie aufgeschlagen hatte. Der Mann war ein tödlicher SEAL, aber höllisch ungeschickt, was verdammt lustig war.

Schließlich veränderte sich die Intensität ihrer scheinbar platonischen Umarmung, so wie es immer geschah. Lexie schob ihre Hände unter sein Hemd und streichelte seine Bauchmuskeln. Sie spielte mit den Haaren in seinem Nacken, während er dasselbe bei ihr tat. Als sie sich aufrichtete und neu positionierte, sodass sie direkt auf seinem Schwanz saß, grinste er.

»Versuchst du, mir etwas zu sagen, Liebling?«

Sie zuckte die Achseln und grinste, als sie antwortete: »Ich dachte nur, dass wir diesen bedeutenden Moment, in dem wir uns zum ersten Mal das L-Wort gesagt haben, zum Anlass nehmen, um ein wenig zu feiern.«

»Woran hast du gedacht? Ich könnte eine Flasche Champagner aus meiner Vorratskammer holen.«

»Hmmm, ich dachte eher daran, dass wir beide nach einem langen und harten Arbeitstag eine Dusche brauchen.«

»Ach ja?«, fragte Midas und bei dem Gedanken an Lexies nackten und eingeseiften Körper in seiner Dusche wurde er hart.

»Auf jeden Fall. Ich meine, wir riechen nicht so wie damals in Somalia in diesem Loch, aber du weißt schon ... wir sind auch nicht wirklich sauber.«

»Da hast du recht. Ich weiß, wie sehr du es magst, sauber zu sein.« Und das tat er. Es war nicht übertrieben, das zu sagen. Da sie drei Monate in der Wüste ohne Dusche verbracht hatte, duschte sie gern sowohl morgens als auch abends, womit er absolut kein Problem hatte, weil er sie dadurch zweimal täglich nackt aus der Dusche kommen sehen konnte.

»Das tue ich«, stimmte sie zu. »Also?«

Midas war gern bereit zu tun, was seine Frau wollte, wenn es um Sex ging, aber vorher musste er ihr noch etwas sagen. Er richtete sich auf und legte eine Hand auf Lexies Rücken, damit sie nicht umkippte. Die andere legte er an ihre Wange und blickte in ihre wunderschönen haselnussbraunen Augen, die heute einen grünen Schimmer hatten.

»Ich liebe dich, Lexie Greene. Ich bewundere deine Stärke und deinen Mut. Ich finde es großartig, dass du anderen hilfst, ohne an deine eigene Sicherheit zu denken. Es macht mich verrückt, aber ich bewundere dich dafür. Du bist der freundlichste Mensch, den ich je getroffen habe, und ja, das ist ein Kompliment. Ich habe keine Ahnung, warum du mit mir zusammen bist, aber ich werde das niemals als selbstverständlich ansehen.«

Tränen stiegen ihr in die Augen und sie sagte: »Midas.«

»Weine nicht! Du solltest niemals weinen, wenn dir jemand ein Kompliment macht. Sag einfach Danke.«

»Danke«, flüsterte sie.

»Gut, willst du jetzt ficken oder was?«

Lexie lachte, was sein Ziel gewesen war. Er mochte es nicht, wenn sie weinte, selbst wenn es Freudentränen waren.

»Ich liebe dich«, sagte sie zu ihm.

Und diese Worte fühlten sich verdammt gut an. Midas schwor sich, ihr jeden Tag zu versichern, dass er sie liebte. Er wollte nicht, dass sie jemals an seinen Gefühlen zweifelte.

Dann stand er auf und hob seine Frau mit hoch. Sie kicherte, als er zur Tür ging.

»Das Geschirr«, erinnerte sie ihn.

»Wir werden uns morgen früh darum kümmern«, versprach er. Sie hatten wichtigere Dinge zu tun. Sie mussten den ersten Tag ihres restlichen gemeinsamen Lebens feiern.

KAPITEL VIERZEHN

Lexie vermisste Midas schrecklich. Sie hatte vermutet, dass es schwierig für sie sein würde, wenn er auf Mission war, aber sie hatte keine Ahnung gehabt, wie schwierig. Vor allem, nachdem sie ihn im Laufe des letzten Monats jeden Tag gesehen oder mit ihm gesprochen hatte. Es war wie Folter, keine Ahnung zu haben, wo er war und wie es ihm ging.

Sie hatte die letzte Woche über viel gearbeitet und versucht, sich davon abzulenken, wie sehr sie ihn vermisste. Natalie war dankbar für die Extraschichten, die sie für Food For All arbeitete, und sie hatte die anderen Teilzeitbeschäftigten kennengelernt – Courtney, Christine, Stephen, Richard, Aolani, Lopaka, Mandi, Tabitha, Josie, Ramon und Beth. Sie wurde auch vertrauter mit den freiwilligen Helfern und Helferinnen.

Größtenteils verliefen ihre Tage ereignislos. Sie hatte angefangen, Natalie bei einigen Formalitäten zu helfen, wie der Auswahl der Familien, denen sie helfen würden. Außerdem hatte sie mit einigen Unternehmen telefoniert, um Spenden zu sammeln.

Theo kam immer noch häufig vorbei und Lexie behielt ihn im Auge. Er beobachtete sie definitiv auch, was ein wenig beunruhigend war, weil sie seine Motive nicht kannte. Ashlyn hatte es auch bemerkt und sogar Jack war aufgefallen, dass sie offenbar einen Bewunderer hatte. Lexie war sich da nicht so sicher und sicherheitshalber sprach sie nicht viel mit ihm, außer wenn sie ihn morgens begrüßte.

Die vier Männer, die vor zwei Wochen den Aufruhr verursacht hatten, hatte sie nicht mehr wiedergesehen. Aber hin und wieder kamen andere Gestalten vorbei, die aus irgendeinem Grund entschlossen schienen, den Frieden zu stören.

Aber im Allgemeinen war Arbeit eben auch nur Arbeit. Lexie nahm an, dass das nicht unbedingt schlecht war. Auf solche Aufregung wie den Kampf, der während ihres Telefonats mit Midas ausgebrochen war, konnte sie gern verzichten. Er wäre wahrscheinlich genauso wenig erfreut, wenn während seiner Abwesenheit noch einmal etwas passieren würde. Lexie konnte auf sich selbst aufpassen, aber wenn die Situation andersherum wäre, würde sie sich große Sorgen um ihn machen. Also verstand sie es.

Obwohl sie Midas vermisste, freute sie sich auf den heutigen Abend, denn sie hatte Pläne. Anstatt nach Hause zu gehen, ein Hörbuch zu hören und früh ins Bett zu gehen, hatte sie Elodie und Ashlyn zum Abendessen eingeladen. Sie wusste, dass Elodie Köchin war, und nichts, was Lexie zubereiten würde, könnte je mit ihren Kochkünsten mithalten. Daher hatte sie vorgeschlagen, dass jeder eine Vorspeise mitbringen sollte. Das wäre viel weniger Druck, als ein großes Hauptgericht vorzubereiten, besonders in ihrer kleinen Küche.

Lexie hatte eine weitere Portion Kürbisgewürzkekse gebacken, da sie sich erinnerte, dass Elodie sie gemocht hatte, als sie sich vor einiger Zeit beim Grillen kennengelernt hatten. Dazu hatte sie gefüllte Eier und eine kalte Platte mit Wurst, Fleisch, Käse und Crackern vorbereitet. Schließlich hatte sie noch ein paar Blätterteig-Käsestangen gebacken.

Sie hatte es auch mit den Getränken ein wenig übertrieben. Sie war sich nicht sicher, was die anderen Frauen mochten. Sie hatte ein paar Flaschen alkoholisches Wasser namens White Claw besorgt, einige Smirnoff Ice Mixgetränke, eine Flasche Rotwein, die ihr die nette Dame im Supermarkt empfohlen hatte, als diese Lexie verloren in der Weinabteilung hatte stehen sehen, und schließlich ein paar Flaschen Lite Bier. Was übrig blieb, würde sie mit zur Arbeit nehmen und an ihre Kollegen verschenken.

Lexie war keine große Trinkerin, aber gelegentlich genoss sie einen Drink. Sie freute sich darauf, Elodie und Ashlyn besser kennenzulernen. Morgen war Samstag, also hatte sie zwei Tage frei, um sich zu erholen, sollten sie die Nacht durchmachen. Natürlich waren die Wochenenden ohne Midas nicht halb so aufregend.

Es klopfte an der Tür und Lexie schaute durch den Spion. Auf der anderen Seite sah sie ihre beiden Gäste stehen. Sie öffnete schnell die Tür und bat sie herein.

Als sie eintraten, sagte Lexie: »Willkommen! Ich weiß, es ist nicht sehr groß, aber ...«

»Es ist wunderbar«, unterbrach Elodie sie, bevor Lexie ihren Satz beenden konnte. »Es erinnert mich an das Zimmer, das ich gemietet hatte, als ich hier ankam«, sagte sie. »Meine Vermieterin Kalani war sehr nett und mein Zimmer war genauso klein.«

»Meine Wohnung ist auch sehr ähnlich«, sagte Ashlyn. »Mach dir keine Gedanken.«

»Ich sollte euch wahrscheinlich gegenseitig vorstellen«, sagte Lexie.

»Das ist nicht nötig. Wir haben uns auf dem Weg nach oben unterhalten. Wir sind zur gleichen Zeit angekommen. Wir sind jetzt schon praktisch beste Freundinnen.«

Ashlyn lächelte Elodie an und nickte.

»Großartig. Ihr könnt eure Sachen hier hinstellen und dann können wir entscheiden, was noch einmal in den Ofen geschoben werden muss. In der Zwischenzeit können wir mit dem anfangen, das kalt gegessen werden kann.«

Die beiden Frauen stellten ihre Taschen auf die Theke und begannen mit dem Auspacken.

»Das war eine gute Idee, eine Auswahl an Vorspeisen zum Abendessen zu haben«, sagte Elodie. »Weil ich Vorspeisen nämlich liebe.«

»Ich auch«, fügte Ashlyn hinzu. »Vorspeisen sind mein Lieblingsgericht, wenn ich ausgehe.«

»Ganz zu schweigen von Tortilla-Chips und Salsa beim Mexikaner«, warf Elodie mit einem Kichern ein.

Lexie lächelte. Es gefiel ihr, dass die beiden anderen Frauen genauso aufgeregt waren wie sie.

»Was habt ihr vorbereitet?«, fragte Ashlyn.

»In Speck eingewickelte Wasserkastanien, mit Kicher-erbsen gefüllte Mini-Paprikaschoten und Wan-Tan-Sterne mit Würstchen«, sagte Elodie abwesend und packte weiter aus.

Ashlyn und Lexie starrten sich einen Moment an, bevor sie beide in Lachen ausbrachen.

Elodie blickte auf. »Was?«, fragte sie und wusste offensicht-lich nicht, was so lustig war.

Als Lexie sich unter Kontrolle hatte, sagte sie: »Oh mein Gott, das ist alles so ausgefallen.«

»Nein, ist es nicht. Ich wollte nur Dinge mitbringen, die lecker und leicht zu essen sind.«

»Das klingt alles so lecker«, sagte Ashlyn. »Wie lange hast du dafür gebraucht?«

»Überhaupt nicht lange. Ich habe heute früh mit den Vorbereitungen angefangen und gegen Mittag alles zubereitet. Ich hatte es so geplant, fertig zu werden, bevor ich hierher-fahre, damit alles noch warm ist, wenn ich ankomme. Es könnte wahrscheinlich ein bisschen aufgewärmt werden, aber es wird auch so gehen. Warum?« Die letzte Frage hatte sie nachgeschoben, weil sie sah, dass Lexie und Ashlyn sich schon wieder ein Lachen verkniffen.

Aber es war aussichtslos, beide Frauen fingen an zu kichern.

»Im Ernst, was ist mit euch los?«

»Entschuldige«, sagte Lexie, als sie sich wieder gefangen hatte. »Es ist nur so, dass ich ungefähr zwanzig Minuten für die Zubereitung meiner Sachen gebraucht habe, und sie sind bei Weitem nicht so kompliziert oder schick wie deine Gerichte. Eine kalte Platte mit Crackern, gefüllte Eier und Käsestangen.«

»Und ich habe Fritos, einen Käse-Wurst-Dip und Wackelpudding mitgebracht«, fügte Ashlyn hinzu und lachte immer noch.

»Oh scheiße. Ich habe es übertrieben, oder?«, fragte Elodie stirnrunzelnd.

»Nein«, versicherten Lexie und Ashlyn ihr gleichzeitig.

»Die Sachen von dir sind wahrscheinlich die gesündesten. Und ich kann es kaum erwarten, alles zu kosten«, beruhigte Lexie sie.

»Ich komme sonst nicht in den Genuss von so guten Gerichten, weil ich keine Ahnung vom Kochen habe und normalerweise zu müde und hungrig bin, wenn ich von der Arbeit nach Hause komme, um etwas Komplizierteres als ein Sandwich zuzubereiten. Ich will auf jeden Fall diese Speck-Kastanien-Dinger probieren. Mir läuft schon das Wasser im Mund zusammen, wenn ich nur daran denke«, ergänzte Ashlyn.

»Ich glaube, ich hätte noch einmal nachfragen sollen, was ich mitbringen soll ...«, ärgerte sich Elodie.

»Nein. Von jetzt an werde ich bei solchen Dingen immer sehr vage sein, in der Hoffnung, dass du weiterhin deine erstaunlichen Fähigkeiten als Superköchin einsetzt, um unseren Treffen etwas Klasse zu verleihen«, sagte Lexie. Sie streckte die Hand aus und drückte sanft ihren Unterarm.

»Wie bitte? Soll das heißen, Wackelpudding hat keine Klasse?«, fragte Ashlyn.

Diesmal lachten sie alle.

»Ich habe den Ofen auf neunzig Grad gestellt. Ich denke,

das wird zum Aufwärmen ausreichen?«, sagte Lexie und es war eher eine Frage als eine Feststellung.

»Das ist perfekt«, bestätigte Elodie.

»Großartig. Ich ernenne dich hiermit zur Verantwortlichen für die Speisen«, sagte Lexie. »Und ich kümmere mich um die Getränke.«

»Dann bin ich für das Ambiente verantwortlich. Es ist verdammt dunkel hier drin«, stellte Ashlyn fest, als sie durch den Raum zum Fenster ging.

»Nein, nicht«, rief Lexie, aber es war schon zu spät. Ashlyn hatte bereits den Vorhang zurückgezogen. Sie hatte offensichtlich eine schöne Aussicht erwartet, aber als sie nur den älteren Nachbarn sah, der in nichts als seiner weißen Unterhose auf der Couch saß und Chips direkt aus der Tüte aß, kreischte sie, als hätte sie einen elektrischen Schlag bekommen.

Verzweifelt griff sie nach dem Vorhang, um ihn wieder zu schließen, aber es dauerte einige Sekunden, bis sie den Stoff in die Finger bekam und ihn wieder zuziehen konnte.

Lexie und Elodie krümmten sich vor Lachen. Sie lachten so heftig, dass ihnen Tränen in die Augen schossen, und innerhalb weniger Momente hatte Ashlyn sich ihnen angeschlossen. Es dauerte einige Minuten, bis die drei Frauen die Kontrolle über sich zurückerlangt hatten.

»Oh mein Gott, ich weiß, du hast gesagt, er sieht aus wie Homer Simpson, und du hattest so recht«, sagte Elodie mit einem breiten Lächeln.

»Ich kann es nicht fassen, dass du mich nicht gewarnt hast«, schüttelte sich Ashlyn. »Im Ernst, ich hätte einen Herzinfarkt bekommen können oder so.«

»Hey, ich habe es versucht, aber du warst einfach zu schnell«, sagte Lexie grinsend.

»Richtig. Du hast gerade von Getränken gesprochen. Ich glaube, ich brauche jetzt einen Drink«, sagte Ashlyn.

Kurz darauf hatte Ashlyn ein Glas Mimosa in der Hand, Elodie trank Wein und Lexie entschied sich für White Claw.

Sie unterhielten sich über nichts Aufregendes, während Elodie die Vorspeisen anrichtete. Zwanzig Minuten später stand die Küchentheke voller Speisen.

Die drei Frauen setzten sich auf die Barhocker und langten zu.

»Diese Speckdinger sind so gut«, lobte Ashlyn mit vollem Mund, nachdem sie sich gerade eine weitere Kastanie hineingeschoben hatte.

»Ich brauche das Rezept für diesen Käse-Dip«, erwiderte Elodie, als sie sich etwas davon von den Lippen leckte.

»Und diese gefüllten Eier sind köstlich. Und ich kenne mich damit aus, also sollte ich es wissen«, ergänzte Ashlyn mit einem Augenzwinkern zu Lexie.

Nachdem sie sich bis kurz vorm Platzen vollgestopft hatten, sprang Lexie von ihrem Barhocker und holte einen Teller, den sie beiseitegestellt hatte. Sie zog die Aluminiumfolie herunter und sagte: »Ta-da! Dessert!«

»Jetzt sag nicht, dass das deine Kürbisgewürzkekse mit Zimt-Frischkäse-Zuckerguss sind«, sagte Elodie.

»Doch«, entgegnete Lexie.

»Die musst du probieren«, schlug Elodie Ashlyn vor. »Du wirst für den Rest deines Lebens keine anderen Kekse mehr essen wollen.«

»Ich bekomme keinen einzigen Bissen mehr herunter«, erwiderte Ashlyn stöhnend.

»Wie wäre es mit einem klitzekleinen dünnen Minzoblatchen?«, fragte Lexie und zitierte einen der lustigsten Filme aller Zeiten.

»Nein, verpiss dich, ich bin randvoll«, antwortete Ashlyn, ohne zu zögern.

Lexie griff nach einem Papierhandtuch und legte es sich über den Arm, als wäre es eine Stoffserviette. Dann schnappte sie sich einen Teller und legte einen Keks darauf, bevor sie ihn Ashlyn wie eine Kellnerin in einem schicken Restaurant vor die Nase hielt. »Oh, aber Madam, nur einen.«

»Na gut, nur einen«, sagte Ashlyn grinsend.

»Nur den einen«, antwortete Lexie und verbeugte sich ein wenig.

»Was in aller Welt treibt ihr da?«, fragte Elodie.

Lexie und Ashlyn grinsten nur. Als Ashlyn ihr den Keks aus der Hand nahm, lief Lexie quer durch den Raum und versteckte sich hinter dem Vorhang, als würde sie darauf warten, dass etwas Aufregendes passiert.

»Im Ernst, was zur Hölle wird das, Leute?«, fragte Elodie.

Lexie und Ashlyn brachen in Lachen aus.

Lexie konnte sich nicht erinnern, jemals so lange gelacht zu haben. Sie kam hinter dem Vorhang hervor und erklärte auf ihrem Weg zurück in die Küche: »Das ist eine Szene aus dem Monty Python Film *Der Sinn des Lebens*. Hast du den noch nie gesehen?«

»Nein«, sagte Elodie kopfschüttelnd.

»Oh je, da hast du etwas verpasst«, erklärte Ashlyn, als sie einen kleinen Bissen von dem Keks nahm und dann stöhnte. »Heilige Scheiße, das ist ja fast wie ein Orgasmus.«

»Ich bin mir nicht sicher, ob ich so weit gehen würde«, sagte Elodie grinsend.

»Ja, die Kekse sind gut, aber Orgasmus?«, fügte Lexie hinzu. »Da kann ich dir nicht zustimmen.«

»Das liegt nur daran, dass du einen verdammt heißen Freund hast«, sagte Ashlyn.

»Stimmt«, antwortete Lexie mit einem kleinen Lächeln. »Und Elodies Ehemann ist auch nicht zu verachten.«

Elodie schlug Lexie spielerisch auf den Arm. »Er ist mehr als nur nicht zu verachten«, sagte sie und verteidigte ihren Ehemann.

Ashlyn seufzte. »Ich muss sagen, ich vermisse Sex.«

Lexie verschluckte sich fast an ihrem Getränk. Sie hatte schon lange nicht mehr so viel Alkohol konsumiert. Es war gerade genug, um ihre Hemmungen etwas zu senken und ihr den Mut zu geben, offener zu sein, als sie es sonst gewesen wäre. Ashlyns Wangen waren gerötet und sie nahm an, dass ihre neue Freundin wahrscheinlich auch die Wirkung des Alkohols spürte.

Elodie griff nach der Weinflasche und schenkte sich ein weiteres Glas ein. Lexie bemerkte, dass sie bereits drei Viertel der Flasche getrunken hatte. Ja, man konnte mit Sicherheit behaupten, dass sie alle einen kleinen Schwips hatten. Aber da sie gesund und munter in ihrer Wohnung waren, war Lexie nicht besorgt darüber. Die beiden Frauen würden mit einem Taxi nach Hause fahren.

»Du bist Single und wunderschön«, sagte Elodie und stützte ihre Ellbogen auf die Küchentheke. »Dein braunes lockiges Haar, diese haselnussbraunen Augen, dein hübsches Lächeln ... warum suchst du dir da draußen nicht ein paar heiße hawaiianische Männer, mit denen du etwas anfangen kannst?«

Ashlyn schüttelte den Kopf. »Ich bin mit einem Mann nach Hawaii gekommen«, gab sie zu. »Aber es hat nicht funktioniert.«

Lexie neigte überrascht den Kopf. Bis jetzt hatte sie nicht gewusst, dass Ashlyn mit jemandem zusammen hierhergezogen war. Es gefiel ihr nicht, dass die Dinge zwischen ihnen nicht funktioniert hatten, aber sie war erfreut, dass die Frau immer noch hier war. »Was ist passiert?«, fragte sie.

»Ich habe in der Nähe von San Diego gelebt und gearbeitet. Ich war gerade fertig mit dem Studium und noch nicht bereit, eine Karriere zu starten. Deshalb habe ich als Kellnerin in einer Kneipe namens *Aces Bar and Grill* gearbeitet. Es war fantastisch. Die Besitzerin ist eine supercoole Frau, die mit einem ehemaligen SEAL verheiratet ist.«

»Du machst Witze«, warf Elodie ein. »Ich frage mich, ob Scott ihn vielleicht kennt.«

»Hör auf, sie zu unterbrechen«, sagte Lexie zu ihrer Freundin.

»Oh, entschuldige«, entgegnete Elodie ohne jedes Zeichen von Reue.

»Wie auch immer, die Bezahlung war gut, die Kunden gaben ordentliches Trinkgeld und ich hatte sogar Kranken- und Rentenversicherung. Dann war da dieser Mann, der jeden Abend kam und mit mir flirtete. Er war heiß und etwas älter als ich ...«

»Warte, wie alt bist du?«, fragte Elodie.

»Sie wird diese Geschichte niemals zu Ende erzählen können, wenn du sie andauernd unterbrichst«, schimpfte Lexie. Sie wäre niemals so vorlaut gewesen, wenn sie nicht getrunken hätte, aber Elodie war nicht beleidigt, sie zuckte nur verlegen die Achseln und schloss pantomimisch ihre Lippen ab.

»Ich bin achtundzwanzig«, sagte Ashlyn und hob eine Hand. »Ich weiß, ich weiß, ich bin noch jung. Er war Anfang dreißig. Er war respektvoll und aufmerksam. Wir haben uns verabredet und ich habe mich in ihn verliebt. Er hat erzählt, dass er hier auf Oahu lebt und bald zurückmüsse, um seiner Familie zu helfen. Ich konnte mir nicht vorstellen, ihn nie wiederzusehen, und als er sagte, er wolle den Rest seines Lebens mit mir verbringen, habe ich zugestimmt und bin mit ihm nach Hawaii gegangen.«

»Was hat er in Südkalifornien gemacht?«, fragte Elodie.

Ashlyn seufzte und nahm einen weiteren großen Schluck von ihrem Getränk. »Das ist eine von den ungefähr hundert Fragen, auf die ich in Zukunft mehr achten sollte, bevor ich mein ganzes Leben auf den Kopf stelle und Tausende Kilometer weit wegziehe.«

Lexie legte ihre Hand auf die ihrer Freundin und Ashlyn schenkte ihr ein kleines trauriges Lächeln.

»Als wir hier ankamen, war es vorbei mit eitel Sonnenschein. Die Arbeit, von der er behauptet hatte, sie zu haben, gab es nicht, und über die angeblichen Kontakte, die mir helfen sollten, eine Wohnung zu finden, hatte er ebenfalls gelogen.«

»Das ist scheiße«, sagte Lexie.

»Ja. Wie auch immer, Franklin meinte, es wäre kein Problem, wenn ich bei ihm einziehe.«

»Franklin?«, sagte Elodie mit einem Grinsen. »Sein Name ist Franklin?«

Lexie unterdrückte ein Kichern.

»Wollt ihr jetzt den Rest meiner traurigen Leidensgeschichte hören und erfahren, warum ich keinen Sex habe, oder was?«, fragte Ashlyn verärgert.

»Entschuldige, ja, erzähl weiter«, sagte Elodie.

»Also, obwohl ich seinetwegen nach Hawaii gezogen bin, war ich noch nicht bereit dazu, mit ihm zusammenzuziehen. Vor allem nicht in eine Einzimmerwohnung. Ich bekam das Gefühl, dass er mich nur überredet hatte, nach Hawaii zu kommen, um mich auszunutzen. Es ist wohl unnötig zu erwähnen, dass die Beziehung nach dem Umzug nicht mehr lange anhielt.«

»Das kann ich dir nicht verübeln«, sagte Elodie.

»Ich meine, ich habe nichts dagegen, wenn eine Frau in einer Beziehung mehr Geld verdient oder wenn der Mann zu Hause bei den Kindern bleibt, während die Frau arbeiten geht. Ich war in der Annahme nach Hawaii gezogen, mit einem Mann zusammen zu sein, der einen stabilen Arbeitsplatz hat und mit mir Spaß haben will, aber in Wirklichkeit bin ich auf ein faules Arschloch hereingefallen, das mir eine Lüge verkauft hatte.«

Ashlyn schenkte den beiden anderen Frauen ein kleines Lächeln. »Das alles ist schon fast ein Jahr her. Ich habe die Position bei Food For All bekommen und ich bin glücklich. Und um dieses deprimierende Gespräch abzuschließen, ich vermisse trotzdem Sex. Weil ich so lange keinen mehr hatte, fühle ich mich wie eine wiedergeborene Jungfrau.«

»Das ist doch scheiße, Ash«, sagte Lexie. »Hast du die Polizei informiert?«

»Weil ich seit Monaten nicht mehr flachgelegt wurde? Ich denke, das wäre ein wenig übertrieben, oder?«, witzelte Ashlyn.

Lexie kicherte und verdrehte die Augen. »Nein, weil er ein Betrüger ist, der offensichtlich Frauen ausnutzt.«

»Technisch gesehen ist er kein Betrüger. Ein Arschloch und ein Lügner, ja. Aber ich hätte mehr Fragen stellen und nicht Hals über Kopf umziehen sollen. Ich hätte nicht einfach so mein Leben aufgeben sollen, um mit ihm hierherzuziehen«, sagte Ashlyn. »Ich habe meine Lektion gelernt. Ich bin jetzt nicht mehr so schnell bereit, eine ernsthafte Beziehung einzugehen, wie damals. Ich meine, ich habe nichts dagegen, auszugehen oder Sex zu haben, aber ich werde vorsichtiger sein, bevor ich mit jemandem zusammenziehe oder vorhabe, ihn zu heiraten.«

»Das ist irgendwie traurig«, sagte Lexie.

»Es ist in Ordnung«, beharrte Ashlyn. »Ich bin jetzt einfach schlauer. Außerdem haben sich die Dinge für mich hier in Hawaii nicht so schlecht entwickelt. Ich arbeite erst seit ein paar Monaten für Food For All, aber es macht mir wirklich Spaß. Es ist anders, als in einer Kneipe zu arbeiten, und das ist nicht schlecht. Sie bezahlen mir die Wohnung, die sogar möbliert ist, was ein Segen war. Außerdem habe ich eine bessere Aussicht als du«, sagte sie mit einem Lächeln. »Ich kann auf das oberste Deck des Parkhauses auf der gegenüberliegenden Straßenseite schauen.«

»Nun, ich bin froh, dass du meine Kollegin bist«, sagte Lexie zu ihr.

»Und ich bin froh, dass wir jetzt Freundinnen sind«, mischte Elodie sich ein. »Und wenn du jemals wissen willst, was zum Teufel dieser Franklin-Typ für ein Problem hat, dann sag Bescheid. Scott kennt einen Kerl namens Baker, der ihn sicher gern etwas genauer unter die Lupe nehmen würde.«

»Ja«, rief Lexie aus, »Midas hat mir von ihm erzählt. Er lebt an der Nordküste, richtig? Ist er eine Art Surfer?«

»Er surft, aber ...« Elodie senkte die Stimme und flüsterte, als hätte sie Angst, jemand könnte ihre Unterhaltung mithören. »Er ist auch eine Art Superspion oder so.«

»Ich glaube nicht, dass er ein Spion ist«, sagte Lexie mit einem Stirnrunzeln.

»Okay, vielleicht ist er kein Spion, aber er kann sich um Dinge kümmern. Er ist tatsächlich nach New York geflogen und hat mit dem Boss der Mafiafamilie Mittag gegessen, mit der ich solchen Ärger hatte.«

»Ehrlich?«, fragte Lexie.

»Heilige Scheiße! Mafia?«, hauchte Ashlyn.

»Ja, und er hat mir versichert, dass ich in Sicherheit bin. Und aus irgendeinem Grund glaube ich ihm. Es hat geholfen, dass Scott und die anderen Männer sich sichtlich entspannt haben, als er mir das erzählt hat.«

»Ich werde dir später die ganze Mafia-Geschichte erzählen«, flüsterte Lexie Ashlyn zu. Dann sagte sie lauter: »Baker hat für Shermake und seine Geschwister Stipendien an somalischen Universitäten organisiert«, sagte Lexie. »Es wird nicht für die Gesamtkosten reichen, aber für den größten Teil.«

Elodie nickte. »Das überrascht mich nicht. Ich bin mir jedenfalls sicher, dass er auch herausfinden könnte, was mit diesem Franklin los ist.«

»Baker klingt irgendwie beängstigend«, sagte Ashlyn.

»Ich habe ihn noch nicht persönlich kennengelernt«, entgegnete Lexie, »aber er hat scheinbar ziemlich einflussreiche Kontakte.«

»Ich habe ihn getroffen und er wirkt eher mysteriös als beängstigend«, warf Elodie ein. »Er sieht total aus wie ein Surfertyp. Er ist sonnengebräunt, hat Tätowierungen und langes Haar. Es ist größtenteils grau, also ist er ein Silberfuchs-Surfer.«

Sowohl Ashlyn als auch Lexie seufzten.

»Hört sich gut an, oder?«, fragte Elodie. »Ich habe keine Ahnung, was seine Geschichte ist, aber er hat definitiv eine dunkle Vergangenheit. Ich meine, ich schulde dem Mann alles dafür, dass keine Mörder mehr hinter mir her sind, aber er macht mir trotzdem etwas Angst. Da ist etwas in seinem Blick, das mich dazu bringt, Abstand halten und ihn gleichzeitig umarmen zu wollen.«

»Warum ist das so eine anziehende Kombination?«, fragte Ashlyn. »Ich meine, Frauen sollten vor solchen Männern davonlaufen, aber stattdessen fühlen wir uns zu ihnen hingezogen wie Motten zum Licht.«

»Bist du interessiert?«, fragte Elodie.

»An diesem alten Surfer? Nein«, erwiderte Ashlyn entschlossen.

»Ich glaube nicht, dass er alt ist«, überlegte Lexie.

»Also, für wen interessierst du dich?«, hakte Elodie nach.

»Für niemanden«, antwortete Ashlyn und starrte in ihr Glas.

»Moment ... also gibt es da jemanden«, sagte Elodie fröhlich. »Wen?«

»Niemand. Ich bin fertig mit Männern«, murmelte Ashlyn.

»Aber du hast gesagt, du vermisst Sex«, warf Lexie ein. »Wir alle wissen, dass man Sex mit einem Vibrator haben kann, aber das ist bei Weitem nicht so gut. Glaub mir, ich weiß es. Wann hast du ihn kennengelernt? Komm schon, erzähl es uns.«

»Ich habe ihn erst einmal gesehen«, gab Ashlyn zu.

»Spuck es aus«, rief Elodie.

»Wenn du es deinen besten Freundinnen nicht erzählen kannst, wem dann?«, ergänzte Lexie. Der Alkohol hatte ihre Zunge gelockert. Sie fühlte sich diesen Frauen zwar sehr nahe, aber zu sagen, sie seien beste Freundinnen, war mehr Wunschdenken als alles andere.

»Slate.«

Elodie und Lexie starrten Ashlyn mit großen Augen an, dann begannen sie, vor Aufregung zu kreischen.

»Ja«, krähte Elodie.

»Das wäre ja fantastisch«, stimmte Lexie zu.

»Aber er ist ziemlich mürrisch«, warf Elodie ein.

»Leute, ich kenne ihn nicht einmal«, sagte Ashlyn.

»Ashlyn würde perfekt zu ihm passen, weil sie so groß ist«, sagte Lexie. »Er ist nur ein paar Zentimeter größer als sie, oder?«

»So ungefähr, aber seine Muskeln sind so verdammt groß«, sagte Elodie.

»Vielleicht kann Ash seine Ungeduld etwas zügeln«, neckte Lexie.

»Hey ...«, begann Ashlyn, aber die anderen Frauen ignorierten sie.

»Ich meine, Ungeduld hat auch etwas für sich«, antwortete Elodie mit einem Grinsen.

Lexie nickte. »Oh ja«, stimmte sie zu. »Und sie ...«

»Das reicht«, schrie Ashlyn und sowohl Lexie als auch Elodie sahen sie überrascht an. Sie seufzte erneut. »Entschuldigt, aber im Ernst, ich hätte nichts sagen sollen. Ich habe ihn buchstäblich erst einmal gesehen und er war ziemlich nervig. Er hat sich aufgeführt wie Hulk und war arrogant, als er bei Food For All war. Er hat sogar versucht, mich von dir fernzuhalten«, fuhr Ashlyn fort.

Lexie nickte.

»Und nach der Geschichte mit Franklin bin ich mit älteren Männern durch. Nein danke.«

»Ich glaube, Midas hat mir erzählt, dass er in unserem Alter ist, zweiunddreißig«, sagte Lexie zu ihr. »Das ist nicht viel älter als du. Und du warst diejenige, die ihn erwähnt hat.«

»Was ich bedauere«, murmelte Ashlyn.

»Okay, okay, wir halten den Mund«, lenkte Elodie ein. »Aber eine Sache noch ganz im Ernst. Ich war von Scott und seinem Team eingeschüchtert, als ich sie das erste Mal getroffen habe, aber irgendetwas an meinem Ehemann hat sofort meine Aufmerksamkeit erregt, als ich ihn gesehen habe. Und ich glaube nicht, dass es nur daran lag, dass ich Angst hatte. Ja, Slate ist älter als du. Ja, er ist ein bisschen mürrisch und, wie Scott mir erzählt hat, sehr ungeduldig. Aber ich glaube nicht, dass du jemanden finden wirst, der respektvoller ist als Slate.«

»Du brauchst mich nicht zu verkuppeln«, sagte Ashlyn entschlossen. »Ich meine es ernst. Ich habe erst kürzlich eine schlechte Beziehung beendet, da muss ich mich nicht gleich in die nächste stürzen.«

»In Ordnung, aber es hört sich nicht so an, als hättest du mit diesem Franklin-Typen überhaupt eine richtige Beziehung gehabt. Und es ist fast ein Jahr her«, betonte Elodie.

»Vielleicht könntest du herausfinden, ob er an etwas Unverbindlichem interessiert ist«, schlug Lexie vor. »Haben SEALs nicht den Ruf, Frauenhelden zu sein?«

Ashlyn hob wenig überzeugend die Schultern. »Ich habe aus nächster Nähe gesehen, wie viele Frauen sich den Navy SEALs in Kalifornien bei *Aces* an den Hals geworfen haben. Das war widerlich. So bin ich nicht.«

»Natürlich bist du nicht so«, sagte Lexie zu ihr. »Aber das heißt nicht, dass du nicht mit ihm ausgehen kannst.«

»Es ist nur ... ist es zu viel verlangt, einen Mann zu wollen, der mich unterstützt, mich aber nicht erstickt? Jemand, der meine kontaktfreudige Persönlichkeit liebt, aber es auch versteht, wenn ich mal nur zu Hause sitzen und nicht ausgehen will? Jemand, der weiß, wo meine Klitoris ist, ohne dass ich auf das verdammte Ding hinweisen muss?«, fragte Ashlyn.

Lexie und Elodie lächelten bei ihrer letzten Frage.

»Um Gottes willen, ich möchte gar nicht erst etwas über euer beider großartiges Sexualleben hören«, sagte Ashlyn, knüllte eine Serviette zusammen und warf damit auf Lexie.

»Hey, Männer reden miteinander. Und da Scott kein

Problem hat, meine Klitoris zu finden, nehme ich an, dass Slate damit auch kein Problem haben würde.«

»Okay, ich wechsle jetzt offiziell das Thema«, sagte Lexie. »Auf diese Art kann ich über keinen von Midas' Freunden reden.«

»Okay. Ashlyn, ich habe eine Frage«, sagte Elodie.

»Schieß los.«

»Du hast gesagt, dass es dir gefallen hat, in einer Kneipe zu arbeiten. Woher weißt du, dass dir das, was du jetzt tust, Spaß macht?«

»Wie meinst du das?«, fragte Ashlyn.

»Nun ... ich habe meine Arbeit als Köchin geliebt. Aber dann ist meine Welt zusammengebrochen und ich kann mir nicht vorstellen, das wieder beruflich zu machen.«

»Du kochst nicht mehr gern?«, hakte Lexie nach.

»Das ist es nicht. Ich hatte viel Spaß dabei, für heute Abend zu kochen, aber das war für euch, nicht für einen Haufen Fremder. Es macht auch Spaß, mit Scott und den anderen Männern rumzuhängen und zu grillen und so. Aber ich habe mich gefragt, was ich mit dem Rest meines Lebens anfangen möchte. Als Touristenführerin auf einem Angelausflugsboot zu arbeiten scheidet offensichtlich aus nach dem, was mir auf dem Meer passiert ist«, sagte Elodie.

»Ich habe nachgedacht ...«, begann Ashlyn.

»Oh Gott«, platzte Lexie heraus.

»Nein, im Ernst. Du weißt, wie vielen Menschen wir bei Food For All helfen. Aber es gibt so viel mehr Lebensmittel, die verschwendet werden. Lebensmittelgeschäfte werfen abgelaufenes Brot und Gemüse weg. Verbeulte Dosen werden ebenfalls oft weggeworfen. Restaurants entsorgen tonnenweise Gerichte. Wir versuchen, sie davon zu überzeugen, es stattdessen zu spenden, aber wir sprechen nur Läden in der näheren Umgebung an. Denk nur an all die Familien, die von der Nordküste oder aus dem Osten zu uns kommen, um Nahrungsmittel zu bekommen. Das muss teuer sein, ganz zu schweigen davon, wie viel Zeit es beansprucht, den ganzen Weg bis in die Stadt zu fahren.«

»Worauf willst du hinaus?«, fragte Elodie. »Und was hat das mit mir zu tun?«

»Ich wollte mit Natalie über eine weitere Zweigstelle von Food For All sprechen, aber mit einem etwas anderen Fokus«, sagte Ashlyn. »Das, was wir als Mittagessen zusammenstellen, kann man schwerlich *Gerichte* nennen, und viele Dinge sind nicht sehr gesund. Es gibt zumeist Pommes Frites, einen Apfel und ein wenig appetitliches Sandwich. Was wäre, wenn wir mehr Geschäfte und Restaurants dazu bringen könnten, Lebensmittel zu spenden, anstatt sie wegzuwerfen? Es wäre hilfreich, wenn wir jemanden hätten, der diese Lebensmittelspenden in attraktivere und nahrhaftere Mahlzeiten verwandeln könnte.«

»Wie alt bist du noch mal?«, fragte Elodie.

»Achtundzwanzig, warum?«, fragte Ashlyn.

»Weil du viel älter wirkst. Und das klingt nach einer großen Herausforderung«, sagte Elodie. »Und viel harter Arbeit.«

Ashlyn hob nur eine Augenbraue. Dann wandte sie sich an Lexie. »Ich dachte, es leben hier wahrscheinlich viele Militärfamilien und ältere Menschen, die Hilfe gut gebrauchen könnten. Ich hatte schon überlegt, eine eigene gemeinnützige Organisation zu gründen, aber ich arbeite auch gern für Food For All. Es ist beruhigend, für eine so bekannte und etablierte Organisation tätig zu sein. Das Gebiet um Barbers Point wäre ein guter Ausgangspunkt, um zu sehen, ob wir das schaffen könnten. Und wenn ich Natalie davon überzeugen kann, bei Food For All ein gutes Wort für mich einzulegen, werde ich Hilfe brauchen. Ihr wisst schon, alles in Betrieb nehmen, mit Managern in Geschäften und Restaurants sprechen und Werbung machen. Und ich weiß, dass es für deinen Mann jeden Morgen eine verdammt lange Fahrt ist, dich zur Arbeit in die Innenstadt zu bringen.«

Lexie spürte die Aufregung in sich aufsteigen. Sie liebte es, anderen Menschen zu helfen. Die Vorstellung, noch mehr Bedürftige unterstützen zu können, fand sie großartig.

»Scheiße, sie ist verdammt gut«, flüsterte Elodie.

»Also, bist du dabei?«, fragte Ashlyn. »Wir könnten eine professionell ausgebildete Köchin gut gebrauchen.«

»Ich bin dabei«, sagte Elodie mit einem Lächeln.

»Lex?«

»Du kannst auf mich zählen«, versprach Lexie.

»Das verlangt nach einem Toast«, sagte Ashlyn und hob ihre Flasche.

Sie stießen an und tranken jeder einen großen Schluck.

Dann fragte Elodie: »Also, was ist mit diesem Theo-Typen los?«

»Herrgott, du hast wohl bei Midas Unterricht genommen, was diese plötzlichen Themenwechsel angeht«, sagte Lexie trocken.

»Nicht wirklich, ich habe nur an Food For All und all die Menschen gedacht, denen wir helfen könnten, was mich auf die obdachlosen Männer und Frauen hier gebracht hat und wie viele von ihnen ohne eigenes Verschulden auf der Straße leben. Dabei kam mir dann Theo in den Sinn. Scott hat mir neulich von der Auseinandersetzung mit ihm erzählt. Kommt er noch vorbei?«

»Ja«, antwortete Ashlyn, »und er beobachtet Lexie mit Adleraugen.«

»Nein, tut er nicht«, protestierte Lexie und versuchte, das Problem herunterzuspielen.

»Doch, das tut er«, beharrte Ashlyn. »Jack und Pika schmeißen ihn nur nicht raus, weil er sonst nichts tut. Er sagt nichts Abfälliges über dich und er versucht auch nicht, dich anzusprechen. Aber er behält dich definitiv im Auge, wenn ihr beide zur gleichen Zeit da seid.«

»Ist er gefährlich?«, fragte Elodie.

»Nein«, antwortete Lexie. Gleichzeitig zuckte Ashlyn die Achseln.

»Er ist nur … anders«, ergänzte sie. »Manchmal scheint er ziemlich klar zu sein, und manchmal sitzt er einfach nur in der Ecke und redet mit sich selbst. Er scheint nervöser zu sein, seit diese Männer den Streit mit ihm angefangen haben.«

»Das stimmt«, bestätigte Ashlyn.

»Du musst sehr vorsichtig sein«, sagte Elodie zu ihr.

»Das werde ich. Das bin ich schon«, beruhigte Lexie sie.

»Die Männer bringen uns immer nach Hause«, erklärte Ashlyn. »Ein zweiter Food For All Standort wäre auch aus Sicherheitsgründen eine gute Idee. Ich hoffe, dass ich mich dort darauf konzentrieren könnte, Menschen zu helfen, die nicht unbedingt obdachlos sind, aber finanzielle Probleme haben und Hilfe brauchen. Wir würden also nicht unbedingt Nahrungsmittel an Obdachlose verteilen.«

Lexie nickte. Sie hatte Midas gegenüber nie erwähnt, wie unbehaglich sie sich fühlte, wenn sie nach Hause ging. Sie wusste, wenn sie das täte, würde er zweifelsohne alles tun, um sie jeden Tag selbst abzuholen oder einen seiner Bekannten zu schicken. Und so eine Last wollte sie nicht sein. Außerdem war sie erwachsen und konnte sehr gut auf sich selbst aufpassen. Das hatte sie ihr ganzes Leben lang getan.

»Sieht so aus, als hättet ihr ein Wörtchen mit eurer Chefin zu reden und ordentlich Überzeugungsarbeit zu leisten. Aber ich bin mir sicher, dass ihr das schafft«, ermutigte Elodie sie.

Die drei Frauen lächelten sich an. Der Abend hatte nicht nur Spaß gemacht, sondern die Frauen hatten begonnen, eine starke Bindung miteinander aufzubauen. Lexie hatte sich ihr ganzes Leben lang nach Freundinnen gesehnt. Es schien, als hätte sie jetzt welche gefunden.

»Wollt ihr die Reste mit nach Hause nehmen?«, fragte sie.

»Ja«, bestätigten Ashlyn und Elodie gleichzeitig.

»Und ich werde alle Kekse aufessen, bevor Scott zurückkommt«, rief Elodie aus.

Lexie beschloss, darüber im Moment nicht nachzudenken, da sie keine Ahnung hatte, ob es einen Tag oder zwölf oder noch länger dauern würde, bis ihre Männer nach Hause kamen. Sie ging in die kleine Küche und packte die Essensreste ein. Die anderen halfen ihr, dann nahm sich jeder einen weiteren Drink und sie gingen zum Bett, um weiter zu plaudern.

Fünf Stunden später taten Lexie vom vielen Lachen der Magen und ihr Gesicht weh.

Sie hatte noch nie so viel Spaß gehabt wie heute Abend. Sie war erschöpft, als Ashlyn und Elodie in einem Taxi davonfuhren. Aber sie war so glücklich wie seit Jahren nicht mehr. Dieser Abend wäre einfach perfekt gewesen, wenn sie sich beim Einschlafen auch noch an Midas hätte kuscheln können.

Sie wusste nicht, wo er war oder wann er nach Hause kommen würde, aber sie musste daran glauben, dass er gesund und munter zu ihr zurückkehren würde. Die Alternative war undenkbar. Midas war hart und klug und er hatte fünf der besten SEALs bei sich. Sechs, wenn sie den mysteriösen Baker miteinbezog. Lexie war sich ziemlich sicher, dass Baker es irgendwie wissen würde, wenn Midas und sein Team ihn brauchten, und sofort die Kavallerie zur Rettung schicken würde. Sie musste diesen Kerl wirklich persönlich treffen. Er klang beängstigend und erstaunlich zur gleichen Zeit. Er war definitiv die Art von Mann, den sie auf ihrer Seite haben wollte. Vielleicht würde sie ihm einen Teller Kürbisgewürz-kekse backen, um ihn zu beschwichtigen.

Der Raum drehte sich, als Lexie endlich unter ihre Decke kroch, aber sie musste lächeln. Sie war begeistert von Ashlyns Idee für eine Food For All Zweigstelle. Es würde ihren Arbeitsweg verlängern ... es sei denn, sie schliefe bei Midas. Bei diesem Gedanken musste sie noch breiter grinsen.

Ja, man konnte mit Sicherheit sagen, dass Lexie mehr als glücklich darüber war, wie sich die Dinge in ihrem Leben entwickelten. Sie hatte eine großartige Beziehung, tolle Freundinnen und einen guten Job. Als sie vor ein paar Monaten in der afrikanischen Wüste in die Sterne gestarrt hatte, hätte sie nie gedacht, jemals so zufrieden sein zu können.

Als sie sich daran erinnerte, wie es war, eine Geisel gewesen zu sein, lächelte sie trübe bei dem Gedanken an Dagmar. Er hatte nicht so viel Glück gehabt. Sie hasste es, dass er es nicht lebend nach Hause geschafft hatte.

Sie schloss die Augen und sandte ein kurzes Gebet an den Mann. »Ruhe in Frieden, Dagmar. Und bitte hilf deinem Bruder. Er vermisst dich schrecklich.«

Aus ihren E-Mails und Telefonaten wusste sie, dass Magnus Schwierigkeiten hatte, über den Verlust seines Bruders hinwegzukommen. Vielleicht würde es ihm helfen zu sehen, wie gut es ihr ging. Vielleicht könnte er dann mit dem, was passiert war, abschließen und sich in der Organisation engagieren, die Dagmar so sehr geliebt hatte.

Lexie drehte sich auf die Seite und verdrängte die Gedanken an Dagmar, Magnus und sogar Elodie und Ashlyn. Sie dachte an Midas, an den Jungen, den sie einmal gekannt hatte, der zu einem verdammt großartigen Mann herangewachsen war. Und er war ihr Mann. »Komm bald nach Hause«, flüsterte sie, bevor sie, unterstützt von dem Alkohol, den sie konsumiert hatte, in einen tiefen Schlaf fiel.

KAPITEL FÜNFZEHN

Etwas mehr als einen Monat, nachdem er Lexie von seiner Reise nach Hawaii erzählt hatte, verließ Magnus Brander mit finsterem Blick den Flughafen von Honolulu. Er hatte viel früher hierherreisen wollen, aber er hatte sich durch viel Bürokratie und Papierkram kämpfen müssen. Er hatte schon befürchtet, dass Food For All ihm am Ende überhaupt nicht erlauben würde, nach Hawaii zu reisen. Aber nachdem die Organisation eine sehr großzügige »Spende« von der Familie Brander erhalten hatte, hatte der Vorstand seinen Besuch schließlich genehmigt.

Er hätte natürlich jederzeit auf eigene Faust reisen können, aber er brauchte einen offiziellen Grund, in Hawaii zu sein, um den Verdacht von sich abzulenken, wenn die arme Lexie tot aufgefunden wurde.

Sein Plan war noch nicht hundertprozentig durchdacht, außer dass er Hawaii nicht verlassen wollte, bevor die Schlampe, die für den Tod seines Bruders verantwortlich war, tot wäre. Es gab zu viele unbekannte Variablen, um es aus der Ferne effektiv planen zu können. Aber die Tatsache, dass Lexie mit den Obdachlosen im Stadtzentrum von Honolulu arbeitete, sollte ihm viele Möglichkeiten für eine solide Strategie eröffnen. Er war immer gut darin gewesen, spontan zu denken. Er würde nach Gehör spielen, sobald er Lexie und Food For All eine Weile beobachtet hatte.

In weniger als einer Woche würde er den Tod seines Bruders rächen. Das war alles, was zählte.

Magnus holte tief Luft. Honolulu war viel zu heiß und feucht. Er vermisste Dänemark schon jetzt. Aber mit jedem Tag, der verging, seit sein Bruder tot war, fühlte er sich immer leerer. Das Loch in ihm wuchs, eiterte und übernahm nach und nach seinen Körper. Bald würde er nur noch eine leere Hülle sein. Der Mensch, der dafür verantwortlich war, musste bezahlen.

Jedes Mal wenn er eine E-Mail oder eine Nachricht von der kleinen Schlampe erhalten hatte, war der Drang, sie zu töten, stärker geworden. Sie klang so glücklich und zufrieden. Sie erzählte immer wieder von ihrem Freund und wie sehr sie Hawaii liebte. So eine verdammte Scheiße. Es war ihr egal, dass einer der großartigsten Männer, die er jemals gekannt hatte, ihretwegen tot war.

Und noch schlimmer, sie hatte ihre weiblichen Tricks eingesetzt, um aus dem Krankenhaus zu entkommen, als die Entführer gekommen waren, um sich das zurückzuholen, was ihnen gestohlen worden war. Er hatte den Bericht des Jaegerkorpsets gelesen. Er wusste genau, was passiert war. Er war nicht überrascht, dass sie diesen SEAL fickte, der sie gerettet hatte. Wahrscheinlich hatte sie gerade ihre Beine für ihn breitgemacht, als die Entführer sich dem Krankenhaus näherten. Was für eine Hure. Sie hätte in dieser verdammten Stadt in Somalia sterben sollen, nicht sein Bruder, nicht Dagmar.

Magnus stieg in ein Taxi und gab dem Fahrer die Adresse des Food For All Gebäudes in der Innenstadt. Er musste zunächst die Lage austesten, bevor er zu seinem Hotel fuhr. Lexie hatte ihm von einem Vorfall bei Food For All erzählt, wo ein paar Männer Ärger verursacht hatten, für die es bereits Haftbefehle gab. Sie hatte auch jemanden namens Theo erwähnt, der anscheinend verrückt war und sie ein- oder zweimal erschreckt hatte.

Er hoffte, dass er sich ihre Angst so gut es ging zunutze machen könnte.

Ein paar Tage würde er damit verbringen, einen Plan zu schmieden, während er gleichzeitig Lexie zum Narren hielt. Das Gutachten, für das er hiergeschickt worden war, ging ihm am Arsch vorbei. Wenn es nach ihm ginge, könnte diese gesamte Organisation in Flammen aufgehen. Das wäre sein nächstes Ziel, nachdem er Lexie Greene ausgeschaltet hatte. Food For All war genauso schuldig. Ohne diese Organisation wäre Dagmar nicht in Somalia gewesen. Er wäre nicht als Geisel genommen worden und wäre jetzt nicht tot.

Ja, er hatte viel zu tun, bevor er in seine geliebte Heimat zurückkehren konnte. Er würde nicht ruhen, bevor jeder, der an Dagmars Tod beteiligt war, vernichtet wäre. Es würde ihm seinen Bruder nicht zurückbringen, aber vielleicht würde es das riesige Loch in seiner Seele etwas kleiner machen.

Lexie trat ungeduldig neben Ashlyn, Jack und Pika auf der Stelle. Natalie wartete draußen, um Magnus zu begrüßen, der gerade vom Flughafen kam. Sie würde ihm eine Führung durch das Gebäude geben und ihm die Betriebsabläufe erklären. Es war Mittwochnachmittag und im Moment waren nicht viele Gäste da, was für ein Gutachten wahrscheinlich besser war.

Theo kam nach wie vor vorbei und Lexie versuchte, einen weiten Bogen um ihn zu machen. Sie fühlte sich schuldig. Aber nachdem Midas ihr gesagt hatte, wie besorgt er über den Mann war, tat sie alles, um seine Ängste zu mildern. Das bedeutete aber nicht, dass sie Theo nicht im Auge behielt. Sie hatte Ashlyn gebeten, dafür zu sorgen, dass er richtig aß.

Die vier Männer, die mit Theo gekämpft hatten, waren

nicht wiedergekommen, aber es gab andere Männer und sogar einige Frauen, die Lexie nervös machten. Ihre Erfahrung, entführt zu werden, hatte sie scheinbar vorsichtiger gemacht. Midas sagte, das sei keine schlechte Sache, aber es störte sie trotzdem. Sie war nicht mehr ganz so naiv und sorglos wie in der Vergangenheit.

Sie war begeistert gewesen, als Midas ein paar Tage nach ihrem Mädchenabend ohne einen Kratzer von seiner Mission zurückgekehrt war. Lexie war sich bewusst, dass das nicht immer der Fall sein würde, aber sie war erleichtert, dass diesmal alles gut gegangen war.

Sie war auch sehr zufrieden mit dem Verlauf ihrer Beziehung. Er war seit anderthalb Wochen zurück und sie hatten seitdem jede Nacht zusammen verbracht. Meistens bei ihm, aber manchmal, wenn er lange gearbeitet hatte, blieben sie in ihrer Wohnung. Er hatte des Öfteren lange arbeiten müssen, versicherte ihr aber, dass dies nach einer Mission normal war. Die Navy hatte außerdem ihr Training intensiviert, nachdem es Zwischenfälle mit anderen Teams gegeben hatte. Dadurch konnte er sie nachmittags nicht mehr abholen.

Lexie hatte kein Problem damit, denn sie sah ihn trotzdem jeden Abend, wenn er von der Arbeit kam. Und obwohl Midas meistens müde war, erkundigte er sich jedes Mal nach ihrem Tag, wie die Gespräche mit Magnus und Theo verlaufen waren und wie sich ihre Freundschaft zu Ashlyn und Elodie entwickelte.

Alles in allem war Lexie im Moment unglaublich zufrieden mit ihrem Leben. Sie wusste, dass sie und Midas irgendwann Meinungsverschiedenheiten oder einen schlechten Tag haben könnten, aber sie wurde immer zuversichtlicher, dass sie in der Lage sein würden, diese Schwierigkeiten zu überwinden, und sich so nahe bleiben würden wie jetzt.

Sie freute sich darauf, heute Magnus zu sehen und mit ihm zu reden. Sie hatten sich immer regelmäßiger per E-Mail oder Telefon ausgetauscht und es fühlte sich an, als wären sie

Freunde. Soweit zwei Menschen, die sich noch nie getroffen hatten, Freunde sein könnten. Er würde nur vier Tage in der Stadt bleiben, also würde er sehr beschäftigt sein. Sie hoffte aber, dass er etwas Zeit finden würde, während seines Besuchs an den Strand zu gehen oder etwas Spaß zu haben.

In der Sekunde, in der Magnus durch die Tür kam, hatte Lexie das Gefühl, als würde ein zehn Pfund schweres Gewicht auf ihre Brust drücken. Er sah genauso aus wie Dagmar.

Natürlich tat er das, sie waren Zwillinge ... aber aus irgendeinem Grund war sie trotzdem überrascht. Magnus hatte das gleiche blonde Haar, die gleichen blauen Augen und war genauso groß – ungefähr einen Meter und siebenundsiebzig. Und obwohl Magnus schon über fünfzig war, war er körperlich immer noch ziemlich fit.

»Bist du okay?«, fragte Ashlyn leise.

Lexie nickte. Magnus so gesund zu sehen war schmerzhaft. Sie erinnerte sich daran, als Dagmar noch so ausgesehen hatte. Aber nach Monaten in der Wüste und seinem Schlaganfall hatte sich das geändert.

Magnus sah sich im Raum um und als er sie entdeckte, blieb er stehen. Lexie hatte ihm erzählt, wie sie aussah, und wahrscheinlich hatte er ein Foto in ihrer Food For All Akte gesehen. Es war ein wenig unangenehm, seine Aufmerksamkeit so auf sich zu ziehen.

Er kam auf sie zu. Natalie folgte ihm ein wenig unsicher. Magnus blieb vor ihr stehen.

»Du musst Lexie sein.«

»Das bin ich. Hallo Magnus, ich hoffe, du hattest eine gute Anreise.«

»Danke, ja.«

Er starrte sie mit einem Blick an, den Lexie nicht interpretieren konnte. Nach all ihren E-Mails und Anrufen hatte sie etwas anderes erwartet ... eine Umarmung, ein Lächeln, irgendetwas. Stattdessen starrte er sie nur mit einem völlig leeren Gesichtsausdruck an.

»Ja, das ist Lexie. Und das sind Ashlyn, Pika und Jack. Sie sind unsere Vollzeitbeschäftigten«, erklärte Natalie und füllte die unangenehme Stille aus.

Wie in Trance schüttelte Magnus den Kopf und lächelte. Er schüttelte den anderen die Hand und wandte sich wieder Lexie zu. »Vergib mir, dass ich mich so aufführe. Es war ein langer Tag und ich bin ein wenig überwältigt, dich zu treffen.«

»Du brauchst dich nicht zu entschuldigen. Ich muss zugeben, dass es für mich auch überwältigend ist, dich zu sehen. Es tut mir wirklich leid mit Dagmar. Ich weiß, dass ich mein Mitgefühl bereits ausgedrückt habe, aber er war ein guter Mann.«

»Ja, das war er«, stimmte Magnus zu. Dann wandte er sich wieder Natalie zu. »Ich habe in den nächsten Tagen viel zu tun. Wie wäre es, wenn wir jetzt diese Tour machen und ich danach in Ihrem Büro die Konten prüfe?«

Sein Tonfall war geschäftlich und Lexie runzelte ein wenig die Stirn. Sie wusste, dass er hier war, um ihre Zweigstelle zu prüfen, aber trotzdem.

»Natürlich, ich werde die Akten bereitlegen, damit Sie noch heute beginnen können«, sagte Natalie.

»Vielen Dank, das würde ich sehr zu schätzen wissen«, erwiderte Magnus. »Es war schön, euch kennenzulernen«, fügte er hinzu und nickte Lexie und den anderen zu, bevor er sich umdrehte und Natalie durch den Flur zu ihrem Büro folgte.

»Wow, der ist aber verklemmt, oder?«, fragte Pika.

»Schhhh«, schimpfte Ashlyn. »Pass auf, dass er dich nicht hört.«

»Ich dachte, du hättest gesagt, er wäre cool«, sagte Jack zu Lexie.

Sie zuckte mit den Schultern. »In unseren Gesprächen schien er so gewesen zu sein. Vielleicht ist er nur müde von dem langen Flug oder so.«

»Er könnte aufgebracht darüber sein, dich zu treffen«, sagte

Ashley. »Nicht dass du nicht supernett bist, aber du hattest eine Verbindung zu seinem Bruder. Und du hast gesagt, sie standen sich sehr nahe.«

»Das taten sie«, sagte Lexie mit einem Nicken. »Ich denke, du hast recht.«

Die drei anderen Angestellten machten sich auf den Weg, um etwas Arbeit zu erledigen, aber Lexie blieb für eine Weile stehen, wo sie war. Dieses Treffen war überhaupt nicht so verlaufen, wie sie erwartet hatte. Sie war nicht davon ausgegangen, dass Magnus vor Aufregung auf und ab hüpfen würde, aber sie hatte mehr als einen seltsamen Blick und ein Grummeln erwartet.

Schließlich schüttelte sie den Kopf. Der Mann war müde, genau wie sie gesagt hatte. Sie erinnerte sich, wie erschöpft sie gewesen war, als sie hier eintraf. Sie musste ihm etwas Zeit geben. Morgen wäre er ausgeruhter und sie könnten sich unterhalten.

Lexie nickte vor sich hin, drehte sich um und lief fast in Theo hinein, der direkt hinter ihr stand. Sie hatte ihn nicht kommen hören. »Oh, tut mir leid, Theo. Ich hätte besser aufpassen sollen, wo ich hingehe. Bist du in Ordnung? Kann ich dir irgendetwas bringen?«

»Du solltest vorsichtig sein, sehr vorsichtig«, murmelte Theo. »Du bist nett. Nette Leute können leicht verletzt werden.«

Lexie musterte ihn. »Du bist auch nett«, sagte sie sanft.

Theo schüttelte den Kopf. »Nein, ich bin seltsam. Mein Kopf ist durcheinander«, entgegnete er und tippte auf seine Schläfe. »Aber ich sehe, wenn ein Mensch Böses im Sinn hat. Du solltest vorsichtig sein.«

»Okay«, sagte Lexie und versuchte, ihn zu beruhigen. »Hast du heute schon etwas gegessen? Wenn du dich setzt, bringe ich dir ein Sandwich.«

»Kein Käse«, sagte Theo und schwankte leicht hin und her. »Und keine Kruste.«

»Ich erinnere mich«, sagte Lexie mit einem Lächeln. »Ich werde nur Schinken draufmachen und die Kruste abschneiden.«

»Gut ... das ist gut«, sagte Theo, als er zurück zu dem Tisch ging, wo er seine Sachen zurückgelassen hatte. Dann drehte er sich um und starrte sie mit einem so durchdringenden Blick an, dass Lexie erstarrte. »Er ist kein guter Mann.«

»Was? Wer?«, fragte sie, aber Theo hatte sich bereits wieder umgedreht und ging auf seinen Tisch zu.

Lexie war frustriert darüber, wie ihr Nachmittag verlaufen war. Sie seufzte und ging in die Küche, um Theos Sandwich zuzubereiten.

Ein paar Stunden später war Lexies Tag noch nicht besser geworden. Es schien, als wären alle nervös. Vielleicht lag es am Wetter, es war den ganzen Tag ungewöhnlich regnerisch und bewölkt gewesen. Vielleicht lag es daran, dass Magnus hier war und jetzt aus einer Ecke des Raumes ihr Tagesgeschäft beobachtete. Es könnte auch daran liegen, dass Theo keinen guten Tag hatte und sich mit zwei Leuten angelegt hatte, die nach Nahrung und langfristiger Unterstützung gefragt hatten.

Aber Lexie wusste, dass sie wegen Magnus durch den Wind war. Er hatte sie den ganzen Tag beobachtet, ohne sich ihr zu nähern. Sie musste zugeben, dass sie enttäuscht war. Sie hatte große Erwartungen gehabt, ihn zu treffen, die sich bis jetzt als viel zu hoch erwiesen hatten.

Ihr Telefon vibrierte mit einer SMS und sie zog es schnell aus der Tasche. Als sie sah, dass die Nachricht von Midas war, lächelte sie.

Midas: Es tut mir so leid, aber ich kann dich heute Nachmittag nicht abholen. Unser Kommandant hatte versprochen, dass wir früh nach Hause gehen können, aber in Übersee hat es eine gewaltige Explosion auf einem Militärstützpunkt gegeben und wir müssen die Lage besprechen.

Midas: Ich verspreche dir, dass ich es wiedergutmachen werde.

Lexie seufzte. Nach diesem anstrengenden Tag hatte sie sich auf einen langen Abend mit Midas gefreut. Sie hob das Telefon an ihren Mund und diktierte eine Antwort.

Lexie: Ist in Ordnung.

Sofort tauchten drei Punkte auf, die darauf hinwiesen, dass er antwortete. Lexie wartete ab, um zu lesen, was er noch hinzufügen wollte.

Midas: Viele Leute waren heute besonders mürrisch. Muss am Vollmond liegen. Sei vorsichtig auf dem Heimweg und schreibe mir, sobald du angekommen bist. Ich werde dich wissen lassen, wenn ich unterwegs bin.

Lexie: Das hast du auch bemerkt? Ich hoffe, die Sonne kommt bald raus. Ich kann nicht damit umgehen, wenn alle Leute verrücktspielen. Mir wird es gut gehen. Ich liebe dich.

Midas: Ich liebe dich auch, Lex. Danke, dass du so verständnisvoll bist.

Lexie: Würdest du früher kommen, wenn ich dir eine Szene mache?

Midas: Lol. Nein, aber ich wünschte, es wäre so.

Lexie: Okay. Wir sehen uns, wenn du mit der Arbeit fertig bist. Fahr vorsichtig.

Midas: Immer.

. . .

Lexie steckte ihr Handy wieder in die Tasche und überlegte, was sie jetzt tun sollte. Es gab keinen Grund, zu gewohnter Zeit Feierabend zu machen. Sie würde nur mürrisch in ihrer Wohnung sitzen. Vielleicht könnte sie auf dem Heimweg ein paar Lebensmittel einkaufen und Midas etwas Schönes zum Abendessen zubereiten. Andererseits hatte sie keine Ahnung, wann er von der Arbeit kommen würde. Vielleicht würde er auf dem Stützpunkt etwas essen.

Ihre Überlegungen wurden durch einen Schrei aus der Küche unterbrochen. Sie eilte ins Hinterzimmer und verzog das Gesicht, als sie Jack auf dem Rücken unter dem Waschbecken liegen sah. Offensichtlich war ein weiteres Leck entstanden, denn Wasser spritzte in alle Richtungen. Das würde bei Magnus nicht gerade den besten Eindruck hinterlassen, aber zumindest wusste Lexie jetzt, was sie den Rest des Nachmittags tun würde.

Sie lief zum Absperrventil. Als sie das Wasser abgedreht hatte, sah sie sich um und rümpfte die Nase. Alles stand unter Wasser. Es würde definitiv den ganzen Nachmittag dauern, um dieses Chaos zu beseitigen. Lexie krempelte die Ärmel hoch und machte sich an die Arbeit.

Magnus sollte müde sein, aber er stand unter Adrenalin. In der Sekunde, in der er Lexie Greene gesehen hatte, hatte er Blut geleckt. Er hatte sich vorgestellt, wie er sie an Ort und Stelle mit seinen Händen um ihren Hals erwürgen würde.

Sie sah so verdammt gesund und glücklich aus. Das war nicht fair. Sie sollte sich schuldig fühlen. Sollte nicht essen oder schlafen können. Stattdessen strahlte sie vor Vitalität.

Schlampe.

Er hatte ein oder zwei Stunden im Büro der Leiterin

gesessen und so getan, als würde er sich Dateien auf ihrem Computer ansehen, aber es interessierte ihn nicht. Die Organisation könnte im Erdboden versinken. Tatsächlich würde er alles in seiner Macht Stehende tun, um dafür zu sorgen, dass das geschah.

Als er es nicht mehr ertragen konnte, nicht zu wissen, was sie gerade tat, verließ er das Büro und setzte sich in den Hauptraum, um Lexie zu beobachten, wie sie von einer Person zur nächsten ging, immer lächelnd, immer positiv. Er wollte ihr dieses verdammte Lächeln aus dem Gesicht prügeln. Und das würde er auch tun, und zwar bald.

Magnus hatte bereits bemerkt, dass sich das Food For All Gebäude in einer etwas rauen Nachbarschaft befand. Und er wusste auch, dass Lexie in einer Wohnung in der Nähe wohnte. Sie hatte ihm erzählt, dass sie manchmal allein nach Hause ging, wenn ihr Freund sie nicht abholen konnte. Er kannte den Arbeitsplan dieses Arschlochs nicht, aber er rechnete damit, dass er sie in den nächsten drei Tagen mindestens einmal nicht würde abholen können.

Als in der Küche eine Wasserleitung brach, war das die gelungene Ablenkung für Magnus, unbemerkt nach draußen zu gehen. Er suchte die Umgebung ab, bis er sah, was er brauchte.

Als er in eine dunkle, schmale Gasse zwischen zwei Gebäuden blickte, entdeckte er einen großen Mann, der an die Wand gelehnt dasaß. Neben ihm stand ein Einkaufswagen. Er starrte auf die gegenüberliegende Wand und trank aus einer Flasche, die in eine Papiertüte gewickelt war.

Magnus schaute sich um und sah niemanden. Er schlich in die Gasse.

Als er sich näherte, konnte er den Körpergeruch des Obdachlosen riechen. Es war widerwärtig, aber das war egal. Sein Gesicht war von einem ungepflegten Bart bedeckt, in dem Essensreste klebten. Er trug eine schmutzige, zerrissene, hellbraune Hose und ein T-Shirt mit Löchern unterschiedlicher

Größe. Er hatte keine Schuhe an, aber ein paar abgenutzte Flipflops standen neben ihm auf dem Boden.

»Was willst du?«, knurrte der Mann, als Magnus näher kam.

»Hast du einen Moment Zeit?«, fragte Magnus.

»Verdammte Ausländer«, sagte der Mann. »Wie wäre es mit etwas Geld? Du siehst aus, als hättest du genug.«

»Das tue ich«, sagte Magnus und ignorierte die tiefe Falte auf der Stirn des Mannes. Offensichtlich war seine Antwort nicht das, was der Mann erwartet hatte. »Und ich würde dir gern etwas geben. Aber zuerst musst du mir einen Gefallen tun.«

Der Obdachlose sah ihn angewidert an. »Ich bin kein Homo«, sagte er abwertend.

Magnus lachte. »Ich will keinen Sex.« Dann erklärte er, was er von dem Mann wollte.

Der skeptische Blick aus den Augen des Mannes war noch nicht verschwunden. »Das ist alles?«

»Das ist alles«, sagte Magnus zu ihm. »Und um dir zu zeigen, wie ernst ich es meine, gebe ich dir zwanzig Dollar sofort und die restlichen vierhundertachtzig, nachdem du getan hast, was ich möchte.« Er zog ein Bündel Bargeld aus der Tasche, nahm einen Zwanzigdollarschein und hielt ihn dem Mann entgegen.

»Die Hälfte. Ich will jetzt die Hälfte«, verhandelte der Mann.

Magnus zuckte die Achseln, steckte das Geld zurück in seine Tasche und drehte sich um, um zu gehen.

»Warte!«

Magnus grinste und wartete.

»In Ordnung, gib mir das Geld.«

Magnus zog die Banknote wieder aus der Tasche und drehte sich zu ihm um. Der Obdachlose nahm ihm den Schein aus der Hand und zerknüllte ihn in seiner Faust.

Magnus beugte sich vor und bemühte sich, beim Sprechen nicht einzuatmen. »Wenn du mich verarschst, bist du ein toter

Mann. Ich kenne zwanzig Wege, dich zu töten und es so aussehen zu lassen, als wäre es Selbstmord gewesen.«

»Was auch immer«, sagte der Mann unbeeindruckt. »Wie komme ich an den Rest meines Geldes?«, fragte er.

Magnus stand auf und strich seine Krawatte glatt. Die Hose und das langärmelige Hemd waren zu warm für dieses Klima, aber er hatte einen guten Ruf zu verlieren. »Wenn du deine Aufgabe gut machst, werde ich dich später finden.«

»Das wirst du besser tun«, murmelte der Mann.

Plötzlich trat Magnus nach dem Mann und traf ihn mit voller Wucht in die Rippen.

Der Obdachlose flog mit einem Schrei zur Seite. Magnus duckte sich schnell nach ihm, legte eine Hand an seinen Hals und drückte zu.

Der Mann versuchte sofort, die Hand von seinem Nacken zu ziehen, um atmen zu können, aber Magnus war zu stark. »Verarsch mich nicht«, warnte Magnus. »Verstanden?«

Der Mann nickte verzweifelt und seine Augen weiteten sich vor Panik, als immer mehr Zeit verging, ohne dass er Luft bekam.

Magnus hatte keine Ahnung gehabt, dass ihm das so sehr gefallen würde. Die verzweifelte Angst in den Augen des Mannes zu sehen war eine ganz neue Erfahrung. Zum ersten Mal seit Dagmars Tod fühlte Magnus sich mächtig. Er war so lange machtlos gewesen und jetzt hielt er das Leben dieses Mannes in seinen Händen.

Er liebte dieses Gefühl.

Aber er wusste, dass er ihn nicht töten konnte. Nicht jetzt, am helllichten Tag. Außerdem brauchte er ihn noch. Eine gesunde Dosis Angst würde aber dafür sorgen, dass er genau das tat, was er von ihm verlangte.

Mit einem Stoß ließ Magnus ihn los und stand auf. Grinsend sah er zu, wie der Obdachlose nach Luft schnappte. Er drehte sich um und ging durch die Gasse zurück zur Straße.

Als er wieder niemanden entdeckte, der in seine Richtung schaute, ging er zurück zum Food For All Gebäude.

Die Art und Weise, wie die Amerikaner die Menschen am Abgrund der Gesellschaft ignorierten, würde ihm definitiv zugutekommen. Magnus lächelte und fühlte sich viel besser als noch vor zwanzig Minuten. Er sah auf seine Hände und bewegte sie. Er konnte immer noch den Hals des Mannes auf seiner Handfläche spüren. Es hatte sich unglaublich angefühlt.

Aber Lexie Greene in seinen Händen zu haben würde sich noch besser anfühlen.

Er musste geduldig sein. Er musste die Dinge so einrichten, dass man ihn nicht verdächtigen würde, wenn er Hawaii wieder verließ.

KAPITEL SECHZEHN

Nachdem sie das Chaos in der Küche beseitigt hatte, war Lexie bereit, endlich nach Hause zu gehen. Sie wollte nur noch Midas sehen und ein paar Stunden an nichts Wichtiges denken. Sie warf sich ihre Handtasche über die Schulter und ging zur Tür.

Als sie wütende Rufe von draußen hörte, blieb sie stehen.

Sie schaute über ihre Schulter. Jack war nirgends zu sehen und Pika war vor fünfzehn Minuten gegangen. Es waren noch ein paar Teilzeitbeschäftigte da, aber sie schienen alle mit anderen Leuten beschäftigt zu sein.

»Ich werde dich nach Hause bringen«, sagte Magnus von rechts kommend und Lexie schreckte zusammen.

Sie kicherte nervös. »Ich habe dich gar nicht gesehen«, sagte sie zu ihm.

»Ist mir aufgefallen. Ich würde trotzdem gern mit dir reden. Es tut mir leid, dass ich heute noch nicht viel Zeit für dich hatte.«

»Das ist okay«, sagte Lexie. »Du warst beschäftigt. Außerdem bist du nicht hier, um mit mir abzuhängen, sondern zum Arbeiten. Ich hoffe, deine Aufgabe läuft gut.«

»Es geht voran. Komm schon, es hört sich so an, als gäbe es da draußen Ärger. Ich werde dich nach Hause bringen.«

»Danke«, sagte Lexie. Sie war überaus erleichtert, nicht allein nach Hause gehen zu müssen. Besonders bei der Unruhe, die da draußen herrschte.

»Warte einen Moment hier«, sagte Magnus und ging zur Tür. Er verschwand auf dem Bürgersteig und Lexie trat nervös auf der Stelle. Innerhalb von zwei Minuten war er zurück und streckte ihr seinen Arm entgegen.

Lexie hakte ihren Arm bei ihm unter und so gingen sie an diesem feuchten Abend durch Honolulu. Sie sah sich um, konnte aber niemanden entdecken, der diesen Aufruhr veranstaltet hatte. Erleichtert sah sie zu Magnus hinüber. Er sah genauso adrett und gepflegt aus wie bei seiner Ankunft. Sein weißes Hemd war immer noch glatt und seine Krawatte saß immer noch perfekt. Beim Gehen hielt er seinen Rücken aufrecht und sein Gang war etwas steif.

»Was denkst du bis jetzt über Hawaii?«, fragte sie, während sie gingen.

»Es ist heiß und feucht«, antwortete Magnus.

Lexie lachte. »Ja, das stimmt. Aber heute war es außergewöhnlich. Nachmittags stürmt es oft, aber meistens dauert es nicht lange und die Sonne kommt wieder heraus. Wirst du etwas Zeit haben, um an den Strand zu gehen oder Sehenswürdigkeiten zu besichtigen?«, fragte sie.

»Das bezweifle ich. Das Gutachten erfordert noch viel Arbeit und mein Rückflug geht in drei Tagen.«

»Richtig«, sagte Lexie. Sie kannte seinen Zeitplan. Sie war sich nicht sicher, warum er nicht mehr Zeit eingeplant hatte. Aber er schien insgesamt angespannter und ... korrekter zu sein als sein Bruder. Dagmar war auch immer sehr geschäftlich gewesen, aber Magnus schien aus irgendeinem Grund ständig nervös zu sein.

»Willst du an einem Abend mit Midas und mir essen

gehen?«, fragte sie. »Es gibt ein paar tolle hawaiianische Restaurants, die wir dir zeigen könnten.«

»Wir werden sehen«, sagte Magnus mit einem Nicken.

Hm, sie hatte auf eine enthusiastischere Antwort gehofft. Aber vielleicht war er nur müde. Lexie überlegte, worüber sie sich mit ihm beim Gehen noch unterhalten könnte. Sie zuckte überrascht zusammen, als direkt hinter ihnen ein Mann zu schreien anfing.

»Hey, Schlampe!«

Sie drehte sich um und sah einen großen Mann mit einem ungepflegten Bart, der viel zu nahe hinter ihr stand.

»Ja, du«, sagte er, als er ihren Blick auf sich zog. »Hast du Geld? Ich brauche Geld.«

»Es tut mir leid, ich habe kein Geld«, sagte sie ehrlich. Sie hatte nie Bargeld dabei, es war einfach nicht sicher in diesem Teil der Stadt.

»Lügnerin«, rief der Mann aus. Er griff nach ihr, aber Magnus zog sie aus seiner Reichweite.

»Zeit zu gehen«, sagte er zu dem Mann.

Aber der ungepflegte Mann spottete nur. »Ooooh, der große, böse Beschützer. Was ist mit dir? Hast du Geld?«

»Ignoriere ihn einfach«, sagte Magnus, drehte dem Mann den Rücken zu und ging weiter den Bürgersteig entlang.

Lexie war sich nicht sicher, ob es eine gute Idee war, den Mann aus dem Blick zu lassen, aber sie folgte Magnus' Anweisung.

Der Mann folgte ihnen weiter und machte obszöne Bemerkungen.

»Geiler Arsch! Ich wette, du hast auch eine hübsche Muschi. Diesen Kerl mit dem Stock im Arsch kannst du unmöglich mögen. Ich wette, er hat einen winzigen Schwanz. Mein Schwanz ist riesig. Ich werde dich gleich damit ausfüllen.«

Lexie zuckte zusammen. Sie fühlte sich sehr unbehaglich. So etwas wie sexuelle Belästigung hatte sie hier noch nie erlebt und es schien so deplatziert zu sein. Ganz zu schweigen davon, dass der Mann sehr beängstigend war.

»Verschwinde!«, sagte Magnus zu ihm, ging aber weiter.

»Ich habe dich schon öfter gesehen«, sagte der Mann. »Diese hübschen Haare ... wenn du allein nach Hause gehst. Ich könnte dein Freund sein. Ich würde mich um dich kümmern.«

Lexie begann zu zittern. Es gefiel ihr gar nicht, dass er sie beobachtet hatte. Sie fühlte sich verletzlich und sie hasste dieses Gefühl.

Ohne ein Wort drehte Magnus sich um und trat einen Schritt auf den Mann zu. Lexie ließ ihn los und sah ungläubig, wie er dem Kerl ins Gesicht schlug.

Mit einem dumpfen Schlag ging er zu Boden und lachte, als er zu ihnen aufsah. Blut tropfte aus seiner Nase, als er fragte: »Das ist alles?«

»Das ist alles«, knurrte Magnus.

»Die Schlampe ist wahrscheinlich frigide«, gab der Mann zurück, stand dann auf und taumelte den Weg zurück, den er gekommen war, in Richtung Food For All.

»Heilige Scheiße«, sagte Lexie leise. »Geht es dir gut?«

»Ja«, sagte Magnus. »Komm schon, ich bring dich nach Hause, bevor noch etwas anderes passiert. Dies ist kein guter Stadtteil.«

»Normalerweise ist es nicht so schlimm«, sagte sie.

»Ich bin noch keinen ganzen Tag hier und schon gibt es ... Aufregung«, konterte Magnus.

»Ich weiß, aber im Ernst, ich bin schon eine Weile hier und so etwas ist mir noch nie passiert.«

»Du kannst diesen Leuten nicht vertrauen«, sagte Magnus, als sie etwas schneller zu ihrem Wohnhaus gingen. »Ich hatte gehofft, du hättest aus dem, was passiert ist, etwas gelernt.«

»Ich sehe lieber das Gute in den Menschen«, erklärte sie.

»Manchmal gibt es das nicht«, konterte Magnus.

Lexie runzelte die Stirn. Sie mochte es nicht, wenn jemand so dachte, besonders nicht, wenn derjenige für Food For All arbeitete. Zu oft war sie Menschen begegnet, die diskriminiert wurden, nachdem sie viel durchgemacht hatten. Einige versuchten, wieder auf die Beine zu kommen, nachdem sie im Gefängnis gewesen waren, andere waren alkohol- oder drogenabhängig. Und obwohl Lexie sich bewusst war, dass nicht alle Menschen gute Absichten hatten, zog sie es vor, von der Unschuldsvermutung auszugehen.

Sie erreichten die Eingangstür zu ihrem Gebäude und Magnus drehte sich zu ihr um. Sie sah, dass er etwas Blut an seinen Knöcheln hatte. »Das solltest du reinigen lassen.« Aus irgendeinem Grund bot sie ihm nicht an, mit in ihre Wohnung zu kommen.

»Das werde ich«, sagte er. »Es tut mir leid, dass dieser Mann dich verängstigt hat. Aber es gibt viele wie ihn, die einer hübsche Frau wie dir wehtun wollen.«

»Das war eine Ausnahme«, beharrte sie.

»So wie der da?«, fragte Magnus, drehte sich um und deutete mit dem Kopf auf die andere Straßenseite.

Lexie schaute in die Richtung und sah eine Gasse. Sie wollte gerade fragen, wovon er sprach, als sie jemanden sah. Ein Mann stand auf und starrte sie an.

»Ich glaube, das ist ... Theo?«, sagte Magnus. »Du hast mir von ihm erzählt. Du hast gesagt, dass er dich erschreckt hat.«

»Das war nur einmal, als er wegen eines Streits aufgeregt war«, sagte Lexie etwas nervös.

»Warum beobachtet er dann deine Wohnung? Warum folgt er dir und lauert im Dunkeln auf dich?«

Lexie hatte keine Antwort darauf. Sie wollte protestieren und sagen, Theo würde wahrscheinlich nur die Nacht in der Gasse verbringen, dass es ein Zufall war, dass er hier war. Aber die Wahrheit war, dass sie es nicht genau wusste. Er ging nachmittags meistens vor ihr und sie hatte keine Ahnung, wohin er ging oder was er nachts tat. Normalerweise war er einer der Ersten, die morgens zum Frühstück kamen. Manchmal blieb er den ganzen Tag und manchmal ging er gleich nach dem Essen wieder.

»Er ist geistig nicht gesund«, sagte Magnus sanft. »Es ist nicht gut, dass er hier ist. Er beobachtet dich. Ich habe es heute gesehen. Und du hast mir vorhin erzählt, dass er morgens immer schon darauf wartet, dass Food For All geöffnet wird, oder?«

»Ja.«

»Und du bist normalerweise die Erste, die das Gebäude betritt. Er könnte dich überwältigen, wenn du dort ankommst. Du musst vorsichtig sein, Lexie.«

Lexie nickte und presste aufgeregt die Lippen zusammen. Zum ersten Mal seit Monaten fühlte sie sich nicht sicher. Sie hatte kein Problem gehabt, allein durch Galkayo zu gehen. Sie war allein durch die Straßen von Berlin und New York gewandert. Sie hatte sogar eine Zeit lang in East Saint Louis gelebt und sich mit den Leuten angefreundet, mit denen sie täglich interagiert hatte.

Und kein einziges Mal war sie so nervös gewesen wie jetzt. Sie hasste dieses Gefühl. Sie musste jetzt reingehen. »Das werde ich. Danke, dass du mich nach Hause gebracht hast«, sagte sie zu Magnus.

»Es war mir ein Vergnügen. Wirst du morgen früh wie gewöhnlich zur Arbeit gehen?«, fragte er.

»Ja, warum?«

»Natalie hat mir einen Schlüssel gegeben, damit ich jederzeit ins Büro kann, um mein Gutachten abzuschließen. Ich denke, ich werde morgen auch sehr früh anfangen und dich im Auge behalten.«

Lexie nickte, doch fühlte sich bei dem Gedanken nicht wirklich erleichtert. »Okay, wir sehen uns morgen.«

»Auf Wiedersehen, bis morgen.«

Lexie stieß erleichtert den Atem aus, als die Tür sich hinter ihr schloss. Sie wollte sichergehen, dass Theo nicht wusste, in welcher Wohnung sie lebte. Außerdem würde Midas bald kommen. Es ging ihr gut. Sie war in Sicherheit.

Aber die Gänsehaut, die sich über ihren Rücken zog, sagte etwas anderes.

Midas wackelte ungeduldig mit dem Fuß, während der Aufzug zu Lexies Etage fuhr. Er hasste es, dass er sie nicht hatte früher abholen können. Die Besprechung mit dem Kommandanten war wichtig, aber er hatte da sein wollen, wenn Lexie sich mit Magnus traf. Sie hatte sich wochenlang darauf gefreut.

Der Aufzug öffnete sich und er ging den Flur entlang zu ihrer Tür. Er hatte Lexie eine SMS geschickt, um sie wissen zu lassen, dass er auf dem Weg nach oben war. Meistens wartete sie bereits an der Tür auf ihn, aber aus irgendeinem Grund war das heute nicht der Fall. Midas klopfte an, besorgt über die Veränderung ihrer Routine.

Er wurde noch besorgter, als er Lex sah, nachdem sie endlich die Tür geöffnet hatte.

Sie hatte dunkle Ringe unter den Augen und sah verdammt gestresst aus. Er hatte nicht viel Zeit, sie intensiver anzusehen, bevor sie sich ihm in die Arme warf.

Midas führte sie in ihre Wohnung und schloss die Tür hinter sich ab, bevor er seine Hände auf ihre Schultern legte und sie stützte, damit er ihr in die Augen sehen konnte.

»Was ist passiert?«

»Nichts, ich bin nur froh, dich zu sehen.«

»Verarsch mich nicht, Lex. Irgendetwas stimmt nicht.«

Sie seufzte und sackte zusammen. »Es war ein langer Tag.«

Midas beschloss, seine Taktik zu ändern, nahm ihre Hand und führte sie zum Bett. Es war zu früh, um schlafen zu gehen, aber da sie keine Couch hatte, müsste das Bett herhalten. Sie setzte sich und lächelte ihn an. »Bist du so begierig nach etwas Liebe?«, scherzte sie.

Er ignorierte sie, beugte sich vor und zog seine Stiefel aus. »Rutsch rüber«, sagte er zu ihr.

Sie tat es ohne ein Wort und Midas setzte sich neben sie. Er legte die Kissen hinter sich übereinander, streckte die Beine aus und zog sie an sich.

Lexie gab bereitwillig nach und verschmolz mit einem langen Seufzer mit ihm.

Einige Minuten lang sagte keiner etwas. Midas streichelte nur über ihr Haar und hielt sie fest.

»Wie war deine Besprechung?«, fragte sie nach einer Weile.

»Lang«, sagte er. »Sprich mit mir, Liebling.«

»Mir geht es gut«, beharrte sie. »Es war nur ein stressiger Tag.«

In Ordnung, er würde es aus ihr herausquetschen müssen. Das würde er schon schaffen. »Ist Magnus gut angekommen?«

»Ja.«

»Hattet ihr Gelegenheit, viel miteinander zu reden?«

»Nicht wirklich. Er hat sofort mit seinem Gutachten begonnen.«

»Wie geht es Ashlyn?«

»Gut, warum?«

»Ich frage nur. Wann bist du nach Hause gekommen?«

Er spürte, wie sie sich ein wenig versteifte, und wusste, dass er einen Schritt näher kam, um herauszufinden, was zum Teufel los war. Er hasste es, nicht sofort wieder in Ordnung bringen zu können, was auch immer passiert war.

»Ich bin etwas länger geblieben, weil ich wusste, dass du an dieser Besprechung teilnimmst. In der Küche war ein Wasserrohr geplatzt und es gab viel sauber zu machen.«

»Das ist Mist«, sagte Midas.

Sie zuckte mit den Schultern.

»Du bist also später gegangen ... hast du etwas gegessen?« Lexie nickte.

In Ordnung, offensichtlich war er nicht sehr gut darin herauszufinden, was sie bedrückte. Midas beschloss, nicht mehr um den heißen Brei herumzureden. »Du musst mit mir reden, Lex. Was ist passiert? Und sag mir nicht, es wäre nichts. Du bist nicht du selbst, und das macht mich fertig.«

»Es tut mir leid. Es sind heute einfach so viele Dinge passiert. Magnus war ... ich weiß nicht, wie ich es erklären soll. Er war anders als der Mann, den ich durch unsere E-Mails und wenigen Telefonate kennengelernt hatte.«

»Wie anders?«

»Formaler, denke ich. Ich meine, ich hatte nicht erwartet, dass er einen Freudentanz aufführt, wenn er mich trifft, aber ich hätte nichts dagegen gehabt, wenn er mich umarmt hätte oder so.«

»Es könnte komisch für ihn gewesen sein vor den anderen.«

»Ich weiß.«

Als sie nichts weiter sagte, bohrte Midas weiter nach. »Du hast gesagt, es sind viele Dinge passiert. Was noch?«

»Das Wasserrohr, Magnus, du musstest länger arbeiten, Theo, der Weg nach Hause ...« Ihre Stimme brach.

»Der Weg nach Hause?«, fragte er. Es gefiel ihm gar nicht, wie sie sich versteift hatte, als sie das gesagt hatte.

»Mir geht es gut«, sagte sie.

»Was ist passiert?«

»Magnus hat mich nach Hause gebracht, weil es kurz vor meinem Aufbruch draußen einen Aufruhr gab. Ein Typ ist uns eine Weile gefolgt und hat dann einige gemeine Dinge gesagt. Magnus hat ihm eine verpasst, und das war es gewesen.«

Midas fühlte sich hilflos und hasste dieses Gefühl. Zu wissen, dass Lexie herunterspielte, was passiert war, half auch nicht dagegen. »Und was war mit Theo?«, fragte er weiter.

»Er war in der Gasse auf der anderen Straßenseite. Magnus hat gesagt, ihm sei aufgefallen, dass er mich den ganzen Tag angestarrt hat. Ich weiß nicht, warum er dort war. Was ist, wenn er mir schon eine Weile nach Hause folgt? Ich hasse es, Angst vor jemandem haben zu müssen, dem wir bei Food For

All helfen. Das ist nicht meine Art und es ist unfair ihm gegenüber.«

»Es ist nicht unfair, wenn jemand eine Gefahr für dich darstellt«, sagte Midas.

Lexie sagte nichts und starrte ihn nur an.

Er konnte die Frustration in ihren Augen sehen. Eines der Dinge, die er an Lexie am meisten mochte, war ihre positive Einstellung, ihre sonnige Lebenseinstellung. Was er zuerst als Naivität angesehen hatte, erkannte er jetzt als angeborene Freundlichkeit, ein natürlicher Teil dessen, wer sie war. Sie war der perfekte Ausgleich für seine übermäßig vorsichtige und zynische Art. Er wusste außerdem, dass sie Theo vertrauen wollte ... aber das bedeutete nicht, dass er es tun musste.

Er war nicht allzu überrascht, dass Theo in einer dunklen Gasse herumgelungert und sie beobachtet hatte. Und er war definitiv nicht glücklich darüber. »Von jetzt an hole ich dich jeden Tag ab«, sagte er zu ihr.

Sie schüttelte den Kopf. »Wir wissen beide, dass das nicht immer möglich sein wird. Schau nur, was heute passiert ist. Du musst arbeiten und hast Dinge zu erledigen, die du nicht absagen kannst.«

Sie hatte recht. »In Ordnung, aber wenn ich dich nicht abholen kann, werde ich dafür sorgen, dass jemand anderes es tut.«

Lexie hob den Kopf und legte ihre Hand auf seine Wange. »Ich weiß das zu schätzen, mehr als ich sagen kann. Aber ich habe mich noch nie in meinem Leben auf einen Mann verlassen, und ich möchte jetzt nicht damit anfangen.«

»Ich bin nicht irgendein Mann«, gab Midas zurück. »Und es kommt nicht infrage, dass ich dich allein nach Hause gehen lasse, wenn Männer dich belästigen oder Theo da draußen ist und dich beobachtet.«

»Normalerweise bringen Jack oder Pika mich nach Hause, wenn sie da sind«, sagte Lexie zu ihm. »Und Magnus war heute wirklich eine große Hilfe. Er hat diesem Kerl einen Kinnhaken verpasst und so getan, als hätte es ihm nichts ausgemacht. Aber ich weiß, dass seine Fingerknöchel geblutet haben. Ich finde es toll, dass du mich beschützen willst, aber du kannst nicht immer bei mir sein. Ich muss herausfinden, wie ich mich selbst schützen kann. Heute war nur ... einfach viel. Morgen werde ich wieder wie gewohnt mein positives Selbst sein, versprochen.«

Midas nahm ihre Hand, die auf seiner Wange lag, und küsste sie auf die Handfläche, bevor er sie auf seine Brust legte. Lexie legte ihre Wange an seine Schulter und kuschelte sich an ihn.

Er hatte gehört, was sie gesagt hatte, aber er würde trotzdem alles tun, um besser auf sie aufzupassen. Sie hatte recht, er konnte nicht immer den ganzen Weg vom Stützpunkt in die Innenstadt fahren, um sie abzuholen, wenn er arbeiten musste, aber er kannte viele Leute, die ihm einen Gefallen schuldeten.

Zur Hölle, er wettete, wenn er Baker davon erzählte, was los war, würde der Mann selbst von der Nordküste jeden Tag herunterfahren, um sie abzuholen und sicher nach Hause zu bringen.

»Worüber lächelst du so?«, fragte Lexie misstrauisch.

»Ich habe nur überlegt, Baker zu bitten, dich abzuholen, wenn ich nicht kann.«

»Den Baker? Ja, auf jeden Fall.«

Midas blinzelte überrascht. »Ich dachte, du würdest dich dagegen sträuben und mir sagen, dass das lächerlich ist«, gab er zu.

»Okay, es ist lächerlich. Aber ich habe von Elodie so viel über ihn gehört und bin neugierig.« Sie zuckte etwas verlegen die Achseln.

»Du willst ihn treffen?«

»Ja, natürlich.«

»Dann werde ich dafür sorgen, dass du ihn triffst«, sagte Midas. Je mehr er darüber nachdachte, desto besser erschien ihm die Idee. Baker war kein Mann, der sich leicht zum Narren halten ließ, und er würde mit Sicherheit seine Ohren offen halten, ob eine Gefahr für Lexie drohte. Baker hasste Gewalt gegen Frauen und Midas wusste, dass sie einen weiteren Beschützer hätte, sobald er erfuhr, was Lexie durchgemacht hatte.

»Warum fühle ich mich plötzlich unwohl dabei?«, fragte Lexie und schaute ihn schief an.

»Ich weiß es nicht. Baker ist cool.«

»Midas?«

»Ja, Liebling?«

»Alles ist besser, wenn du bei mir bist.«

Verdammt, er liebte sie. »Mir geht es genauso. Egal wie lang mein Tag war oder wie schwer eine Mission ist, zu wissen, dass du hier bist und auf mich wartest, lässt mich alles vergessen.«

»Hast du Hunger?«, fragte sie leise. »Ich kann dir etwas machen.«

»Nein, mir geht es gut, wo ich gerade bin«, sagte Midas. Seine Gedanken rasten mit all den Dingen, die er am nächsten Tag erledigen musste. Er musste mit Natalie über Theo sprechen und definitiv mit Baker. Wenn jemand herausfinden konnte, was zum Teufel mit Theo los war, dann dieser Mann. Wahrscheinlich könnte er sogar den Kerl ausfindig machen, den Magnus geschlagen hatte.

Midas wollte außerdem Magnus treffen. Wenn seine Notfallbesprechung nicht gewesen wäre, hätte er ihn heute gesehen.

»Du denkst wirklich viel nach«, bemerkte Lexie nach einem Moment.

Er lachte leise. »Tut mir leid.«

»Es ist in Ordnung. Du machst weiter und denkst nach, und ich mache hier einfach mein eigenes Ding.«

Sie streichelte mit ihrer Hand langsam über seine Brust und spielte mit den Knöpfen an seiner Uniformhose. Midas schaute nach unten und bemerkte ihr Grinsen, als sie sich auf ihn legte.

Er nahm ihre Hand in seine und fragte: »Geht es dir jetzt besser?«

Lexie sah ihn an und nickte. »Das tut es.«

»Es tut mir leid, dass du einen harten Tag hattest und dass ich nicht für dich da war.«

»Du bist jetzt für mich da«, erwiderte sie.

»Das bin ich«, stimmte Midas zu und rutschte dann hinunter, bis er auf dem Rücken lag. Lexie lachte, als er sie herumdrehte, bis sie unter ihm lag. Er senkte den Kopf und spürte ihr Lächeln an seinen Lippen.

Als er seinen Kopf wieder hob, atmeten beide schwer. »Ich liebe dich, Lexie. Ich hasse es, dass du heute Angst haben musstest. Ich würde jeden Kerl umbringen, der es wagt, dich zu belästigen wie dieses Arschloch heute. Und wenn Theo dir auch nur ein Haar krümmt, wird er sich wünschen, nicht geboren zu sein.«

Sie zitterte und Midas bereute seine Worte für eine Sekunde, bis sie etwas sagte.

»Warum macht mich dieses Alphamann-Gehabe so an?«, fragte sie.

»Weil es bedeutet, dass ich dich liebe.«

»Und ich liebe dich«, erwiderte sie. Sie schob ihre Hände zwischen ihre Körper, um sich noch einmal an seinem Hosenknopf zu schaffen zu machen.

»Möchtest du etwas?«, neckte er.

»Ja, dich«, sagte sie ernst.

Er senkte wieder den Kopf und machte sich an die Arbeit, seine Frau ihren beschissenen Tag vergessen zu lassen.

Magnus ließ sich auf dem großen Doppelbett in seinem überteuerten Hotelzimmer nieder. Er hatte den Food For All Vorstand nicht gefragt, ob die Wahl des Hotels in Ordnung sei. Die Kosten für die Unterbringung waren in den Spesen des Gutachters inbegriffen und nirgendwo war angegeben, in welchem Hotel er absteigen sollte oder wie hoch das Budget war.

Der heutige Tag war besser verlaufen, als er gehofft hatte. Das Arschloch, das er angeheuert hatte, um Lexie auf ihrem Heimweg zu belästigen, hatte genau das getan, was er verlangt hatte. Magnus hatte gespürt, wie angespannt Lexie gewesen war. Er wusste, dass sie Angst gehabt hatte. Er hatte für sie den Helden gespielt, um ihr Vertrauen zu gewinnen.

Die Tatsache, dass er den verrückten Theo in der Gasse gegenüber ihrer Wohnung gesehen hatte, war das i-Tüpfelchen gewesen. Er hatte ihr jetzt den Gedanken in den Kopf gepflanzt, dass er sie verfolgte. Also würde es keine Überraschung sein, wenn der psychisch kranke Mann sie eines Tages überfiel.

Nur ihr Freund, dieser Navy SEAL, bereitete ihm noch Bauchschmerzen. Aber Lexie hatte ihm erzählt, dass er jeden Tag zum Navy-Stützpunkt fuhr, nachdem er sie zur Arbeit gebracht hatte.

Er war ohne konkreten Plan in die Stadt gekommen, aber die Dinge liefen besser, als er erwartet hatte. Das Food For All Gebäude lag in einem beschissenen Teil der Stadt und Lexie war sich der Gefahren um sie herum nicht bewusst. Es war perfekt. Er hoffte, dass Theo zur richtigen Zeit am richtigen Ort sein würde. Am nächsten Morgen würde Magnus als Erster im Gebäude sein, sich die Routine des Mannes ansehen und dann seinen endgültigen Plan schmieden.

Seine Handflächen juckten und Magnus untersuchte sie. Sie sahen nicht anders aus als heute Morgen, aber er konnte die dreckige Haut dieses Obdachlosen immer noch spüren. Er konnte noch spüren, wie er verzweifelt versucht hatte, nach Luft zu schnappen.

Abgesehen davon war es aber nicht das bärtige Männergesicht, das er vor Augen hatte, sondern diese Schlampe.

Sie war einfach zu naiv und verdammt noch mal viel zu glücklich.

Wie konnte sie glücklich sein, wenn er diese Leere in sich spürte? Von allen Menschen auf der Welt war Lexie Greene der letzte, der glücklich sein sollte. Sie sollte ständig so verängstigt sein wie heute Abend. Sie sollte jede verdammte Sekunde ihres sinnlosen Lebens in Angst und Schrecken verbringen.

Magnus konnte nur Trost in der Tatsache finden, dass Angst und Schrecken das Letzte sein würden, was sie in ihrem Leben empfinden würde. Genau wie es bei Dagmar gewesen war.

Magnus war zufrieden, dass sich alles in die von ihm erhoffte Richtung entwickelte, und schloss die Augen. Er war wirklich müde von der Reise und dem Arbeitstag. Seine innere Uhr war total durcheinander, aber schon bald würde er wieder zu Hause sein und vielleicht würde Dagmar dann in Frieden ruhen können. Und die klaffende Wunde in Magnus würde zu heilen beginnen.

KAPITEL SIEBZEHN

Der Tag nach Magnus' Ankunft verlief relativ ereignislos, wofür Lexie dankbar war. Midas hatte sie wie üblich früh am Morgen bei Food For All abgesetzt und sie konnte zeitig mit der Arbeit beginnen. Magnus kam kurz nach ihr und ging direkt ins Büro, um sich an die Arbeit zu machen. Nachdem Stephen gekommen war und die Türen aufgeschlossen hatte, war wie gewöhnlich Theo erschienen. Sie war zuerst besorgt gewesen, aber er hatte sich auf die andere Seite des Raumes gesetzt, während sie in der Küche war, und hatte nichts zu ihr gesagt. Er wippte auf dem Stuhl hin und her und selbst als sie ihm einen Toast ohne Kruste brachte, sah er nicht zu ihr auf.

Lexie beschloss, ihn nicht damit zu konfrontieren, warum er sich in der Gasse gegenüber ihrer Wohnung aufgehalten hatte. Sie war sich nicht sicher, wie er auf diese Frage reagiert hätte. Sie hatte Theo noch nie zuvor in dieser Gasse gesehen, also konnte sie ihn nicht wirklich beschuldigen, sie zu beobachten. Sie hatte keine Beweise dafür.

Gegen zwei Uhr nachmittags rief Midas an und erzählte ihr, er hätte den Rest des Tages frei. Er würde jetzt zu ihr kommen und sie abholen. Lexie ging in Natalies Büro, um sie darüber zu informieren.

»Es tut mir leid, dich zu unterbrechen, aber ich wollte dich nur wissen lassen, dass Midas mich gleich abholt«, sagte Lexie.

»In Ordnung, du hast in letzter Zeit sehr lange gearbeitet.«

»Kann ich ihn kurz begrüßen?«, fragte Magnus hinter dem Computer an dem großen Schreibtisch hervor.

»Wenn du möchtest.«

»Sehr gern, ich habe schon so viel über ihn gehört. Und vielleicht kann er mir mehr über meinen Bruder erzählen.«

Lexie zuckte innerlich zusammen. Sie war sich nicht sicher, ob es der richtige Zeitpunkt und der richtige Ort waren, um über das zu sprechen, was in Afrika passiert war. Da Magnus aber ihr Angebot zum Abendessen nicht angenommen hatte und Midas sich nicht freinehmen konnte, wann er wollte, würde es vermutlich keine andere Gelegenheit geben.

»Ich werde euch wissen lassen, wenn er da ist«, sagte sie.

Natalie nickte, während Magnus sie nur mit seinem durchdringenden Blick anstarrte.

Lexie schloss die Tür und holte tief Luft. Es hatte sich herausgestellt, dass Magnus ganz anders war, als sie ihn sich nach ihrem E-Mail-Austausch und ihren Telefonaten vorgestellt hatte. Sie nahm an, dass er immer noch trauerte. Vielleicht war er sogar ein wenig gestresst, weil dies sein erster Einsatz als Gutachter war.

Lexie ging zurück in den Speisesaal und sprach mit den Gästen, bis Midas ankam. Zum Glück war Theo schon gegangen, als er eintraf. Sie hatte das Gefühl, Midas hätte gern ein paar Takte mit dem armen Mann geredet.

»Hey«, sagte Midas und kam direkt auf sie zu.

»Hi«, sagte Lexie mit einem breiten Lächeln. Es war fast peinlich, wie froh sie war, ihn zu sehen. Sie fühlte sich immer gut, sobald sie Midas sah.

»Wie war dein Tag?«, fragte er.

»Gut.«

Er zog eine Augenbraue hoch.

»Wirklich«, beharrte sie. »Außer ... ich glaube, Magnus möchte mit dir über seinen Bruder sprechen.«

»Damit habe ich kein Problem«, sagte Midas.

»Sicher? Ich dachte nur, es wäre dir unangenehm.«

»Ist es nicht. Aber ich fürchte, ich werde ihm nicht viel zu erzählen haben. Ich war bei dir, nicht bei Dagmar, als das Krankenhaus angegriffen wurde. Und auch vorher war es die dänische Spezialeinheit, die ihn auf dem Weg nach Galkayo betreut hat.«

»Stimmt«, sagte Lexie.

»Komm schon, lass uns das hinter uns bringen, damit wir uns auf den Weg machen können. Ich habe eine Überraschung für dich.«

»Wirklich? Was ist es?«

»Es wäre keine Überraschung, wenn ich dir sagen würde, worum es sich handelt«, antwortete Midas mit einem Grinsen.

Sie gingen über den Flur zu Natalies Büro und Lexie klopfte an die Tür, bevor sie den Kopf hineinsteckte. »Midas ist da«, sagte sie.

Gemeinsam gingen sie ins Büro und Midas nickte Natalie zu. »Schön, dich wiederzusehen«, sagte er zu ihr.

»Gleichfalls, ich hoffe dir geht es gut«, sagte Natalie.

»Ja, danke.«

»Und das ist Magnus. Ich habe euch ja bereits viel voneinander erzählt«, sagte Lexie etwas nervös.

Magnus stand auf und Midas trat einen Schritt vor und streckte seine Hand aus. Magnus sah sie einen Moment lang an, bevor er sie nahm und schüttelte.

»Es ist schön, dich endlich kennenzulernen. Lexie hat mir viel über dich erzählt«, sagte Magnus.

»Gleichfalls. Es tut mir leid, was deinem Bruder widerfahren ist«, bekundete Midas sein Beileid.

Magnus nickte als Zeichen der Kenntnisnahme.

»Ich werde draußen mal nach dem Rechten sehen«, sagte Natalie und ging zur Tür.

Sobald sie den Raum verlassen hatte, sagte Magnus: »Ich würde gern mehr darüber erfahren, was mit Dagmar passiert ist.«

Es war keine Frage und sein Tonfall war nicht gerade freundlich. Lexie spannte sich an, aber Midas legte seine Hand auf ihren Rücken, als wollte er sie wissen lassen, dass er alles unter Kontrolle hatte.

»Ich wünschte, ich könnte dir mehr darüber erzählen, aber mein Team und ich waren kaum an seinem Transport oder seiner Untersuchung im Krankenhaus beteiligt. Wir waren überrascht, dass wir überhaupt nach Galkayo zurückkehren sollten. Wir haben erst von dem unerwarteten Zwischenstopp erfahren, als wir auf dem Weg zum Hubschrauber in der Wüste waren.«

Magnus versteifte sich sichtbar. »Mein Bruder war krank. Er brauchte sofort einen Arzt. Erst zum US-Schiff zu fliegen hätte ihn umbringen können.«

Midas nickte, antwortete aber nicht.

»Also weißt du nichts?«, fragte Magnus.

»Nein, tut mir leid. Ich war bei Lexie, als das Krankenhaus angegriffen wurde. Ich habe erst viel später von dem Tod deines Bruders erfahren, nachdem wir wieder zu meinem Team gestoßen waren. Bis zu diesem Zeitpunkt wusste ich nicht einmal, dass das Jaegerkorpset bereits das Land verlassen hatte.«

Magnus machte ein abfälliges Geräusch in seiner Kehle und wandte sich wieder dem Schreibtisch zu. Er setzte sich und konzentrierte sich auf den Computerbildschirm vor ihm. »Es war schön, dich kennenzulernen«, sagte er abwesend. »Ich habe in der kurzen Zeit meines Aufenthaltes hier in Hawaii noch viel zu tun.«

»Richtig, nochmals mein aufrichtiges Beileid für deinen Verlust«, sagte Midas und drückte Lexie dann leicht auf den Rücken, als er sie zur Tür umdrehte.

»Wir sehen uns morgen«, sagte Lexie über ihre Schulter.

»Vielleicht können wir zusammen Mittag essen?«

»Das wäre schön«, erwiderte Magnus.

Als die Bürotür sich hinter ihnen schloss, rieb Lexie sich die Nase und sah zu Midas auf. »Wow, er war irgendwie unhöflich. Das tut mir leid.«

»Braucht es nicht«, sagte Midas. »Das ist nicht deine Schuld.«

»Aber ich kommuniziere schon seit Wochen mit ihm«, ärgerte sie sich.

»Das macht nichts. Menschen sind nicht immer so, wie sie auf den ersten Blick erscheinen. Du kanntest ihn nur aus E-Mails und ein paar Telefonaten, Lex. Das zeigt nicht immer das wahre Gesicht eines Menschen.«

»Ich weiß, aber trotzdem. Und ich weiß es zu schätzen, dass du dich nicht mit ihm darüber angelegt hast, ob es besser gewesen wäre, seinen Bruder direkt auf das Schiff zu bringen.«

»Ich glaube immer noch, dass er einen Fehler gemacht hat. Er hat den Einfluss seines Geldes genutzt, um die Regierung zu drängen, Dagmar ins Krankenhaus zu bringen. Aber es war die falsche Entscheidung. Ich behaupte nicht, dass er nicht vielleicht trotzdem gestorben wäre, denn soweit ich weiß, war er in einem sehr schlechten Zustand. Aber das wollte ich seinem trauernden Bruder nicht sagen. Wir wissen nur mit Sicherheit, dass die Entführer keine zweite Chance bekommen hätten, wenn wir direkt zum Schiff geflogen wären.«

Lexie nickte. Midas' Antwort bewies erneut, was für ein guter Mann er war. Er hätte sich für seine Taten an dem fraglichen Tag verteidigen und klarstellen können, dass es höchstwahrscheinlich an Magnus' Entscheidung gelegen hatte, seinen Bruder von seinem Leibarzt untersuchen zu lassen, dass er jetzt tot war. Aber das hatte er nicht getan.

»Komm schon, genug über die Arbeit geredet. Ich habe Pläne.«

»Was für Pläne?«

»Das wirst du schon sehen.«

»Aahh, ich sterbe vor Neugier«, beschwerte sich Lexie.

»Du wirst es schon bald erfahren«, erwiderte Midas geheimnisvoll.

Lexie verabschiedete sich von Natalie und den anderen Angestellten und ging mit Midas zur Tür hinaus. Als sie zum Parkhaus gingen, blieb Lexie fast stehen, als sie Theo aus dem Augenwinkel sah. Er saß auf einer Bank gegenüber dem Eingang zu Food For All.

»Ignoriere ihn«, sagte Midas sanft.

Lexie nickte. Das hatte sie vorgehabt. Theo war keine Bedrohung. Er saß einfach da. Aber sie konnte den leichten Schauer, der ihr über den Rücken lief, nicht unterdrücken, als sie mit Midas zu seinem Wagen ging.

Lexie grinste, als Midas den Garnelen-Taco verschlang, den er an einem am Straßenrand geparkten Imbisswagen gekauft hatte. Sie hatte bereits einen gegessen und wollte sich gerade ihrem zweiten widmen. Midas hatte ihr erzählt, dass es an der Nordküste die besten Imbisswagen gab und es nichts Besseres gäbe als die Tacos von Giovanni. Er hatte recht.

Auf dem Rückweg wollten sie bei der Dole Plantage anhalten, damit sie sich ein Ananaseis holen konnte, aber vorher hatte er eine weitere Überraschung für sie. Sie waren zur Waimea Bay gefahren, einem der berühmtesten und beliebtesten Surfspots an der Nordküste. Im Moment war es nicht sehr voll, was laut Midas der einzige Grund war, warum sie dort waren. Wenn Wettkämpfe stattfanden, war es fast unmöglich, zur Nordküste zu gelangen. Die Wagen stauten sich auf der zweispurigen Schnellstraße Stoßstange an Stoßstange, um die Athleten zu sehen, wie sie auf den riesigen Wellen ritten.

Das Meer war heute relativ ruhig und nur wenige eingefleischte Surfer waren in der Bucht. Aber das war Lexie egal. Sie war begeistert, dort zu sein.

Aus den Augenwinkeln sah sie von rechts einen Mann auf sie zukommen.

Midas drehte sich zu ihr um. »Baker konnte nicht versprechen zu kommen, aber ich hatte gehofft, dass er so interessiert wäre, dich kennenzulernen, dass er auftauchen würde.«

»Heiliger Mist«, hauchte sie und starrte den Mann an, der auf sie zukam. Er war gerade aus dem Wasser gestiegen und trug einen Neoprenanzug, der seine Muskeln betonte. Er war genau so, wie Elodie ihn beschrieben hatte. Groß, schwarzes Haar mit reichlich grauen Strähnen, das ihm über die Stirn fiel, jadegrüne Augen, die durch sie hindurchzusehen schienen. Auf jeden Fall ein Silberfuchs … einer mit einer unglaublich gefährlichen Aura.

Midas stand auf und streckte seine Hand aus, als er dem älteren Mann zunickte. »Baker, schön, dich zu sehen.«

»Gleichfalls«, entgegnete Baker und drehte sich dann zu ihr um. »Und du bist Lexie.«

»Die bin ich«, erwiderte sie und stand auf. Sie wischte sich nervös die Hand an ihrem Hemd ab und streckte sie dann aus. »Es ist schön, dich kennenzulernen. Elodie hat viel Gutes über dich erzählt.«

Baker schüttelte ihr die Hand, ließ sie aber nicht sofort wieder los. Er starrte sie einen Moment lang an.

»Baker«, warnte Midas.

Er grinste und ließ ihre Hand los. »Tut mir leid. Ich bin nur erstaunt über diese Haare.«

Lexie wurde rot und starrte Midas an. »Ich habe dir gesagt, ich brauche ein Haargummi.« Dann wandte sie sich wieder Baker zu. »Wir sind direkt von meiner Arbeit hierhergefahren. Midas hat mir nicht verraten, wo er hinwollte. Wenn ich gewusst hätte, dass wir in seinem Cabrio so weit fahren, hätte ich darauf bestanden, dass wir etwas besorgen, womit ich meine Haare zusammenbinden kann. Normalerweise ist es nicht so durcheinander.«

»Oh doch, das ist es«, widersprach Midas mit einem Lachen.

»Ach, halt die Klappe«, zischte Lexie leise.

»Oh, hey«, sagte Baker und wandte sich an Midas, »ich habe Elodies Teller mitgebracht, damit du ihn ihr zurückgeben kannst. Der Apfelstreuselkuchen, den sie gebacken hat, war unglaublich. Kannst du ihn schnell aus meinem Wagen holen?«

»Du willst nur mit Lexie allein reden, oder?«, fragte Midas.

Baker zuckte die Achseln.

»In Ordnung, aber benimm dich«, sagte Midas.

Baker öffnete eine winzige Tasche in seinem Neoprenanzug, zog einen Schlüssel heraus und warf ihn Midas zu. Er fing ihn auf, beugte sich dann vor und küsste Lexie kurz, bevor er zum Parkplatz ging.

»Mein Wagen steht ganz am Ende«, rief Baker.

»Das ist ja wieder typisch«, rief Midas zurück.

Lexie wusste nicht, worüber dieser Mann mit ihr sprechen wollte, aber sie musste zugeben, dass sie neugierig war.

Baker setzte sich auf die Bank neben dem Picknicktisch, auf der sie und Midas gesessen hatten. Sie schloss sich ihm an und setzte sich ebenfalls wieder hin.

Baker stellte einen Ellbogen auf den Tisch und starrte sie einen Moment an, bevor er sagte: »Du siehst anders aus, als ich erwartet hätte.«

Das war eine seltsame Art, ein Gespräch zu beginnen. »Was hast du dir denn vorgestellt?«

»Ich bin mir nicht sicher. Nachdem ich mir die Videos angesehen hatte, dachte ich mir, dass du dich gut erholen würdest, aber du bist nicht ganz so ... robust, wie ich erwartet hatte.«

Lexie hatte keine Ahnung, was das bedeutete, also hob sie nur die Schultern.

»Also, du und Midas geht miteinander aus«, sagte er.

Lexie nickte.

»Und ihr kennt euch schon seit der Highschool.«

»Ja, ich bin in meinem Abschlussjahr nach Portland gezogen«, bestätigte Lexie.

»Es sollte keine große Überraschung für dich sein, dass ich mich mit dir und deiner Situation befasst habe«, sagte Baker.

Lexie starrte ihn wieder nur an und war sich nicht sicher, was sie sagen sollte.

»Du warst eine schlechte Schülerin, aber ich nehme an, das würde jedem mit nicht diagnostizierter Legasthenie so gehen.«

»Wow, woher weißt du das?«, fragte Lexie, die sich für ihre Behinderung überhaupt nicht mehr schämte. Sie war tatsächlich erleichtert gewesen, als es endlich diagnostiziert wurde.

»Es ist verdammt offensichtlich, wenn man sich deine Akte ansieht«, erklärte Baker. »Du musst miserable Lehrer gehabt haben, dass keiner von ihnen diese Möglichkeit in Betracht gezogen hat. Wie auch immer ... jetzt bist du jedenfalls bei Midas ... und ich denke, du bist ziemlich glücklich.«

Lexie nickte. Das war sie.

»Der große, böse Navy SEAL hat dich aus der Wüste gerettet, du bist zu ihm nach Hawaii gekommen und jetzt liebt er dich. Wahrscheinlich dachtest du dein Leben lang, du wärst wertlos, so wie dein Vater es immer behauptet hat, oder? Wenn jemand, der so gut aussehend und hart ist wie Midas, ein Auge auf dich wirft, muss das also ziemlich berauschend sein.«

Lexie runzelte die Stirn und schüttelte den Kopf. »Nein, ich meine, ich bin froh, mit Midas zusammen zu sein, aber das ist es nicht ...«

»Er wird gut bezahlt, hat einen guten Job, aber es ist nicht alles eitel Sonnenschein. Hinter seinem guten Aussehen hängt eine Menge Scheiße mit dran.«

Okay, jetzt war Lexie wirklich irritiert. Sie dachte, dieser Kerl war ein Freund von Midas. Und kaum war er weg, fing dieser Kerl an, sie runterzumachen.

»Du musst das Gefühl haben, dass alle deine Träume wahr geworden sind, Lex. Was wirst du tun, wenn er von einer

Mission zurückkommt, die schiefgegangen ist? Und glaub mir, irgendwann wird das passieren. Was ist, wenn er mit einem amputierten Bein nach Hause kommt? Oder Arm? Oder ganz ohne seine Gliedmaßen? Glaubst du dann immer noch, du hattest Glück? Er könnte ein Hirntrauma erleiden und nicht mehr derselbe Mann sein, den du heute kennst. Es bedeutet harte Arbeit, mit einem SEAL zusammen zu sein. Er hat dich vielleicht gerettet und du bist froh, jetzt in seinen Armen zu sein, aber wirst du immer noch so glücklich sein, wenn über neunzig Prozent seines Körpers verbrannt sind?«

»Warum bist du so grausam?«, fragte sie.

»Du hältst das für grausam?«, fragte Baker zurück. »Das ist es nicht. Das nennt man das echte Leben. Ich versuche herauszufinden, wie hart du bist. Ob du es packen kannst, mit ihm zusammen zu sein.«

»Das kann ich«, sagte Lexie durch zusammengebissene Zähne.

Baker hob eine Augenbraue und zeigte deutlich seine Skepsis.

Das war es, Lexie war fertig mit ihm. Elodie mochte dieses Arschloch vielleicht, aber sie tat es definitiv nicht. »Du bist ein Vollidiot«, sagte sie leise. »Ja, ich war erfreut, als Midas sich für mich interessierte, aber das hielt nicht lange an. Ich bin stärker, als du denkst. Wenn Midas verletzt würde, würde ich hundertprozentig bei ihm bleiben. Das nennt man Liebe. Und ich liebe ihn und er liebt mich.

Die Frage ist nicht, ob ich gut genug für ihn bin. Das bin ich, daran habe ich keine Zweifel. Mit dem unsicheren Teenager, für den du mich immer noch zu halten scheinst, habe ich nichts mehr gemein. Ich habe drei Monate als Geisel in der Wüste verbracht, ohne den Verstand zu verlieren. Ich habe in meinem Leben wahrscheinlich an gefährlicheren Orten gelebt als du und ich bin ein verdammt guter Mensch. Vielleicht solltest du Midas fragen, ob er gut genug für mich ist«, warf Lexie ihm entgegen.

Überraschenderweise lächelte Baker. Sein Gesicht verwandelte sich von fast beängstigend zu … fast freundlich.

»Richtig«, sagte er mit einem Nicken. »Und fürs Protokoll, ich bezweifle ernsthaft, dass er es ist. Wie gesagt, es ist nicht einfach, mit einem SEAL, einem Soldaten oder Seemann zusammen zu sein. Ihre Partner müssen unabhängig sein, nicht die Art, die ausflippt, wenn bei einem Einsatz etwas schiefgeht. Und vor allem braucht Midas eine Frau, von der er ohne Zweifel weiß, dass sie da sein wird, wenn er nach Hause kommt, und die an seiner Seite bleibt, egal was passiert.«

Lexie runzelte die Stirn. »Also hast du … was … mich getestet?«

»Ja«, sagte Baker ohne Verlegenheit oder Reue.

»Wenn ich also in Tränen ausgebrochen wäre oder so, hätte ich deinen Test nicht bestanden?«

Baker zuckte die Achseln.

»Du bist ein Arschloch«, kommentierte Lexie.

»Jawohl.«

»Aber … ich kann dir nicht vorwerfen, dass du auf Midas aufpassen willst.«

»Was nur eine Frau mit hohem Selbstwertgefühl sagen würde«, entgegnete Baker mit einem Lachen. »Und nur damit du es weißt … ich bin beeindruckt von deiner Arbeit bei Food For All. Du hast an einigen beschissenen Orten gelebt, aber du scheinst überall Freunde zu finden. Astur und Yuusuf haben übrigens geweint, als sie über die Stipendien erfahren haben, die ihre Kinder von dir und Midas bekommen haben.«

Lexie bekam große Augen. »Hast du mit ihnen gesprochen?«

»Nun, nicht direkt, aber ich bin der festen Überzeugung, dass Shermake euer großzügiges Angebot definitiv annehmen wird. Und auch die jüngeren Kinder.«

Lexie war sich nicht sicher, wie ihre Emotionen so schnell von gereizt zu den Tränen nahe wechseln konnten, aber sie blinzelte ihre Tränen zurück. Sie musterte den Mann, der neben ihr saß.

»Was?«, fragte er.

»Du bist irgendwie beängstigend.«

Er lächelte.

»Das war kein Kompliment«, fühlte sie sich gezwungen hinzuzufügen.

Sein Grinsen wurde breiter.

»Ich bin wieder da«, sagte Midas. »Ich habe den Teller in meinen Wagen gebracht.«

Lexie sprang überrascht auf. Sie hatte ihn weder gesehen noch gehört.

»Entschuldige, ich wollte dich nicht erschrecken.«

Lexie bemerkte, dass Baker nicht im Geringsten überrascht zu sein schien. Der Mann war definitiv gruselig. Aber sie sollte verdammt sein, ihn nicht zu mögen.

»Alles in Ordnung?«, fragte Midas Lexie.

»Natürlich, warum sollte es das nicht sein?«, antwortete sie etwas zu enthusiastisch.

Midas kniff die Augen zusammen und drehte sich zu Baker um.

»Wir hatten ein nettes Gespräch«, sagte Baker und stand auf. »Sie ist lebhaft, ein bisschen wie ihr Haar.«

Lexie stand ebenfalls auf, erfreut, als Midas sofort seinen Arm um ihre Schultern legte. »Würdet ihr bitte aufhören, meine außer Kontrolle geratenen Haare zu kommentieren?«, grummelte sie. »Ich bekomme noch Komplexe.«

»Nein, dafür bist du zu selbstbewusst«, sagte Baker.

Das stimmte. Lexie interessierte sich nicht dafür, wenn andere ihre Haare oder sie selbst nicht mochten. Das Bedürfnis, anderen gefallen zu wollen, hatte sie längst abgelegt. Und Baker hatte ihr klargemacht, dass Midas sich glücklich schätzen konnte, sie als Freundin zu haben. Sie war treu, würde ihn niemals betrügen und würde an seiner Seite bleiben, egal was passierte. Und auch wenn sie keine perfekte

Köchin war und niemals eine Menge Geld verdienen würde, war sie trotzdem ein verdammt guter Mensch. Sie lächelte Baker an.

Er nickte ihr zu. Obwohl er ein Idiot gewesen war, wusste Lexie, dass er es für seinen Freund getan hatte.

»Gehst du noch mal raus zum Surfen?«, fragte Midas.

Baker schaute einen Moment aufs Meer und zuckte dann die Achseln. »Hab mich noch nicht entschieden.«

»Sei vorsichtig, wenn du dich dazu entscheiden solltest«, ergänzte Lexie.

Baker sah sie amüsiert an. »Machst du dir Sorgen um mich?«, fragte er.

»Ich mache mir Sorgen um jeden. Weißt du, wegen Haien, Strömungen, Monsterwellen ...«

»Klingt genau wie jemand anderes, den ich kenne«, murmelte Baker.

Lexie hatte keine Ahnung, über wen er sprach, aber sie bohrte nicht nach, als er sich an Midas wandte und sie anfingen, über Leute zu sprechen, die sie nicht kannte. Sie nahm an, dass es sich um andere SEALs handelte oder zumindest um Leute, mit denen Midas auf dem Stützpunkt zusammenarbeitete.

Es vergingen einige Minuten, bis Midas sagte: »Danke, dass du heute gekommen bist.«

»Das hätte ich auf keinen Fall verpassen wollen«, sagte Baker. »Seid vorsichtig da draußen«, mahnte er.

»Immer.«

»Bis bald«, sagte Baker mit einem Nicken und ging zum Parkplatz. Er ging direkt auf einen bunten VW Bus zu, der gerade vorgefahren war. Hinter dem Lenkrad saß eine zierliche dunkelhaarige Frau.

»Was hat er gesagt?«, fragte Midas und lenkte ihre Aufmerksamkeit von Baker und der Frau in dem stereotypischen hawaiianischen Surfer-Bus ab.

»Nichts.«

Midas zog eine Augenbraue hoch.

»Na gut, er hat mir erzählt, dass er sich meine Vergangenheit angesehen hat. Und er wollte sichergehen, dass ich gut genug für dich bin.«

»Ernsthaft? Scheißkerl«, sagte Midas und sah aus, als würde er Baker gleich nachjagen.

Lexie packte ihn am Arm. Sie kuschelte sich an seine Brust und sah zu ihm auf. »Du hast mich nicht gefragt, wie ich darauf reagiert habe«, sagte sie.

»Was hast du gesagt?«, fragte Midas pflichtbewusst.

»Ich habe ihm gesagt, dass ich mehr als gut genug für dich bin.«

»Ja, das bist du«, stimmte Midas zu. »Zu gut.«

Lexie grinste. »Wie wäre es, wenn wir uns darauf einigen, dass wir perfekt füreinander sind?«

»Damit kann ich leben. Bist du mit deinen Tacos fertig?«

»Hände weg von meinem Essen«, warnte sie. »Ich liebe dich, aber nicht so sehr, dass du meine Tacos haben kannst.«

Er lachte. »Wie wäre es, wenn du sie einpackst und im Wagen isst? Wenn wir noch bei der Dole Plantage anhalten und dir ein Eis holen wollen, sollten wir besser losfahren. Außerdem habe ich das Verlangen, heute Abend mit dir auf meiner Terrasse zu sitzen und zu entspannen.«

»Das klingt perfekt«, sagte Lexie.

Sie packten ihre Speisen zusammen und gingen zu seinem Cabrio. Lexie lächelte und winkte Baker und der Frau zu, mit der er sprach. Die Frau winkte mit einem freundlichen Lächeln zurück und rief: »Aloha!«

»Aloha!«, rief Lexie zurück.

»Komm schon«, sagte Midas und drängte sie weiter.

»Was?«, fragte Lexie.

»Du denkst doch darüber nach, rüberzugehen und herauszufinden, wie sie heißt, woher sie Baker kennt und was zwischen ihnen läuft.«

Sie grinste. »Okay, ich habe darüber nachgedacht. Ich

meine, hast du gesehen, wie sich Bakers Gesichtsausdruck verändert hat, als er sie gesehen hat?«

»Ja, aber ich gehe nicht dort rüber, und du auch nicht.«

»Aber er war total begeistert davon, dass ich so gut zu dir passe. Da scheint es nur fair zu sein, dass ich diese Frau einmal unter die Lupe nehme, wenn es um ihn geht.«

»Nein«, sagte Midas, legte eine Hand um ihre Haarsträhne und hielt sie fest, um sie dazu zu bringen, ihn anzusehen. Seinen anderen Arm legte er um ihren Rücken und zog sie an sich. »Er kann auf sich selbst aufpassen.«

»Aber kann sie das auch?«

»Baker wäre nicht mit einer Frau zusammen, die das nicht könnte«, erwiderte Midas.

Und da schien er sich hundertprozentig sicher zu sein. Dann legte er eine Hand auf ihren Hintern und zog sie an sich. Das Gefühl seines Schwanzes an ihrem Bauch ließ Lexie alles über Baker, die Frau, den VW Bus, Tacos und sogar Dole Eiscreme vergessen. Sie wollte diesen Mann mit jeder Faser ihres Seins. Sogar sein Griff in ihren Haaren bekam eine neue Bedeutung und ihre Brustwarzen wurden hart.

»Vielleicht können wir das Eis überspringen«, schlug sie atemlos vor.

Sie sah, wie Midas' Pupillen sich weiteten.

»Das bedeutet, dass wir schneller nach Hause kommen.«

»Ich bin dafür«, sagte Midas. Dann senkte er den Kopf und küsste sie. Lange, langsam und so verdammt leidenschaftlich, dass Lexie in seinen Armen dahinfloss, als er sich schließlich zurückzog.

Er öffnete die Tür für sie und sie stieg ein, bevor er auf die Fahrerseite joggte. Er drehte sich zu ihr um, lächelte und hob eine Hand, um ihr eine ihrer Haarsträhnen hinters Ohr zu stecken. »Ich liebe deine Haare. Und dich.«

»Ich liebe dich auch. Fahr jetzt.«

»Zu Befehl, Ma'am«, sagte Midas mit einem Lächeln, als er den Wagen vom Parkplatz lenkte und zu seinem Haus fuhr.

KAPITEL ACHTZEHN

Lexie beugte sich zu Midas hinüber und küsste ihn, bevor sie am nächsten Morgen aus dem Wagen stieg. Sie war ein bisschen wund von seinem leicht übertriebenen Liebesspiel am Abend zuvor, aber darüber würde sie sich nicht beschweren. Sie war selbst ein bisschen rau gewesen. Etwas an Midas ließ alle ihre Hemmungen verschwinden.

»Ich wünsche dir einen schönen Tag«, sagte er.

Lexie verdrehte die Augen. »Ich werde dich doch gleich noch einmal sehen, wenn du mir meinen Kaffee bringst«, entgegnete sie. Es war zu ihrer Routine geworden. Erst setzte er sie bei Food For All ab, damit sie das Gebäude aufschließen und Kaffee kochen konnte, dann besorgte er ihr dieses zuckerhaltige Gebräu und brachte es zu ihr zurück, damit beide eine Ausrede hatten, sich noch einmal zu sehen, bevor der Arbeitstag begann.

Midas grinste nur.

Um ehrlich zu sein, liebte Lexie ihre Spielereien. »Also gut. Ich wünsche dir auch einen schönen Tag, Liebling. Wir reden später miteinander.«

Er lächelte, als sie zum Eingang des Food For All Gebäudes

ging. Auf dem Heimweg von der Nordküste hatten sie gestern darüber gesprochen, dass sie morgens immer allein dort war. Nach dem Vorfall vor zwei Tagen, als sie mit Magnus nach Hause gegangen war und sie Theo in der Nähe ihrer Wohnung gesehen hatten, hatte sie zugestimmt, mit Natalie darüber zu sprechen, dass einer der Teilzeitbeschäftigten eine halbe Stunde eher kommen sollte, damit sie nicht allein im Gebäude wäre.

Lexie sah die Straße entlang, entdeckte aber niemanden. Es war noch ziemlich früh, also war das nicht überraschend. Sie drehte sich um und winkte Midas zu. Sie wusste, dass sie ihn gleich wiedersehen würde. Er wartete, bis sie drinnen war, bevor er losfuhr.

Lexie schaltete das Licht an und ging in die Küche im hinteren Teil des Gebäudes. Ein paar Minuten später füllte sie gerade die Kaffeemaschine mit Wasser, als sie hörte, wie die Eingangstür geöffnet wurde. Sie nahm an, dass es Stephen war. Er war ein bisschen früh dran, aber es musste einer der Mitarbeiter sein, weil sie die Tür hinter sich wieder abgeschlossen hatte.

Trotzdem ... nach allem, was in letzter Zeit passiert war, zog sie ein Messer aus dem Block neben ihr und legte es in Reichweite auf die Arbeitsplatte. Sie kam sich dumm vor, so paranoid zu sein, aber sicher war sicher.

Einen Moment später erregte ein Geräusch an der Küchentür ihre Aufmerksamkeit. Sie drehte sich um und erwartete, Stephen zu sehen, stattdessen stand aber Magnus in der Tür. Er trug wieder eines seiner langärmeligen weißen Hemden, das aussah, als wäre es gerade gebügelt worden, dazu eine Krawatte und eine braune Buntfaltenhose. Sie hatte während der letzten Tage versucht, ihn dazu zu bringen, sich etwas lockerer zu kleiden, aber er fühlte sich offensichtlich wohl in seiner formellen Kleidung.

Sie wandte sich wieder dem Spülbecken zu, um die zweite

Kanne zu füllen, und ärgerte sich innerlich darüber, so paranoid gewesen zu sein. »Guten Morgen, Magnus, du bist aber früh hier«, sagte Lexie leichthin.

»Ich wollte heute etwas früher mit meinem Gutachten beginnen und später deinen Rat befolgen und zum Strand gehen.«

»Das ist großartig«, erwiderte Lexie begeistert. »Wenn du einen Tipp brauchst, kann ich gern Midas fragen. Ich bin nicht wirklich ein Strandmensch, aber ich wette, er kennt die besten Strände, die nicht zu voll sind.«

Magnus ging auf sie zu, bis er direkt neben ihr stand. »Alles okay mit dir?«, fragte er und deutete auf das Messer.

Lexie lächelte selbstbewusst. »Ja, ich bin nur vorsichtig, denke ich«, entgegnete sie und wandte sich wieder dem Wasserstrahl zu.

Sie konzentrierte sich gerade darauf, die Kaffeekanne nicht zu überfüllen, als der erste Schlag ihr Gesicht traf.

Sie ließ die Glaskanne fallen und hörte, wie sie in der Spüle zerbrach. Bevor sie realisiert hatte, was zum Teufel vor sich ging, hatte Magnus sie herumgedreht und seine Hände um ihren Hals gelegt.

Lexie war geschockt.

Darüber hinaus wurde ihr sofort bewusst, dass sie verdammt tief in Schwierigkeiten steckte. Magnus spaßte nicht, er drückte ihre Kehle so fest zusammen, dass sie nicht einmal den kleinsten Atemzug nehmen konnte.

Sofort hob sie die Hände und bohrte ihre Fingernägel in die Hände um ihren Hals.

Entsetzt stellte sie fest, dass er Handschuhe trug.

Er hatte sie nicht angehabt, als er die Küche betreten hatte. Das wäre ihr aufgefallen. Er musste sie angezogen haben, während sie sich auf die Kaffeekanne konzentriert hatte.

Er hatte das geplant.

»Du verdammte Schlampe«, knurrte Magnus mit kehliger

Stimme, die sie noch nie von ihm gehört hatte. »Du hättest da draußen in der Wüste krepieren sollen, nicht mein Bruder! Dagmar war zehnmal so viel wert wie du, hundertmal!«

Lexie öffnete den Mund, um ihn anzuflehen aufzuhören, aber es kam nichts heraus.

»Ganz genau«, sagte er mit zusammengekniffenen Augen. »In dem Moment, in dem ich erfahren habe, dass diese Arschlöcher das Lösegeld verdoppelt hatten und Dagmar nicht gehen lassen wollten, habe ich geschworen, dass du dafür bezahlen würdest. All diese E-Mails, diese verdammten Anrufe, sogar dieser verdammte Job waren nur Mittel zum Zweck, um dich leiden zu lassen.«

Aus irgendeinem Grund kam ihr plötzlich eine Krimiserie in den Sinn, die sie im Fernsehen gesehen hatte. Darin hatte ein Vater um den Tod seiner Tochter getrauert ... es hatte siebeneinhalb Minuten gedauert, bis sie durch Erwürgen gestorben war. Er hatte gesagt, er konnte nicht glauben, wie lange siebeneinhalb Minuten tatsächlich waren.

Für Lexie schien es in diesem Moment zu kurz zu sein, viel zu kurz.

Sofort musste sie an Midas denken. Wie glücklich sie gewesen waren ...

Sie war noch nicht bereit zu sterben.

Sie kämpfte um ihr Leben und kratzte mit ihren Fingernägeln über sein Gesicht. Als er auch daraufhin den Griff nicht lockerte, stieß Lexie ihr Knie so fest sie konnte in seine Leistengegend.

Sie hatte ihn nicht direkt in die Hoden getroffen, aber sie musste sie zumindest gestreift haben, weil Magnus grunzte und den Griff für den Bruchteil einer Sekunde lockerte. Lange genug für Lexie, ein bisschen Sauerstoff in ihre Lunge zu bekommen. Aber es war nicht genug, dass er ihren Hals losließ.

Magnus drehte sie herum und drückte Lexie zu Boden, wobei er seinen Griff um ihren Hals weiter festigte.

Sie spürte, wie ihr Kopf auf den Boden prallte, aber es tat nicht weh. Nichts tat weh.

»Schlampe«, knurrte er, als er sich mit seinem gesamten Gewicht auf ihre Brust kniete.

Lexie strampelte mit den Füßen über den Fliesenboden, um Halt zu gewinnen, aber es war aussichtslos. Sie versuchte, Magnus abzuwehren, aber er war zu schwer und zu stark.

Sie bemühte sich, mit einer Hand nach seinen Weichteilen zu greifen, um ihm so wehzutun, aber sie konnte sie nicht erreichen. Langsam gingen ihr die Ideen aus.

»Jetzt stirb endlich!«, schrie Magnus und keuchte jetzt, als er ihr die Kehle zudrückte. »Es läuft alles genau nach Plan. Theo ist bereits tot. Ich habe ihn hereingelassen, als ich kam, und ihm in den Rücken gestochen. Und sobald du tot bist, werde ich deinen Körper unter seinen legen und der Polizei erklären, dass ich ihn erstechen musste, als er dich erwürgt hat … aber es war leider schon zu spät. Ich werde den Beamten erzählen, dass er dich verfolgt hat und dass er geisteskrank ist. Jeder wird mir glauben. Und dann kann ich beruhigt in der Gewissheit nach Hause fliegen, dass ich Dagmar gerächt habe.«

Lexie wurde langsam schwarz vor Augen. Die Scheiße war, dass sein Plan verdammt gute Erfolgschancen hatte.

Sie hatte keine Ahnung gehabt, dass er sie so sehr hasste.

»Stirb, Schlampe!«, knurrte der Mann, den sie für einen Freund gehalten hatte. Er beugte sich vor, um noch mehr Druck auf ihren Hals auszuüben.

Lexie hatte keine Ahnung, wie viel Zeit bereits vergangen war. Drei Minuten? Vier? Sie versuchte noch einmal verzweifelt, nach ihm zu treten, ihn wegzudrücken, aber es war sinnlos. Er war größer und schwerer und hatte Wut und Hass auf seiner Seite.

Ihre Gedanken wandten sich wieder Midas zu. Wie verärgert er sein würde, dass er sie nicht hatte beschützen können. Der Gedanke daran, dass Magnus den trauernden Kollegen spielen und jeder ihn für einen Held halten würde, war absolut abstoßend.

Bevor Lexie endgültig das Bewusstsein verlor, sah sie seine blauen Augen, mit denen er böse auf sie herabstarrte.

———

Midas war irritiert. Als er am Drive-In-Schalter des Cafés ankam, standen acht Wagen vor ihm in der Schlange. Es würde eine Ewigkeit dauern, Lex ihren Kaffee zu besorgen, zurück zu Food For All zu fahren und sich dann auf den Weg zur Arbeit zu machen. Normalerweise waren so früh am Morgen höchstens ein oder zwei Wagen vor ihm. Er hasste es, Lexie nicht ihren Kaffee bringen zu können, aber er wollte nicht zu spät zum Training kommen.

Also drehte er ohne Kaffee um und überlegte bereits, wie er es wiedergutmachen könnte, als er zurück in die Innenstadt fuhr.

Er fand einen Parkplatz unweit des Eingangs von Food For All. Es war albern, so schnell, nachdem er sie abgesetzt hatte, wieder zurückzukommen, aber es war zur Gewohnheit geworden. Außerdem liebte er es, mit ihr zusammen zu sein. Auch wenn es nur fünf Minuten wären.

Midas ging auf das Gebäude zu und dachte an den Abend zuvor. Lexie und er waren sowohl im Bett als auch außerhalb sehr gut aufeinander abgestimmt. Er hatte Sex noch nie so sehr genossen wie mit Lex. Darüber hinaus liebte er aber auch das Gefühl, neben ihr zu schlafen. Er liebte es, wie sie sich an ihn kuschelte und seine Schulter als Kissen benutzte. Es erinnerte ihn daran, wie sie dasselbe stundenlang in Galkayo getan hatten. Natürlich fühlten sie sich jetzt viel wohler dabei und waren nicht auf der Flucht.

Midas lächelte, als er sich an ihr Murren erinnerte, als er sich heute Morgen zu sehr unter ihr bewegt hatte. Er griff nach dem Türknauf und wollte gerade klopfen, als die Tür sich einfach öffnen ließ. Sie war nicht verschlossen.

Mit gerunzelter Stirn trat er ein und jeder liebevolle Gedanke in seinem Kopf verschwand.

Eine Blutspur führte von der Mitte des Raumes zu dem kleinen Flur, der zur Küche führte.

Midas griff nach seinem Armeemesser und fluchte, als er bemerkte, dass er seine Trainingssachen trug. Er hatte keine andere Waffe außer seine Hände.

Er konnte nicht erkennen, woher das Blut stammte. Schweigend schritt er durch den Raum und betete fester als jemals zuvor in seinem Leben, dass es nicht Lexies Blut war.

Als er um die Ecke kam, entdeckte Midas einen Mann, der sich in Richtung Küche schleppte. Er erkannte ihn sofort. Es war Theo.

Midas wusste, dass er morgens meistens als Erster hier war. Obwohl er misstrauisch war, hatte Lexie ihm versichert, dass sie niemals allein mit ihm blieb. Einer ihrer Mitarbeiter würde immer da sein und könnte ihr helfen, sollte etwas passieren.

Definitiv war hier etwas passiert, aber Theo war eindeutig nicht der Angreifer gewesen. Der Mann hatte sich nicht selbst in den Rücken gestochen und Midas war sich hundertprozentig sicher, dass Lexie ebenso wenig dafür verantwortlich war. Das würde sie nicht über sich bringen können.

Das bedeutete, dass es jemand anderer gewesen sein musste.

Midas blieb eine Sekunde stehen und legte Theo eine Hand auf die Schulter. »Ruhig«, flüsterte er tonlos. Aber Theo hatte ihn gehört. Er sah zu ihm auf und Midas konnte sehen, wie Blut aus seinem Mund tropfte. Wer auch immer ihn erstochen hatte, hatte höchstwahrscheinlich einen Lungenflügel getroffen. Er hatte Glück gehabt, dass sein Herz nicht getroffen worden war. Midas vermutete, dass dies der Plan gewesen war.

»Lexie«, flüsterte Theo in gequältem Ton.

»Ich werde sie holen. Warte hier.«

Theo antwortete nicht, sondern fiel mit einem langen Seufzer zu Boden.

Midas schlich in Richtung Küche und spähte durch die Tür. Er sah nicht gleich jemanden, aber er hörte eine tiefe Stimme, die darauf hinwies, dass sich jemand in der Küche aufhielt.

Midas wusste, dass das Überraschungsmoment definitiv auf seiner Seite war. Schnell schaltete er auf Angriffsmodus um, betrat die Küche und bevor sein Gehirn verarbeitet hatte, was er sah, stürzte er sich auf den Mann, der auf Lexie kniete.

Er legte einen Arm um die Kehle des Mannes und riss ihn von seiner Frau herunter. Der Mann stieß erschrocken einen Schrei aus, als Midas ihn zurückzog.

Midas hatte einen kurzen Moment Zeit zu realisieren, dass Lexie bereits Blutergüsse am Hals hatte und vollkommen reglos war, bevor der Mann in seinen Armen anfing, sich zu wehren.

»Ich habe versucht, ihr zu helfen!«, schrie er. »Lass mich los!«

Magnus.

Midas wusste vielleicht nicht genau, was hier vor sich ging, aber er wusste mit hundertprozentiger Sicherheit, dass Magnus nicht versucht hatte, Lexie zu helfen.

Die beiden Männer kämpften, aber Midas hatte Angst um die Liebe seines Lebens, die neben ihm lag. Die beiden Männer rappelten sich auf, wobei Midas den Griff nicht lockerte. Magnus schlug um sich und versuchte, Midas wegzustoßen.

Midas bekam ihn kaum zu fassen. Der Mann war vielleicht über fünfzig, aber er war so stark, wie nur jemand sein konnte, der verrückt geworden war. Er kämpfte mit aller Kraft und machte es Midas nicht leicht, ihn auszuschalten, damit er sich um Lexie kümmern konnte.

Der Kampf war seltsam leise. Beide Männer konzentrierten sich darauf, die Oberhand zu gewinnen. Magnus grunzte und knurrte, während Midas schweigend kämpfte, so wie er es trainiert hatte. Nach einer scheinbaren Ewigkeit, was aber wahrscheinlich nur wenige Minuten gewesen waren, konnte Midas sich dank seines militärischen Nahkampftrainings schließlich gegen die Stärke des Mannes durchsetzen.

Dann ließ Magnus sich plötzlich zurückfallen und Midas geriet ins Stolpern, als er instinktiv versuchte, das Gewicht des Mannes zu halten.

Magnus nutzte die Gelegenheit, um sich das Messer zu schnappen, das noch auf der Arbeitsplatte neben der Spüle gelegen hatte. Wie wild geworden stach er in Midas' Richtung und versuchte, seinen Körper zu erreichen. Er verfehlte ihn, drehte sich in Midas' Würgegriff und stach sofort wieder blindlings zu.

Midas wusste, dass es nur eine Frage der Zeit war, bis der Mann einen Glückstreffer landen würde. Er bemühte sich, Magnus festzuhalten und ihn gleichzeitig zu entwaffnen.

Plötzlich fand Magnus seine Stimme wieder. »Diese verdammte Schlampe hätte in dieser Wüste sterben sollen. Sie hätten meinen Bruder gehen lassen und sie behalten sollen. Lass mich gehen, damit ich das hier verdammt noch mal beenden kann. Dagmar hat Gerechtigkeit verdient!«

Midas hatte bei seinem Eintreffen nicht den leisesten Schimmer gehabt, warum Magnus plötzlich übergeschnappt war und versucht hatte, Lexie zu töten. Aber nach seinen verzweifelten, inbrünstigen Worten ergab alles einen Sinn.

Es war alles ein Trick gewesen. Die E-Mails, die Anrufe ... sich mit Lexie anzufreunden, die Entscheidung, dort weiterzumachen, wo sein Bruder bei Food For All aufgehört hatte.

Er hatte das alles nur getan, um an Lexie heranzukommen.

Und wenn Midas das nicht hier und jetzt beendete, würde er es wieder versuchen. Er konnte es in der Stimme des anderen Mannes hören. Er würde nicht aufgeben.

Theo war nicht die Bedrohung gewesen, stattdessen war es die ganze Zeit über Magnus gewesen.

»Leg das Messer weg«, befahl er in einem ruhigen, aber bestimmten Ton und versuchte, zu Magnus durchzukommen.

»Fick dich!«

Midas sah zu Lexie hinüber. Sie hatte sich nicht gerührt, seit er Magnus von ihr heruntergezogen hatte. Jede Sekunde, die er mit Magnus kämpfte, war eine Sekunde, die er möglicherweise verlor, um sie zu retten. Er musste den Kampf beenden und seiner Frau helfen ...

Also tat Midas das, wozu er ausgebildet worden war. Er schaltete die Bedrohung aus.

Es war nicht einfach, jemandem das Genick zu brechen, um ihn zu töten. Tatsächlich war es fast unmöglich. Das bedeutete aber nicht, dass Midas nicht zumindest einigen Schaden anrichten könnte. Er holte tief Luft, blendete Magnus' Schreie aus, zog mit einem Ruck an dem Kinn des Mannes und riss, so fest er konnte, dessen Kopf zur Seite, wobei er gleichzeitig seinen Körper losließ.

Magnus' Körper flog zur Seite und er landete mit dem Gesicht zuerst auf dem Boden.

Midas sprang hinterher und wollte seinen Kopf auf den Boden schlagen, um ihn auszuschalten, oder seinen Arm um Magnus' Hals legen, um ihm die Luft abzuschnüren, bis er das Bewusstsein verlor. Wenn er ihm bereits eine Querschnittslähmung zugefügt hatte, dann sei es so. Zumindest würde er Lexie dann nicht mehr verletzen können.

Aber Midas hatte das Messer vergessen, das der Mann wild umhergeschwungen hatte. Als Magnus stürzte, war er auf seiner eigenen Hand gelandet, in der er das Messer gehalten hatte.

Sofort begann sich unter seinem Körper eine Blutlache zu bilden. Magnus zuckte ein paarmal und machte Würgegeräusche, aber er stand nicht mehr auf und griff Midas nicht mehr an.

Midas wartete zwei weitere kostbare Sekunden, um sicherzugehen, dass der Mann keine Bedrohung mehr darstellte, und rollte ihn auf den Rücken. Das Messer ragte aus seiner Brust. Aus dem leeren Blick in seinem Gesicht war klar zu erkennen, dass die Bedrohung beseitigt war.

Midas verschwendete keinen weiteren Gedanken an den Mann. Seine ganze Aufmerksamkeit galt jetzt Lexie.

Er ließ sich neben ihr auf die Knie fallen und tastete nach ihrem Puls. »Komm schon«, flehte er und versuchte, seine zitternden Hände zu kontrollieren, damit er Wiederbelebungsmaßnahmen einleiten konnte.

Gerade als er sich zur Mund-zu-Mund-Beatmung vorbeugen wollte, öffnete sie die Augen und hob die Hände. Sie kämpfte, sie kämpfte um ihr Leben.

Midas versuchte, ihre Handgelenke festzuhalten, aber sie war zu hektisch und kratzte ihm über Gesicht, Arme und alles, was sie erreichen konnte.

»Ich bin es, Lex. Du bist in Sicherheit. Du bist in Sicherheit«, rief er und versuchte, durch die Angst durchzudringen, die ihr aus dem Gesicht zu schreien schien.

Es dauerte einige Augenblicke, aber schließlich klärte sich ihr Blick ein wenig.

»Ich bin es, Midas. Du bist in Sicherheit. Atme tief ein, Liebling.«

Sie öffnete den Mund für den längsten und herzzerreißendsten Atemzug, den er jemals in seinem Leben gehört hatte. Dann tat sie es immer wieder, bis sie fast hyperventilierte.

»Langsamer, du bist in Sicherheit. Du kannst jetzt atmen. Du kannst so viel Luft bekommen, wie du willst. Ruhig, Lexie.«

»Magnus«, krächzte sie.

»Ich weiß. Er wird dich nicht mehr verletzen.«

Sie sah sich verzweifelt um, hob dann den Kopf und zuckte zusammen, als die Muskeln in ihrem Hals gegen die Bewegung protestierten.

»Nein, leg dich wieder hin«, befahl Midas und ließ ihren Kopf zurück auf den Boden sinken.

Aber es war zu spät. Sie hatte Magnus neben ihren Füßen liegen sehen. »Tot?«, fragte sie.

»Ich bin mir ziemlich sicher. Ich hoffe verdammt noch mal, dass er es ist«, sagte Midas ehrlich. »Ich muss einen Notarzt rufen«, sagte er. Für eine Sekunde festigten sich ihre Finger um seinen Bizeps, aber dann holte sie noch einmal tief Luft und nickte ihm fast unmerklich zu.

Scheiße, diese Frau brachte ihn noch um.

»Ich bin gleich wieder da.«

»Theo?«, fragte sie.

»Er ist verletzt«, erklärte Midas ihr. Er wollte ihr nicht sagen, dass es ein Wunder wäre, wenn der Mann überlebte, aber er hatte zu viel Respekt vor ihr, um sie vollständig zu belügen.

Dann drückte sie ihn, als würde sie ihn drängen, sich zu beeilen, die Polizei zu rufen.

Midas wollte lächeln, aber er konnte es im Moment nicht. Natürlich machte sie sich mehr Sorgen um Theo als um sich selbst.

Er fand ihr Handy auf der Arbeitsplatte neben der Kaffeemaschine und wählte sofort die Nummer des Notrufs. Er informierte die Person am anderen Ende der Leitung über den Vorfall und machte die Dringlichkeit der Lage klar. Midas wusste, dass er am Apparat bleiben sollte, aber er konnte nicht. Er legte auf und warf das Telefon zurück auf die Arbeitsplatte. Mit dem Fuß stupste er Magnus an und war zufrieden, als der Mann sich nicht bewegte. Dann kniete er sich wieder neben Lexie auf den Boden.

»Sie sind unterwegs«, sagte er zu ihr. Er nahm ihre Hand und hielt sie fest in seiner. Er wollte sich neben sie legen, wollte sich davon überzeugen, dass sie wirklich noch atmete und ihr Herz immer noch schlug, doch er konnte nichts weiter tun, als sich an der Liebe seines Lebens festzuhalten.

Drei Stunden später hatte Midas alle Hände voll zu tun, Lexie in ihrem Krankenhausbett zu halten.

»Mir geht es gut, Midas«, beharrte sie.

Ihre heisere Stimme widerlegte ihre eigenen Worte. Genau wie die Spuren an ihrem Hals. Er konnte nicht aufhören, darüber nachzudenken, dass er zu spät gekommen wäre, wenn er in der Schlange des Cafés gewartet hätte. Magnus hätte ihr Leben für immer ausgelöscht.

»Verarsch mich nicht«, flehte er sie an.

»Ich will Theo sehen«, sagte sie mit einem Schmollmund.

»Ich weiß, aber er wurde gerade erst operiert«, erklärte Midas ihr.

»Er hat versucht, in die Küche zu kriechen, um mir zu helfen«, flüsterte sie.

Midas presste die Lippen zusammen und nickte. Ja, das hatte er wirklich. Und damit hatte er Magnus' Plan zunichtegemacht. Selbst wenn es ihm gelungen wäre, Lexie zu töten und sie zurück in den anderen Raum zu ziehen, wäre es für Magnus schwierig geworden, die Blutspur auf dem Boden zu erklären. Aber zum Glück hatte das Arschloch es nicht geschafft. Er hatte Theos Herz nicht getroffen, als er auf ihn eingestochen hatte, und Midas war rechtzeitig eingetroffen, um ihn davon abzuhalten, Lexie zu erwürgen.

Als er einen Tumult vor der Tür hörte, stand Midas auf und drehte sich um, bereit, Lexie vor jeder Bedrohung zu beschützen. Aber es war keine Bedrohung, es waren Elodie, Ashlyn, Slate und Mustang. Die anderen Männer waren im Wartezimmer. Sie hatten sich geweigert zu gehen, solange Midas dort war.

»Lex!«, rief Elodie aus, als sie zum Bett kam.

Midas versuchte, aus dem Weg zu gehen, aber Lexie weigerte sich, seine Hand loszulassen. Also stellte er sich an die Bettseite auf Höhe ihrer Hüfte, als sie ihre Freunde begrüßte.

»Mir geht es gut«, krächzte sie.

Ashlyn schniefte hinter Elodie.

»Nicht weinen«, forderte Lexie. »Wenn du weinst, muss ich auch weinen.«

»Tut mir leid«, sagte Ashlyn und brach in Tränen aus.

Und im nächsten Moment war Midas von drei schluchzenden Frauen umgeben. Aber er sagte kein Wort, genau wie Mustang und Slate. Damit ihre Ängste und ihren Stress abzubauen, war das Beste, was die Frauen im Moment tun konnten. Er strich mit seinem Daumen über Lexies Handrücken, als sie versuchte, sich zu beruhigen.

Schließlich drehte Ashlyn sich zu ihm um und sagte: »Er ist tot, richtig?«

Midas nickte. Es tat ihm nicht im Geringsten leid, dass Magnus tot war. Es tat ihm nur leid, dass er nicht derjenige gewesen war, der sein Leben beendet hatte. Wäre Midas der Versuch, ihm das Genick zu brechen, nicht geglückt, hätte er Magnus' Kopf so lange auf den Boden geschlagen, bis er tot gewesen wäre. Aber er war auf das Messer gefallen und es hatte seine Aorta durchbohrt, wodurch er in Sekundenschnelle ausgeblutet war.

»Gut«, sagte Ashlyn fest.

»Ich kann nicht glauben, dass er diese ganze Sache geplant hatte«, sagte Elodie.

»Die Polizei hat den Kerl gefunden, der dich neulich Abend belästigt hat«, sagte Slate. »Er behauptet, Magnus habe ihn dafür bezahlt.«

»Das ist doch gut«, sagte Ashlyn.

»Gut?«, fragte Elodie mit einem Stirnrunzeln.

»Ja, denn das bedeutet, dass er es nicht getan hätte, wenn er nicht dafür bezahlt worden wäre.«

»Stimmt«, gab Elodie zu. »Und Theo war auch nie eine Bedrohung für dich. Magnus wollte es nur so aussehen lassen, als wäre er verantwortlich.«

Lexie nickte und Midas sah, wie die Schuldgefühle in ihre Augen zurückkehrten. »Wir freuen uns, dass ihr gekommen seid, aber vielleicht können wir später darüber sprechen?«, schlug er vor.

Elodie und Ashlyn nickten sofort.

»Kommt morgen Nachmittag bei mir vorbei. Ihr könnt so lange bleiben, wie ihr wollt«, sagte Midas.

»Okay, wir werden dich beim Wort nehmen«, warnte Elodie.

»Du wirst es wahrscheinlich bald satthaben, dass wir bei dir rumhängen«, fügte Ashlyn hinzu.

»Niemals«, versicherte Midas ihnen.

»Danke, dass ihr gekommen seid, Leute. Ich versichere euch, dass es mir gut geht. Ich werde bald wieder bei der Arbeit sein.«

»Nein, wirst du nicht. Natalie hat mich gebeten, dir auszurichten, dass sie dir zwei Wochen freigibt. Und wenn sie dein Gesicht schon vorher sieht, wird sie stinksauer werden«, informierte Ashlyn sie.

»Aber ...«

»Kein Aber«, erwiderte Ashlyn. »Und ... ich hatte eigentlich vor, es dir heute Nachmittag zu erzählen, aber wir haben grünes Licht für einen weiteren Food For All Standort in Barbers Point bekommen.«

Lexie strahlte. »Wirklich?«

»Allerdings.« Ashlyn lächelte und sah dann zu Elodie. »Bist du noch interessiert?«

»Natürlich«, antwortete die andere Frau sofort.

»Super! Sobald du hier rauskommst, wissen wir schon mehr«, sagte Ashlyn zu Lexie.

»Das ist großartig.«

»Okay, es ist Zeit zu gehen«, sagte Slate, trat auf Ashlyn zu und nahm sie am Ellbogen.

Midas war etwas überrascht, dass Ashlyn ihren Arm nicht sofort aus seinem Griff riss. Stattdessen nickte sie nur. »Wir sehen uns morgen, Lex«, sagte sie, als sie sich von Slate zur Tür führen ließ.

»Ich bin wirklich froh, dass es dir gut geht«, sagte Elodie. »Ich werde dir einige der vierhundertzweiundzwanzig Magazine mitbringen, die Scott mir gekauft hat, als ich mich auskurieren musste.«

»Danke«, sagte Lexie.

Midas nickte seinen Freunden zu. »Sag den Männern, dass sie nach Hause fahren können. Lex sollte morgen früh entlassen werden.«

»Wird gemacht«, bestätigte Mustang. »Wir sehen uns alle morgen bei dir.«

Midas nickte. Er brauchte seine Freunde nicht wirklich, wenn er Lexie zu sich nach Hause brachte, aber er wusste es zu schätzen, dass sie helfen wollten.

Als sie wieder allein waren, setzte Midas sich auf die Bettkante und strich mit seiner Hand über Lexies Haare. Er versuchte, die hässlichen Flecke auf ihrem Hals zu ignorieren. Sie würden verblassen, wie hoffentlich auch die Erinnerung daran, wie sie bewusstlos auf dem Boden gelegen hatte, während Magnus auf ihr kniete.

»Geht es dir gut?«, fragte sie.

Midas lächelte. Er war nicht überrascht, dass sie sich Sorgen um ihn machte. »Ja, wie ist es mit dir?«

»Ich bin traurig«, sagte sie. »Ich dachte, Magnus wäre mein Freund.«

»Ich weiß«, sagte Midas. Sie würde noch eine Weile daran zu knabbern haben, was passiert war. Er wusste, dass das bei ihm der Fall sein würde. Er würde darüber nachdenken, welche möglichen Anzeichen er übersehen hatte, was er hätte anders machen können.

»Die Sache ist die, dass ich ihn irgendwie verstehe.«

»Warum er versucht hat, dich zu töten?«, fragte Midas ungläubig.

»Nein, nicht das. Ich meine, dass er verrückt geworden ist. Er und Dagmar waren Zwillinge. Sie waren auf eine Art und Weise miteinander verbunden, die viele Menschen nicht verstehen können. Wusstest du, dass manche Menschen es tatsächlich fühlen können, wenn ihr Zwilling verletzt wird, selbst wenn sie Tausende von Kilometern voneinander entfernt sind? Ich kann mir vorstellen, dass Dagmars Tod wahrscheinlich ein riesiges Loch in Magnus hinterlassen hat. Das entschuldigt nicht, was er getan hat, aber der Schmerz, den er empfunden hat, muss überwältigend gewesen sein.«

Midas presste die Lippen zusammen. Er verstand es nicht, überhaupt nicht. Er hatte auch Männer verloren, die ihm nahegestanden hatten, so nahe wie Brüder. Nein, keiner davon war sein Zwilling gewesen, aber der Schmerz war trotzdem stark gewesen.

Magnus hätte Lexies Freundschaft annehmen sollen. Sie hätte ihm so viel mehr geben können. Stattdessen hatte er sich auf Hass und Wut gegen sie verlegt. Sie hatte Dagmar nicht getötet. Sie hatte die Entführer nicht gebeten, den Lösegeldbetrag zu erhöhen. Nach allem, was sie ihm erzählt hatte, hatte sie sie sogar gebeten, Dagmar gehen zu lassen. Aber das war natürlich nicht passiert. Und am Ende war Dagmar gestorben. Ja, es war eine Tragödie. Midas war so verdammt froh, dass die Dinge heute nicht anders ausgegangen waren.

»Du siehst das nicht so«, stellte Lexie nach einer Minute fest.

»Nein«, sagte Midas kopfschüttelnd. »Aber ich liebe dein zartes Herz. Ich liebe deine Freundlichkeit und deine Fähigkeit zu vergeben.«

»Ich vergebe ihm nicht«, erwiderte Lexie. »Ich werde niemals vergessen, wie er sich hasserfüllt über mich gebeugt und versucht hat, mich zu erwürgen. Aber er ist weg und ich bin immer noch hier. Er hat versagt. Zum Teufel mit ihm. Ich habe dich und Elodie und Ashlyn und dein Team und sogar Baker und Theo.«

Midas seufzte. »Er wird dein neues Projekt werden, oder?«

Sie schenkte ihm ein kleines Lächeln. »Allerdings. Er

braucht jemanden, der auf ihn aufpasst, so wie er auf mich aufpassen wollte.«

»Und das sind wohl wir, was?«

»Ganz genau.«

»Damit kann ich leben«, sagte Midas. Und er meinte es so. Der Mann hatte verzweifelt versucht, zu Lexie zu gelangen, als sie ihn am meisten gebraucht hatte. Er hatte jetzt das Gefühl, dass er tatsächlich über Lex gewacht hatte, anstatt ihr nachzustellen. Er hatte niemals die Absicht gehabt, ihr Schaden zuzufügen. Im Moment würde er jedenfalls alles in seiner Macht Stehende tun, um dem Mann zu helfen.

»Glaubst du, er wird sich genug erholen, um Besuch zu empfangen, bevor ich entlassen werde?«, fragte Lexie.

Midas musste lächeln.

»Was?«

»Ich weiß es nicht. Aber wir werden es herausfinden.«

»Vielen Dank. Midas?«

»Ja, Liebling?«

»Ich habe heute Morgen meinen Kaffee nicht bekommen«, sagte sie schmollend.

Dabei brach Midas in Lachen aus. »Ich liebe dich«, sagte er zu ihr.

»Und ich liebe dich«, gab sie zurück.

Ihr fielen die Augen zu und Midas wusste, dass sie erschöpft war.

»Schlaf jetzt.«

»Du wirst hierbleiben, oder?«

»Nichts in der Welt könnte mich davon abbringen.« Er nahm ihre Hand und küsste sie auf den Handrücken.

»Okay, vielleicht für eine Stunde oder so. Aber dann möchte ich, dass du nach Theo siehst.«

»Das werde ich.«

Midas setzte sich an ihre Seite, während sie einschlief. Er konnte den Blick nicht von ihr nehmen.

Das Leben war flüchtig, das wusste er besser als die

meisten Männer, aber er wollte so viele Minuten, Stunden, Tage, Jahre mit dieser Frau verbringen, wie er nur konnte.

Er hatte keine Ahnung, wie er das Glück haben konnte, dass sie ihre Aufmerksamkeit auf ihn gelenkt hatte, aber er würde alles tun, damit sie es niemals bereuen würde, sich für ihn entschieden zu haben.

EPILOG

Liebe Lexie,

ein einfaches Dankeschön scheint lächerlich zu sein im Vergleich zu dem, was du für meine Familie und mich getan hast. Ich habe dir nicht für Geld geholfen. Du hast meine Familie geholfen, als wir es am nötigsten hatten, und das werden ich nie vergessen. Das Stipendium für die Universität wird es mir ermöglichen, eine gute Ausbildung zu bekommen, damit ich einen Arbeit finden und meine Familie helfen kann. Mein Bruder und meine Schwester werden auch zu Schule gehen können. Meine Mutter hat geweint, als sie erfahren hat davon. Es ist genau, wie ich dir gesagt habe, ich möchte lernen, für mich selbst zu sorgen, damit ich Land helfen kann. Es tut mir leid, dass mein Englisch noch nicht perfekt ist, aber ich werde weiter daran arbeiten.

Mit den besten Grüßen
Shermake

Lexie wischte sich eine Träne von der Wange und legte den Brief zur Seite. Sie suchte nach Midas und wusste genau, wo sie ihn finden konnte. Er war im Garten und pflückte Mangos zum Nachtisch.

Sie stellte sich hinter ihn, legte ihre Arme um seine Taille und lehnte ihre Wange gegen seinen Rücken.

»Bist du okay?«, fragte Midas.

»Perfekt«, sagte sie mit einem Seufzer.

Midas drehte sich in ihrem Griff um, legte seinen Finger unter ihr Kinn und hob ihren Kopf, damit er ihr in die Augen sehen konnte. Seit er Lexie gerade noch rechtzeitig vor Magnus gerettet hatte, war er übervorsichtig. Aber Lexie konnte ihm keinen Vorwurf machen.

»Du hast geweint«, sagte er.

»Shermake hat mir einen Brief geschickt«, sagte sie zu ihm.

»Geht es ihm gut?«

»Es geht ihm großartig. Er hat sich nur bei mir bedankt. Obwohl er sich eigentlich bei dir und Baker bedanken sollte«, sagte Lexie.

Midas zuckte die Achseln.

Seit dem Vorfall bei Food For All war ein Monat vergangen. Es war schwer zu glauben, dass schon so viel Zeit vergangen war, denn manchmal fühlte es sich so an, als wäre es erst gestern gewesen. Die Pläne für den neuen Standort waren in vollem Gange und hoffentlich würden sie ihn innerhalb von ein oder zwei Monaten eröffnen können. Ashlyn und Lexie hatten ununterbrochen gearbeitet und sich mit Geschäftsinhabern in der Gegend um Barbers Point getroffen und sie über ihre Pläne informiert. Bisher hatten sie nur positive Reaktionen erhalten.

Elodie freute sich auch darüber, helfen zu können, und hatte angefangen, Rezepte für die Essenspakete zusammenzustellen. An dem neuen Standort würde es keine warmen Mahlzeiten geben, aber sie würden nahrhafte Gerichte zum Mitnehmen für Leute anbieten, die es brauchten.

Midas griff nach Lexies Hand und zog sie zu den Stühlen auf der Terrasse. Er legte die Mango auf den Tisch, die er gepflückt hatte, setzte sich und zog Lexie auf seinen Schoß. Ohne sich zu beschweren, ließ sie sich auf Midas nieder. Er war in letzter Zeit empfindlicher gewesen, was für sie vollkommen in Ordnung war.

»Also, wirst du jetzt offiziell bei mir einziehen oder was?«, fragte er.

Lexie blinzelte überrascht, was sie eigentlich nicht tun sollte. Sie hatte sich an Midas' abrupte Themenwechsel gewöhnt.

Und seit sie aus dem Krankenhaus entlassen worden war, lebte sie praktisch bereits mit Midas zusammen. Er hatte sich eine Auszeit von der Arbeit genommen, um bei ihr zu bleiben und sich darum zu kümmern, dass es ihr wirklich gut ging. Dann hatte er sie jeden Tag zur Arbeit gefahren und auch wieder abgeholt. Sie freute sich auf die Eröffnung der neuen Zweigstelle, damit Midas nicht mehr jeden Tag so weit fahren musste.

»Das möchte ich«, sagte sie und zögerte dann.

»Aber?«, fragte Midas sanft.

»Ich möchte dich nicht überrumpeln und ich bin noch nicht bereit zu heiraten.« Über den letzten Teil ihrer Bemerkung hatte sie viel nachgedacht. Elodie und Mustang hatten ziemlich schnell den Bund fürs Leben geschlossen, nachdem sie sich getroffen hatten. Aber für Lexie war das ein großer Schritt und sie war sich nicht sicher, ob sie schon bereit dafür war.

»Erstens überrumpelst du mich nicht, denn ich liebe es, dich hier bei mir zu haben. Ich habe noch nie wirklich darüber nachgedacht, mit einer Frau zusammenzuleben, aber jetzt, wo du hier bist, kann ich mir nicht mehr vorstellen, ohne dich an meiner Seite aufzuwachen oder ohne dich in meinen Armen einzuschlafen. Zweitens bin ich auch nicht bereit für die Ehe. Ich liebe dich und das wird sich nicht ändern, aber ich mag es, wie die Dinge jetzt laufen.«

»Ich auch«, sagte Lexie mit einem erleichterten Seufzer.

»Ich möchte, dass du meine Eltern triffst und meinen Bruder und meine Schwester. Ich möchte, dass wir uns am

Strand bei einer einfachen und entspannten Hochzeit das Jawort geben.«

Sie grinste. »Und was, wenn ich eine formelle Prunkhochzeit will?«

Midas starrte sie an, als wollte er herausfinden, ob sie es ernst meinte oder nicht. Sie hielt seinem ernsten Blick so lange wie möglich stand, bevor sie grinste.

»Das war gemein«, sagte er mit einer Grimasse.

»Ich weiß, entschuldige. Ich will nichts Großes«, beruhigte sie ihn. »Die Strandsache klingt fantastisch. Was ist, wenn deine Familie mich nicht mag?«, fragte sie nervös.

»Darüber musst du dir keine Sorgen machen. Sie werden dich alle mögen«, sagte Midas. »Das tun sie jetzt schon. Meine Mutter bittet mich schon die ganze Zeit um ein Datum, an dem sie uns besuchen kann.«

Lexie kuschelte sich an seine Brust und seufzte. »Ich werde bei dir einziehen«, sagte sie zu ihm. »Ich meine, die Aussicht hier ist auch viel besser als in meiner Wohnung.«

Midas grummelte. »Du nutzt mich nur für die bessere Aussicht aus«, sagte er leise.

»Nun, das und außerdem habe ich dich zur Ablenkung«, ergänzte Lexie. »Denkst du, Theo wird gern in Barbers Point leben?« Scheiße, jetzt tat sie dasselbe und wechselte aus einer Laune heraus das Thema.

Er lachte leise, als wüsste er, was sie dachte. »Ich denke, es wird ihm gefallen.«

Midas hatte mit Baker zusammen eine winzige Einzimmerwohnung für Theo organisiert. Somit hatte er immer ein Dach über dem Kopf und müsste sich keine Sorgen um die Miete machen. Lexie war keine Millionärin, aber dank jahrelanger freier Unterkunft durch ihre Arbeit für Food For All hatte sie einen ordentlichen Notgroschen angespart. Sie würde kein Problem damit haben, die Miete für das kleine Zimmer für Theo zu bezahlen. Nachdem sie erfahren hatte, dass er sich trotz eines Messers im Rücken über den Boden geschleppt hatte, um ihr zu helfen, würde sie alles für den Mann tun.

Sie wünschte, sie könnte ihm psychologische Hilfe besorgen, aber Theo hatte zu lange allein auf der Straße gelebt, um in einem Krankenhaus eingesperrt zu werden. Also hatte sie getan, was sie tun konnte, und ihm einen sicheren Schlafplatz besorgt. Das Zimmer war nicht weit von dem neuen Food For All Gebäude entfernt und Lexie würde ihn jeden Tag sehen können.

»Ich liebe dich, Lex.«

»Ich liebe dich auch, Midas.«

Er schob eine Hand unter ihr Hemd und begann, ihren nackten Rücken zu massieren, und einfach so verflogen ihre Gedanken an Theo, Midas' Eltern und sogar an ihre Pläne fürs Abendessen.

Sie wollte Midas.

Nachdem sie das Krankenhaus verlassen hatte, hatte er sich davor gescheut, Sex mit ihr zu initiieren. Lexie hatte aber kein Problem damit, ihn davon zu überzeugen, dass sie vollständig geheilt war.

Sie setzte sich mit gespreizten Beinen auf ihn. Er rutschte vorwärts, bis sie seinen harten Schwanz zwischen ihren Beinen spüren konnte. Ohne ein Wort griff sie nach dem Saum ihres Hemdes und zog es sich über den Kopf.

Midas lächelte, griff nach ihrem Hintern und beugte sich vor, um ihre Brüste zu streicheln.

Ja, man konnte mit Sicherheit behaupten, dass sie hundertprozentig glücklich war.

Kenna Madigan versuchte, nicht wie ein außer Puste geratenes Nilpferd zu klingen, als sie nahe des Ala Moana Parks in Richtung Magic Island Lagune joggte, die am Ende eines Landstücks gegenüber des Ala Wai Hafens lag. Es war noch früh, aber es waren noch andere Leute unterwegs, die ebenfalls trainierten. Zu laufen war nicht Kennas Lieblingsbeschäftigung, aber es war der beste Weg, um in Form zu bleiben und die Malasadas, die sie so sehr liebte, davon abzuhalten, zwanzig Kilo auf ihren durchschnittlich großen Körper zu packen.

Sie hatte den Morgen frei und beschlossen, die hawaiianische Sonne und den Tag zu genießen.

Sie dachte darüber nach, was sie noch zu erledigen hatte, bevor ihre Schicht als Kellnerin im *Duke's* begann. Sie achtete nicht sonderlich darauf, was um sie herum vorging, als ihr etwas auffiel. Es war schwer zu sagen, was sie sah, aber als sie näher kam, riss sie vor Entsetzen die Augen auf.

Auf der anderen Seite der Lagune trieb jemand im Wasser!

Es war ein Mann, das konnte sie von seiner Körpergröße schließen. Er trug einen schwarzen Neoprenanzug und trieb mit dem Gesicht nach unten in den Wellen.

Kenna sah sich um, entdeckte aber niemanden in der Nähe. Offenbar war niemand besorgt darüber, dass hier jemand ertrank.

Ohne weiter nachzudenken, sprintete Kenna die Lagune entlang. Sie sah hinaus aufs Wasser und stellte fest, dass der Mann sich nicht bewegt hatte. Sofort zog sie ihre Turnschuhe und ihr Trägerhemd aus. Kenna trug nur noch ihre Socken, Shorts und ihren Sport-BH, als sie ins Meer sprang.

Leider, aber wahrscheinlich wenig überraschend, hatte sie ihren Sprung falsch eingeschätzt und landete nicht im Wasser neben dem Mann, sondern direkt auf ihm. Kenna war bekannt dafür, kein sehr anmutiger Mensch zu sein. Viele ihrer Kolleginnen zogen sie damit auf, wie ungeschickt sie war.

Dankbar, dass sie seine Beine und nicht seinen Rücken getroffen hatte, paddelte Kenna mit den Armen, um wieder an die Wasseroberfläche zu kommen, bevor sie nach dem Ertrinkenden griff.

Aber als ihr Kopf die Wasseroberfläche durchbrach, starrte sie direkt in die verwirrten und besorgten Augen des Mannes, auf den sie gesprungen war. Er war weder tot noch kurz vor dem Ertrinken und sah sie nur an, als hätte sie eine Schraube locker.

Er trug eine schwarze Taucherbrille und jetzt konnte sie auch den Schnorchel sehen. Während sie auf der Stelle im Wasser trat und ihn geschockt anstarrte, schob er die Taucherbrille auf seinen Kopf.

»Geht es dir gut? Bist du ins Wasser gefallen?«, fragte er.

Um ihre Blamage perfekt zu machen, tauchten fünf weitere Köpfe aus dem Wasser um sie herum auf. Alle trugen dieselbe Art Taucherbrille, hatten aber außerdem Sauerstoffflaschen auf dem Rücken.

»Oh scheiße«, sagte sie und wusste, dass ihre Wangen wahrscheinlich rot leuchteten. Sie hatte keine Ahnung, warum die Männer gerade hier tauchten, aber offensichtlich hatte sie es mal wieder vermasselt.

»Alles okay?«, fragte der Mann, auf den sie gesprungen war, erneut.

»Mir geht es gut«, antwortete sie. »Ähm ... ich war nur ...« Kenna sah sich um und versuchte herauszufinden, wie sie am schnellsten aus dem Wasser käme, um nach Hause zu laufen und an ihrer Schmach sterben zu können.

Der Mann packte sie am Arm und hielt sie über Wasser. Sie war eine gute Schwimmerin, aber sein Griff machte es definitiv leichter.

»Was ist passiert?«, fragte einer der anderen Männer.

»Ist sie reingefallen?«

»Hat sie sich wehgetan?«

»Wenn ihr mal eine Sekunde die Klappe haltet, werde ich es vielleicht herausbekommen«, sagte der Mann, der sie festhielt.

Kenna musste leicht grinsen.

»Also ... bist du reingefallen?«, fragte der Mann noch einmal.

Kenna starrte in seine dunklen Augen und wurde wieder

verlegen. »Nicht wirklich. Ich bin da oben gejoggt«, sagte sie und deutete auf den Weg neben der Lagune. »Ich war in Gedanken und dann habe ich dich hier mit dem Gesicht nach unten treiben sehen.«

Die Lippen des Mannes zuckten und Kenna sprach schneller. Sie wollte nur noch, dass dieser peinliche Moment vorbei war. »Ich dachte, du ertrinkst, okay?«

»Also bist du reingesprungen, um mich zu retten?«

»Ja«, sagte Kenna verlegen. »Aber offensichtlich ertrinkst du nicht und ich bin eine Idiotin. Also werde ich jetzt einfach gehen.« Sie sah bedeutungsvoll zu den Felsen hinüber.

»Wir sind SEALs«, sagte einer der anderen Männer und bemühte sich offensichtlich, ein Lachen zu verkneifen.

Damit war ihre Demütigung perfekt.

»Hast du die Tauchflagge nicht gesehen?«, fragte ihr nicht ertrinkendes Opfer.

Kenna drehte den Kopf und sah die rot-weiße Flagge in der Nähe wehen.

»Offensichtlich nicht«, sagte sie mit einem Achselzucken. »Ich dachte, du ertrinkst, und habe gehandelt, ohne lange zu überlegen.«

»Nun, das weiß ich zu schätzen. Ich bin heute für die Sicherheit des Trainings zuständig. Meine Aufgabe ist es, hier oben rumzuhängen, während die anderen ihr Ding unter Wasser machen. Deshalb sah es wahrscheinlich so aus, als wäre ich eine Wasserleiche. Wie auch immer, ich bin Marshall.«

»Kenna«, sagte sie und fühlte sich, als würde sie träumen. Damit, im Meer zu landen und einen heißen Kerl zu treffen, der dazu noch ein verdammter Navy SEAL war, hatte sie definitiv nicht gerechnet, als sie heute Morgen aufgestanden war.

»Ich bin gleich zurück, Leute«, sagte er zu seinen Freunden.

»Kümmere dich nicht um uns, Aleck«, sagte einer von ihnen.

»Ja, das Training kann warten«, fügte ein anderer hinzu.

»Hübsche Mädchen haben immer Vorrang vorm Tauchen«, rief ein dritter.

»Ich dachte, dein Name ist Marshall«, sagte Kenna.

»Das ist er auch. Aleck ist mein Spitzname. So nennen mich die meisten Leute«, sagte er. »Aber du kannst mich Marshall nennen.«

Er hielt ihren Arm fest und begann, mit ihr zu ein paar Felsen nicht weit entfernt zu schwimmen, die so aussahen, als könnte sie dort leicht aus dem Wasser klettern.

»Ich kann allein schwimmen«, sagte sie zu ihm.

»Ich weiß«, entgegnete er, ohne sie loszulassen.

Als sie die Felsen erreichten, wollte Kenna so schnell wie möglich aus dem Wasser, aber der Mann hatte offensichtlich andere Pläne.

»Du brauchst dich nicht dafür zu schämen, dass du versucht hast, mir zu helfen«, sagte Marshall. »Im Ernst, wenn mehr Menschen so engagiert wären, wenn sie etwas sehen, das nicht in Ordnung ist, wäre die Welt meiner Meinung nach ein besserer Ort.«

»Aber es war ja alles in Ordnung«, erwiderte sie.

Marshall zuckte die Achseln.

»Alles klar, na dann ... viel Spaß mit deinem Training und so«, sagte sie lahm, als sie nach einem der Felsen griff und sich aus dem Wasser zog. Sie hatte sich schon vor einiger Zeit mit ihrem Körper abgefunden und hatte ein ziemlich gesundes Selbstwertgefühl. Aber sich vor diesem Mann, der, basierend auf dem, was sein Neoprenanzug preisgab, kein Gramm Fett am Körper hatte, stand nicht sehr weit oben auf der Liste von Dingen, die sie gern tun wollte.

Aber sie könnte schlecht den ganzen Tag im Meer rumhängen. Je früher sie ging, desto eher konnte sie in ihre Wohnung zurück, um so zu tun, als wäre das alles nie geschehen.

»Kann ich dich wiedersehen?«, fragte er plötzlich.

Kenna erstarrte. »Was?«

»Ich möchte mich richtig bei dir bedanken ... dafür, dass du mir das Leben retten wolltest.«

Wenn sie sich nicht täuschte, klang Marshall ... unsicher. Warum dieser Mann unsicher sein könnte, wenn er jemanden um eine Verabredung bat, erschloss sich ihr nicht.

»Ähm ... okay«, sagte sie, ohne nachzudenken. Dann zuckte sie innerlich zusammen.

»Großartig«, erwiderte er mit einem Lächeln. »Wann und wo?«

»Im *Duke's*? Ich werde heute Abend dort sein.«

In der Sekunde, in der die Worte ihren Mund verlassen hatten, wollte Kenna sie wieder zurücknehmen.

»Klingt gut. Ist sieben in Ordnung?«

Kenna nickte.

Sie hätte schwören können, dass Marshall mit seinem Daumen ihren Oberarm berührt hatte, bevor er wegschwamm.

»Bis später. Pass auf dich auf.«

»Das werde ich.« Kenna kletterte aus dem Wasser und zwang sich, nicht zurückzuschauen, um nachzusehen, ob Marshall sie beobachtete. Als sie oben ankam, liefen ein paar Leute vorbei, aber niemand bot an, ihr zu helfen. Zum Glück lagen ihre Schuhe immer noch genau da, wo sie sie ausgezogen hatte.

Schließlich konnte sie nicht widerstehen, schaute zurück aufs Wasser und sah, dass Marshall sie anstarrte.

Sie winkte ihm lahm zu und ging dann zu ihren Sachen. Sie schnappte sich ihr Hemd und die Schuhe und ging den Weg zurück, den sie gekommen war. Das war genügend Training für diesen Tag.

Warum hatte sie ihm gesagt, er solle zum *Duke's* kommen? Ja, es war ein sehr beliebtes Restaurant in Waikiki Beach, also müsste sie sich keine Sorgen machen, wenn er auftauchte. Aber sie arbeitete heute Abend als Kellnerin. Es war nicht so, als könnte sie sich zu ihm setzen und mit ihm abhängen.

»Dumm«, murmelte sie vor sich hin.

Aber sie konnte nicht anders, als noch einen letzten Blick hinter sich zu werfen, als sie den Bürgersteig entlangeilte. Marshall war jetzt zurück bei seinen Freunden und alle lächelten, als er ihnen etwas erzählte.

Kenna schüttelte den Kopf, drehte sich wieder um und machte sich auf den Weg zurück zu ihrer Wohnung.

Buch 3 in Die SEALs von Hawaii, *Die Suche nach Kenna* , bereit zum Bestellen!

BÜCHER VON SUSAN STOKER

Die SEALs von Hawaii:

Die Suche nach Elodie

Die Suche nach Lexie

Die Suche nach Kenna (19. Oktober 2021)

Die Suche nach Monica

Die Suche nach Carly

Die Suche nach Ashlyn

Die Suche nach Jodelle

Mountain Mercenaries:

Die Befreiung von Allye

Die Befreiung von Chloe

Die Befreiung von Morgan

Die Befreiung von Harlow

Die Befreiung von Everly

Die Befreiung von Zara

Die Befreiung von Raven

Ace Security Reihe:

Anspruch auf Grace

Anspruch auf Alexis

Anspruch auf Bailey
Anspruch auf Felicity
Anspruch auf Sarah

Die Delta Force Heroes:
Die Rettung von Rayne
Die Rettung von Emily
Die Rettung von Harley
Die Hochzeit von Emily
Die Rettung von Kassie
Die Rettung von Bryn
Die Rettung von Casey
Die Rettung von Wendy
Die Rettung von Sadie
Die Rettung von Mary
Die Rettung von Macie
Die Rettung von Annie (Feb 2022)

SEALs of Protection:
Schutz für Caroline
Schutz für Alabama
Schutz für Fiona
Die Hochzeit von Caroline
Schutz für Summer
Schutz für Cheyenne
Schutz für Jessyka
Schutz für Julie
Schutz für Melody
Schutz für die Zukunft
Schutz für Kiera
Schutz für Alabamas Kinder
Schutz für Dakota

Hier ist außerdem eine Liste mit Susans englischen Büchern:

SEAL Team Hawaii Series
Finding Elodie
Finding Lexie
Finding Kenna (Oct 2021)
Finding Monica (TBA)
Finding Carly (TBA)
Finding Ashlyn (TBA)
Finding Jodelle (TBA)

Mountain Mercenaries Series
Defending Allye
Defending Chloe
Defending Morgan
Defending Harlow
Defending Everly
Defending Zara
Defending Raven

Ace Security Series
Claiming Grace
Claiming Alexis
Claiming Bailey
Claiming Felicity
Claiming Sarah

Silverstone Series
Trusting Skylar
Trusting Taylor
Trusting Molly
Trusting Cassidy (Nov 2021)

Delta Force Heroes Series
Rescuing Rayne
Rescuing Aimee (novella)
Rescuing Emily

Rescuing Harley
Marrying Emily (novella)
Rescuing Kassie
Rescuing Bryn
Rescuing Casey
Rescuing Sadie (novella)
Rescuing Wendy
Rescuing Mary
Rescuing Macie (novella)
Rescuing Annie (Feb 2022)

Delta Team Two Series
Shielding Gillian
Shielding Kinley
Shielding Aspen
Shielding Jayme (novella)
Shielding Riley
Shielding Devyn
Shielding Ember (Sep 2021)
Shielding Sierra (Jan 2022)

SEAL of Protection Series
Protecting Caroline
Protecting Alabama
Protecting Fiona
Marrying Caroline (novella)
Protecting Summer
Protecting Cheyenne
Protecting Jessyka
Protecting Julie (novella)
Protecting Melody
Protecting the Future
Protecting Kiera (novella)
Protecting Alabama's Kids (novella)
Protecting Dakota

<u>SEAL of Protection: Legacy Series</u>

Securing Caite
Securing Brenae (novella)
Securing Sidney
Securing Piper
Securing Zoey
Securing Avery
Securing Kalee
Securing Jane

<u>Badge of Honor: Texas Heroes Series</u>

Justice for Mackenzie
Justice for Mickie
Justice for Corrie
Justice for Laine (novella)
Shelter for Elizabeth
Justice for Boone
Shelter for Adeline
Shelter for Sophie
Justice for Erin
Justice for Milena
Shelter for Blythe
Justice for Hope
Shelter for Quinn
Shelter for Koren
Shelter for Penelope

BIOGRAFIE

Susan Stoker ist die New York Times, USA Today und Wall Street Journal Bestsellerautorin der Buchreihen »Badge of Honor: Texas Heroes«, »SEAL of Protection«, »Die Delta Force Heroes« und einigen mehr. Stoker ist mit einem pensionierten Unteroffizier der US-Armee verheiratet und hat in ihrem Leben schon überall in den Vereinigten Staaten gelebt – von Missouri über Kalifornien bis hin zu Colorado. Zurzeit nennt sie die Region unter dem großen Himmel von Tennessee ihr Zuhause. Sie glaubt ganz und gar an Happy Ends und hat großen Spaß daran, Geschichten zu schreiben, in denen Romantik zu Liebe wird.

Besuchen Sie Susan im Netz!
www.stokeraces.com
facebook.com/authorsusanstoker
twitter.com/Susan_Stoker
bookbub.com/authors/susan-stoker
instagram.com/authorsusanstoker
Email: Susan@StokerAces.com